立秋

TRANSFORMING

杜阳林 著

浙江文艺出版社
Zhejiang Literature & Art Publishing House

四川人民出版社

图书在版编目（CIP）数据

立秋 / 杜阳林著 .— 杭州：浙江文艺出版社，2024.4（2024.4 重印）
ISBN 978-7-5339-7551-7

Ⅰ. ①立… Ⅱ. ①杜… Ⅲ. ①长篇小说 – 中国 – 当代
Ⅳ. ① I247.5

中国国家版本馆 CIP 数据核字（2024）第 053842 号

策划统筹	虞文军	曹元勇
责任编辑	睢静静	苏牧晴
	王其进	
责任校对	唐　娇	
营销编辑	耿德加	胡凤凡
责任印制	吴春娟	
封面设计	胡崇峯	

立秋

杜阳林　著

出版发行	浙江文艺出版社
	四川人民出版社
地　　址	杭州市体育场路 347 号
邮　　编	310006
电　　话	0571-85176953（总编办）
	0571-85152727（市场部）
印　　刷	上海盛通时代印刷有限公司
开　　本	889 毫米 × 1240 毫米　1/32
字　　数	265 千字
印　　张	12.125
插　　页	1
版　　次	2024 年 4 月第 1 版
印　　次	2024 年 4 月第 2 次印刷
书　　号	ISBN 978-7-5339-7551-7
定　　价	59.00 元

版权所有　侵权必究

睡起秋声无觅处，
满阶梧叶月明中。

——宋·刘翰

目 录

上

第一章 …………………………………………… *003*

第二章 …………………………………………… *011*

第三章 …………………………………………… *019*

第四章 …………………………………………… *026*

第五章 …………………………………………… *035*

第六章 …………………………………………… *055*

中

第七章 …………………………………………… *069*

第八章 …………………………………………… *080*

第九章 …………………………………………… *091*

第十章 …………………………………………… *106*

第十一章 ………………………………………… *116*

第十二章 ………………………………………… *127*

第十三章 ……………………………………… 141

第十四章 ……………………………………… 149

第十五章 ……………………………………… 162

第十六章 ……………………………………… 170

第十七章 ……………………………………… 182

第十八章 ……………………………………… 193

第十九章 ……………………………………… 207

第二十章 ……………………………………… 220

第二十一章 …………………………………… 234

下

第二十二章 …………………………………… 247

第二十三章 …………………………………… 257

第二十四章 …………………………………… 271

第二十五章 …………………………………… 280

第二十六章 …………………………………… 291

第二十七章 …………………………………… 298

第二十八章 …………………………………… 316

第二十九章 …………………………………… 324

第三十章 ……………………………………… 332

第三十一章 …………………………………… 347

第三十二章 …………………………………… 362

时代洪流冲刷人性的底色（代后记）………… 373

上

故乡何处是?
忘了除非醉。

——宋·李清照

第一章

一

岳红花来到省报大楼外面的花台，放下篾编的荚背。她手里捏着一张字条儿，从下午两点就在这儿，始终没有勇气走进报社的大门。太阳的余晖，让西边的晚霞铺展了一幅流光溢彩的帘布。她等了又等，却没有看到想见的人，深陷的眼窝里，渐渐蓄出两粒冰凉的泪珠。

自从儿子孙二龙被警察带到了成都，岳红花就悬着一颗心，终日惶惶不安。她从阆南县观龙村来到省城，期盼见到省报的凌云青。

凌云青曾在观龙村生活了十来年，他与岳红花既不沾亲带故，也不是友好睦邻，他们两家甚至结有解不开的怨恨。他的父亲凌永彬去世后，母亲徐秀英成了岳红花仇视的女人。岳红花甚至觉得徐秀英就是她家四分五裂的罪魁祸首。自己的儿子现在出了事，但凡还有一点其他办法，她都不会专程来成都，寻求凌云青的帮助。

她在乡下为儿子哭哭啼啼时，是邻居劝慰她："去成都找找在省报当记者的凌云青，可能会打听到你儿子的消息。"邻居的建议，让岳红花心生忐忑。毕竟那些年，她和家里的三个儿子没少找凌家的麻烦。如今倒要人家来帮她，怎么开得了这个口？谁知道凌云青会不会拒绝，或是当众羞辱她呢？可除了凌云青，掰着指头数，她岳红花还能找出别的人来帮她吗？

岳红花的心思百折千回。凌云青这样穷家穷户的娃儿，都能读书考学走出村庄，脱掉身上那层农皮，人模人样地当上了城里人；自己引以为傲的三个儿子，不但没有挣来这份荣光，反而让她脸上蒙羞。

她把自己关在屋里，整晚没有睡。她知道自己就算躺在床上也睡不着，眼前总是浮现着孙二龙手上那副锃亮的手铐。

世事就是这么滑稽，这对岳红花多少有些讽刺。十多年前，在凌家和孙家的一场纠纷里，凌家长子凌云鸿刺伤了孙家大儿孙大龙，被赶来的警察戴上了手铐，关进了公安局。岳红花咒骂凌云鸿是戴手铐敲沙罐的货，恨不得警察当场给他一枪，才能出了她心头那口恶气。不料一场官司下来，判定凌云鸿是正当防卫，让他全须全尾地回到了村里。现在自己的儿子孙二龙不知犯了什么事，也戴上了手铐。

岳红花去成都找凌云青，相当于向仇家的儿子低头求助。她硬气了一辈子，就算她的男人孙铁树负气出走，不知死活失踪多年，自己如同中年守了活寡，也没在人前哭哭啼啼服过软。这一次，她还能继续硬着脖子撑过去吗？房梁上老鼠跑过的簌簌响动，在夜里清晰入耳。这些声响让她心神不安：儿子是自己身上掉下来的肉，为了面子不管他死活，天底下还有这样的母亲吗？

她横过手背，狠狠划拉了一把眼睑，泪水糊在了她的脸上。为了儿子二龙，她下定决心，管他凌云青给她热脸还是冷屁股，她都要去成都找他。

成都初春的傍晚有些凉意，岳红花用力拉扯了一下衣襟。她再次抬头看向报社的大门，那个熟悉而陌生的身影终于出现了。她鼓起勇气，一脸微笑地走了过去，急切的喊声带着颤音脱口而出："云青！"

采访回来的凌云青循着喊声，看见了头发花白、迎面走来的岳红花。他神情惊异地收住了脚步："岳婶，你咋个在这里呢？"

二

成都的夜雨，说来就来。窗外的雨雾和路灯橘色的光亮交织相缠，灰暗的夜空显得更加深邃遥远。

凌云青冒雨跑回报社的单身宿舍，同事宋桥已经关窗落闩，热切地问他："你又在办公室加班啦？"

凌云青一边拍打身上的雨水，一边回答："没有加班，老家来了人，送到招待所安排住宿。"

自从两人成为室友，那些川北口音的人常来寻找凌云青，宋桥早就见惯不惊。他提醒道："明天去荷花池暗访，我们要做好准备。"

报社接到市民投诉，荷花池市场销售的知名体育用品，大量假冒伪劣商品充斥其间。报社领导决定，让社会新闻部的凌云青和体育新闻部的宋桥，共同执行此次暗访任务，配合执法部门的打假行动。

凌云青躺在床上，努力想让自己平静下来，可心里千头万绪，迟迟不能入睡，脑海中总是晃动岳红花那张神色凄楚的脸。他大学毕业后，从西安来到成都工作，从来没有想过有一天会在成都看到她。

记忆中，岳红花在凌家人面前永远都会扬着下巴。当年，她家身强体壮的三个儿子经常欺负凌家年幼的三兄弟。有一次，因为一句话不对付，他们就将凌家梨树上的果实全部敲掉，把凌家最小的儿子凌云白打倒在地。闻讯赶来的徐秀英和凌云青央求她管束自家的儿子，她却唯恐自家儿子下不了狠手，将徐秀英和凌云青也当作人肉沙包，又是凶残殴打，又是骂骂咧咧。

凌云青无法忘记那次被打的经历。他和母亲、弟弟在地上翻滚求饶，沙土泥灰裹了一身，蜷缩的他们似乎习惯性地双手抱头，却顾不了前胸后背落下的拳脚。孙家三兄弟对他们拳打脚踢，如狼似虎，躺在地上的孤儿寡母仿佛不是乡里乡亲的人，而是案板上任人宰割的羔羊。

肉体的痛楚随着伤口结疤早已淡去，心里的阴影却始终难以消散。岳红花突然来报社找他，他真想转身就走。不管她带着何种目的而来，他都不想见她。以前，她和她的家人是怎么对待自己和家人的？为什么还要理会她呢？如果让她牵动了回忆，自己只会陷入疼痛交加的过往。虽然离开了家乡，可心中的那份疼痛，早已与故乡融为一体。

在报社大门口，向他走过来的岳红花挪动着脚步，像是绑了沙袋，滞重艰难。风吹乱了她鬓角的一缕白发。岁月如刀，似乎削走了她腮上的肉，颧骨凸现，越发显得消瘦。她终于站在了他面前，眼眸低垂，又喊了一声"云青"。他没有及时回应，她抬头瞅了他一眼。从她的眼神里，他分明看到一份似曾相识的卑微。

他不明白，岳红花来找他所为何事，但这个完全出乎意料的人忽然出现于眼前，带给他突如其来的心灵震撼。他终究没有说出一句锋利的话，去刺伤这个已到迟暮之年的老人。

凌云青四岁时，父亲因病离世，弟弟云白刚刚学会走路，凌家五个儿女的生计担子，沉沉地压在了母亲徐秀英的肩上。农忙时节，她恨不得多长两只手，或者一天能变成两天，让她有充足的时间抢收麦子、栽插稻秧。可老天仿佛故意使坏，一到抢收季节就没有几天晴好天气，动不动来个雨水倾盆，弄不回家的庄稼只能烂在地里。几亩田地的粮食，是一家人活下去的希望，徐秀英为了抢收，央求乡邻帮忙，希望能和人家换工。

人家帮她做一天的活,她将来还给别人一天。

应承帮忙抢收的,寥寥无几。乡亲们觉得与徐秀英换工不划算,男女力气能一样吗?生产队挣工分的时代,哪怕是"铁娘子",和壮汉比,工分都要打个折扣。更何况,徐秀英腰不粗膀不圆的,与她换工,自家就会吃亏。

徐秀英难以请到人换工抢收,还有乡村女人不好明说的缘由。她的男人入土那两年,远近几个村的光棍,请了媒婆三番五次上门提亲,但她就是不答应。一个寡妇,带着五个儿女,如同叮叮当当的五个拖油瓶,却不愿找个男人再嫁,这说明啥?说明这个寡妇心里不简单,自有她的小心思。

岳红花的男人孙铁树曾经喜欢过徐秀英。岳红花心里原本就存有陈年的疙瘩,经人三言两语地一挑拨,便敏感地想到:这个寡妇不说"明嫁"的话,会不会是想"暗偷"她的男人呢?念头一冒出,她便将猜测当作了真相。村里那些乱嚼舌根的女人也对徐秀英存了一份警惕。她一天不改嫁,那就是个祸害,说不定哪天,就把自己男人的花花肠子勾了出来。徐秀英央求她们的男人换个工抢个收,她们把她当贼一样防着。

凌家没有成年男人,家里短缺农具。每当徐秀英或是她的小孩去向乡亲借个箩筐或是粪桶,即使这些农具就在屋里闲放着,他们也不肯借出来。那时儿女读书的学费、为猪看病的药钱、种庄稼买肥料的费用,徐秀英向邻居筹借,常常空手而归。

年少的凌云青患过严重的骨膜病。被病痛折磨的他有一次忽然犯馋,想要吃肉,但家里已经是有了上顿没下顿。为了借到一点肉,徐秀英从村头走到村尾,挨家挨户敲人家的门,恳求的话说了一遍又一遍,眼角湿了一次又一次。"这样家庭的孩子想吃肉,大人就要出去借?"原本说她"寡妇无主"的女人,不但不借肉给她,还当着她的面冷嘲热讽。有些话像是耳光,一巴掌接一巴掌，狠辣地甩到徐秀英的脸上。她一张脸红了白白了红，却始终赔着笑，走出了这家又走向那一家。

母亲艰难求人的佝偻身影与现在眼神闪躲的岳红花，竟然重叠在了一起。凌云青的心，到底硬不起来。他无法做到转身就走，将这个深深伤害过母亲、伤害过家人的女人丢在一边。岳红花拼命忍住的眼泪、微微嚅动却不敢发声的嘴唇，传递给他一个讯息：她可能真的遇到了难事。

三

凌云青不想了解岳红花有什么难事。他心里还插着一根刺，尽管这根刺不会时刻令他疼痛，但念头一牵，就能清晰地看到疮疤和血痂。多年的时光变成了一匹长长的布，让他裹住这根刺，尽量不去碰它。在报社大楼外面看见岳红花，他有几分气恼地发现，原来心里那根刺，终究没有消失。

他心里一阵翻转，到底没有拉下脸，决定带上岳红花去吃晚饭。在餐馆的饭桌上，岳红花几次想对他说话，他都霍地起身，不是去找抽纸，就是去别的桌子拿调味瓶。她不敢开口，再说这里吃饭的人多，也不是求人的好地方。

吃完这顿沉默压抑的晚饭，凌云青结账走出了餐馆。他忍不住偏过头，询问岳红花："你住下了吗？"

岳红花当然没有住下。偌大一个成都，她就认识凌云青一个熟人，现在小心翼翼地跟着他，像是存了一些希望又不敢太过放肆，唯恐呼吸的声音过响，或是脚步着地的动作过大，被他厌恶嫌弃。

他一直避免和她的视线接触。这顿饭吃得无滋无味，这段路也走得悄无声息，但他还是用"好歹也是乡邻"来说服自己，带她去了报社的招待所。观龙村的乡亲们有事来成都,凌云青一般都会带他们来这里住宿。他给岳红花要了一间客房,掏出钱夹准备交付房费,局促不安的岳红花总算有了说话的机会:"云青,要不得,我来付!"

凌云青收回了钱夹。他带乡亲来这里,从来不会让他们付钱。与他熟识的前台大姐见他没有坚持支付房费,有些意外地看了一眼房客。只见这位花白头发的女人,穿着一件发黄的罩衫,此刻掀开衣摆,从贴身的衣袋里掏出手绢包,翻出一叠零零碎碎的纸币,最大面额的是十元。她用指头蘸了口水数了两遍,将房钱递给了前台大姐。

岳红花拿上客房的钥匙,捋了一下肩上荚背的背带,面对凌云青恳切地说道:"上去坐一会儿吗?"

"今天太晚了,你先去休息。"他的礼貌里藏着冰碴,岳红花面露尴尬,腰身似乎更加弯曲。

凌云青躺在床上,辗转难眠。岳红花来成都找他,肯定是有事。他潜意识里也想知道她究竟为什么而来,但他希望她永远不要说。她不说,他也就避免了拒绝的尴尬。

即使凌云青能在心里抹去当年孙家三兄弟暴揍自己以及家人的恶行,但他很难遗忘岳红花带给母亲的羞辱。

为了从孙家的拳脚下救出亲人,赶回家的凌云鸿用刀捅伤了孙大龙。警察带走了凌云鸿,母亲徐秀英低三下四地恳求岳红花高抬贵手,不要追究儿子的刑责。岳红花将徐秀英带来赔罪的鸡蛋,一个个地砸到她的头上脸上,黄黄白白的蛋液,挂满了她的脸。

那时的凌云青是十一岁的少年,母亲连番受辱,他血气翻涌,很想砍翻岳红花一家人。他拿起菜刀冲到院坝,却看见母亲盯着他的凄楚眼神。那时他忽然明白，无论是他砍伤或砍死别人，还是别人砍伤或砍死了他，都会给母亲带来无尽的痛苦。唯有忍受这些屈辱，待自己长大，改变家里的状况，才能为自己和亲人们挣得真正的尊严。

凌云青后来考上大学，毕业后有了一份不错的工作，成了观龙村乡亲们眼中的"城里人"。如今，岳红花突然出现，让他清晰感受到过去剧烈的疼痛，还有汹涌的屈辱。他觉得自己还没有彻底摆脱过往的伤痛。

雨声叩击窗棂，犹如温柔的琴音，轻轻抚慰凌云青的心。他翻了个身，内心渐渐安宁，思绪向着混沌的梦境飘逸。

第二章

一

　　荷花池市场的几条街面并不宽阔，却一眼望不见街尾，五金百货、衣帽鞋袜、玩具箱包商铺鳞次栉比，满目皆是。那些促销小妹儿精神抖擞，穿了潮流新衣，在门口一杵，就是活动的广告招牌。促销阿姨也不甘示弱，潮流衣裳套不上身，就将衣服往左右臂膀一搭，一边挥舞手上的衣服，一边向来来往往的人流叫卖。

　　荷花池市场人声鼎沸，四面八方的声响编织成一张嘈杂的网。凌云青和宋桥在人群里穿梭行走，额上冒出了细密的汗珠，连续三个多小时的暗访，调查了十多家体育用品商铺。

　　他们来到一家名为"美美"的箱包店。透过敞开的店门，能看到货架上的阿迪达斯、耐克等品牌的体育用品。箱包店的大门内侧，两只黑色音箱播放着《亚洲雄风》，震得音箱外壳微微颤动："我们亚洲/山是高昂的头/我们亚洲/河像热血流……"

　　凌云青与宋桥走了进去。店里共有三名女性，一名体形丰满的姑娘正在躬身整理箱包；收银台前，一名清瘦的姑娘和一名中年女性清点着钞票。那清瘦的姑娘转过身来，手里捏了一把零钞，迎面看见凌云青，惊讶地喊出他的名字："云青……"

　　"细君，好久没见了！"这个熟悉的名字和身影，凌云青以为沉落在记忆的深湖里，早已被水淹没了。他无论如何也不会想到，就这样在成都的荷花池市场邂逅了他的细妹子。

　　"细妹子"的称呼已经滚到了喉咙，凌云青又将它咽了下去。

多年未见的故人，彼此都已脱去了儿时稚气，大庭广众之下叫出她的小名，他觉得不太合适。

惊喜地问候之后，韩细君向凌云青介绍：整理箱包的姑娘叫吕冬冬，是她的好朋友；那名中年女性是美美箱包店的老板娘李萍；自己在附近的服装店打工，来这里兑换零钞。

吕冬冬热情地招呼凌云青："细君经常谈到你。你们是来买箱包的吗？看上了哪一款，我给你们优惠！"

宋桥接住吕冬冬的问话："我们就是来闲逛的，没有买箱包的打算。"他在体校好些年，对一些体育用品比较熟悉，又做了几年体育记者，经验告诉他，这里摆在隐蔽处的不同品牌的体育用品都是仿冒货。

荷花池市场真假商品搭着售卖，是多年形成的市场现象。凌云青和宋桥更感兴趣的，是寻找提供假货的渠道，以及制假的窝点。就算把市场上的这些假货一网打尽，如果没有斩断制假的源头，假冒伪劣产品依然会横行市场。倘若认识了荷花池的售货员，说不定能从她们身上获得更有价值的暗访信息。宋桥来不及和凌云青商量，直接向他提议："既然到了饭点儿，相请不如偶遇，我们请你这位同乡一起吃顿便饭吧！"

韩细君望向吕冬冬，意思是让她同行。李萍与韩细君的老板陈巧玲是朋友，都是外地来成都打拼的女人。平时哪家缺少零钱，她们相互兑换，一两分钟就打个来回，也不耽误买卖。韩细君在李萍面前，也就渐渐混成了熟脸孔。李萍见吕冬冬一副"欲迎还拒"的样子，爽快地对她说道："你愿意的话，就一起去吃饭嘛。"李萍知道，吕冬冬和韩细君下了班经常约在一起吃个麻辣烫、逛个春熙路啥的，无话不谈。

"那我先去和陈老板说一声。"韩细君带上他们跨过两家店铺，来到她上班的"万紫千红"服装店，掀开了门帘。

宋桥靠近凌云青问道:"这附近有啥吃的?"

凌云青压低声音回答:"附近有家蜀我香饭馆,老家来了人,我总带他们去吃。"

他不知道宋桥的心思,忙着整理自己的情绪。韩细君的出现,在他的心湖投下了一粒石子,荡起一圈圈涟漪。

这场蜀我香饭馆的聚会,宋桥有心挖料,话题不断,妙语连珠,表现得分外活跃,与能说会道的吕冬冬一见如故。凌云青和韩细君这对旧相识,倒表现得有几分沉默和拘谨。

四个人,一餐饭,韩细君吃得魂不守舍。吕冬冬身为"售货邻居"兼好友,对韩细君的过往略知一二。返回商铺的路上,她直截了当地问韩细君:"你来成都打工,是因为这个凌云青吗?"

韩细君的脸颊泛起一片红晕,她没有回答,扭头转向了一边。初春的微风吹来,梧桐行道树上的几片枯叶打着旋儿飘飞,她摊开手,接住其中的一片落叶。这枚离枝就凋零了生命的叶子,此刻静伏掌心,如同飞过千山万水的倦鸟,终于收住了翅膀。

二

曾经有一段时间,韩细君恨过上了大学的凌云青。她怨他对自己那么生硬,那么冷漠。他给自己的回信,总是一本正经,不是让她珍惜时间,就是让她努力学习。

同班的陈涛不知用了什么法子,一本接一本地为同学搞来武侠小说和言情小说。这些旧得卷了毛边儿的书,页面上残留了斑斑点点的酱油印、水果渍,有的夹缝里还能抖出细碎的花生衣,散发出一股陈年油哈子味儿。

韩细君喜欢琼瑶的书,陈涛循着她看书的节奏,搞来琼瑶全集。别的同学是租书，陈涛一副六亲不认的样子，要先收租金再给书看；对韩细君，他永远是半租半免，有时租金也变成雪糕瓜子之类的零食，回馈给了她。

沉浸在言情小说世界里的韩细君，忍不住将自己代入书中角色，成了琼瑶笔下为爱勇敢、自信的女孩。她时常勾勒自己的故事：在观龙村，长长久久地眺望和等待远方的心上人。《诗经》里"蒹葭苍苍 / 白露为霜 / 所谓伊人 / 在水一方"，就是她的真实写照。她忙着成为自己想象的"伊人"，对陈涛的示好视而不见。但她给凌云青的信里喷薄的炙热情感和优美的词句，换来的只是凌云青政教主任似的谆谆教导。考大学真的那么重要吗？书里有那么多女主角，她们温柔美丽、娇憨任性，生下来的首要任务就是一心一意去爱一个人。一生一世一双人，只要爱情美满，此生已经无憾，何必非要在高考的独木桥上拼挤，用考上大学证明自己存在的价值呢？

高三结束，陈涛再也不能留在枯燥乏味的课堂里。他的姑妈陈巧玲，算是改革开放头一批往外走的人，经过她的指点和推荐，他开始了自己跑单帮的倒爷生涯。

陈巧玲是从阆南县出来闯荡的女强人。她最初在阆南县汽车站附近卖炒货，从不短斤少两，炒花生炒瓜子卖得比别人快当。十年积累，她在荷花池买下两个门面改卖衣服，还大方地帮助乡下的娘家父母修了一楼一底的洋房。

人们对陈巧玲羡慕归羡慕，却有不怀好意的猜测：一个年轻鲜灵的女人，咋就能攒下这样的本钱呢？陈涛投奔了巧玲姑妈，知道她有一捧创业的辛酸泪。他讥笑那些吃不到葡萄说葡萄酸的人，根本就不懂啥叫市场。不说陈巧玲炒瓜子花生，攒出买下门面房的钱，他陈涛拿到高中毕业证的同时，仅靠租赁言情小说和武侠小说，怀里也揣了一张数额不小的存折单呢。

陈涛投身商海，依然隔三岔五地给韩细君寄来言情小说。他的本心是不想两个人从此人海茫茫，彼此断了联系。

高考的前一晚，韩细君照样偷偷读了两章《婉君》，才肯含泪入睡，梦里尽是青梅竹马相知相依的美好情景。高考落榜后，韩细君才恍然想到：凌云青已经大学毕业，他会怎样看待她的糟糕学业？会不会从此觉得自己配不上他？至于配与不配的具体意涵，她自己还不是很清楚。

凌云青假期回到观龙村，担负着鼓励她的使命而来，带着韩家二老的嘱托而来。但她不要那些虚头巴脑的安慰，只想要一个温暖的怀抱。他虽然没有伸手推拒扑过来的她，但也一直不肯环过手臂，将她搂在怀里，给她应有的热切回应。他给她了，似乎又没给她。

他们是从什么时候开始变得这样疏远而陌生的呢？年少的时候，他挨着自己，坐在野棉花山的山顶，清风吹过她也吹过他。她的一绺头发吹散了，发梢扫过他的脸，笑声像银铃一样清脆。为什么他不像琼瑶笔下的男主角，在长大后的某一天，将青梅竹马的她拥进怀抱，让两个人的心跳逐渐融汇成同一个心跳？

她从父母那儿得知，凌云青到底没有留在西安，而是选择回到成都工作。他回来了，可是，他已不再是原来的凌云青。那个拥抱，成为他的意外，也成为她的"原罪"。

陈巧玲一手带出来的售货员结婚两年，发现自己怀孕，想回通江县老家保胎，请陈老板找人接替她。陈涛找到韩细君，让她到巧玲姑妈那里当售货员，她没有犹豫，麻利地收拾行囊，从观龙村来到了成都。

吕冬冬问她是不是为了凌云青才来的成都，她缄默不语，心里却翻江倒海，波澜起伏。

三

　　岳红花住在招待所，不敢向外走动。她是第一次来成都，出门辨不清东南西北，只能在客房里走来走去。日头就像拴上了绳索，她觉得时间过得特别漫长。

　　凌云青像是在躲避她，让她一直没有机会说出来成都的目的。她在招待所等了一天一夜，没有再看到他的身影。她反复琢磨：要说他还记恨她，但人家又分明带她吃饭，送她住店；要说他已经原谅了她，但人家冷口冷面的，又不肯给她机会把求助的话说出来。

　　想起自己住的这家客房，岳红花一阵心痛。城里的招待所就像吃钱的嘴巴，这么小的一间屋，塞了床桌椅子，拥挤不堪，住一天却要二十多元的房费，这相当于她家卖掉一百多斤玉米的钱。她既心疼钱，又怕耽误了打听儿子的事，身上像爬满了蚂蚁，坐立不安。

　　岳红花从衣兜里掏出了那张字条儿，上面写有凌云青的单位地址和传呼号码。她想了又想，走向招待所的前台。

　　她在服务员的协助下，给凌云青的传呼机留了"想见他"的信息。他在回过来的电话里承诺，一会儿就过来看她。她欢喜地应承："好好好，我哪里都不去，就在房间等你！"她放下话筒，褐黄的眼珠里漾出了希望的光彩。

　　等待凌云青期间，岳红花的心里就像老家床铺和枕头铺垫的谷草，一层叠着一层，稍微动弹一下，就会传来窸窸窣窣的声响。他会不会过来？过来了会听我的恳求吗？就算听了，会不会因为从前的事依然怀恨在心呢？

　　传来了"咚咚咚"的敲门声。她慌忙起身，撞倒了桌前的凳子。凌云青听到门内的响动，担心地喊了一声："岳婶，没事吧？"

"没事，没事的。"岳红花拉开了房门，一瘸一拐地靠往墙壁。凌云青走了进来，在他记忆中，岳红花从未有过如此紧张不安的神情。她带给他的陌生感，瞬间触发了他的家乡情结。这个揉着膝盖忍着疼痛的岳红花，既是他的同乡，也是他的一个长辈。

岳红花关上房门，面对凌云青，身子呈现要下跪的姿势。他吓了一跳，眼疾手快地架住她的手肘："岳婶，您这是干啥？"下跪不成，她的身体战栗般地颤抖着，将篾条荚背拖了过来。荚背里装有半篓子红苕、三把酸菜、几条红塔山香烟。她诚恳地对他说道："家里没有更好的东西了，你不要嫌弃。这次来找你，是想请你帮忙打听，我家二龙到底犯了啥事。"

红苕和酸菜，曾是观龙村村民祖祖辈辈赖以生存的食物，凌云青小时候天天吃。进城后的他，已经告别这些食物多年。外面的世界轰轰烈烈向前奔腾，岳红花还在将它们当作求情访故的礼物。他惊讶之余，涌上一阵心酸。

为了打听儿子二龙的下落，从未出过远门的岳红花，竟只身一人来到省城寻求她本不愿寻求的人的帮助。凌云青忽然明白，自己不能拒绝她从地里刨出来的红苕和亲手腌制的酸菜。城里的世界已经繁荣如火，而农村的人们却还过着"种谷靠埂、种麦靠沟"的日子。像岳红花这种没有离开过土地的观龙村人，依然靠耕着瘦土生活。他的心情有些沉重，正所谓"物伤其类"，说到底，自己也是农村出来的人。

他带着她去招待所开设的杂货店，卖掉了那几条红塔山香烟。换回来的两百元钱，是观龙村人耗费一年光阴，摸光瓢瓢勺勺，饲养一头肥猪才能产生的价值。他把这笔钱塞给了她："其他的东西收了，这个钱您拿到。孙二龙的事，我会想办法了解。"推辞不过的岳红花攥住钞票，眼里闪烁着晶莹的泪花。她花白的头发如同霜雪落进了黑土,闯进了他的眼帘。

离开招待所,凌云青心事重重。昨天的太阳晒不干今天的衣服,曾经的过往早已过去。他深知,过往的恩怨不能影响当下和未来,当放下的自当放下。

第三章

一

凌云青和宋桥对荷花池市场的暗访已经暂告结束。美美箱包店及其他售卖假冒伪劣体育用品的商家，都将在这次报道中曝光。李萍从工商局得知，暗访取证的两位记者中的一位是韩细君的同学。她带上吕冬冬来到万紫千红服装店，急切地找到了韩细君，希望她能跟她的这位记者同学求情说话。

李萍言辞恳切："如果这次被曝光，罚款事小，以后这店就没法开了。我这上有老下有小的，怎么生活呢？！麻烦你同学报道时别点我们商铺的名，罚款我们照交，以后再不售卖假货了！"

"如果商铺关张，我也没地方上班了！"吕冬冬拉住韩细君的手，"现在只有你能帮到我们！"

陈巧玲也用期待的眼神看向韩细君。众目期盼之下，韩细君有些手足无措："我……我不敢保证他能帮忙。"她站起身来，心里却没有请求凌云青的底气。

她很清楚，凌云青是一个坚守原则的人，他认定的事，是不会轻易妥协转向的。她已多年未见凌云青，如今在成都刚相遇不久，就去请求他"高抬贵手，网开一面"，对她和他来说都是艰难的抉择。

她也想单独见他，这是她一直憧憬的场景，不知在心里演练过多少遍。但求人的话，在他面前实在是难以说出口。可自己如果袖手旁观，李萍的商铺会遭受关门的命运，吕冬冬也会失业。大家都是一条街上做事的人，有难不帮，还是好姐妹吗？

这也会给老板娘陈巧玲留下她无情无义的印象，认为她拿大呢。

韩细君踌躇犯难，眼神凄婉的李萍再次恳求："伸手不打笑脸人，我给你准备一点礼物，带给你的那位同学，请他笔下留情。"

"那我……试试吧。"韩细君声若蚊蝇，几个女人不约而同地舒了一口气，脸上露出欣慰的神色。

韩细君给凌云青的传呼机留了言，约在报社附近的南风茶楼见面。当她说明来意后，他不愿答应她的请求，也不肯收下李萍为他准备的礼物。

韩细君走后，他要了一杯绿茶，在茶楼的僻静角落坐下。他想起了年少的时光，他和她一道在野棉花山学习的情景。就在那座承载他梦想的山上，她给他带来煮熟的鸡蛋，拿来她二哥的中学课本，还从家里给他偷过煤油，鼓励他继续自学。他能参加高考，也是她说动父亲韩德庆，请人给了他参加考试的机会，从而给了他一个改变命运走向的路径。一面是她对他的善良友情，一面是社会良知，他该如何选择？

在他遭遇厄运的童年时代，在他与命运相搏的少年时代，在他明白自己对她未曾产生爱情的青年时代，他都欠了她一份情意。但她从不诉说，也不怪怨，即便同在成都，也没找过他。观龙村的其他人来成都找他办事，仿佛是天经地义，而她今天鼓足勇气而来，他却以所谓的原则为由拒绝了她。自己到底还要亏欠她多少呢？

凌云青靠向茶座的靠背，双眼有些潮湿，鼻尖酸涩。

韩细君回到宿舍，吕冬冬从她沮丧的表情看出，向凌云青求情这件事没有了希望。

心急火燎的吕冬冬找到宋桥，请他出面协调，不要曝光美美箱包店。面对她的请求，宋桥也不能确定凌云青是否会同意。

虽然她们售卖假货，可吕冬冬只是售货员，也就是个混口饭吃的小角色。他上次通过一番话里有话的试探，确信她不可能接触到提供假货的供货商，更不知道制假窝点。平时负责提货的是老板李萍，他在吕冬冬这儿下功夫套线索，只能是瞎子点灯——白费蜡。

宋桥对吕冬冬有了<u>丝丝缕缕</u>的怜惜，答应帮这个忙。即使她丢了工作，他也会找各路朋友帮她安排一个做事的地方。他觉得自己像一个于心不忍的捕快，面对悲伤的家属，不愿直说"你家的人既然当了贼，就要承担后果"之类的话。这一刻，她专程来找他，愿意向他倾诉困难，自己莫名其妙地有了侠义之心。

凌云青执笔统稿，美美箱包店最终没有写入售假名单。他拒绝了韩细君"不要曝光"的请求，现在却主动删除了美美箱包店的名字，宋桥不解地问他："有人给你施加压力了？"

凌云青知道自己有徇私之嫌，就算瞒天瞒地也瞒不过一起暗访的宋桥。他说韩细君已经找过他，也向宋桥坦诚了她和她的家人过往对自己的帮助。他毫无保留地将内心的秘密袒露给宋桥，让宋桥有些感动。两人同住在报社的一套两居室宿舍，凌云青真的把他当作兄弟朋友了。

二

联合署名的打假报道内容翔实，证据充分，引起了成都有关部门的高度重视。执法人员立即行动，查获并收缴了荷花池市场的假冒伪劣体育用品，并顺藤摸瓜地端掉了制假窝点，制假售假的商家也受到了惩处。

宋桥在体育新闻部多年，知道与体育相关的报道很少激起大众反响，这次跨部门合作却取得了不凡的社会效果，出乎他的意料。他激动地来到社会新闻部，想与凌云青商量怎么做后续报道，但凌云青的工位空荡，不见人影。其他同事告知，凌云青好像去了公安局。

通过公安部门的熟人，凌云青查询到孙二龙被关押的地方。他以采访的名义，来到了城西看守所。

隔着一扇铁窗，凌云青见到了剃成光头的孙二龙。多年未见，他不明白眼前这个面色蜡黄、双颊凹陷的同乡，原本就是这副尊容，还是在看守所里承受不住压力而憔悴不堪。孙二龙看见凌云青，有些意外，也有些惊喜。他们是一个村的同龄人，如今命运却有了分水岭，孙二龙的眼里转瞬迸出了警惕的光。凌云青告诉孙二龙，他的母亲岳红花担心他，专门来到成都，给他带来了衣物。孙二龙痛苦地双手抱头，发出了呜呜的哭声。

探视的时间快到了，凌云青站起身来："你有什么话，需要我带给岳婶吗？"一声"岳婶"，似乎让孙二龙有所触动，他缓缓抬起头，指头掐着膝盖，仿佛掐住了奔涌的情绪："让我妈回老家吧，就当她少生了我这个儿。"

凌云青来到曾经熟识的所长的办公室。所长知道孙二龙抢劫的案情，感慨道："有些乡下人对城市的认识有误区，以为城里遍地是黄金，真跑来了，反而把淳朴本色弄丢了！"

凌云青陷入了短暂沉默。他明白所长这话的意涵，虽有几分偏激，但也不算有错。

观龙村的年轻人随着打工浪潮，一拨又一拨地往外出走。孙家的大龙和二龙，去了县城一个家具厂打工；孙小龙去了南方，两三年没个音信回来。岳红花想念幺儿，时常念叨孙小龙的名字。有时她又安慰自己，好在大龙和二龙打工的地方不远，从观龙村到阆南县城，两个小时的工夫就能搭车过去，给他们送些吃食。

那天村里有人杀猪,岳红花买了两刀肉,炸了一锅的酥肉条,带去县城家具厂看望两个儿子。她在门口等来了孙大龙,他缩着脖子,弓着腰背,一副没睡醒的模样。她踮起脚尖,看往大龙的身后。他咳了两声,明白母亲是在寻找二龙,沙着喉咙说道:"别看了,二龙已经辞职了。"

"啥?"

"就是不在这里干了!"

"那他去了哪里?"

"我咋个晓得嘛!"大龙自顾自地打开岳红花带来的塑料袋,拈出一条酥肉放进嘴里,嚼得嘴角流油。

"弟弟去了哪里都不晓得,有你这么当哥的吗?!"岳红花气得扔下包袱,转身就走。

她在回家的路上抹了几把鼻涕眼泪。儿大不由娘,这些小子还没成家单过呢,就把她这个当妈的抛到了脑后。说起来都是打工害的,如果农民一辈子拴在泥巴地上,哪有机会接触外面的花花世界?她又怪怨自己的丈夫孙铁树,就是这个老东西带了一个坏的头,如果当年他不丢家弃口离家出走,留下的这几个儿子就不会有样学样,早早地有了外出的心思。

村里有人劝慰她:"你儿子往外跑,才能挣到钱,一天到晚在几亩地上转悠,算个啥?"她一想也对,渐渐平息了对三个儿子的怪怨,盼着他们在外面闯出名堂。

但岳红花的梦想如同玻璃落地,碎得猝不及防。

三

孙大龙不久后回到观龙村,眼珠突凸,整个人瘦了一圈。岳红花心里发怵,骂他牛高马大一个人,还不晓得照顾自己。

他重重一蹾药碗,药汁溅了一桌,每说一句话就要咳嗽几声:"我也不愿意生病,还不是为了挣些钱啊?家具厂做工,涂料有毒,二龙躲得快,不然,还不是与我一样,抱上药罐子?"

孙大龙天天吸入家具厂的有毒气体,导致肺部感染,只能慢慢调理。岳红花给他看病吃药,时间一长,她对抓药的费用犯了愁。

就在岳红花撑不住药费时,孙二龙在一个深夜回来了,带给她一塑料袋的现金。许久不见的二儿子回来,还挣了钱孝敬她,让她心里一阵欢喜。二龙说自己很累,想在家休息一段时间,还叮嘱岳红花和孙大龙别在邻居面前说他回了家。

孙二龙回家的第三天晚上,大雨滂沱,电闪雷鸣。警察突然包围了他们的家,破门而入,从床上抓走了他。岳红花哭喊着撵了一路,眼睁睁地看着二龙消失在黑夜里。她不知道儿子犯了什么事,一身泥水回到屋内,担心和恐惧袭来,却不敢大声哭泣,只能坐在灯下看着孙大龙。孙大龙也不明白弟弟到底所犯何事,烦躁地嘀咕:"老二胆子大,该不是杀人了吧?"

岳红花的眼里霎时噙满了泪水。自己中年丈夫失踪,难道老年还要失子?不行,自己得找人问问,孙二龙到底犯了什么事,还有没有救。她接受邻居的建议,来到成都恳求凌云青帮忙。

原来,孙二龙离开阆南县家具厂后,来到成都寻求生计。厂里的管理制度严格,他不愿进厂做工,更不愿到工地上日晒雨淋。在其他人的怂恿下,他找到一条挣钱的"捷径":持刀打劫美容院。一时间,他成了美容院的魔影,美容行业谈之色变。

城里舍得花钱做美容的女性,比起那些工厂或工地上的女工,挎包里都有一些闲钱,这样的对象,一劫就有"收获"。但那天孙二龙遇到了一个烈性女子,不但不惊慌掏钱,还拼命挣扎呼喊。惊慌中，他手上的匕首刺向了那女子的腹部。他逃回老家，被专案组民警深夜抓获。受害人脾脏破裂，医生将其从生死边缘救了回来。虽然孙二龙不至于为此偿命，但等待他的，将是深牢大狱。

　　岳红花明白了孙二龙所犯案由，也就接受了儿子将受法律惩处的现实。她只想尽快回家。凌云青送她到了车站。汽车即将启动，她将一绺花白的碎发拢到耳后，抱住凌云青送给她的一袋水果，面向车窗外面为她送行的这个青年同乡，两行热泪从她脸上滚滚而落。

第四章

一

不知不觉到了秋天，人民北路两旁的芙蓉树一片粉红，如同霞彩织就的锦缎。凌云青骑车来到火车北站。老家观龙村的史国柱电话里告知，他和媳妇田小花已经来到这里，面对奔跑的车辆和川流不息的人群，头脑发晕不知如何赶车。凌云青让他们就在火车北站的广场等他。

两人都外出打工，田小花是犹豫的。娃娃才一岁挂零，刚断了奶，她心里有些不舍。从家里出来时，儿子像个蹒跚的小鸭，歪歪斜斜地走过来，两只小手一张，抱住她的膝盖，仰起一张口水滴答的脸，"啊啊"地傻笑。她的内心遭遇飓风一般动摇了，对史国柱的言语也跟着柔软起来："不行的话你先去吧，过段时间我再来找你。"史国柱皱着眉头，没有同意她的建议。

田小花长得水灵清秀，史国柱接连打败了好几个追求者，才成功抱得美人归。他很担心，倘若自己去城里打工，一些人可能会将主意打到媳妇身上，所以无论如何也要带上她一起进城。

凌云青接上史国柱夫妇，穿过火车站广场，来到荷花池附近的蜀我香饭馆。这会儿饭馆人多，几乎满座。食客喧嚷，旺火烹锅，一派繁忙景象。跑堂的忙不过来，老板邱先生索性亲自服务，端来一盘回锅肉和一份毛血旺。

这些年来，蜀我香饭馆几乎成为观龙村人来到成都的"餐饮第一站"。他们与蜀我香饭馆结缘，源于凌云青对邱老板的一次采访。

那天，邱老板正在招呼客人，门外忽然有人惊呼："大姐，你咋了?!"他出来一看，是个挽了布包的孕妇，晕倒在蜀我香门口，已经是即将分娩的状态，身边却没有一个陪护的人。他急忙拦下一辆出租车，把昏迷不醒的孕妇送到附近的铁路中心医院，还交上押金，办了入院手续。孕妇最终顺利生下一个健康的男婴。热心群众电话打到报社，凌云青前去采访，邱老板一句朴实的话给他留下深刻印象："这个孕妇准备去广州，投奔在那里打工的丈夫，没想到提前生下小孩。人生在世，谁没个急事难事？能搭把手帮助一下，我心里也高兴。"

凌云青深以为然，从此与邱老板成为朋友。观龙村的乡亲来成都找他，他都习惯性地把他们带到邱老板的店里，设个小小的接风席，尽一份乡亲之谊。久而久之，邱老板知道这些络绎不绝的"生面孔"，都是来找凌云青的乡邻，就主动给饭钱打个折扣。凌云青开玩笑说，自己在邱老板这儿消费不高，享受的却是贵宾待遇。

史国柱带着媳妇来成都，是想寻求一份工作。他搁下筷子，打开话匣子："云青兄弟，我们在乡下种一年田，累死累活，除开农业税、农药、化肥、种子等杂七杂八的花费，不但剩不下几颗粮食，更换不来家庭开支的费用。如今娃娃既已落地，以后读书升学啥的，免不了大把花钱的时候，我们想趁着年轻有力气，出来找个工作，多少挣一点就能攒一点。"

凌云青当然明白，在观龙村，乡亲们面朝黄土背朝天地劳作，冬天双手裂出血口，夏天汗水流成小溪，也就混个基本温饱。守在观龙村，常年耕种人均不到八分的田土，不如到外面寻个事做，也许会有更好的生活境遇。倒推十几年，要想进城当工人，比登天还难。有些人生来是农民，一辈子离不开田地；乡下的

"黑豆子"难以脱去农皮，变成城里的"红豆子"。中国版图那么大，如今只要你敢想，没有去不了的地方。

村里不少壮劳力，这两年都出来了。但愿意出门打工的农民多了，又有了新状况：市场上不缺普通劳力，用工的老板还要挑挑拣拣，有文化或有一技之长的，才更容易找到打工的地方。

凌云青心思浮动，直言不讳地询问史国柱夫妇，他们有什么一技之长。史国柱摊开两手："我们除了种地，什么都不会。"史国柱小学毕业后在家务农，田小花读到小学三年级，退学回家帮助父母干活。

两口子除了一把力气，没啥别的优势。凌云青准备劝告史国柱，想在城里找到事做，要么学个一技之长，要么去自考拿个文凭。话在肚里酝酿了一番，还没说出口，史国柱就抓住了他的手，提出了要求："那个工作的事，最好让我和你小花嫂子在一块儿上班，彼此也有个照应。再有一个呢，我们希望找工钱高一点儿的事做。"

一时间，凌云青不知道该怎么接话。史国柱两口子初来乍到，自己用不着现在就打击人家的积极性，有些话可以慢慢讲给他们听。再说路都是自己走的，说不定过一段时间他们更能理解学到技术的重要性。他端起茶杯抿了一口，迎着史国柱热切期盼的目光说："我尽量想办法。"

将史国柱夫妇送到报社招待所，凌云青走回宿舍。他们的工作诉求让他犯难。工资高，还要同时接收夫妻两人，这样的工作不好找。但史国柱张口就提，仿佛凌云青是就业办的主任，找什么样的工作都不成问题。

凌云青在报社当记者，收入是比史国柱这样的家乡人好得多。观龙村的老乡过来，他无不妥帖接待。一去馆子，几个硬菜端上桌，就要花去他不小一笔费用。他从不和乡亲们提及这些花销,唯恐自己没将乡亲招待好,没将他们的诉求满足。可今天,史国柱的话,让他的心里有了几分不快的感受。

二

蜀我香饭馆的规模,比不了那些高档馆子,但在荷花池区域,算得上是中上档次的家常饭馆。饭馆打通了四间门面,夜里关店时,四扇卷帘门一起往下拉,"嗤啦啦"的声响也蛮有气势。其中一扇门的后面,用玻璃和铝合金合围了个凉菜屋,既为店里客人供应,也能让下班路过的人称点卤味拌菜,给家里的餐桌加上两三道美味。

自从发现凌云青常带老家人去蜀我香,韩细君也喜欢上了这家川菜馆。她下班一有空闲,就拉上吕冬冬来到蜀我香一同就餐。吕冬冬迷恋蜀我香的酱鸭脖和卤鸡翅,只要有时间,就跟韩细君结伴而行。这次发现凌云青又在招待老乡,韩细君提前结账,与吕冬冬一起离开了,她生怕正面遇上凌云青。

为了在吕冬冬面前化解尴尬,韩细君为自己找了一个借口:"那个史国柱,以前是我爸教过的学生,不打招呼不太好,打了招呼又不知道说啥。"吕冬冬暗自感叹,她知道韩细君躲开的源头不在这个人身上,却也不便过多提及韩细君想要逃避的人和事。

凌云青回到宿舍楼下,已是星月满天。宋桥在楼门口来回走动,似乎是在冥思苦想。

"大晚上不睡,在楼下徘什么徊?"凌云青调侃道。

宋桥告知,吕冬冬给他来了电话。他直接转达了她的原话:"你让细君的老乡给句痛快话,细君这样的姑娘,到底是喜欢还是不喜欢？"

　　重逢韩细君，这份惊喜后的疏离感一直在凌云青心里回旋。她曾经温暖相助，他心存感激，却没有那种青春心动的感觉。他清楚地明白，真正的爱情是两颗心之间的互相吸引，也是两个灵魂的平等对话。细妹子是个好女孩，但她会是自己的人生伴侣吗？

　　回想那一年的大学寒假结束，凌云青即将踏上返校路程时，遇到了韩细君的大哥韩义君。韩义君像一堵墙，挡住了他前行的路，冷冷地问道："你为啥要和细妹子通那么多信？你家茅草房都没有盖严，你是不是吃饱了没事干？"

　　凌云青只当韩义君是关心妹妹，并不与之计较，准备绕开从旁边走过。但韩义君伸开两臂，拦住他的去路，狠声说道："你家那种情况，还好意思打我妹子的主意？你给老子趁早死了这条心！"

　　韩义君撂下狠话扬长而去。凌云青的脸涨成了猪肝色，他与韩细君原本斑斓的世界，顿时失去了颜色，变得灰黑黯淡。时节虽已立春，但触目可及的萧条让他心情低落，料峭的寒风吹掉了树上的枝叶，枝干孕育的生命似乎还挣脱不了褐色的苞壳。

　　往事涌来，凌云青的心里如同打翻了五味瓶。韩义君无情的指控，让他和韩细君从前的种种交往变了味，仿佛他真成了不知天高地厚、梦想吃到天鹅肉的癞蛤蟆。自己真的配与她继续往来吗？纵然他与她结有纯真的友谊，可毕竟家境有别，韩义君只是用一种极端残忍的方式揭开真相，逼他直面现实。

　　但自己为何要承受这种羞辱和斥责呢？凌云青从此硬起心肠，强迫自己和韩细君划清界限，不再回复她的来信。他将她的那些信函整整齐齐地锁进抽屉里，如同关上了心灵的窗子。

韩细君高考落榜，她将自己关进屋里不吃不喝。韩家二老实在担心女儿，恳请假期回到观龙村的凌云青劝劝她。那是他们失去联系一年多后的再次相遇，她鼓足勇气拥抱了他。他狠不下心，没有立即推开她，却也没有热切回应。从那时起，她收敛了对他的感情，二人再也没有联系。若不是他和宋桥暗访荷花池市场，他们什么时候才会再度相逢呢？

凌云青明白，他和她有截然不同的家庭背景，缺失了情感相通的根系。他迈不过韩义君当年设下的坎，也不愿让他误以为自己对细妹子早有企图。他对她从来都是温暖友情，哪怕再多一些时光，可能也不会变成爱情。何况他已经尝到了恋爱的滋味，一颗心盛装的，都是与他已经建立恋爱关系的曾黎。

曾黎是凌云青采访夕晖养老院时认识的。她是出版社的编辑，也是养老院的义工。从大学开始，她就坚持每个周末到养老院帮忙干活，或是陪伴老人。当她得知有人把变质食品当作慰问品送给养老院的老人们博取社会名声，却让一众老人拉稀跑肚的情况，便拨打了报社的热线电话。

报社派来采访的记者正是凌云青。他写好了稿件，但最终选择不上交这组稿子。写稿过程中，他越来越清晰地认识到，这件事还是不予报道为好。这家养老院需要的，应该是强而有效的管理制度，而非人前曝光。选择放弃这组报道，也许能够更好地守护老人们的平静生活。

他觉得对不住曾黎，为了表示歉意，他请她吃饭，地点仍在蜀我香饭馆。他向她解释，如果这篇报道出来了，人们会怀疑养老院管理松散，存在疏漏，今后不愿再将老人送来养老。舆论一旦发酵，喧哗之下难有理性，无端的猜疑可能会让那些心存善意的爱心人士望而却步，不再积极参与慈善。

凌云青做好了接受责怪的准备。他曾向曾黎承诺过，一定会坚守真相，弘扬正气，为弱势群体发声，这也是他选择做记者的初心。曾黎配合了他的采访，得到的回馈却是撤稿和一句"对不起"。凌云青自己都觉得窝囊，如果她怪怨他，也是情理之中的事，他不会为自己狡辩。然而，凌云青发现曾黎那双清澈的眼睛正在专注地看着他。他分明感到，那是一双比不染纤尘的深山清泉还要清澈的眼睛。

曾黎没有怪怨他，而是告诉他，她的父亲和她交流过。她父亲认为，他们想为养老院的老人伸张正义，初衷是好的，但他建议给养老院一次自省和改进的机会，也给老人们一个未来得到更好照料的机会。曾黎自嘲般地说道："也许我太过于理想化，遇事比较容易激动。"

这次为了表达歉意的聚餐，吃得宾主尽欢。结账时，邱老板看看凌云青又看看曾黎，笑着对她说道："凌记者是我们饭馆的常客，他来吃饭能打折，以后你来，也享受同样的待遇。"

邱老板意味深长的话外之音，让这位姑娘的脸上泛起了红晕。

三

凌云青和曾黎的恋爱关系，是宋桥透露给吕冬冬的。吕冬冬忍了又忍，终究还是告诉了韩细君。她愤愤不平，说了不少激愤的话："他凌云青觉得自己是山沟沟里飞出来的凤凰啊，眼珠子长在额头，看不上青梅竹马的你了！"

韩细君的泪珠凝在了眼眶里。得知凌云青心有所属，她自虐似的坐在屋里，任由黑夜侵蚀，痛苦与煎熬之后，反倒心生一丝解脱。她看了那么多爱情小说，明白爱的国度里，住两个人刚刚好，对方的一言一行、一颦一笑都搁在心里，眼里看不到别的人。凌云青拥有一个让自己望尘莫及的世界,那个世界让她感动的同时,也让她隐隐地感到陌生、害怕。吕冬冬告诉她,来找凌云青帮忙的老家人络绎不绝,有次来了十二个人,报社招待所实在住不下,宋桥的房间都被征用了,打上地铺安置凌云青的老乡。

韩细君想,自己只是一个平凡的女子,拥有一段平凡的缘分、一份平常的人生就可以了。凌云青的善意太过泛滥,即使和他真的走到了一起,她恐怕也会疑神疑鬼,担心他最爱的人不是自己。因为他的一颗心,早就分成了无数份,给予了其他人。

对陈涛的建议,她不能再视若无睹,得认真想想了。毕竟,人生的选择,需要冷静和理智,而不是凭靠一腔青春的偏执。

陈涛经常往返成都和广州,几年生意下来,在广州认识了不少厂商朋友,他们热情地拉他入伙办厂。他思量过,倒爷的生意已经不比之前赚钱,想要长期持续发展,就得遵循市场规律,控制源头生产。转型成为制造商,这才是长久之计。

他自认是个敏锐的人,但也承认,自己的弱点和软肋就是韩细君。

姑妈陈巧玲发现,陈涛在韩细君身上花费了太多心思,就偶尔拿话敲打他:"有些事要顺其自然,不是你付出就一定有收获。如果春来播下蔫子儿,秋天也收不了一颗粮。"陈涛不以为然,他觉得爱情就像挣钱一样,努力付出才会有收获,不能顺其自然。如果那么认命,当年他明知韩细君每周写一封厚厚的信寄给在西安读书的凌云青,那时他就该放弃。可他有耐心等待,等她一回头,就能看到自己。别的不敢说,这几年韩细君在荷花池卖衣服,见到最多的老家人是谁?联系得最多的异性是谁?还不是他陈涛吗。

陈涛不断邀请韩细君和他一起去广州,甚至为了等她点头,将自己的创业计划一推再推。此前,她从未将自己代入到陈涛的未来蓝图,无论他多么真诚,她都选择故意回避,视而不见。

如今,念头的转变只在倏忽之间。她明白,自己如果继续留在成都,会戒不了习惯的瘾,一次又一次去蜀我香饭馆,期盼偶遇凌云青。此前的偶遇是欲说还休的等待,此后,也许只会收获越来越沉重的失落。

她不愿为了一场徒劳的爱,让青春化为玫瑰色的泡沫。所以,再见,成都;再见,云青。也许有些人说的道理是对的,女人找一个真心爱你的依靠,会比找一个你爱的人更加幸福。陈涛待她的真心不会掺假,不知不觉间,他已付出太多,哪怕这些年她任性地对凌云青一往情深,他仍旧没有放弃对她的追求。

韩细君擦了一把腮边的泪,安慰自己,离开了就该放下,放下了就不会再沉重。应该割舍的记忆,不要带往南方。

第五章

一

经过两年的恋爱，凌云青和曾黎决定举办一场婚礼。她喜欢好莱坞电影，想到穿上蓬蓬裙白婚纱的场景，就怦然心动。为了拍摄一套满意的婚纱照，她不辞辛劳地满城对比，最终选定了春熙路的一家婚纱影楼。

凌云青原本想找宋桥请教照相的事，但宋桥与吕冬冬拍过婚纱照摆过喜宴后不久，辞职回到家乡锦羊市做起了生意，两人很长时间没有见过面了。拍婚纱照的事，凌云青便全权交给曾黎操办。

预约婚纱影楼，提前与摄影师沟通，挑选礼服，确定拍摄主题……曾黎计划这周六的上午就去摄影棚。周五中午，她在电话里提醒凌云青各种注意事项。

当天下午，曾黎办公室的电话"叮铃铃"地响起来。她拿起话筒，凌云青的声音传来："我现在在火车北站。"他抱歉地告诉她，自己不得不去温州一趟，大哥凌云鸿在那里闯下了祸事。

嫂子柳翠翠给凌云青打来传呼，她在凌云青回过去的电话里哭声震天，想说的事听起来一片模糊。他好不容易才听明白：大哥与工友发生纠纷，刺瞎了对方一只眼睛。柳翠翠恳求凌云青赶紧过去一趟。凌云鸿已被警察抓走，她不知道该如何是好。

即将拍摄婚纱照的当口，大哥却发生了这样的事，凌云青纠结难耐。

他私下怨恨过大哥。身为长兄，凌云鸿原本应该有点长兄如父的风范，可他倒好，投身社会后，早早过上了"月光族"的生活，赚一分花一分。母亲在乡下种地，每年要交农业税。是凌云青念大学时半工半读，勤工俭学赚钱寄回家，才让母亲不至于日复一日地为钱发愁。当兄长的对家庭和亲人没有责任担当，兄弟姊妹与凌云鸿的感情也就日渐淡漠了。

已是一家之主的凌云鸿，过上了老婆孩子热炕头的日子，现在他惹了祸，却要兄弟去"想办法"搭救，这让凌云青心生不爽。

凌云青告知柳翠翠："我这边事情很多，实在来不了，你们自己想办法！"

柳翠翠哭得声嘶力竭："你要是不救你哥，就没有别的人救他了。娃儿还小，我们怎么办？我还有啥活头！"

嫂子的哀求，让凌云青冷静下来。凌家那些年孤儿寡母的，被村里横行霸道的人家欺负，凌云鸿身为长子，也会握紧拳头保护家人。凌云青一时百感交集：血浓于水，云鸿总归是自己的兄长，乡里乡亲的忙自己都在帮，兄长现在遇到麻烦，如果他反而坐视不理，恐怕连自己也不能说服。再说事情真相如何，六神无主的嫂子说不出个所以然，他不去协调处理，也没有别人能帮她。

凌云青挂断电话，转头去找报社领导批假。领导有些不解："你的婚礼不是下个月举行吗，怎么提前申请婚假？"凌云青心乱如麻，将大哥重伤他人的事做了一个简要汇报，领导不得不拧开笔帽，签下了假条。

他取了些现金，来不及收拾行李，赶到火车站买了车票。离发车还有一点时间，他用车站小卖部的公用电话打给曾黎，解释了急着去温州的原因，明天拍婚纱照的事只能推迟。

"后天去可以吗？或者明天拍了照，晚上你再走行不？"

"实在对不起，这事儿太急了。婚纱照以后还可以拍，但不尽快去处理大哥的事，可能会有更大的麻烦……"

他的话还没说完，便听到车站广播通知："发往温州的火车就要检票了。"他匆匆挂断电话，奔向了入站口。

曾黎不是不理解凌云青，也不是不支持他。凌云青老家一拨又一拨的人来成都找他，作为未婚妻，她哪次不是协助他热情接待。闺蜜背地里将她"教育"了一番，说她再这么"纵容"凌云青，以后有她受不了、哭鼻子的时候。她不信这话，只信自己，信他俩之间的这份感情。可他为了他哥的事，居然抛下等他一起拍摄婚纱照的未婚妻，说去外地就去了外地。这个现实的耳光，响亮地打在了她的脸上。

他说嫂子着急，难道嫂子会比未来妻子的分量还要重吗？自己才是他要携手共度一生的人！她是讲道理的，但事情应该分个先来后到、轻重缓急。拍摄婚纱照，是他们提前约定的，他拍拍屁股拔腿走人，这不是让她难堪吗？她不是喜欢为难谁的人，但他变通一下时间都不愿意，自己咋给父母交代？

曾黎无法控制纷乱的情绪，不能抑制内心的委屈和怨气。理智却又告诉她，凌云鸿是凌云青一母同胞的兄长，他在外地出了事，云青理应及时过去帮忙。对这个"明天"她已憧憬了很久，如今恨不得能有个"时间跳动器"，让自己直接跳过这个"明天"。

二

凌云鸿和柳翠翠是受到表叔杨伟的影响，决定去温州打工的。杨伟是柳翠翠的亲戚，春节前回到阆南县农村的家里，一副光鲜派头，让凌云鸿心生羡慕。杨伟当即声称，能将他介绍到温州的名牌鞋厂做流水线技术工，不会头顶烈日，也不会经受寒风，稳稳定定做一份工，比在土里刨食强得多。

凌云鸿动了心。他这个当家人拿定主意，说动柳翠翠，把刚满一周岁的儿子嘉峰丢给当奶奶的徐秀英，两口子一起投奔了温州的杨伟。

远道而来的凌云鸿夫妇让杨伟心里一紧。他出去十几年，这个春节才头一次回家过年，酒桌上多灌了几杯酒，说话就管不住舌头。他知道凌云鸿的兄弟在成都，也帮村里不少年轻人介绍了工作，心想，凌家有现成的菩萨，凌云鸿还会舍近求远去拜别的庙门？自己夸点海口也是无妨。于是借了三分酒意，大嘴一张，吹嘘温州如何好，他又认识多少能干的人，将凌云鸿的一颗心拨动得痒酥酥的。

柳翠翠也想外出挣钱，但不想跑到温州那么远的地方。她觉得，女人一旦生了孩子，这辈子就被系上了一根看不见的绳子，轻轻一拉就是牵绊。她原本想着，顶多去成都找点事干，如果能在阆南县找份工作最好。凌云鸿却替她做了主，要抛下还没长牙的儿子，去温州赚钱。思来想去，表叔是柳家的表叔，与凌云鸿隔了一层，她不跟着去温州还不行。

柳翠翠夫妇不请自来，杨伟只得硬着头皮履行诺言，寻找朋友圈子里有点能耐的人，跑前跑后忙活了一周，柳翠翠终于进了鞋厂。可凌云鸿是无论如何也"塞"不进厂里，人家老板只要女工，认为女性做流水线产品更有耐心，也更容易管理。

兴冲冲地投奔杨伟而来，两口子却不能在一处打工，凌云鸿脸色一沉，当即拉着柳翠翠要回阆南县。

夫妇俩在杨伟家里白吃白住十来天，两双眼睛都能看到杨伟是在诚心诚意帮忙。现在只能解决一个人进厂，他们就要愤而甩袖离去吗？柳翠翠觉得那太不给表叔留面子，甚至无法过自己这一关。她坚定做主："看在表叔的情面上，我们都要再留上几个月，至少做到年底，对人对己都有个交代。"

在杨伟的多方努力下，凌云鸿最终"委曲求全"，去了一家建筑工地当了杂工。

周六的清晨，失眠的曾黎很早起了床。窗外的天色一点点亮起来，从深钢蓝变成鱼肚白，一道道霞光刺破云层，迎来晴好天气。但她心里满是苦涩，这一天盼了有多久，如今失落就有多深，憧憬的婚纱照仿佛碎成了缕缕晨光。她痴痴地站在窗边，脸上缓缓滑下两道晶莹的泪水。

昨晚她无精打采地回到家里，母亲见她脸色不好，贴心地叮嘱她敷个面膜，还打趣道："今晚好好睡一觉，不然明天化妆师要浪费粉底，帮你遮盖黑眼圈。"

拍不了婚纱照的事，曾黎原本忍着没向家人讲。但她又想，瞒过这一时，也仅能拖延几个钟头，等到天亮了，如果迟迟不出门，家里人还是会知道凌云青远赴温州的事。她尽量平复心情，但刚一启口就难以自持，每个字都蘸着伤心："妈，明天不拍了！"

"不拍？为啥啊？摄影师有事改期了？"

"不是摄影师。"她拿出纸巾擦了一下眼角，"是云青，他哥出了事，他已经乘火车赶往温州了。"

"他哥？"母亲怒气冲冲地拍了一下沙发扶手，"他家怎么这么多事呢！"

女儿摇摇欲坠的眼泪，让曾母放软了语气："还是敷个面膜早点休息吧。只要他凌云青确实有事，不是故意不拍婚纱照，以后你们选个时间再拍就是嘛。"

温州街头来来往往的人群像有急事一样奔走，路面奔跑的小车似乎比成都还多。凌云青见到了嫂子柳翠翠，但她当时不在现场，说不清原委。他冒着烈日去了工地，找到了凌云鸿的工友胡力。

"其实就是话赶话的事。"胡力介绍，凌云鸿与工友刁波发生争吵，双方都想用自己的声音压住对方，互不相让，最终打了起来。凌云鸿被对方压在身下，手边摸到一节钢钎，直接扎进了人家的眼睛。

凌云青大致明白了，大哥又是"激情伤人"。十多年前，凌云鸿便出过一次类似的伤人事件。不过当年的情形是，他为救家人，一刀捅伤了孙家老大，差点让自己身陷囹圄。这次凌云鸿又冲动行事，他凌云青既已来到这里，就无可推阻地成为主事的人，需要拿主意。

人生地不熟，如何协调处理大哥的事？凌云青思来想去，床头柜上的烟灰缸积满了烟蒂。第二天上午，他走进了温州的报社，寻求新闻同行的帮助。总编辑林涛得知他的来意，查看了他的记者证，让政法新闻部的一名记者协助他了解凌云鸿的案情，配合公安机关协商处理后续事宜。

凌云青与伤者家属的几次谈判都没有达成共识，今天还要继续协商。他走进商店挑选慰问品，不无自嘲地想到，当年母亲上门求孙家原谅时，岳红花朝母亲的头上脸上一个接一个砸鸡蛋的情景。那是烙刻在他心底的伤疤，轻轻瞥过都会疼痛。如今，他竟也像当年"负荆请罪"的母亲那样，一次次地觍着脸，请求伤者家属的原谅。作为凌云鸿的兄弟，他明确表态，只要他们不追究凌云鸿的刑事责任，他愿意承担经济赔偿。

曾黎接到了凌云青打来的电话，听出他的声音有些嘶哑。她心头一软，再大的怨尤激愤，立即让位于对爱人的心疼。她拿自己没有办法，也许爱让人盲目，心疼一个人，就会一门心思地担心他。

他为了大哥匆匆离蓉，搁留温州数日，为此他诚心诚意向曾黎道歉。即使自己不在成都,他也能想象这样"落跑"会让曾黎面临多大的尴尬。她与婚纱摄影机构的人说明情况,哪怕人家安慰她没事,私下可能也会八卦地把准新郎和准新娘的关系变化猜测了一百遍。他将每天见了什么人、做了什么事,与伤者家属和解的计划推进到哪个程度,都讲给她听。他不想瞒她,也瞒不住。

受伤的工友及其家属被他缠磨得没了脾气,终于接受了"民事赔偿,免于刑诉"的协商结果,但提出八万元的赔偿数额,少一分都不行。

凌云青再次将电话打给曾黎,感觉自己像是在沙漠中踽踽独行了太久的人,疲累到了极限。工作以来,他的积蓄不到三万,还要准备下个月办喜酒。凌云鸿与柳翠翠来温州,挣钱的速度赶不上花钱的速度,也没攒下存款。为了救出凌云鸿,他准备找别的朋友,想法筹借这笔赔偿费用。

八万?曾黎听到这个数字时,心里一沉,这不是一笔小数目。但她明白,云青的哥嫂都是普通打工人,他们的经济状况估计与观龙村的乡亲差不多。云青告诉过她,他接待过的一些乡亲,将全部家当缝在内裤的暗袋里,也不过几百元。

她叫住了准备挂断电话的凌云青,顿了顿说道:"我妈给了我三万,原本是让我们结婚后买房的首付款,也算是给我的嫁妆。既然大哥这边急用,我明天就汇给你。"在她心里,爱情是超越物质财富的,她愿意将母亲给她的这笔嫁妆交给凌云青,去救他的大哥。她觉得,这才是爱情本来应有的样子。

三

凌云青放下公用电话,找出零钱支付话费。商铺老板用指关节在桌上轻轻叩了两下,示意他放下就好。

这片巷道的两旁,密密匝匝都是理发店、日杂店、五金店、小吃店,热闹的商业气息,颇似成都的春熙路。可这里只是温州鹿城区一截普通的巷道,建筑物多是民国时期修建的两层小木楼。店铺依循古例,用一块块木板拼成大门,"旧"和"新"碰撞出了不一样的新意。凌云青茫然地打量四周,忽然升起一个奇怪的念头:别看这些人只是小老板,他们应该不会像我一样,为了八万元犯愁吧?

一个骑摩托的青年从他面前呼啸而过,后座上绑了一部录音机,留下一串飘散的歌声:"他们说人生一场梦,又何必太计较……"

热辣的酸楚涌上凌云青的鼻头。这个世界本来就不公平,有人出生就在罗马,有人生来却是骡马。那些含着银汤匙降生的,大可轻松哼唱"人生一场梦",但他凌云青却不能不挣扎,不能不努力,不能不在得与失之间去计较。他的家人、他的乡邻,就是系着他血脉的根。为了他们,他不能在意自己的狼狈,更不敢负气地只顾自我。

就算这是自己的命,也要振作精神,对抗生活的旋涡与阴影。

曾黎拿出自己陪嫁的钱,让凌云青既欣慰又忐忑。但他明白,自己对她的亏欠又多了一分。

他又向朋友借了两万元,加上自己的积蓄,凑够八万元,交给了伤者家属,从看守所接回了凌云鸿。

回到出租房内,凌云鸿得知现在的自由背后是一笔巨额费用,突然对自己的兄弟发飙:"拿八万换我,你说你是瓜呢,还是傻啊?我说过要你捞我吗?我宁愿去坐牢,也不能便宜那个狗日的!"

凌云青面对大哥这突如其来的变脸,心里顿时涌出一份悲凉。

"我花钱让你重获自由,不受牢狱之苦,现在倒是我的错了。你的意思是不该让你出来吗?"凌云青觉得大哥的认知有违基本的常理,难道他不明白用掉这笔费用的根源?自己何尝想花掉这八万呢?但大哥惹是生非,他这个做兄弟的,能够袖手旁观吗?

凌云鸿依然气愤,脖子一梗:"哪个稀罕你这样做?这对我有啥好处?你把这笔钱,留到让我用不行吗?"

凌云青觉得大哥不可理喻:"你这不是胡搅蛮缠吗?如果不花这笔钱,你还在里面蹲着呢,用什么用?"

"你去把钱要回来给我,我愿意去蹲牢房!"

凌云青面色铁青,他与凌云鸿谈到钱、自由、亲情关系,似乎是鸡同鸭讲。血缘的羁绊,竟然让自己陷入这么荒唐的境地。他失望地抓起背包,离开凌云鸿租住的房间,赶往火车站。

面对兄弟俩的争吵,柳翠翠不知如何是好。直到凌云青离开房间,她都没有吱声,却对自己的丈夫有了不可言说的陌生感。凌云鸿以为他与兄弟的争吵吓住了她,轻声说道:"我又没吼你,看你怕得那个样子!"

柳翠翠侧过头,惊讶地发现刚才还斗鸡似的丈夫,现在却一脸轻松。

四

凌云青和曾黎结婚,没有婚纱照,没有酒宴,也没有蜜月度假,只是在曾家父母的见证下吃了一次家宴。

婚后,曾黎随他居住在一处老旧的小区,丈母娘嘴上不说,眼里却时常潮汐来去般地翻涌着无奈。按说曾家对凌云青算是大度理解的,知道他是农村出来的孩子,在成都毫无根基和依靠。曾家嫁女,未收彩礼,还悄悄塞了三万元让小两口准备买新房。可他为了大哥,却挪用了为买房准备的首付款,他自觉对不住曾家。

从温州回来后,凌云青眼里常常流露出"时不我待"的急切。他疯狂地外出采访写稿,不分白天黑夜地加班,成了报社有名的"铁人记者"。

在一个明月皎洁的夜晚,凌云青顶着星光回家。楼道的灯泡又一次不翼而飞,上次是他买来灯泡,借来电工梯子旋上去的。这才几天工夫,怎么又不见了呢?他背倚着墙壁,四肢沉甸甸的,迈不开回家的脚步,黑暗倒为他辟出一块放空的空间。

按照目前的薪资,他不知何时才能还清债务。他努力采访写稿,稿件占据报纸头条的次数一多,难免抢了其他同事的风头,报社有人明里暗里嘲讽他拼命工作的姿势太难看。年少时,他和大人一起挑粪上山,满满两桶粪肥,像在肩上压着的两座大山。那时没有镜子,他不知道当年的自己是否因行走过于吃力而面红耳赤,甚至五官扭曲。当然,即使有一面镜子,他也无心去欣赏自己的姿势是动人还是难看。人要活着就别无选择,就得承受生活的重压。但命运之神总是带着一丝倨傲的神情,高高在上地俯视众生,一直没有放过他。

那时,曲曲折折的乡间小道上,只有孤零零的他。现在他身边有爱人相伴,不再是孤单的一个人,欢乐有人分享,痛苦也有人一起承担。

他的身上似乎注入了一种新的力量,腿脚不再滞重,一步两级楼梯,来到了家门口。

钥匙刚插进锁孔,门已经从里面打开。曾黎披着一身橘色的灯光,一只手放在球形锁上。他想给妻子一个回家的拥抱,她却不好意思地侧过了身:"你老家来人了!"

饭桌前,一个短发少妇慢慢站了起来,拖着哭腔:"云青兄弟,你可回来了!"

他正想快速回忆起这是谁,她已做起了自我介绍:"我是田小花啊,史国柱的媳妇!"

凌云青"哦"了一声,点头回应:"国柱哥还好吗?"

"不好,他很不好!"田小花经过曾黎的劝说,原本止住了哭声,凌云青一问,她眼泪的龙头又打开了。

他请田小花先坐下。曾黎帮她换了一杯热水,给云青送上茶盅。他感激地侧头看了妻子一眼。他经常加班晚归,妻子担起了照顾小家庭、接待老家人的责任。他坦承自己有些自私,并未主动问过她,老家不断来人,有时一来就是三五天,是否让她疲于应付。

田小花擤了一把鼻涕,又开始了哭诉。凌云青这才明白史国柱出了事。

两年前,史国柱带着田小花来成都,在求职场上几番碰壁,固执的想法渐渐转变了,愿意听从凌云青"学点手艺"的建议。他在老家就是个"爱妻典范",生怕田小花离开他五米远,恨不得随时将她绑在裤腰带上。为了让他们两口子一起做事,又能学到技术,凌云青动了不少心思。

他找到与报社长期合作的印刷厂,厂里的一个车间主任是他的朋友。他特意安排了饭局,自己拎了两瓶老酒,带着国柱夫妻与车间主任见面。饭局上,主任一杯接一杯,喝出了豪情万丈,对凌云青请他帮忙的事,大手一挥:"那有啥问题嘛,明天就到印刷厂来上班,我安排师傅带他们学习印刷技术!"

从此,史国柱和田小花的日子算是过得开心快乐。他们从泥腿子庄稼人成为印刷厂的工人,多劳多得,每月都能按时领到工资。厂里平时发放肥皂、洗洁精等劳保用品，他们省下还未开封的洗洁精，过年带回观龙村老家使用，引来乡亲们一阵羡慕。史国柱还带回去几个报废的铅字模子，当骰子团捏在手心把玩。乡亲们赞叹："国柱身上都有一股文墨香！"

如果不是几天前发生了意外，他们几乎相信自己的幸福生活，能和成都融为一体。

那天，史国柱操作机器时，身体一偏，左手触到了轮转机的切口，他的手掌从齐腕处被切了下来。值班领导把他紧急送去医院，医生以最快速度做了缝接手术。

凌云青腾的一下站起身："什么时候的事？"

田小花见他的担忧和焦虑明明白白写在脸上，心底淌过一股暖流："有四五天了，知道你工作忙，不敢随便打扰你。再说事情太突然，送到医院就做手术，也没顾得上给你说……"

她拿出手绢，揩了揩汇聚到下巴的眼泪："我今天过来，不瞒你说，是有重要的事请你帮忙。"她接下来的请求，让凌云青和曾黎一时不知如何应对。三人沉默地坐于灯下，他们的身影被灯光投射到墙上，无奈地晃动，像是被困在挣脱不了的禁地。

田小花没再多待。她要去医院，便起身告辞。她单薄的身影，很快消失于街口。

凌云青来到阳台，点燃一支香烟，深吸了几口。阳台原本是他放松心情的地方，一阵夜风吹来，他的心里却像塞进了一团乱麻。

五

夜深人静，曾黎发现躺在身旁的凌云青呼吸浊重。她忍不住在黑暗中开了口："这事儿会不会让你太为难了？"他没有正面回答:"明天我先去厂里和医院,了解情况再说!"

这两年的节假日或周末,史国柱夫妇从未与凌云青通过电话,也没有相互走动。曾黎是第一次见田小花,就看到她哭兮兮的一张面孔。她并不是刻意趁这个时候来挑史国柱夫妇为人处世的理儿,只是觉得心里有几分硌硬。平时从不来往的,一出事就想起她家云青了?她对这个史国柱没有好感。田小花这次来她家,说他的诉求是要巨额赔偿,但凌云青在其中又该扮演何种角色?一旦逾矩,又会对云青的职场形象造成什么影响?

可不管怎么说,史国柱断了一只手,那样的血腥场面太过骇人。史国柱躺在医院,云青是他在成都唯一能指靠的人,云青不帮他,谁还能帮他呢?

曾黎夜里没有睡好,如同枯燥而沉闷地走过了时间的荒原。她对另一半的期望,从来就是不求显贵、不求仕达,只求二人能过上平常、安静的日子就好。

结婚后,曾黎效仿苏东坡当年"量财而行"的治家法子,在抽屉里摆上一只牛皮纸信封,装着零零散散的一沓钞票,连买一瓶料酒、几头大蒜,都会认真记账,控制开销。她打趣道:"我们将每个月的家用预算放在这里,主要是对我自己进行控制,不然花起钱来心里没数。"凌云青心里尽管犹如春风拂暖,却有驱散不去的歉疚。他当然知道她是怕他为难。他为大哥背上一身债务,这个家庭的日常开支都由曾黎来承担,她却用一只"共同的信封",不显山露水地掩盖他在经济上的尴尬。

他心里还有一件事没来得及告知曾黎。社会新闻部副主任被调走,报社打算在月底前通过内部遴选的方式确认新的副主任人选。明眼人都明白,报社是想让年轻人进入人才梯队,而凌云青的民意投票数最高。接下来,只要他认真答辩,副主任一职应该是十拿九稳的。这个节骨眼上,如果他为史国柱的事奔忙，会不会让领导觉得他不务正业呢？

无论夜晚有多令人辗转难眠，清晨仍然会按时到来。世间的喧嚣，带着一股周而复始的崭新力量，给人一种可以从头再来的微弱错觉。

曾黎从厨房端出米粥和馒头，凌云青三两口吃完了早餐。她从抽屉里掏出"家用基金"，拿出五张百元面值的整钞，交到凌云青手里："你去医院看人，咋能不带钱呢。"

凌云青的鼻腔发酸，赶紧转身换鞋。愁绪搅得他一夜不能安睡，身体的疲惫并未消解。曾黎塞给他的几张"老人头"，让他愈发觉得惭愧。

他赶到了工业园区的印刷厂，两个多小时后又来到了医院。

史国柱看见凌云青，立即红了眼圈，赶紧将病床旁的田小花轰起来，让她把凳子让给凌云青。

田小花提上开水壶，对他们说道："我去打水，你们聊一会儿！"

等她走出了病房，史国柱探过头来，冲着凌云青热切问道："我老婆给你说的事咋样了？"

凌云青盯着他的眼睛回应："我觉得，现在重点是先治疗你的伤，赔偿的事以后再说。但我有些不明白的地方，想来确认一下……"

田小花想给男人留下谈事的空间，打上开水兜了一圈才回到病房，却见头发蓬乱的史国柱怒眼圆瞪，对着站在床尾的凌云青吼叫："你什么意思？这还有啥不清楚的？我肯定是工伤，他们应该赔偿！现在付了医药费就了不起啊？如果他们不赔偿，那就赔老子一只手来！"

"国柱，你闹什么呀，还不快躺下！"田小花放下开水壶，急忙去扶情绪激动的史国柱。他一只脚搁在床上，一只脚踩着地面，输着液的左手扯动了胶皮软管，已有殷红的回血。

史国柱对凌云青不依不饶："别以为你在成都混，就忘记自己是什么出身！你腿杆上的泥巴都没洗干净，就昧着良心帮助城里的资本家，对付我这个观龙村出来的家乡人？"

他越说越火大，一脚踢翻了凌云青坐过的凳子。其他病房的陪护听见吵闹声，来到门口看起了热闹。

"国柱，你别激动啊！"

田小花不知道短短的时间里两人到底谈了什么，史国柱抽的又是哪门子风。她带着哭腔对凌云青说："云青兄弟，对不起，你……你先走吧！"

六

史国柱的怒骂让凌云青心里五味杂陈。来医院之前，他去了一趟印刷厂，找到车间主任和事故当日的值班领导，以及史国柱同车间的工友了解情况。车间主任拿出一份血液检测报告，报告显示：史国柱当时的血液酒精含量达到 260 mg/100 ml。

凌云青常年跑社会新闻，知道醉驾的"红线数字"是 80 mg/100 ml。人体血液中酒精含量不同，会造成相应的兴奋期、抑制期、酒精中毒等不同状态。史国柱血液的酒精含量居然在 150 mg/100 ml 至 300 mg/100 ml 之间，也就是说，他当时处于重度醉酒状态。

车间的工友清楚地回忆："国柱出事那天，轮的是晚班，中午他在家里和朋友开了酒坛子，你一杯我一杯，一直喝到下午五点多，放下酒杯就来厂里上班……"

值班领导觉得自己没有担起监管下属的责任，低头不语。但凌云青心里清楚，即使算值班领导失职，但史国柱罔顾工厂规定，酒后上机操作，导致自己左手被切断，主要责任也应该自己承担。再说，工厂为此紧急停机，造成的经济损失也不小。

史国柱刚做完手术，从麻醉中醒来那会儿，剧烈的疼痛反而让他清醒。人生没有后悔药，他再怎么痛哭流涕也不能回到事故发生之前。他现在唯一能做的，只能是"朝前看"。他在印刷厂上班，成天和纸、字打交道，虽说也不会一夜之间变成文化人，但较之从前，他确实变得更喜欢转动脑筋了。不管缝接后的左手能否痊愈如初，自己今后都不可能回印刷厂上班了。违规上机操作的事，纵然能瞒得住一时，可纸终究包不住火。

既然如此，哪怕撕破脸皮，也要为以后的自己和一家老小的生计要到尽可能多的补偿。他拿定主意，咬定自己是工伤，要让印刷厂赔偿损失。他一只手被机器切断,流了不止"一点血"吧？工厂每年都是市里的纳税先进户，给他一点赔偿，那还不是在九头牛身上拔下一根毛的事？

于是，史国柱隐瞒自己醉酒上岗的事实，让田小花去凌云青家里哭诉，把心理攻势的戏码做足，好引起凌云青的同情和支持。不料，凌云青来到医院问的每个问题都如尖刀利刃，直抵事故的真相。史国柱更没有想到，印刷厂已经拿到了他喝酒上岗违规作业的真凭实据。面对凌云青"一二三"地抛出来的问题，他觉得自己被人扒光了衣裳，更担心凌云青不再为他着想，于是恼羞成怒，对凌云青一番指责吼骂。

走出观龙村，史国柱在成都举目无亲，投奔了凌云青。但他心里早就不是滋味：自己从小与凌云青同在一个生产队，都是观龙村这条苦藤上长出来的苦瓜蛋子。他凌云青又没多一只眼睛多一个耳朵，为何他就能过上光鲜的日子，而自己却像脚底的烂泥，被人忽视践踏？

凌云青并不完全清楚史国柱深藏的这些心思。史国柱的行为让他吃惊，也让他难受。他只是去厂里了解了情况。史国柱想要人家赔偿，至少也要有理有据。可印刷厂提供的证据，却指向他违规操作。即使今天不说真相的事，难道真相就不存在吗？他以为掩盖事实真相就能让凌云青只听他的一面之词，不分青红皂白地去找印刷厂的麻烦？他觉得自己弱就有理，就能胡搅蛮缠吗？

做新闻记者这么多年，这种"假装弱者的闹剧"，凌云青早就见识过。那些"碰瓷客"，都抱持这样的歪理："我弱小，我可怜，我还受伤了呢！不管谁对谁错，看在我流血受伤的份上，你要不要赔偿？你就说赔不赔吧！"

凌云青鄙视这样的人。有些人武断地认为，将碰瓷当作生计谋生的都是离开农村又难以融入城市的人。他从不赞同这样的观点，他觉得：农村也有凭靠自己的努力一步一步走出来的人，正如城市也有不务正业的寄生虫，不能仅以出生地域简单粗暴地评判人的道德品性。

面对史国柱，他忽然觉得自己的这种认知受到了冲击。史国柱是他同村同队的乡亲，是从小一起长大的伙伴，但史国柱的所作所为，生动诠释了一个来自贫困农村的碰瓷者的无赖丑相。

他被气得走出了病房，心想：我又不是你的兄弟朋友，更不是你的爹妈，凭啥受你这种气？你自己有错还敢大耍蛮横脾气，谁给你的这种勇气？他不由得一阵伤感。当初他丢下工作，丢下未婚妻，跑到温州帮助大哥凌云鸿，可就算是嫡亲兄弟，他又落了个什么好呢？自己这是怎么了，为什么老是遇上这种费心尽力却不讨好的事呢？

可真的就这样任由史国柱躺在医院不管了吗？昨晚田小花专程找到家里，那张泪水汪汪的脸还在他眼前，挥之不去。连曾黎都忍不住感叹："她在成都遇到这么大的事，慌得没个主见，你就关心一下嘛！"曾黎与田小花此前并不相识，本着同样为人妻子的柔软心肠，她都能这么想，自己与史国柱一同长大，难道就能硬起心肠，再也不管吗？

凌云青索性在医院外面点燃一支香烟，让自己平静下来。

医院内外人来人往。有些家属扶着一脸愁苦的患者，带着恳求的声音呼喊着医护人员；穿着蓝白条病服的住院病人，有的护住自己的腰部，有的捧着肚子遛弯，像是风中摇摆的芦苇。世上为病而苦的人这么多！凌云青在香烟的青雾中，对史国柱的事有了新的想法。

史国柱违反操作规定，已经受到了惩罚，承受了断手重接的肉体之苦。他家的孩子还小，他的老母亲又患有类风湿和糖尿病。他这一受伤，家庭生活肯定大受影响。他有可恨之处，也有可怜之处，索取赔偿，是想抓住这个机会多要一点钱，不然家里老的老、小的小，今后怎么生活确实是问题。

事到如今，史国柱的对错已经不重要。道理归道理，情理归情理，多为他争取一点补偿，对他也是一种帮助。凌云青招了辆出租车，再次来到印刷厂，叩开了厂领导办公室的门。

七

厂领导答应，从人道主义精神出发，发动员工集体募捐。印刷厂最后募集了十万元的爱心款，让工会主席带给史国柱夫妇。当然，也终止了他们的用工合同。

印刷厂的募捐款和史国柱希望得到的一百万赔偿相比，差距当然不小。但在凌云青的协调下，印刷厂也放弃了追究他违规操作造成经济损失的责任，他虽然心有不甘，也只得接受这样的结果。史国柱对田小花说，赔偿没有达到理想数额，也许是他们当年来找凌云青时未能捎上两块腊肉或是几把挂面之类的礼物，所以在这么要紧的事上，人家不肯拿出热心肠来。

史国柱住院几天后，想节约治疗费，提早离开了医院，但因自己处理不当，血管里起了血栓。田小花见他痛得满头大汗，让他去医院看看，他却颤声训斥："有啥看头？就算看一下，总要挂号吧？挂号要不要钱？再说，现在医院就会做生意，吃不死的药给你开一堆，就像抢钱似的，咱们现在又没工作，哪里敢花这些冤枉钱！"田小花不敢再劝，由他挣扎着去药店买些止疼片，双倍甚至三倍剂量吃下。后来他痛得实在不能忍受，才去了医院，医生遗憾地告诉他，伤情耽误太久，已经过了最佳治疗期。专家全力诊治，也没能保住他的左手。

他来成都那天，凌云青去车站接的他，现在他要离开成都回老家，凌云青决定去送他。他将残肢塞进外套衣兜里，拒绝和凌云青说话。他甚至想将曾黎塞到田小花手上的信封扔掉，但现在一分一厘都很珍贵，他无法为了所谓的骨气和怨气而跟钱过不去。

他希望从这一刻起彻底忘记凌云青，哪怕这个人还特意带着老婆，买了一兜罐头糕点前来送行。在他的心里，再也没有比凌云青更虚伪和无情的人了。这个人既没有为了他的事大闹印刷厂，也没有为他索要到一笔可观的赔偿款。

凌云青向已经启动的客车挥手，史国柱夫妇面无表情，没有任何回应。他不指望得到他们的回应，但胸口像是塞着一团硬物，堵得难受。也许人到了一定年龄，上天就会残忍地往你肩上压来更重的担子，让你在现实面前一再失望。你会慢慢发现，自己和身边人的追求并不一样，彼此也不能理解对方的想法，只能逐渐走向两个不同的世界。可是，即便孤独如斯，被误解、被怨怼，该坚持的还是要坚持，该走的路还是要继续前行。

　　印刷厂和报社的关系错综复杂。有人认为，凌云青为史国柱的事上下奔忙是在"助纣为虐"，说他明知道史国柱违规作业，却要印刷厂员工捐款。一封匿名举报信，寄到了报社总编室。

　　这封匿名举报信让报社领导慎之又慎，对凌云青展开了详细调查。虽说最终查实，他没有违纪违规行为，但他却错失了晋升部门副主任的机会。

第六章

一

成都街头的水果摊摆满了绿皮黑纹的西瓜,湿热空气中飘荡着一缕缕清甜的气息。这不是一个寻常的夏天,不断升腾的高温,伴随一场激荡人心的抗洪抢险而来。

长江沿岸洪水肆虐,成都平原也遭遇了百年未遇的特大洪灾。凌云青和他的同事,承担了抗洪抢险的报道任务。

在曾黎的潜意识里,这场洪灾似乎近在咫尺,总能听到洪水咆哮的声音。她在夜里常常梦见浑浊的洪水扑向凌云青。她在肌肉的抽搐中惊醒,眼里和脸上湿漉漉的,分不清是泪水还是汗水。

从医院拿到孕检报告,她才明白这段时间起床眩晕、闻着油烟恶心呕吐、四肢绵软无力,原来都是因为肚里悄悄藏了一粒种子。

凌云青完成报道任务回到了家。曾黎靠坐床头,听他讲述抗洪抢险的惊险场景,忽然他的汉显传呼机响了起来。这么晚了,难道又有重大事件发生?

凌云青跳下床去看传呼机,却没有像以往那样,使用移动电话回复,也没有迅速穿衣换鞋拿上采访本,准备去新闻现场。他一脸凝重地站在床边,若有所思。曾黎以为,他是在纠结这个时候该不该离开她前往新闻现场,便故作轻松道:"有事你就去忙吧!"

他语气沉重地说:"不是采访任务,是宋桥发的信息,说邱老板病逝了。"

曾黎吃惊地撑起身，想起了那个笑容可掬的邱老板："什么病？这么突然！"也许是过度紧张，她的右手不由自主地放在仍旧平坦的小腹上。凌云青立即给她后背垫上一个枕头："宋桥没说邱老板得的什么病，通知我后天参加葬礼。他从锦羊市赶过来，和我一起过去。"

前两年，蜀我香饭馆所在的街道翻新改造，饭馆搬到了距离火车北站较远的城西。观龙村的人过来，凌云青只好就近寻找其他餐馆。吃过"蜀我香"饭菜的乡亲，对那里的菜品味道念念不忘。凌云青心生感慨，近两年没有见过邱老板，如今却是阴阳两隔了。

邱老板的葬礼是他的独生儿子邱东操办的。邱老板肩宽背厚，嗓音洪亮，一张笑脸就像从来没有烦心事。二十多岁的邱东不喜言语，一身孝服在身，脸上却没有悲伤神情。他告知凌云青，邱老板是患急性胰腺炎走的，病来得格外凶险陡急，是二次发作，人在救护车上就没了呼吸。

殡仪馆外面的路边停着长长的一排小汽车，其中不乏奔驰、宝马、奥迪，车主都是来为邱老板送行的。凌云青奇怪的是，邱老板不是高官，也不是富豪，更不是社会名流，普普通通一个家常馆子的小老板，怎么会跟这些豪车车主成为朋友呢？还有人居然是专程从省外过来，就为了送邱老板最后一程。

宋桥告诉他，那些豪车的主人，都曾是邱老板的顾客。

凌云青更加奇怪。四川是佳肴荟萃之地，成都是美食之城，蜀我香饭馆走的是平价大众路线，就算做的菜再好，也够不到星级标准。至于餐馆环境，说不上奢华，顶多算是干净卫生。豪车的主人能在这种馆子吃饭，已经是难得了，但也不至于让他们抛下手里的繁杂事务，迢迢远路专程赶来参加餐馆老板的葬礼。

宋桥靠近凌云青，继续向他揭秘："这些豪车的主人，以前也很穷！"

蜀我香饭馆原来距离火车北站不远，有不少刚来成都或即将离开成都的人都喜欢这家馆子。他们身上有着共同的特征：穷。来成都闯荡，有的人将所有钞票换成了路费，出了火车站，兜里比脸还干净；有的人在成都没有闯荡成功，耗净身上最后一个钢镚，被迫离开，又从火车站出发去寻找新的去处。不管是哪种人，邱老板都能从他们的眼神或不断蠕动的喉结，看到饱餐一顿的渴望。他会热情地请他们进来坐坐。一旦坐下，这些人的面前就会出现一只海碗，里面热腾腾的饭菜有荤有素，米饭晶莹，肉香诱人。有些经济格外困难的，邱老板不仅会让他们白白饱餐一顿，还会附赠一点路费。

一碗饭、一碟菜、一口热汤、一句暖心话，让不少人不服输、不认命的心更加坚定。

二

参加邱老板的葬礼，让凌云青更深地了解了这个人。可惜天人永隔，他再也没有机会采访这个普通的餐馆老板，倾听他这么多年来怎么坚持低调帮助他人、怎么拥有了这些隐秘的人脉了。

宋桥对凌云青小声打趣道："我发现你做事蛮像邱老板的。"凌云青瞪了他一眼，他假装没有看见，继续说道："你老家的人说起春熙路、天府广场、人民公园，都是一脸蒙；讲起蜀我香饭馆，哪个不晓得。邱老板帮了很多人，这些年你也帮了不少老乡，你们都是热心的人。"

"我咋跟人家比!"

死者为大,凌云青担心宋桥说些出格的话,赶紧掐住了他的话头。

宋桥原本有事想找凌云青,无奈报社临时来了采访任务,凌云青急着要走,宋桥只好向他道别:"等你空了,想和你商量一些事。"

凌云青跳上开往报社的车,心里依然想着邱老板。对于邱老板这样的人而言,帮助他人也许就是一件小事。就像在蜀我香饭馆干了多年的老伙计所说,邱老板帮了人,有朋友说他傻,让人白吃白喝,他都一笑了之。凌云青望向窗外变幻的白云,嗅着风中卷来的草木味,忽然羞愧于宋桥将他和邱老板相提并论。

观龙村是凌云青的家乡,是他生命中的深刻烙印。帮助乡亲,这是他不能也无法割舍的一份乡情。如果乡亲们的生活过得好,他们还会来省城找他吗?成都市温江区的农民,他们在自己的土地种植花草盆景,一两盆植物卖得的收益相当于一两亩田地的粮食换来的钱,他们自然也就没有外出务工的动力。阆南县观龙村地处偏僻,远离城市,乡亲们没有种植花草盆景的先决条件,也没有这样的种植技术,即使有这些条件和技术,那里也没有对应的市场需求。渴望过上好日子的乡亲纷纷外出,就像形成了统一认识,先去成都求助凌云青。他们用恳切的眼神看着他,给予他那份乡亲的信任和期待。

凌云青一次又一次告诫自己:"这次的忙帮过之后,下次一定要学会拒绝。"他的能力,并不如老乡间相传的那般神通广大,就算帮他们找到工作,也要欠下人情,这样的人情常常让他身心俱疲。但下一次有乡邻找上门来,他又会全力相助,做不到袖手旁观。他想起小时候陷入困境的自己,多么渴望有人拉扯一把,哪怕递来一个温暖的眼神,他都心存感激。一路走来,他也感受过家乡人的善意;这些人性的微光照耀过他,也支撑了他,才让如今的他有微薄力量帮助他人。

三

曾黎安稳地度过了头三个月的孕早期,按民间的说法,胎算是怀稳了。凌云青放下心来,天天外出采访,赶写稿子。他想努力多攒一点钱,到时也能攒些时间陪伴妻子。

有传言说,报社的采编人员即将进入稿分改革的快车道,准备实行讨论多时的"优者多奖"政策。报社也会推出精细打分制,由中高层领导、责任编辑和读者代表共同参与稿件评级。以前实行多劳多得,今后将进一步优化稿费等级制度。记者获评 A 级的稿子越多,奖金越高。

同事们像打了鸡血般亢奋,凌云青也不会甘落人后。他暗自思忖,像他这样长期"霸占头条"的首席记者,肯定能在薪资改革中获益。

成都郊区的一个村庄,人人动手,家家造炮。其中一处烟花爆竹作坊突然发生了严重的爆炸事故,造成二死六伤的惨痛悲剧。

采访结束,凌云青难以平静,无法从脑海里驱除爆炸现场的那些伤口和眼泪。两截炸断的黑色手臂、烧伤病人撕心裂肺的喊声、儿子媳妇葬身火海后那位老母亲的绝望神情……紧紧揪住了他的心。村主任因未起到监管作用,纵容村民私办烟花爆竹作坊,被依法刑拘。

面对凌云青的采访,村主任抬起一张皱巴巴的脸,面无表情地说道:"有啥好说的?我们村里穷,大家就想赚点钱。如果我拦着不让大家做事，是妨碍了经济发展；今天出了事故，又是我没有负起责任。你说，我到底该怎么办？"村主任神情激动，用戴着手铐的双手咣当咣当砸了两下桌面。随后，他就被派出所的警察呵斥着押回了关押室。

一个"穷"字，让凌云青心头涌上酸涩。世上许多问题并没有答案，不是所有的贫困境遇都能顺利突围。

烟花爆炸事故的系列报道刊发之后，部门主任把凌云青叫去谈话。他拧开保温杯的盖子，又将盖子旋好，遗憾地告诉凌云青：打分评级的稿费改革方案暂缓执行。

凌云青有几分失落，但他明白，偌大一个报社的改革，牵扯方方面面的利益，不可能这么简单地一蹴而就。谁知道要经历多少时日的撕扯和争论呢？自己正面临经济困境，在这个撕扯过程中，能从容"躺平"，冷眼旁观吗？

四

曾黎的腹部一天天变大。周日，怀揣即将与小家伙见面的喜悦，她让凌云青陪同，前往商场采买一些婴儿用品。不逛不知道，一逛吓一跳，给孩子用的东西讲究极多，价格也是远远超出了他们的想象。

她最终没有确定购买哪张婴儿床。凌云青当然明白，妻子不是不满意那些品牌小床，而是担心价格太贵，因此反复比较，举棋难定。她眼里的不舍和克制，让他的心里坠上了铅块儿。

从商场出来，凌云青提议打车回家。他扬手招呼出租车，曾黎温柔而坚定地拉了拉他袖子，示意他们去公交车站。

摇摇晃晃的公交车上，乘客挤得没有活动空间，凌云青张开两臂，小心地护着曾黎。眼前掠过熟悉的街景，耳边传来商贩叫卖的嘈杂之声，他开始思考宋桥让他"下海"的事。

　　香港回归祖国，报社安排了大篇幅的专题报道。那段时间人心振奋，人们知道，国家已经一天比一天强大，也唯有强大了，腰板才有硬朗的底气。曾经的大英帝国最终审时度势，不敢一直霸着香港这颗东方明珠。

　　自从邓小平发表南方谈话以后，"下海潮"蔚然成风。香港回归的热浪带来新一波经商潮，报社已经有好几个同事投奔了商海。曾黎所在出版社的一个领导，毅然决然地放弃了"铁饭碗"，辞职去了上海，选择去更大的舞台发展。

　　婚后的宋桥发现身边不少朋友都在经商，吕冬冬劝他也要学会抓住机遇。宋桥觉得，老婆都能支持自己过过老板的瘾，自己还有啥可犹豫的呢？于是跑回老家，斩钉截铁说要"下海弄潮"。他的父母不同意，认为他在报社吃的是"文化体面饭"，端的是别人羡慕的"铁饭碗"。文化局的亲戚站出来为宋桥帮腔：他们机关都在鼓励大家"停薪留职，搞活经济"呢，宋桥的想法符合国家的大政方针，有啥不可以的？亲戚的支持让他毅然离开报社，与吕冬冬承包了锦羊市文化宫的旱冰场。

　　战战兢兢地经营生意，宋桥夜夜失眠。他担心生意不好，交不上每年的租金，闹出亏空影响家庭生活。吕冬冬之前想过，宋桥若一直留在报社，也就是不死不活地过日子。她让他认清现实，重新选择自己的职业，说不定还有更好的活法。她拿出曾经在荷花池市场做销售的劲头，印制大幅醒目广告，找到锦羊市一些中学中专的学生来试玩，推出令人心动的"一元旱冰"优惠活动，将场子炒得热热闹闹的。

　　在吕冬冬的操持下，宋桥这个老板算是当稳了。两口子经营了几年，攒下了一份不小的家底。

那些年，锦羊市文化宫的旱冰场一枝独秀，年轻人说起新奇好玩的处所，必然提到那里。有些"经验丰富"的男生，追女孩子的首选之地便是旱冰场。初次滑冰的女孩站立不稳，这些护花使者顺势拉住她们的手，殷勤地教她们如何保持平衡。纤腰被人一把搂住，在冰场旋转飞舞，惊怵与娇羞之余，女孩完全没有了招架之力。宋桥守着旱冰场，像半个月老，不知见证了多少"人间爱情的诞生"。

但是，好景就那么几年，昨日的时髦，说不定今天就会变成落伍的老套。香港回归之后，内地的青年男女不仅看港片、唱粤语歌，还学习港台居民的时髦穿着，在玩的方面也越来越"港"了。锦羊市的"港风"同样愈演愈烈，市场上如雨后春笋般地冒出了不少卡拉OK厅。有些地方设备极为简陋，不过是露天摆上一台机器，支上一块简易屏幕。爱玩的男生丢下手中的麻辣小龙虾，就势抓住话筒，两眼微闭，唱出了"我早已为你种下九百九十九朵玫瑰"的歌词，带出了九曲十八弯的颤音。

宋桥虽然看不起这种简陋的K歌场地，却又不得不承认，在"港风"的影响下，旱冰场已经满足不了小年轻们的娱乐需求。

锦羊市还新开了几家保龄球馆，满足那些想走高雅娱乐路线的人们。打保龄球与滑旱冰相比，往成熟优雅上升了一个档次，玩耍的人也不容易摔倒受伤，这让年轻白领趋之若鹜。

卡拉OK厅和保龄球馆分流了大批旱冰场的客人。文化局的亲戚也到了退休年龄，他找到宋桥绕了半天圈子，宋桥终于明白：从明年起，文化局想把旱冰场的承包费上调百分之二十。

五

就算承包费不涨，宋桥也已经因为客源减少而萌生了退意。

他和吕冬冬商量，如果继续开旱冰场，为了吸引顾客，要拿出一大笔钱来翻新重装才能跟上市场需求。他们虽然赚了些钱，但都拿出来也不够装修成本，还得向银行贷款。市场形势不明朗，倘若一大笔钱砸下去，他们的生活能够承受亏损的后果吗？

吕冬冬和宋桥结婚后头几年一直未曾怀上孕，去年她的肚皮忽然把住了种子，一口气生下一对双胞胎儿子，宋家老小喜不自禁。

双胞胎还没断奶，吕冬冬被两个儿子绊着腿脚，无法在经营上再为宋桥分担。即使她近日没有插手具体事务，只消去旱冰场走一圈就能看见，旧年的兴盛与今日的颓势已形成了鲜明对比。

"树挪死，人挪活。"大势当前，吕冬冬同意宋桥"转型换舵"的想法。见老婆这么明白事理，宋桥顺势提出：打虎父子兵，上阵亲兄弟。他现在是双胞胎的爹了，可要想等到两个小子长大成人，那得到猴年马月去了？时不我待，还是得找信得过的兄弟入伙，共谋大事。

倘若是两年前，吕冬冬屁股后面没有两个婴儿坠着，她会有雄心和宋桥再组一个"夫妻档"，经管生意，笑傲江湖。现在她自然不敢夸这海口，也不愿舍下自己的骨肉，没日没夜地在外闯荡了。

吕冬冬看似大大咧咧，内心也有不为人知的失落。早些年，她的父母感情不和离了婚，她自己有爹有妈却如同孤儿，这亲戚家住住、那亲戚家蹭蹭，好不容易熬到十六岁，在同乡介绍下去了成都荷花池，当了商铺店员小妹，才算脱离苦海。现在她成了母亲，一颗心柔软得像是丝绵，对着两个虎头虎脑的儿子暗暗发誓，要付出全部心力来养大他们，绝不能让他们吃自己小时候的那种流离之苦。

她当年因为韩细君的事，对凌云青没有好感。她对凌云青的初始印象，是他对韩细君"沉默的残忍"。她认为，不管如何凌云青都应该找韩细君明明白白畅谈一次。无论爱或不爱，能为她多年的痴心画一个句号也好。

宋桥却比吕冬冬更为固执。他掷地有声地表示，如果要合作，凌云青就是最好、最合适的人。

吕冬冬提醒他："先把人家说动了再谈吧，你认为人家合适，没准人家还不愿意呢。"

"这个你可别小看我！"宋桥信心满满，一副胜券在握的样子。

辞职与宋桥一起做生意？宋桥第一次提出这种建议时，凌云青听了如风过耳，没往心里去。

宋桥当过职业运动员，天长日久的枯燥训练养成了他的执拗性格。他认准了的事，定会缠磨死磕，绝不轻易放弃。他接二连三地找到凌云青商量创业，凌云青心里的天平不知不觉有了倾斜。

凌云青想起当年大学毕业前，曾与一位企业老总有过一番长谈。当时，他在西安的民申百货大楼兼职。民申掌舵人詹总经过一段时间的观察，发现凌云青严谨踏实，有自己的独立思考，觉得这个年轻人如果能在商业领域干下去，或许会有极好的发展前景。民申百货公司招人期间，詹总找到凌云青谈话，希望他留在民申百货，但他却想回四川从事媒体工作。

经过一番交流，詹总理解了凌云青的想法，情不自禁道："你去传媒业也是一个好途径，不管是媒体还是商业，要成为大商或要成就大事的人，都要具有一定的大格局，都要懂得人性的微妙和复杂。你还年轻，如果顺风顺水就此依托民申百货，即使将来有所成就，眼界到底是窄了一些。"

凌云青有些困惑。詹总不是想把他留在民申百货吗，这话又是什么意思呢？

詹总似乎看出了他眼里的疑惑："我是想过要留住你这样的年轻人，但我现在没有这种想法了。举个不恰当的例子，你觉得郑副总和我，谁对百货业的理解更深？"

这让凌云青怎么回答呢？正副都是领导，他不会也不能去评价，只好装傻，迟迟没有回答。詹总看出他的小滑头，倒也不为难他，爽快一笑："还是我来说吧。从专业知识的角度讲，郑副总比我强。但他为啥会服气，让我这样一个部队下来的大老粗全面管理民申百货？他从一个百货业的学徒熬到现在二把手位置上，难道对民申的感情不深？"

凌云青这下是真不懂了，不过也不装懂。他一脸的谦虚神色，让詹总看了心生欢喜，觉得自己没看错这个年轻人，也愿意给这个年轻人解疑释惑："郑副总熟悉专业知识，但几十年来在百货业打转，受专业的局限，反而缺乏大商的认知和气魄。有一天，当你充分体会了复杂的人性，就会在商海中找到更多的乐趣、更深的意义、更大的价值。你先跑跑新闻，见见世面，对你的成长不是坏事。"

离开西安来到成都后，凌云青从未忘记詹总给他的临别赠言。他把这番谈话藏在心底，搁在记忆深处。如今，宋桥三番五次拉他下海，希望与他合作，促使他揭开记忆的盖布，琢磨詹总关于"大商"的言论。虽然现在的情况和"大商""大事"扯不上关系，他心中却有了隐隐的创业冲动。

这些年，不管是为帮助同乡出钱出力，还是为大哥凌云鸿免遭牢狱之苦而背上债务，一个"钱"字牢牢捆缚了凌云青的手脚，也像一座大山日夜压在他的心头。曾黎再过几个月就要分娩了，难道要让妻子和未来的孩子继续这样的生活吗？

回想这一程记者职业生涯，他从一个完全不懂新闻的人，成长为报社的首席记者。参与了多少深度报道，揭示了多少人间丑恶，维护了多少正义和公理，他自己也说不清。要彻底舍弃赖以生存的职业，抛开曾经取得的荣光，好像并不是那么简单的事。可外面的世界风起潮涌，无数人奔赴商海，闪展腾挪，又同样令他心生澎湃。

　　再说，部门换了新的主任，他对新闻的判断与凌云青的新闻价值取向存在明显的差异。凌云青想做的好几个深度调查的选题都因为这个新的主任而胎死腹中，不了了之。

　　宋桥下海创业的邀请，让凌云青心里波澜连绵。说到底，这是一个弄潮儿大显身手的时代，一个灼灼火热的时代。凌云青跃跃欲试之心日盛。为了能成为商海弄潮的一员，难道自己也要痛下决心，与曾经热爱的行业和记者身份说再见吗？

中

天行健,君子以自强不息。
地势坤,君子以厚德载物。

——《周易》

第七章

一

曾黎参加过志愿者组织,帮助养老院的老人。她的父母也很迁就她,随她高兴,任她爱怎么折腾就怎么折腾。二十多年来,她很幸运,她身边的人对她持有宽容的态度。她在帮助他人时,自然能心无旁骛。

凌云青羡慕曾黎的成长环境。再好的夫妻之间,也总有一点难以启齿的小秘密。他的秘密就是:在帮助他人时,自己其实不像她那样能感受到那份百分百的欢欣愉悦。父亲早逝,他从几岁大开始,便不得不接受来自乡邻的冷眼和欺辱;他没有一个强而有力的靠山,没有一个能为他做主的家人,只能默默承受生活带来的重荷。

他在西安念了大学,又在省城报社当记者,乡亲们以为他是一个省里的高级干部,什么事都能办成。但他明白,即便是省里的干部,能力也有限,不是村民眼中什么都能办成的主。可乡亲依然一个接一个、一家接一家地来成都找他,让他帮各种各样的忙。曾黎戏称:"我看你已经成了观龙村驻成都办事处的主任。"

阆南县地处四川北部,嘉陵江贯穿县境,江水向东奔流,却不能流入山丘起伏的观龙村。这里地少人多,资源匮乏,农民被一纸户口"锁死",牢牢焊在土地上,无法轻易改变自己的生存状态。相邻地块的主人,为了多争一点田地,经常打得头破血流。人们现在明白了,再怎么辛苦耕作,土里也长不出金娃娃；但凡有点想法的，都会去外面的世界寻找出路。所以，"第一站"到成都投靠凌云青，成为家乡人秘而不宣的共同选择。

凌云青清楚，自己不能为家乡人包打天下，可再怎么解释，找上门的琐事仿佛永远没个尽头。他一接到同乡求助的电话，与话筒相触的脸颊就会兀自发麻，条件反射似的，有了生理上的不适感。

"下次我得学会拒绝。"他一千次对自己发誓，又总是一千零一次违背誓言。如今，他与凌云鸿、凌云白都已离开观龙村，母亲还是固执地守在乡间："好好的土地，我走了就要荒了！"母亲喜欢在家乡一边种地，一边带孙子嘉峰，过着祖祖辈辈过惯的日子。

难道是虚荣心让自己这样坚持吗？凌云青持一柄锋利的手术刀，毫不留情地剖析自己的内心。

也许有这样的因素，但这绝不是主要的。荣誉、赞赏、夸奖，这些都是锦上的花，如果没有"锦缎"，它们什么也不是。经历过艰难岁月，他比任何人都明白"雪中送炭"的意义。

最让凌云青难以说"不"的原因，是他不愿看见那些积攒了满腔勇气上门求助的老乡，最终带着无奈的沮丧和失望离去时的神情。他无法遏制地想到那些悲喜交集的往昔时光，想到自己也曾孱弱无助。当年，无论谁给他一点帮助，都是温暖他身心的火苗，让他穿梭于黑暗的生活隧道也无畏无惧。他能走出乡村，进入城市工作和生活，离不开周爷、韩老师、韩细君等人的善心襄助。特别是韩细君……他欠她的情义，不能用爱情来偿还，那就将这份情义化作春霖，洒向更多的乡亲。

凌云青曾经去巴中地区采访，了解了晏阳初教书育人的故事。在此之前，他不知道晏阳初是何许人。这位从私塾转向西学、留洋海外的教育家，从二十世纪二十年代开始，孜孜不倦地践行"乡村平民教育实验"。晏阳初提出,中国民众,尤其是农民身上,具有"贫、愚、弱、私"的通病。这让出生于乡村的凌云青,心头滚过强烈的震撼。

如果说贫穷是难以改变的现状,是乡村百姓生活的桎梏,愚昧、羸弱、自私便是他们身上或隐或现的烙印。一只青蛙生来就在井底,去世还在井底,一辈子看到的天空只有井口大,你让它如何放开心胸去拥抱更加广阔的世界?如果人一辈子固守在一个小地方,难免视野受限、心胸不够开阔,让愚昧和自私占了上风,拼命想比别人多占一点生存资源,不由得变得野蛮凶残,甚至不计后果。

自省像一条鞭子,抽打凌云青向着更好的自己行进。儿时肚子饿了去偷桃,这是令他至今羞愧的事。但就像儿时小伙伴罗汉所说:你偷我偷大家都偷,肚皮饿了,哪有不偷的呢?

他无数次地问自己,如果自己没有机会考上大学、走向城市,也会在日复一日的贫穷之中变得愚昧、自私吗?也会待人残忍,遇事冷漠、麻木吗?

他的心思左右摇摆。在老家,他和家人被孙家兄弟殴打时,他年少力弱,无法自保。但若以暴制暴,用拳头和对方抗衡,用武力保护自己和家人,就是正确的方式吗?

曾经的生活清晰地告诉他,只有走出闭塞的环境,投身于大世界,才有机会摆脱"贫、愚、弱、私"。乡村人穷,但他们并不愚,现实的生活境况是他们没有学习的动机,也没有让他们掌握技术的平台。他想给家乡人机会,甚至给一切想从乡村走向城市的人机会。哪怕这样做是为自己添上一种卸不掉的负荷,需要付出更多时间和精力去承担这样的责任。

让他由衷感激的是,曾黎从始至终都没有一句怨言,没有在家乡人面前丢一个冷眼、说一句伤人的话。自己一路走来,对她的亏欠实在太多了。

二

市场经济的大潮浪奔浪涌，凌云青的创业欲望也如波涛荡漾，他最终决定辞职下海。宋桥从吕冬冬的角度思量，偏向于做零售，家里有现成的参谋，做起来驾轻就熟。可与他合伙的是凌云青，他决定信任凌云青："做什么行业的决定权交给你，只要你参与，我都同意。"

"那就做餐饮！"凌云青卷起他们面前的一张纸，这是一份可行性计划书。计划书虽然具有一定的参考价值，也不能保证事无巨细，能将往后林林总总的问题全都考虑清楚。

"你想开餐馆，是和邱老板有关吗？"宋桥既然让凌云青拿主意，乐得大局已定，不用反复纠结，却生出好奇心来。

邱老板、蜀我香，也许是冥冥之中的安排，毕竟这家饭馆，曾被视为接待观龙村人的"大本营"。饭馆搬走后，观龙村人来到成都，一时再找不到口味、服务、性价比均能完美替代蜀我香的馆子。为了让老乡满意，曾黎曾手忙脚乱地当过几次厨娘，也没有满足他们"集体味蕾"的要求。

"开馆子好，以后老家来了人，有个地方安顿他们吃饭。"凌云青半真半假地回答宋桥，随即补上一句，"放心，我会按成本价付账。"

宋桥挥了挥手："咱们兄弟伙，说这些就生分了。"

从事餐饮行业，需要前期投入大量资金。凌云青这几年没有攒下钱，手头刚捏上几张钞票，老家的人来几趟成都，他的余钱也就所剩无几了。曾黎借来的九万，加上家中仅剩的余钱，勉强凑足十万。宋桥原本想投二十万，但经营旱冰场赚的钱都让吕冬冬握着。听说凌云青和曾黎经济拮据,吕冬冬对宋桥说道:"我们也投十万。对半投入,你俩平分秋色,都是老板。"宋桥想一想:也对,既然和凌云青搭伙做生意,一人一半,平起平坐也好。免得自己出二十万,倒像是要表现得财大气粗,故意压了人家一头。

凌云青向报社递交了辞职报告。此前有的员工要走,报社很快便给了同意辞职的批复。但到他这里,辞职手续似乎凝滞了,上级领导认为这是人才流失,迟迟不给审批意见,要求分管领导尽量挽留。

宋桥担心夜长梦多,决定先将场面做起来,使得凌云青没有退路。他提议自己先找场地、搞装修、买设备、招聘人员,等报社那边一放人,凌云青就可以直接过来当跷脚老板。

两人对等投资,宋桥当然有决策权。凌云青理解宋桥的急切之心,知道他是生怕自己反悔,抹除这段时间的商议,不能履行兄弟一同下海的约定。

宋桥心里明白,凌云青早在传媒业大放光彩,现在被他三顾茅庐的那份真诚打动,才同意共同创业,自己理应主动承担前期的筹备工作,让人家看到他的诚意。

凌云青集中精力与报社商谈,希望及时解除劳动合同关系。宋桥则通过朋友看好了一个铺面,雷厉风行地支付定金租下了场地。他又去九眼桥,找了一个自称"给我一张图纸,白宫都能装修出来"的包工头。

凌阳轩餐馆的店名,是宋桥拍板定下的。既然确定了走餐饮之路,首先就要给餐馆取一个名字。在宋桥看来,"凌"字很好,"凌云壮志""干霄凌云""会当凌绝顶,一览众山小""墙角数枝梅,凌寒独自开"……

宋桥执意要将"凌"字嵌入招牌,凌云青有了几分感动。

他和宋桥是多年的朋友，宋桥负责去做前期的筹备工作，他也放心。

辞职批复迟迟下不来，闲不住的凌云青来到装修中的餐馆查看进度。他左看右看，与干活的师傅闲聊几句，发现装修工人是按天收取劳务费用。就算是装修的外行，也会觉得这支队伍干活过于拖拉。照这样的进度，什么时候才能装修结束？

他走出店门，向附近商铺的老板一打听，发现周围相同面积的铺面，每个月的租金是八千元，再怎么浮动也不超过八千五。可宋桥遇到的房东要了一月一万元的租金，宋桥大大方方，提前交了一年的房租。

凌云青的头部有些隐隐胀痛。他略一思忖，约了宋桥在城西的蜀我香饭馆见面。

三

这是邱老板离世之后，凌云青第一次来到蜀我香饭馆。他思量，该如何委婉告诉宋桥，餐馆还没成形就被房东宰了一刀。如果主事的人再不去盯着装修工干活，免不了发生消极怠工或偷工减料的情况。

为了方便谈话，他选择了饭馆角落的座位，一边抽烟一边等待宋桥。烟雾缭绕中，他思忖，虽然可能惹得宋桥不快，该说的话还是要说出口，既然两人合作，双方就应坦诚相待，合作的道路才能走得长远。

宋桥比约定时间晚到了半小时，不好意思地表达歉意："路上堵车，来晚了。"

"服务员！小妹儿！咋个搞的呢，客人来了，你们还像菩萨一样，不晓得动一下。茶水呢？杯子呢？菜单呢？"宋桥的屁股还没挨着椅子，发现凌云青面前没有茶水，对服务员一阵发难。整理饭桌的一名服务员丢下抹布，一手茶壶一手茶杯地跑了过来。

凌云青抿了一口茶水，示意他坐下："这里很多菜式都变了，挑两样你喜欢的，咱们尝尝吧！"

宋桥勾选了几个特色菜，一口喝干杯里的茶水，关切地问："难道你辞职的事，就像我表哥一样，走不脱了？"他的表哥江宏大学毕业后分配到成都的一家工厂，合同一签就是十年。分配来的大学生如果不接受合同，自然无处落户，再怎么腹诽条件苛刻，在生存压力面前，也得硬着头皮接受。

江宏上了几年班，国营厂的经营逐渐走了下坡路。但他不是个认命的人，决定辞职出去闯荡。不料厂方拿出合同，白纸黑字，标明员工如果不守满十年约定，想要半途调出人事档案，需要赔偿厂里一笔不小的费用。江宏算了算账，即使将他这几年工作的全部收入加起来，也不够支付赔偿款。这就相当于他在厂里白干了几年，临走还要遭受最后的勒索，借债为自己"赎身"。

江宏是满腔热血的性子，坚决不肯"向不平等条约低头"，一场劳动仲裁的"拖延战"打下来，他仿佛在离职的烂泥塘中越陷越深。他用自己的经历，最终换来一个道理——个人与单位僵化的管理制度作战，就是螳臂当车。最后，他无奈地从老家借来钱，交了赔偿，获得了自由身。

现在江宏在深圳做电器生意，已成为一家中等规模公司的董事长。回想往事，他非常感慨，自己当年若不是脱层皮也要坚持毁约，哪有今天的发展势头？

凌云青对江宏的经历很感兴趣，虽然自己的情况跟江宏完全不是一回事，可还是唏嘘感叹："这都是时代变革之中冒出的现象。我相信这种不合理的劳动制度，终将会改变。"

他又打趣宋桥："你也是从报社出来的人，报社比你表哥那时的单位人性化得多，哪会让人脱层皮才能走？"

"那倒也是。"宋桥回忆自己的离职往事，"我当年拿着辞职报告去找主任，他马上签字同意了。签完还对我说：'以后随时回来看看，在外面闯荡，不容易。'我人都要走了，他还在我面前充老大！"

凌云青哑然失笑："我和报社领导已经谈好了，下周开始办理交接手续，最迟月底离开报社，人事档案转到市人才中心。"

宋桥开车而来，无法与他对酌庆祝，只好激动地举起茶杯，以茶代酒："你今天专门叫我来，就是为了告诉我这个好消息吧？"

"不仅仅是这个，还有别的要紧事。"

四

邱东接管的蜀我香饭馆，装修风格向大酒店靠齐。凌云青看向大堂天花板悬吊的一盏枝枝挂挂的水晶吊灯，凝视的时间一长，感觉眼前碎玉迸珠，有看到海市蜃楼般的幻觉。他收回微微发晕的视线，向宋桥谈起租金的事。

宋桥的眉头越皱越紧："会不会是人家随口说来骗你的？房东是熟人的朋友介绍的，应该不会骗咱们这几个小钱吧？"

长期报道社会新闻，凌云青见证过一些所谓朋友反目成仇的故事。生活中的一些熟人或朋友，在市场经济的冲击下，情义早就变了调。他对宋桥说道："熟人不等于朋友，朋友不等于知己，没有经历过利益或风雨的考验，对待朋友也应讲求规则，才能减少对自己、对他人的伤害。"

他从包里掏出笔记本，指着上面的记录："我将附近的商铺走访了一遍，租金价格都在这里了。"宋桥接过笔记本一看，与邻近商铺相比，他们支付的租金的确高得有些过分。

宋桥的指头伸进茂密的发丛，尴尬地挠了几下，似乎努力咽下愤慨难听的话。凌云青把话题转移到了装修上："房租既已支付，就不去管它了，续签合同时，咱们再和房东商量。我去餐馆的场地看过，装修的进度和效果，以及计算劳务的方式都有问题，这才是今天请你过来商量的主要原因。我们先合计一下，趁着现在装修才开始，一切还来得及，要不换支装修队？"

服务员正端菜上桌，宋桥腾地站起身来，肩膀险些撞上菜盘，弄得服务员手足无措。凌云青赶紧从服务员手里接过盘子，放在了桌上。

宋桥来到洗手间，拧开水龙头，捧水洗脸，放松了面部肌肉，调整好了情绪，重新走回座位。两人下箸吃菜，却发现菜品的味道近乎寡淡，竟再没有蜀我香原来的家常余韵。

实在没胃口对付这些菜肴，宋桥将碗筷推到一边，递给凌云青一支烟，自己也吸上一支。他语带情绪地点评这里的菜品："这里的菜现在做得这么难吃，据说是跟随邱老板多年的大厨走了，不肯留下来帮邱东的忙。"

凌云青也有同感。以前他对蜀我香的菜品熟悉得就像自己的指头，闭着眼睛随便点上几个菜，吃起来都会满口生香。

"好好的饭馆，落在邱东手上，不知道还能折腾多久！"宋桥毫不掩饰他对邱东的厌恶。凌云青磕了磕烟灰，没有附和他的话，及时将谈话的焦点从蜀我香拉回凌阳轩："关于更换装修队的事……"

"忘了和你说，我从九眼桥找的这个包工头，我觉得他的人品还不错。"

凌云青哭笑不得。自己谈的是装修中的问题，宋桥却要谈人的品行。人和事胡乱绞缠，也就是人的主观感受遮蔽了真相。

　　到底是该"做人"还是"做事"，这个问题一抛出来，就会引起众人的争论。凌云青并不愿意选边站队，但内心深处，从实际经历出发，他觉得自己应该属于"做事唯上"的那类人。

　　当年凌云青为了赚取学费，虽然不懂什么是现代百货经营业，也敢闯西安城最好的百货大楼，成功地以联营商家售货员的身份进入民申百货。与他持同样身份的其他售货员，互相提醒，散播紧张空气，说工作想要干得长久，千万不要出错；否则，一旦被詹总发现，就会被扫地出门。

　　他觉得这样的论调好生奇怪，自己有做事的原则，把该做的事做好，何苦去刻意讨好或者过分害怕某些人呢？只要做事，哪有不犯错的？不犯原则上的错，不去触碰法律的底线，别人又能拿你如何？

　　凌云青在报社工作，就是这样一路走过来的。初来乍到，他不会采写社会新闻，为琢磨怎么尽快提升业务能力，精力和时间都放在思考和实践上，倒不如有些脑筋活络的同事能与领导"相处融洽"。不管是领导搬个家，还是买辆自行车，甚至接送小孩放学，那些同事极其热情地跑前跑后，争效犬马之劳，上下级之间，神奇地营造出一种和谐的微妙关系。那几年里，观龙村的老乡来了成都，提出的诉求五花八门，他还来不及应付呢，更抽不出时间来"紧贴上层，勤跑邦交"。即使这样，领导也没有认为他不通人情，故意给他穿过小鞋。

　　回想过往的职业经历，凌云青心里酝酿了一番措辞，开口劝说宋桥："咱们做事，首要标准是将事做好，情义固然重要，但面子终归是靠自己挣的。"

　　仿佛明白了凌云青话里话外的意思，宋桥有些面红耳赤，但他依旧坚持自己的意见："你相信我，我能处理好这事。我开了几年旱冰场，那也不是白开的。"

凌云青似乎与他较上了劲："你我搭档做事，自然应该肝胆相照。如果一开始我们就有分歧，那就沟通化解，不要让这样的分歧成为你我之间的一道裂隙。"

他说得斩钉截铁，宋桥觉得有一种强大的压力逼向自己，便不再辩解，心头却有些无名火，耐着性子问道："那你到底要咋样？"

"立即更换装修队，在确保质量的前提下，加快装修进度。"凌云青不躲不闪地看着他，说出了自己的想法。

宋桥最终换掉了装修队，从早到晚守在装修现场。其实他也担心装修人员故意拖延工期，或者偷工减料、以次充好。

为了能顺利辞职，凌云青集中精力忙完了几个重大采访项目，算是站好了最后一班岗。领导见他去意已决，遗憾地签发了同意辞职的意见。

走出奉献了自己几年青春的报社大楼，凌云青回首望去，思绪翻飞。曾经多少个加班的夜晚，他在这里埋头写稿；作为一线记者，他帮助弱势群体，让人间温情在笔下汇聚成文，所有的付出和辛劳都是有意义的。可身为媒体人的理想热情，最终没能扛过生活的重压，他希望能让自己关心的人活得好一点，中途更换赛道，成了迫不得已的选择。

历经一个多月的装修，凌云青骑车再次来到即将竣工的餐馆，觉得眼前一新，与上次来的感觉大不一样。

第八章

一

宋桥一度不太喜欢曾黎，他和自家老婆的想法一样，觉得青梅竹马的韩细君才是适合凌云青的那杯香茶。好在韩细君在电话里开心地告诉吕冬冬，她答应嫁给陈涛了。他们准备旅行结婚，不回四川举办婚宴。

闺蜜找到自己的归宿，吕冬冬放弃了对凌云青背后的"言语狙击"。她为韩细君高兴，认为她找到一个更爱自己的人，比偏要去贴自己爱的人幸福得多。于是，她对凌云青的态度来了一个大转弯。老公提出想找凌云青合伙做生意，她最终不加任何阻挠地同意了这项家庭议题。

宋桥感知到了老婆对凌云青的态度转变。也是，毕竟现在陪伴凌云青的是曾黎，旁人一厢情愿地"拉郎配"也没有什么意义。

曾黎的肚子像一座微型山丘，行走坐卧都气紧碍事。丈夫为了创造更好的生活条件，决定辞职创业，她理解他的选择，也深知他的负担和苦衷。老家几口人的农业税、兄弟姊妹侄儿侄女的事，还有村里乡亲们的事，都会落到他的头上。揣在肚里的孩子一旦落地，又将增加一笔不小的开支，自己不能再为他添负增压。周末，凌云青外出采购餐馆的餐具，她来到出版社，想在分娩之前尽量赶一赶工作进度。

她全神贯注地看了半部书稿，一抬头，发现时针已经走过傍晚的七点。凌云青是否已回家，看不到自己会不会担心？她有些焦急，赶紧走出了办公室。回到小区，她匆匆上楼，不料在二楼转角处脚下一绊，摔倒在地。液体迅速从下身流出，浸湿了楼道的地面，小腹剧烈下坠的疼痛拉曳着她。她心生惶恐："糟糕，这是要生了？"

"来人，来人啦！"曾黎一阵哭喊。二楼的邻居大妈听见喊声拉开房门，发现她的身下汪着一摊羊水。曾黎立即请求："麻烦您到三楼敲我家的门，看我爱人回来了没。"

邻居大妈上楼敲门，没有人回应，返身回到曾黎面前搀扶住她。

"请您帮我打120，再帮我打这两个电话。"曾黎忍住疼痛，从包里掏出电话本，指着父母家的座机号，又指了指凌云青的移动电话号码。

凌云青和岳父岳母慌慌张张地赶到了医院。当护士从产房抱出一个粉红襁褓，面带笑容询问谁是曾黎家属时，凌云青立即兴奋地回答："在！在！"

曾黎妈抢先看了看外孙女，眼里闪烁着星星点点的泪光。女儿生产遇险，女婿却没在身边，曾母原本对凌云青心存不快，此刻见到孙辈，一时欣喜满怀，心情熨帖得如同春风过境，不再埋怨。她语重心长地对凌云青说道："现在你们有了小孩，今后行事要慎重再慎重。你放弃报社的正经工作，非要下海开馆子，我和曾黎她爸都不明白你的想法……现在不管怎样，既然你已做出选择，就好好做事，要为她们母女遮风挡雨。"

凌云青心里酸涩，岳父岳母对他的包容让他感动。其实，不仅他们不能理解他辞职的初衷，亲生母亲徐秀英得知他丢掉稳稳当当的铁饭碗时，也非常着急，让凌云鸿劝说自己的弟弟，不要冲动行事。

自从凌云鸿在温州伤人，凌云青替他担下八万元的赔偿款，他便有意无意地减少了与凌云青的联系。柳翠翠曾经谈及这笔钱，他竟然有些恼怒："既然不是我求他做的事，八万也好十万也好，哪怕一百万，都和我没有一毛钱的关系！"

丈夫如此理直气壮，倒像凌云青闯下了祸事，是他凌云鸿伸出援手似的。柳翠翠犹豫地开了口："你这样说，好像有些歪曲事实！"

"事实？事实就是我没有逼他救我，是他自己心甘情愿的。既然大家都是成年人，自己做了事就要认，他想逞这个强，那就成全他。"

柳翠翠决定不再与他争辩："你说啥都算你对吧，但要让我节衣缩食，为你的一时冲动还债，我还不乐意呢！"

"这不就结了吗？"凌云鸿放缓了声调补充道，"我做的这一切，说一千道一万，还不是为你和嘉峰好啊！"

也许，这就是现实。但凌云鸿这样直白地说出这些所谓的道理，柳翠翠心里有些说不出的硌硬。可她转念一想，他们要过日子，偶尔硌硬两下，还不是两口子继续往前走嘛。如果凌云鸿脖子一硬，认下这笔钱，咋办？嫁汉嫁汉，不就得穿衣吃饭吗？他们现在就算没有这笔债务，日子也过得紧巴巴的，不敢想象真要还钱，生活会过成啥样。丈夫的说辞，是为了妻儿生活，虽有强蛮耍赖的成分，却也有现实的考量。

对于兄弟垫付的赔偿款，凌云鸿夫妇不约而同地采取了缄默态度。凌云青结婚，他们说厂里不批假，这样的大喜日子都能不打照面，徐秀英要云鸿提醒云青不要辞职，他又怎么会主动联系云青呢。

徐秀英接二连三追问凌云鸿：到底和云青谈了没？他是继续留在报社，还是坚持辞职？凌云鸿极不耐烦："他是个成年人了，晓得为自己做的事负责。他打破自己的铁饭碗，又不是回家要您养，就不要瞎操心嘛！"

徐秀英以为两个儿子都懂道理，就她这个当妈的愚钝无知，还给他们添了不少麻烦，所以不该将自己的困惑带给凌云青夫妇。她后来渐渐明白，凌云青是否辞职，应该由他自己决定。他现在成家了，不会胡搞乱整。自己再糊涂，也不能阻扰儿子的选择。

二

凌雪朵的满月酒与凌阳轩餐馆的开张宴一起举办。双喜临门，一些原来的报社同事都来捧场，见到久别的宋桥，大家自然是亲热地搂肩捶背寒暄一番。

观龙村的一些乡亲在成都找到了工作，有的将老婆孩子接来，过上了城里人的生活。凌阳轩餐馆开张，他们自然要赶来庆贺。与曾家的亲戚、报社的人聊不到一块儿，他们另外占据了一张圆桌，兴高采烈地谈论自己的感受。

"凌云青真不错，年纪轻轻就当老板啦！"

"我倒是觉得他没想明白，老板是那么好当的吗？原本体体面面的工作，每个月旱涝保收的，说丢就丢了！"

"人家有本事，就有底气，不怕丢掉铁饭碗。以为都像你啊？哈哈，随便说说，别生气啊，老哥！"

"有啥子好生气的！我也晓得自己是哪块料。现在后悔读书少，来城里这些年，只能下苦力找饭吃，还得低三下四的，生怕得罪老板，一个不满意把我开了。可家里好几张吃饭的嘴，不出来找事做不行啊！"

从观龙村走出来的乡亲既感慨来到成都能打工挣钱，"一两个月赚的工资，能抵土里刨一年的食"，又愤恨自己文化不高，只能干些脏活累活。说起各自的生活现状,他们牢骚翻滚,热菜还没端上桌,已经起开了酒瓶,就着桌上的凉菜和一盘油酥花生米,大杯小盏地喝起来。

几杯白酒下肚,乡亲们的脸上泛起了红晕,一个人声音大了,其他老乡不甘示弱地跟着吼过去。那些报社来的前同事,将不悦的目光频频投向乡亲们。

乡亲中有个叫郑大脚的汉子,十八岁时身高只有一米六五,倒要穿四十六码的鞋。这个码数的鞋不好买,他爹搓了草绳打成草鞋,前后留白的地方宽阔,让四十六码的鞋有了四十八码的视觉效果。个头不高、体格不壮的郑大脚穿上草鞋,格外引人注目,活像一个行走的蛙人,两只脚不像脚,犹如扁平阔长的足蹼。

乡亲们的生活逐渐好起来,穿不起皮鞋至少穿得起球鞋、布鞋,谁还会像困难时期那样穿草鞋呢?郑大脚和他的草鞋一同出了名,谁要说到他的鞋、脚,他就像吃了炮仗,要和人家吵嚷几句。他爹担心儿子的脾气会闯祸,托人将他带到成都,给凌云青捎去一张字条儿,歪歪斜斜写上一句托付的话:"云青侄子,白(拜)托你给我儿找个事做。"

凌云青带上郑大脚,来到一家专做大码鞋的鞋店,买下一双四十六码的休闲皮鞋送给他。郑大脚在店里见识了各种各样的大码鞋,才知道这个世界上并非只有他一个人长着一双大脚,顿时平和了心气,高高兴兴穿上新鞋。在凌云青的引荐下,郑大脚来到一家工厂应聘保安,招工的主任不以大脚为丑,反而由衷赞赏:"脚大江山稳。小伙子,你跑得快不快?"郑大脚昂首挺胸回答:"我上初三时,百米跑能保持在十三秒之内!"

"好!"主任一锤定音,"你娃明天就过来上班!"

郑大脚感谢他爹将他送出观龙村,让他有机会见识广阔的天地，但他更加感谢凌云青。如果不是凌云青带他选鞋买鞋，又陪他找到工作，他不知道自己是否还有这样的幸运，能在城里拥有一份收入稳定的工作。

凌云青这次双喜临门，郑大脚提前换休，前来道贺。他知道，向他们投来"注目礼"的是凌云青以前报社的同事，他们都是了不起的笔杆子。但他未能辨认出，这些陌生目光中已经带有厌烦的成分。他借着酒劲，一手捞起桌上的酒瓶，一手端着酒杯，手肘搭在要闻版房姓编辑的肩上，对这一桌的人热情地说道："我代表观龙村的，来向大家敬杯酒！"

三

房编辑是个心高气傲的人，一般不参加聚餐。凌云青辞职开馆子，他跟着同事来捧场，也想看看凌云青摇身变成迎来送往的餐馆老板，到底是一个什么形象。因为这点小小的猎奇心理，他"纡尊降贵"到了凌阳轩，席间矜持地听听八卦也就忍了，却不能容忍郑大脚压住他的肩膀套近乎。

"你是哪个？你想干啥？"

对靠近的郑大脚，他显得极不耐烦，气愤地抖动了一下肩膀。郑大脚失去平衡，手中的酒杯倾斜，酒液带着飘散的酒香流进了房编辑的领口。

愤怒之下，房编辑跳了起来，对正吮吸杯口酒液的郑大脚吼道："你个瓜货，今天想给老子惹事啊？"

郑大脚"啪"的一声摔碎了酒杯，指向房编辑："我敬你是文化人，结果你满嘴喷粪。"他放下酒瓶，挽起袖子。两张桌子的人立即紧张起来。

观龙村的老乡看到的是：他们的人持酒交流，这些城里人却不给他们好脸色。他们握紧拳头,沉默地站在了郑大脚的身后。

两边的人数不相上下,如果捏惯钢笔的记者编辑与握惯锄头铁锹的观龙村人发生冲突,场面肯定会失控。

餐馆墩子罗小虎跑进后厨,急急忙忙向大厨冯金洲汇报。

冯金洲是宋桥的小舅。凌云青放弃涉足过的零售业,最终选择做餐饮,宋桥心里暗自高兴,因为冯金洲便是四邻八乡有名的"民间大厨"。

经营餐饮,就得有厨师。宋桥要将他小舅冯金洲请过来,凌云青二话没说便点了头。冯大厨从此告别乡间"野厨"生涯,正式荣登凌阳轩餐馆的首席厨师之位。罗小虎是冯大厨从乡下带出来的青年,他能学得一技之长,全凭冯金洲的"金口一言",准他拜入门下。因此不论大情小事,罗小虎都一一向师傅报告。

冯金洲正在等待老板的指令,随时准备走热菜。罗小虎汇报了前厅发生的事,冯金洲点燃一支烟:"我们去看看啥情况。"

凌云青这时已经插在了两堆人中间。像没有发生任何事一样,他拍拍观龙村老乡的肩膀,又向房编辑和其他原同事挥手微笑。他左右转头,没有指责哪一方:"大家都坐到,都坐到哈,马上走热菜了。我今天很高兴,这么多亲朋好友来到这里,就是来祝贺的,是你们看我的面子,过来喝酒叙旧。来的都是客,我和大家都是好朋友,你们悠着点喝,等会儿一定给大家敬一杯老酒。"老乡一听,凌云青没有看低他们这些"草鞋亲"的意思,便觉得不该借着酒劲大嚷大闹,给人家喜事添堵。报社的原同事们认为那些老乡不懂事,但他们自己作为文化人,也不能话赶话地跟着争执起来。既然凌云青给了他们台阶,也就重新落座了。凌云青回过头,打个手势,观龙村的乡亲们便赶紧坐回了自己那桌。

烟灰兀自掉下一截,冯金洲从嘴皮取下香烟弹了弹,旋即对罗小虎恢复了威严模样:"你还傻戳戳地站在那儿干啥?马上走热菜!"

罗小虎跟随冯金洲进入了厨房。冯金洲当了小半辈子的乡厨,在"泥腿子"中间打转,觉得自己比一般人对乡村的人更加了解。他们身上当然有优点,比如淳朴,比如仗义;但缺点同样明显,一旦冲动起来,很少计较后果。这些人就是不懂事,一言不合就在人家满月酒、开张宴上攥拳头、拿眼瞪人。乡村的一些妇女,与家里的婆婆啊,妯娌啊,屁大点事都能争吵两句,气不顺就跑去喝农药,咕噜咕噜喝下半瓶子,有些能救回来,有的就此一命呜呼。

冯金洲不太明白,凌云青既然已从阆南县的山村走出来了,在城里有了光鲜体面的生活,为啥还和"泥腿子"们保持黏黏糊糊的关系呢?

在他的认知里,老乡有事,时不时地帮助一下就行了。像今天这种场合,曾家的人、宋家的人,还有那些报社的文化人都来捧场,他凌云青偏偏还请来一群上不得台面的人。

冯金洲也是农村出身的,但早就学到一技之长。比他大十来岁的姐姐冯金玲嫁到锦羊市,跟着吃商品粮的老公顺风顺水当了一辈子家庭主妇。对这个么弟向来照顾有加,父母去世,她一人承担了双亲之责,有啥好处都不忘这个兄弟。所以,比起同样出身的乡邻来,冯金洲的优越感不是多了一点两点。在冯金洲心里,自己虽然不是高贵的人,但也不是到人家正经宴席出丑的"泥腿子"。

四

今天既是满月酒,又是开张宴,凌云青身上聚双喜,大伙趁着这个机会,拉他"一杯两杯连三杯"地喝个不停。他酒量不大,面对如此密集的猛灌,靠着意志支撑到散席,努力压住一股股向上翻涌的醉意,尚能口齿清晰地叮嘱冯金洲:"后面一摊子事儿,辛苦你了。"

"我晓得。"冯金洲摘下袖套,掸了掸手心,"有我在,一定收拾得巴巴适适的。"

两脚打晃的凌云青由曾黎扶着回到家,一挨床便睡了过去。他很久没有这么睡过觉了,睁眼醒来时,窗帘缝隙透进的阳光有些刺眼。他抓过手表看了一下,已是下午一点。

曾黎在床头柜上的纸条上留言,她和母亲带雪朵去打预防针,厨房的锅里温着米粥。

凌云青左右晃了一下脑袋,感觉脖颈上顶了一个沉重的沙袋,压得他胃气上涌,食欲全无。他实在不喜欢喝酒,但他知道有些场合,不是谁不想喝就可以任性推杯、滴酒不沾的。他愿意和良朋知己坐在一起,浅浅小酌几杯,聊着彼此投机的话题,借两三分的微醺醉意,灵思泉涌,妙语频出。可大多数时候,他喝的酒不属于这种精神享受的范畴。

昨天的酒喝得还算开心,前来吃席的人都是真心实意为他凌云青高兴。他也不能驳人家的面子,敬到跟前的酒,都会豪气地一饮而尽。

不过,喝酒太多真是没什么好处,睡了这么久,竟然还是头重脚轻。他有些飘忽地走到洗手间,镜子里映照的是一张苍白的脸。

洗漱后,他一边拿起剃须刀一边告诫自己,以后喝酒要控制一个度了。可他随即推翻了自己的告诫,既然决定跳出传媒业、投身商海,他就走上了一条孤勇前行之路。从他和宋桥盘下店面那一天开始,每天现金像流水一样支出。他不仅得操心店面营收，还有其他大大小小的开支。为了尽快让凌阳轩餐馆发展起来，少不得要与"各方神仙"觥筹交错、称兄道弟，根本由不得他来决定是喝还是不喝，喝多还是喝少。

闺蜜们曾在曾黎和凌云青恋爱时百般敲打她，但她铁了心"非他不嫁"。闺蜜也不能干涉好友的爱情内政，丢掉多年的姐妹情分。现在，闺蜜们回过头来，又为这桩"凌曾姻缘"找来吉祥词儿，镶上了花边，其中有一条"匹配理由"和民间的"竹门对竹门，木门对木门"相仿——"郎才女貌"加"编辑和记者联姻"。这也是一种门当户对。眼看他俩笃笃定定过了两年小日子，凌云青却放弃了他的记者工作，一头扎进个体户的行列。闺蜜们有些纳闷：这人是脑子不够灵活呢，还是太灵活，以至她们跟不上他的思维？

曾黎没有向闺蜜解释，就算她自己，也不是特别理解凌云青的选择。不过，达不到百分百理解不要紧，她愿意信赖他、支持他，这也是他们结婚时的约定。两个出生环境、成长经历完全不同的人走到一起，要携手走一辈子的路，就不能苛求双方在任何事情上都能步调一致，分毫不差地理解对方。他们俩达成"求同存异"的共识，前提是彼此坦诚相待，有事绝不掩掩藏藏。凌云青老家来人，他若在外采访，就由曾黎出面接待。她原来听不懂观龙村的俚语，现在都能轻松应对了。

但随着观龙村的乡亲来得越来越频繁，曾黎渐渐有了恐惧和怨尤。她辛辛苦苦做的饭，家乡人不是嫌淡就是嫌咸。村里来的薛婶，带着孙子在他们家里住了一晚。孙子打喷嚏，薛婶不用旁边的抽纸，抓起沙发上曾黎朋友从土耳其给她捎回来的纱巾给孙子擦鼻涕。曾黎阻止也不是，不阻止也不是，心里暗自心疼。

薛婶坐在打扫得干干净净的客厅，脱下袜子毫无顾忌地抠脚丫；她还在曾黎的多肉花盆里吐痰，或是吐在屋子角落里；临走时，她还要顺走厕所里的半块香皂、半瓶洗发水。曾黎感到不可思议，很多次都想两手叉腰，学鲁迅笔下的"豆腐西施"泼辣地与凌云青吵上一架。自己嫁的这个农村出来的男人，背后仿佛跟着一条长长的尾巴。照顾他的家人，她认为这是情理之中的事。可那么多乡亲觉得凌云青能解决人间一切疑难杂症，大事小事都来成都找他，就让她有些难以接受了。而他从来不会拒绝，不是掏钱让他们住宾馆，就是带到家里来。

曾黎留给观龙村人的印象是大方得体的"云青媳妇"，但凡和她打过交道的老家人，都说她不像城里姑娘，待人没有架子，贤惠又能干。凌云青决定选择新的事业，她从心底希望自己真的是乡亲们眼中那个完美的媳妇，能够无条件、无怨言地接受丈夫的选择。因为她比任何人都知道丈夫的内心，知道他希望自己的能力强一点、再强一点，让家人以及身边的人得到更好的照顾。下海做生意，对于他，并不是可有可无的选择，而是破釜沉舟。

第九章

一

凌阳轩餐馆开张第一个月,宋桥几乎没有离开过店里。到了月底轧账结算,发现尽管整天费心劳神,本月却不见盈余,反有小亏。

这和开旱冰场不一样啊!旱冰场生意变坏是近两年的事,与整个社会大环境相关,那么多新奇的娱乐场所冒出来,旱冰场的生意受到冲击也是正常的。前几年,他在旱冰场守着,用"日进斗金"形容可能夸张了一些,但至少每天都有"保本线"以上的营收。在他看来,餐馆客源会更多才对。民以食为天,不管到了哪个年头,人要生存,都得先顾这张嘴巴。他和凌云青选择开餐馆,就是不想草率地选一个做不了几年就要丢弃或者转型的行业,而是想找一个扎下根来就能一直做下去的事业。成都的"夫妻肺片""麻婆豆腐"之类,个个都是"百年传承的菜品",说明餐饮生命力顽强,具备可持续发展的潜力。按说只要能打响第一炮,不愁开门红,可现在餐馆的门是开了,生意却没有红火起来。

两个人关起门来商量对策。在凌阳轩正式开张之前,也请教过熟悉的业内人士,知道餐饮店有"百日魔咒"一说。有些餐馆鬼使神助般,一开就火,迅速集聚人气,店面繁荣怎一个"旺"字了得。有的却要经历漫长的"三个月考验",头三个月新店用餐的人寥寥可数,极度考验从业者的信心,但只要坚持下去,不怕亏本,做出好口碑,挺过考验期,也能见到希望的曙光。

虽然他们有"打持久战"的心理准备，但这"考验期"太过熬人。眼看房租、水费、电费、人员工资等开销，像拧不紧的水龙头，滴滴答答的，消耗的可都是他俩投入的本金。如果再这么不死不活地硬撑两个月，恐怕钱还没用完，先就散了人心，让餐馆陷入"越是没客人，越是没人进来"的经营怪圈。

宋桥想来想去，想起捧过场的报社原同事："请他们免费给餐馆宣传宣传呢？"

凌云青否定了这个建议："不能难为他们，报社又不是他们私人的，即便是私人的，也有自己的管理制度，不能说免费就免费。咱们现在没钱在报上登广告，你也在报社干过，知道广告的版面费之高，不是咱们这种小店承担得起的！"

宋桥激动起来："说来说去，我们要是能够零成本宣传就好了！"

凌云青突然面露喜色，抓住他这句话，一掌拍在桌上："不用报纸宣传，我们想办法自己低成本宣传！"

"怎么低成本宣传呢？"宋桥有些不解，"总不能像荷花池卖衣服的阿姨，笑容满面地站在店门口，见到个人就往里面拉吧？"

凌云青耐心解释："是拉人，不过不是人拉人，而是让菜拉人。"他向宋桥讲述了自己的想法。

一脸茫然的宋桥慢慢咀嚼出了凌云青话里的滋味，边听边点头，屈起手指头，在桌上当当地叩击："事不宜迟，我马上回锦羊市拿相机！"

"嗯，咱们去厨房，先和冯大厨通个气。"

餐馆里用餐的客人不多，厨房的大厨和二厨，墩子及洗碗工，都东倒西歪地闲在那儿。冯金洲叼着香烟，向罗小虎传授制作夹沙肉的秘诀："肉片一定要薄，能切到像蝉子的翅膀那么薄才算本事。要选那种'三线肉'，肥瘦相间，肉皮要完整，馅料更不能差。好多厨子为了偷懒，使用机器打的豆沙馅，那也能吃？我冯金洲得用上好红豆慢慢熬馅，熬到什么程度，舂到什么状态，都是讲究！"

罗小虎更希望冯师傅能传授颠大勺的独家秘籍，而不是舂豆沙。但面对师傅的要求，他当即拍胸保证："师傅，我一定把豆沙馅舂好！"

冯金洲和罗小虎是背对门口"传道受业"的，都没看到两位老板进来。凌云青盯着冯大厨唇角一闪一闪的火星，皱了皱眉头。

凌云青和冯金洲说过好几次，厨房禁止抽烟，谁的烟瘾上来了，可以去员工休息室抽两支。冯金洲当面应得爽快，但该抽时照样抽。

两位老板让冯金洲这几天露些绝活，做些特色菜。他弹弹欲掉未掉的烟灰："做菜好说，不过没客人上门消费这些贵价菜，做了只能自己吃，不嫌浪费吗？"

宋桥略有疑虑，凌云青已经替他表态："即使没有客人来消费，员工凑一块儿当工作餐，怎么都不会浪费。"

冯金洲的目光依然淡淡的："反正原材料不便宜，我只是提醒你们。"

"到时你需要什么，列张单子出来。"凌云青不做过多解释。

归心似箭的宋桥想早点回到锦羊市。落在后面的凌云青磨蹭半拍，转身对冯金洲严肃地说道："冯师，你是掌管厨房的人，厨房禁烟，请你理解并带头执行！"

罗小虎紧张兮兮地看着师傅的侧脸。这张脸的肌肉瞬间绷紧，线条像雕像一样僵硬，脸色暗沉下来。冯金洲终究没说什么，将唇间吸了半支的烟丢到地上，加重脚上的力气，来回狠踩了几遍。

凌云青不以为忤，转身离开。厨房里的其他人似乎大气都不敢出，一个个站在原地，眼神活泛地飘来绕去，想看，又不敢看冯大厨此刻的脸色。

二

宋桥钻进汽车，开往锦羊市方向。他腾出心思，想想刚才发生的事，觉得这个凌云青有点不一样，不再是多年前刚进报社的那个记者，现在说话做事都透着三思而后行的慎重。凌云青身材不算魁梧，声音也不高亢，但气场十足，尤其在重申厨房禁烟制度时，条条款款，干脆利落，那模样还挺有老板范儿。

回到锦羊市的家里，宋桥还没来得及和双胞胎儿子亲热，只见宋桥妈搁下手上的电话筒，说要"耽误他一点时间"。吕冬冬和他奇怪地对视一眼，她甚至有几分不快地想：宋桥忙着生意，难得回来一趟，婆婆还要抢在儿媳前头单独咬耳朵，有机密怕被人听到啊？

宋桥妈接的电话是弟弟冯金洲打来的。她气愤之下，把儿子叫进了自己的卧室。

她关上房门，拉出床前的椅子，让宋桥坐下，自己掏出手绢，擦擦额头的汗珠。话未启口，已无端营造出一种紧张气氛。客厅里的宋桥爸、吕冬冬和带孩子的保姆不禁疑窦丛生，他们面面相觑，盯着房门不敢说话。

"儿子，你老实说，凌阳轩餐馆是你说了算，还是那个凌云青说了算？"

宋桥有些丈二和尚摸不着头脑，眨巴了两下眼睛，实话实说："我俩都是老板，当然是我们一起说了算。"

"一起？"宋桥妈忽然抬高声调，"这么说来，欺负小舅，你也有份了？"

"我欺负小舅？这是哪儿跟哪儿的事啊。"宋桥慌了，连忙摇头否认，"您可别听人瞎说。我从小就尊敬小舅、热爱小舅，他做的菜那么好吃，我可是佩服他、崇拜他的，咋会欺负他嘛？"

宋桥妈抬手拍了一下床帮子，脸上怒色愈重："少跟我油嘴滑舌。说起你就是气！你爸那边的亲戚花了多少工夫才给你找了份安稳的工作。你在报社做事，左邻右舍都说，你不干运动员了，转头就吃上笔墨饭，我们宋家出了个文化人。哪晓得，你不声不响辞了职。这就不说了。你当年承包旱冰场，这一步也算走对了，你和媳妇经营得不错，赚了钱给家里换了全套进口的家电……"

母亲这到底是唱的哪一出？宋桥越听越蒙。这是想夸他还是骂他？

宋桥妈绕来绕去，情绪铺垫到位，终于进入正题："你千好万好，但和这个姓凌的搭伙做生意，就是头脑发热，没想清楚就着了人家的道。妈也不知道他到底给你灌了什么迷魂汤，让你心甘情愿出钱出人还被人当猴耍……"

"合伙这事不是人家提出的，是我三番五次去成都找人家，好不容易说动他和我一起做事的。"宋桥越听越不对劲，赶紧争辩。

"所以我说，不知道他给你灌了啥子迷魂汤！"宋桥妈固执己见，他只好朝着母亲苦笑。

"你被人耍了还这么高兴！"宋桥妈气得脸色发红，掏出手绢再次擦去额头的汗，"你小舅专门去餐馆为你扎起，你难道还不懂啊？偌大一个厨房，抽支烟咋了？姓凌的敢当众下你舅的面子，让他难堪，以后还不骑在你们头上拉屎拉尿啊？"

原来是这事儿。宋桥吁口气，脸上堆出轻松的笑："妈，这个我就帮理不帮亲啦。厨房人员不能在后厨抽烟,我们明明是写在规章制度里的,所有人集中学习之后,也是签了字的。小舅既然白纸黑字地落了大名,说明他也认可这个制度。作为餐馆大厨,他得带头执行,给其他人做好榜样啊!"

"什么了不得的制度,还签字?是不是以后还要画押?"宋桥妈脸色通红,额汗晶莹,胸口一起一伏。宋桥只得放低声气:"国有国法,店有店规。如果小舅不遵守规则,我和凌云青作为老板,工作也难做啊!"

"如果没有那个凌云青,你是餐馆唯一的老板,今天小舅在后厨抽烟,你会当着众人的面批评他吗?"

宋桥妈给他出了一道难题,可再难答,他都无法逃避,硬着头皮也得回应。他思量再三,郑重作答:"如果凌阳轩餐馆都是我的,我还是会当面向小舅指出违反规定的行为。放纵错误、不闻不问是无效管理,只会让情况恶化,还会让我这个老板越来越丧失威信。"

面对母亲,宋桥不得不这样解释。但他内心深处认为,小舅在后厨抽烟,只要不将烟灰掉进饭菜里,自己可能都会睁只眼闭只眼。小舅烟瘾大,在乡下做厨时,有时连开三天,甚至七天的流水席,这对厨子的精力要求很高。手艺好是一回事,还必须熬得住,几天几夜睡不了一个囫囵觉,半夜起来蒸煮炸炒都是有的。小舅靠什么来赶走瞌睡,不就靠香烟的那点尼古丁吗?烟瘾这么大的小舅,你要让他去休息室解瘾,岂不是一天至少要脚底抹油地跑三四十趟,那也影响正常工作啊。

左右都为难,宋桥干脆不想这些了。趁着母亲失望地瞪他几眼,再无新的训示,他赶紧溜回自己和吕冬冬的卧室,翻箱倒柜找寻起来。

"抄家啊?找啥子?"吕冬冬噘着嘴,不满丈夫黑着脸进入卧室，不先与她"小别胜新婚"地殷勤问候，而是土拨鼠打洞般地东翻西找。

"咱家的单反呢？就是为度蜜月专门血拼的那个高档相机。"

吕冬冬极不情愿地回道："我的一个小姐妹昨天借走了。"

"你看能不能请她先还回来，我这边有急用，用完马上从成都送过来。"宋桥着急地央求道。

"你又不早说，人家老公参加单位系统内的摄影比赛，昨晚已经飞桂林了，现在怎么还？"

宋桥无语，他的确没早说要用单反。买了这台高级相机后，除了度蜜月时拍了些老婆举着纱巾飘飘欲仙的"仙女照"，双胞胎满周岁时拍了一组"抓周照"，平时都束之高阁。凌云青一说找高性能相机拍些特色菜的高清照片，他马上想到了家里的相机。

吕冬冬听了，不以为然："说起风就是雨，拍照制作广告宣传单？依我看，还不如架个大喇叭在门口轮番地吆喝，也许更能招揽客人。"

"你说的这种是荷花池市场传统的促销方式了。我们是统一制作广告宣传单，去人流量大的地方发放。宣传资料制作得精美一点、讲究一点，说不定能引来潜在客户，让人想用餐时就能想到凌阳轩餐馆。"

三

宋桥没有拿到相机，但制作宣传单的计划并未受到影响。报社一个美术编辑接受凌云青的邀请，带上自己的进口佳能相机来到了餐馆。专业人士为菜式拍照，身为厨子的冯金洲倍感荣耀，脸上丝毫不见别扭神色，极为配合地完成了一系列拍摄工作。

宋桥知道，冯金洲向来不是隐忍的性子，芝麻绿豆大的事都要争个高低输赢。凌云青当着众人的面让他不能在后厨抽烟，他告状的电话就直接打到姐姐那里了。可是现在，小舅又使出全身解数，一连做了十来道色香味俱全的菜品。

宋桥有些奇怪，绕过小舅，找来罗小虎了解情况。罗小虎进了宋桥办公室，诚惶诚恐，嘴里吐出话："我是不是哪里做得不好，犯啥错了？"

"哪个说你犯错了？"刹那之间，宋桥觉得当老板的感觉真是不错。瞧这小子，迷迷糊糊地被叫来谈话，先就矮了三分似的，一对眼睛瞥来瞟去，一双手不知道放在哪儿为好，生怕有啥把柄捏在了老板手里。

宋桥虽然以前当过几年老板，可那时就他和吕冬冬两个人。为了节约成本，他们舍不得请清洁工，每晚旱冰场打烊后，夫妻俩弓腰驼背地捡冰棍纸、扫瓜子壳，将场地打扫干净才能回家。

四川男人有个共同绰号叫"耙耳朵"，寓意家里老婆地位高，男人爱妻，甚至惧内都是"地域美德"。社会风气使然，宋桥想要大男子主义都难。何况吕冬冬确实能干，之前经营旱冰场，很多事都是她在做决定。他被人叫了几年"宋老板"，却没找到当老板的感觉。

"你告诉我，凌云青是用啥法子让你师傅消气，变得那么配合的？"

罗小虎扑通乱跳的心这才安定下来："要说具体啥法子，我不是当事人，肯定说不好，但我知道一个秘密。"

"啥秘密？"现在轮到宋桥紧张了。他探过头，看向罗小虎。

罗小虎体贴地俯身，脸上露出神秘表情，对坐着的宋桥说："凌老板前两天专门送了一条烟给师傅。我去后巷倒垃圾，看得清清楚楚的。"

凌云青竟然会拿一条烟"贿赂"小舅？这不像是他的作风啊。那家伙跑社会新闻，是出了名的冷面无情，好几次被曝光的人将钞票塞到他手里，他都坚决不收。这样的人都会变？宋桥甚至想起那年春晚舞台上，陈佩斯一脸难以置信地评说："你朱时茂这浓眉大眼的家伙也叛变革命了？"

他实在按抑不住强烈的好奇心：自己若不弄清楚咋回事，恐怕心神会一直在上面打转。当时，锦羊市想和宋桥搭伙做生意的也有那么几个人，他想来想去还是弃近求远，恳求凌云青搭档。为啥？因为他相信凌云青才是最适合的搭子，两人也敢于敞开心扉，从来都气场相合。如今他心里存了个问号，不如直截了当向他问个究竟。

凌云青明白了宋桥的来意，微微笑道："你刚才说我送烟给你小舅像什么？贿赂？你小舅又不是官员，也不是我的上级，这个词不适合他。"

"我知道。"宋桥抢过话头，"就因为我小舅是下级，是我们的员工，我才奇怪你怎么这么优待他呢。"宋桥总算想到一个能替代"贿赂"的词。

凌云青神色轻松："你是想说，我这人做事两相矛盾，让你看不清摸不透吧？"

"我也没说你矛盾，就是我自己搞糊涂了，你这打一棒子又给个甜枣的，唱的哪一出？"

"你不是已经把答案说出来了吗？"

他看着凌云青脸上的轻松笑容，心里好像有点明白了。

凌云青喝口茶水，接着说道："冯师不仅是我们重要的大厨，还是你的嫡亲小舅，也就是我的长辈。我在人前没有给他留足面子，现在专门送烟赔罪，是表达晚辈对长辈的尊重和歉意。但送礼并非是全部目的，还能让我有机会再次强调店内纪律，帮助他心平气和地厘清规矩界限。我的做法有什么不妥吗？"

"没有不妥。"宋桥咽下心里的半截话，"恩威并施，公私分明，这是一种手段啊。"他不由得有些酸溜溜地想，凌云青到底比自己有办法。他身为外甥，都没理好与"员工小舅"的复杂关系，回到锦羊市还被母亲数落一番。人家可好，三下五除二，人情也做了，规矩也立了，"刀切豆腐两面光"，将员工收拾得服服帖帖。

看来，凌云青在报社这么多年，与三教九流的人打的交道，让他学了一身拿捏人心的本事。宋桥曾以为自己是最了解凌云青的人，可人家现在想什么、做什么，都不是他能轻易猜度的了。开业前更换装修队是这样，现在对小舅"打一棒子又给个甜枣"也是这样。

凌云青站起身来："要是你没别的事，我先出去了。今晚约了工商局、物价局那几个家伙打麻将。"

四

开好一家餐馆，除了要确保菜品可口、价格合理，管理好一众员工，还要应对许多看不见的隐形压力。餐馆开起来不到两个月，相关行政管理部门的人员到餐馆的次数也多了起来。一会儿是工商来搞临时抽查，一会儿是税务来查账，一会儿又是物价局来调菜单，恨不能扒出每道菜的原料价格做科学研究。比突然袭击检查更加让人不安的，是那些来挂账的"爷"。人家背后靠着货真价实的监管部门，你还不能急脸急色地催要。

"不是一家人，不进一家门。"凌云青渐渐悟出一个道理：该和人家亲亲热热交朋友时，绝不能冷脸傲眉地孤高疏离；人家和你不熟，凭啥高看你一眼？遇到麻烦也就成了不是正常的正常现象。凌云青本来不会打麻将,为了要回这些欠账,甚至想让他们成为固定客户,他不得不坐到了麻将桌上。

自从凌云青开始实践牌桌社交,来凌阳轩餐馆突击检查的情况没有了,也陆续有人结清了挂账。创业者才懂的弯弯绕,难以向外行人解释。宋桥明白凌云青的苦心,曾黎却未必完全明白。在曾黎的认知里,只要认真做事,勤奋劳作,就一定会有收获。以前,云青不就是这样吗?他通宵达旦地写稿,甚至为了新闻中的一个细节,自费赶往几十公里外的现场查证。从报社辞职才多久啊,云青像是变了一个人。以前他滴酒不沾,说喝酒影响理智、影响判断;现在常常喝得醉醺醺的回来,连雪朵都不喜欢和一身酒气的爸爸亲亲抱抱。曾黎努力说服自己去理解他,体谅他。开门做生意,新知故交来捧场,他哪能不喝?喝酒也就罢了,通宵达旦地打麻将又算怎么一回事?

搓了一夜麻将的凌云青,比醉醺醺的酒鬼还让人讨厌。他的头发上、衣服上,乃至皮肤上,都是一股浓烈的烟草味道。

他当记者时常常熬夜写稿,少不了抽几支烟提神。但他一个人抽烟,与打麻将的四个人关起门来在密闭空间里你抽我也抽,那能一样吗?这些烟味附在他的身上,曾黎闻着这味儿就恶心欲呕。

一个周日的下午,凌云青准备外出。曾黎的劝说中夹带了不悦的语气:"你不要再去熬夜打麻将了,费时劳神,伤身体啊!"

"昨天就和卫生局的朋友约好了。你早点睡,不要等我。"

凌云青匆忙离去,曾黎妈抱着雪朵,从另一间屋走过来。曾黎休完产假,她过来搭把手,帮着带孩子。当岳母的虽说懂得分寸,不好插手小两口的生活,但见女儿一脸失落,还是忍不住开了口:"做生意就好好做嘛,哪有像云青这样的,白天待在餐馆,晚上又搓麻将,打得天昏地暗不着家。"然后换手抱住孩子，一脸凝重地说道，"雪朵又不是你一个人的娃儿，该让他管的还是要让他管！"

五

第二天早上六点，凌云青结束麻将桌上的一夜鏖战，回到了家。

他来到卫生间洗漱，站在那儿，影子似乎都是摇晃的。他准备漱口刷牙洗澡，不带一身一嘴的烟味睡觉。正当他满嘴白沫刷牙时，曾黎过来对他说道："你今天上午陪我一起到医院给雪朵打预防针。"

"打针？"凌云青扯下毛巾擦了擦嘴角的白沫，"让妈陪你去嘛，我太疲倦了，睡两小时又要去店里守着。"

"妈今天有事，昨天接到退休办的通知，她一早要去参加单位的活动。"

他的眼里布满血丝，但曾黎却不正眼看他。她硬着心肠说道："你打麻将都有时间，陪你女儿打个预防针，我想你应该有时间吧！人家带娃儿打预防针的，都是两个人。你要守店，我今天还向社里请了假呢，谁也不比谁闲！"

凌云青一时语塞，找不出不去的理由。他想了想，拧开水龙头连掬几把凉水，泼在脸上。皮肤骤然遇冷，让他瞬间清醒不少。用毛巾擦干脸颊，他又拿指肚蘸了几滴风油精，抹了人中和太阳穴，然后下楼开车，送娘俩去往妇幼保健院。

"你抱住雪朵，我拿接种证，看看该去哪个窗口排队登记。"曾黎将熟睡的女儿放到了他的怀里。

十几分钟后，询问回来的曾黎发现，凌云青抱着孩子，竟在椅子上睡了过去。她摇了摇他，这对熟睡的父女还没有醒来。

如果他一松手,雪朵就会跌落。

泪眼蒙眬的曾黎抱过雪朵,掐了一把凌云青,他痛得睁开了双眼。通宵没有合眼,回家就被抓了壮丁,他心里也窝着一股子气,不由得抬高了声调:"我又不是故意打瞌睡,你这样生气干啥?"

大庭广众之下,她不便与他争吵。雪朵打完预防针,两人进入车厢,她立即声泪俱下:"你还好意思说,经常通宵打麻将还有理了?以前怎么看不出,你还有这么大的瘾头,你隐藏得这么深,我真是小看你了!"

"我哪里是有瘾?这比耕田犁地还累好不好,我打个麻将,需要隐藏吗?"

曾黎多时积攒的怨气倾泻而出,将陈年旧事都端了出来:老家的乡亲来了成都,他们两口子管吃又管住,有些人顺点香皂洗发水也就罢了,还有人将凌云青放在鞋架上的两双皮鞋也给顺走了。这两双鞋,一双是曾黎买给凌云青的生日礼物,一双是她在结婚纪念日买的,凌云青倍加珍惜,平时都不轻易上脚。

两口子原本是为女儿起争执,吵着吵着扯到了麻将上,再扯到皮鞋上。曾黎的哭声让凌云青心烦,控诉的主题不断变换,但她说的又是事实。

凌云青的思绪翻卷不定。他当然明白,曾黎自从和他恋爱,就和他一起承受了生活的重压和委屈。他辞职下海,辛辛苦苦创业,初衷就是为了让身边人过上好日子,妻儿当然是他重点照顾的对象。可这些日子以来,为了理顺餐馆的业务往来,他的确忽视了她们的存在和感受。

他自认不是沉迷于麻将桌的人,于是心平气和地向她讲述了创业的"隐形艰难",以及他打麻将的初衷。他向她一半玩笑一半认真地保证:"我把宋桥的麻将技术培养出来,以后让这个宋胖娃和我轮流去应酬！"

曾黎止住了哭声，愠怒的表情转成了平静。怀里的雪朵忽然醒来，她侧脸挨着女儿的襁褓，泪光盈盈道："云青，我理解你的难处，但你不能为了这份事业就不顾及自己的身体，也不能白天晚上不着家啊！"

凌云青嗯了一声，为曾黎母女系好安全带，驶离了停车场。

六

广告公司送来了印制好的宣传单。餐馆下午有两三个小时空当，前厅后厨的人都跑来翻看。大家一片赞叹："这图片太漂亮了，简直都能闻到菜里的香味了。冯师，您的手艺真好！"

以前，夸赞过冯金洲做菜手艺的，没有一万至少也有几千人。他在乡下做席二十多年，前前后后操办了近千场的坝坝宴，哪个吃客敢嫌弃他的菜品味道，恐怕会被别人的唾沫淹死。他早就对夸奖见怪不怪，没啥激动的了。可今天看到亲手制作的一盘盘菜肴，被摄影师选择最佳角度和最好光线拍下来，印在一张张铜版纸上，使人垂涎欲滴，倒是让他大开眼界。

冯金洲现在明白，凌云青在拍摄前为什么要拉着他去餐具市场，挑挑拣拣选出几个"样板餐具"。原来同样都是白瓷盘子，深一点或浅一点，大一点或小一点，形状不同，菜肴装在里面的"感觉"就完全不一样。他那时还轻蔑地认为，凌云青是"外行指挥内行"，现在看看宣传单，才知道人家虽然不是厨艺了得的那种高手，却是能全面看待问题的内行，能从审美的视角将菜品的特点凸显出来。

菜品好看，才能够勾出人们肚里的馋虫，让人生出"必须一尝"的念头，达到让顾客消费的目的。冯金洲和凌云青都明白，这"好看"的背后，是像对待艺术品一般去对待日常工作的虔诚之心，若不是十足热爱，很难做到这一点。

凌云青越过众人头顶抛过一个眼神来，冯金洲心领神会。他是个生性骄傲的人，当年跟随的乡厨师傅的师傅，是从宫里御膳房出来的太监。虽然太监的身份说起来不太好听，但他的厨艺广受认可，一身本事代代相传。冯金洲勤奋好学，不到三年，师傅便允许他出师揽活。他这半生较为平顺，仗着手艺已能吃一碗饱饭，难免生出几分年少轻狂，很少佩服别人。凌云青这小子，倒能让他看到自己未曾发现的另一面：他冯金洲不仅能做出"天下第一味"，还能做出"天下第一美"。这让冯金洲对自己厨艺的认知，登上了新台阶。

冯金洲思绪翻飞，心中快慰，回递给凌云青一个"懂得"的眼神。

第十章

一

宋桥外出办事回到餐馆,罗小虎殷勤地迎上来:"宋总,有个姑娘说一定要见老板,已经等了好一阵儿。"

按说作为一个墩子,罗小虎待在厨房里做好自己的事就行,不用他像个花翎子雀鸟一般叽叽喳喳四处操心。宋桥此前向他"探问机密"后,罗小虎认为,既然宋桥会来问他一次关于"凌老板如何与冯师傅处好关系"的事,也可能还会打探第二件或第三件餐馆里的"秘闻"。现在,餐馆来了个陌生女孩要见老板,他觉得应该及时汇报。

这个姑娘约莫二十岁上下,穿一件碎花衬衫,着藏青色长裤。衬衫小了一点,长裤又短了一点,套在身上透出几分憋气来。宋桥觉得她有些面熟,但一时想不起在哪里见过。

"宋总,您真的不记得我了吗?"姑娘这一问,宋桥没来由地愣在那儿。

罗小虎的心思比烧饼上的芝麻还多,借着给宋桥斟茶倒水的机会在前厅打转,就是不肯回到后厨。他好奇的是:这姑娘和宋桥有啥关系?宋老板不是早就结婚了吗?不是有一对双胞胎儿子吗?难不成在外头惹了风流官司,人家大姑娘跑来兴师问罪?可又不像啊,那姑娘面无愠色,安安静静等了一个多钟头,看不出是上门讨要情债的样子。

这个姑娘两点多找上门,前台的服务员说老板不在,她迟疑着转身,一副想走又想留的样子。罗小虎看在眼里,热情地跑过去递上一句话:"我们老板就快回来了,你坐到等他嘛。"

他给姑娘倒了杯茶水,问她要找哪个老板,凌阳轩餐馆可有两个老板。姑娘低头玩弄自己的手指:"哪个都行!"

宋桥与姑娘说着话,罗小虎还在跟前晃来晃去的。宋桥板起脸孔不悦地说道:"厨房里的事都做妥当了?做完事就去磨磨刀,少在这边听墙根儿。"

罗小虎脖子一缩,退回了自己的领地。宋桥将视线稳稳地放在姑娘的脸上,狐疑地上下打量一番,实在想不起这是哪位熟人。

姑娘似乎猜出了他的疑惑,缓缓说道:"上次您来蜀我香吃饭,我差点把盘子打翻,幸好您缩了一下肩膀才没出什么状况。"

他终于想起来了。可不是嘛,怪不得有几分眼熟,原来她是蜀我香饭馆的那个服务员。

姑娘名叫邓玉婵。她今天休假,在凌阳轩餐馆附近看望她的老乡。路过餐馆时,她突然有了换一个地方打工、为自己命运做主的想法。见到宋桥,她没承想这里的老板是她曾经服务过的食客。有了之前的一面之缘,倒少了几分生疏。

她捧起杯子喝了一口茶水,继续说道:"蜀我香是我打工的第二家馆子,也是我打工时间最长的一家。原本以为能一直待下去,就像我刚去时认识的店里那些老人儿。他们跟着邱老板一块儿打拼,共事了十几二十年。"

当年邱老板葬礼,宋桥和凌云青专门去殡仪馆参加了。邱老板开了一辈子餐馆,说不上有多高的社会成就,但人家走得风光。他生前有这样一帮下属跟随,也属好人缘。宋桥拿出老板的样子,跷起二郎腿,对邓玉婵说道:"你也可以啊,待的时间长了,自然也就成了那里的老人儿。"

邓玉婵试探地开了口:"我今天过来就是想问一下,你们这里还招人吗？"

"我们人手已经够了。"宋桥总算明白了她的来意。遗憾的是，现在他们还在挖空心思想着怎么分发宣传单吸引客人呢。用人成本这么高，如果这个月再亏损，他甚至会考虑要不要裁员，更别提新进人员了。不过，她的下一句话，改变了他的想法。

"我手脚勤快，只希望能找到一份稳定的工作，在成都有个立足之地。毕竟，我还想在这座城市继续生活，不想年纪轻轻的就陷在巴中的老家。"像是下了很大决心，她有几分艰难地继续说道，"现在蜀我香饭馆，看着是很好，但是……可能撑不下去了。"

二

蜀我香饭馆现在人心惶惶，暗藏危机？宋桥立刻来了听下去的兴头。邓玉婵既然打定主意离开蜀我香，索性将那里的情况，来了个竹筒倒豆子。

宋桥来不及与凌云青商量，当场拍板收下邓玉婵。宋桥答应，还是让她做前厅服务员，随便这个月的哪一天，只要她与蜀我香饭馆解除了劳动关系，都能即时入职凌阳轩餐馆。

他向回到餐馆的凌云青谈及邓玉婵的事，凌云青的第一反应是不妥。现在餐馆的服务员已呈饱和状态，多招一个人就多一张吃饭的嘴巴。就算要招人，人才市场有的是，不能去撬同行的墙脚。

对凌云青的说法，宋桥不以为然，他随即岔开话题，兴致勃勃地说起邱东接手蜀我香饭馆后的经营状况。

前段时间，蜀我香在各大媒体投放"好吃不过蜀我香"的广告，还"霸占"了黄金时段点歌栏目的广告位。

观众青睐电视台和电台的点歌送祝福栏目。吕冬冬年初庆生,宋桥为了表达"爱的浪漫",也去电视台点了一首《知心爱人》送给她。画面上打出了两行茶杯大的字幕:"宋桥先生祝爱妻生日快乐,青春永驻!"为这几秒钟的浪漫,电视台收了他两千元。她不但没有感动,还拧着他的耳朵追问,到底藏了多少私房钱,竟然这么烧得慌。

点歌价格不菲,宋桥好奇蜀我香饭馆哪来这么雄厚的资金实力。这段时间,蜀我香饭馆在市里几个有线电视台、广播电台轮番密集点播,虽然不时变化点歌人的名称和身份,但明白人都知道钱是谁出的。报纸上的软广告铺天盖地,不少市民抱着跟风心理,前去蜀我香一品美味佳肴。蜀我香生意火爆,顺势将二、三楼租下,左右商铺也一并拿下,扩大了经营店面,一副打造"川菜航母"的气势。

凌云青不解地问他:"你说的这个小邓有点奇怪,现在她们馆子人气那么旺,老板这么财大气粗,到处做广告揽客,她有啥发愁的?干吗还要换地方打工?"

"我马上就要谈到这个问题的关键了!"宋桥有些兴奋地说道。

邱老板去世,儿子邱东接管了饭馆,开始向亲戚,还有他父亲曾经伸过援手而今发达的人集资,甚至亲戚的亲戚、朋友的朋友,只要愿意入股,他都一一接纳。

邱东用高于银行数倍的利息吸引别人投资,投资人第二个月就能收到高额利息,利息点数是每月百分之三十。如果这个游戏能一直玩下去,三四个月就能靠利息赚回本金,后面再赚的钱都是额外收益。邱东背后有这么大一个蜀我香,餐馆里的食客来来去去、熙熙攘攘,高峰时段用餐还要排队,生意这么红火,哪里像是暗藏危机的样子?

凌云青一阵心惊肉跳。此前他与邱老板有很多接触,那间不大不小的馆子一开就是十几二十年,稳稳笃笃迎接八方来客,从未做过出格的事。现在的蜀我香,如果营收跟不上快速扩张的节奏,脆弱的资金链一旦断裂,捆绑在一起的那些亲戚朋友都会遭受巨大经济损失。

他曾经跟过一个相似的民间融资案,主犯跑到云南边境,眼看就要偷渡到缅甸,被及时赶到的公安人员抓了回来。他去采访主犯的那天清晨,看守所的大门外面聚集了密密麻麻一圈人,高举一张张签名或摁满手印的牌子,发出血泪呼喊:"我们要求释放主犯!如果不放他,每月谁给我们发利息?投入的本金又怎么办?"

凌云青大受震撼。这群围聚看守所的人,苦苦守在寒风中,竟是为一个诈骗犯求情。直至今日,还有类似的群体没有从发财的迷梦中清醒过来。

宋桥打断了凌云青的沉思:"邓玉婵说,昨天邱东又在发动所有员工集资,她越想越觉得心慌,做出了跳槽的决定。"

三

邓玉婵离开蜀我香时,领班劝她:"就算不想干了,好歹等到下个月拿到工资再说嘛。"离发工资还有十一天,如果这时走,违背合同约定,要扣除十几天的工钱,更拿不到赔偿,不划算。邓玉婵却很淡定:"没关系的,是我自己要走,我就认亏。"

凌阳轩餐馆的口碑还没建立起来,亟须扩大客源。只要客人来一次,就有转化为回头客的可能。凌云青将大堂的服务员安排成两班,轮流到餐馆附近的新旧小区,或是人流较大的路口散发宣传单。

宣传单上印有菜品介绍、打折信息、地址和联系电话。餐馆陆陆续续来了一些客人，激发了大家继续散发广告的热情。但其中一名散发宣传单的服务员回到餐馆，长吁短叹，牢骚满腹。她在路口没发几张单子就被城管逮住，要罚款处理，若不是她快速跑掉，就要缴纳一笔罚金。

服务员散发宣传单的积极性又大幅降低。宋桥动员了两次，大家都有畏难情绪，耷拉着脑袋，噤声不语。凌云青决定，不再到路口散发宣传单，改为在餐馆周围有效半径的小区或办公楼附近分发派送；如果被城管处罚，餐馆负责承担罚款。

邓玉婵穿上了印有凌阳轩餐馆店名的小围裙。她刚来这里上班，暂时没有派发宣传单的任务，但她申领了一叠宣传单，若有所思地翻看。罗小虎站在旁边，痴痴地看着她。她扬了扬手里的宣传单，转头问他："这么漂亮的单子，怎么会发不出去呢？"

罗小虎回道："估计大家都不习惯呗，觉得要是真的好，去电视或报纸打广告啊。自己印张宣传单出来吹嘘自己，别个不一定接受。"

邓玉婵不以为然："我们这样的宣传方式针对性很强，这是别的餐馆没有干过的。就像十多年前，我们乡下谁要穿条牛仔裤，大家像看怪物一样，现在还不是习以为常了。"

罗小虎觉得她说的有道理，但这是店里推行的"揽客大计"，他一个小小的后厨人员附和就好，无须多言。邓玉婵掸了掸手上的宣传单："我今天下了班，就去外面散发，你愿意和我一起吗？"

他正愁找不到与她单独相处的机会，一边连连点头，一边欢喜地答应："愿意，愿意！"

"你师傅叫你了。"罗小虎还想和邓玉婵多说两句，三厨过来提醒他,"快到后面去,冯师叫你,没有听见吗?"

冯金洲原本要与罗小虎交流一下厨艺上的事,他放下手里的活去厨房转了一圈,却没见到徒弟的影子。他绕到前厅,见一男一女,一站一坐,那男的不就是他的徒弟吗?于是闷声呼喊罗小虎。

冯金洲的喊声不大,不过带着不快的声调。罗小虎的心思在别处,没有听出好歹来,倒是邓玉婵感觉气氛不对,抬头便见冯金洲一张生气的脸。她对着这张脸准备打招呼,冯金洲却将视线转向了别处。

她当天不上晚班。晚饭后,七点,她将一叠宣传单放进手提袋,与罗小虎一道乘车去了磨子桥。

她望向四川大学的校门,不愿挪动脚步。罗小虎觉得奇怪,之前派发宣传单的服务员不都是去一些小区或人来人往的十字路口吗?邓玉婵却到学校来,仰望学校的门楼。

他珍惜与她单独相处的机会,但不敢说出自己的疑惑。他本来是出不来的,当时正是饭点,冯师傅气鼓鼓地撂下一句狠话:"跟在女人屁股后面转的男人没出息,你好歹是初中毕业,明白红颜祸水是啥意思吧?"

就像冯金洲无法理解徒弟一样,徒弟也不能理解师傅这种想法,年过四十还将女人视为洪水猛兽,难怪打了半辈子光棍儿。

面对这所高等学府,邓玉婵的脸上充满了梦想和渴望。不管在心里将大学梦揣了多久,自己依旧是一个不能进入大学的打工妹,心里有着铁锈的腥味与苦涩。但她明白,即便有再多不甘,他们这些乡下来的孩子,为了生存还不是要熄灭自己的梦想,在现实面前磨砺出一身铜皮铁骨?

邓玉婵甩甩头发,像是要将心中残存的几分脆弱甩开:"我们做事吧。"

罗小虎指了指高高的门楼，透过大门能见到一角荷塘。现在不是荷花盛绽的季节，残茎败叶挡不住裸露的淤泥，池塘显出几分凄冷。"我们就在门楼外面散发这些宣传单？"罗小虎忍不住发问。邓玉婵毫不迟疑地点头回应。

"学生有多少消费能力呢？"罗小虎虽不表达反对意见，也不愿意盲听盲从，小心地抛出个问题来。

"我不清楚年轻学生有多少消费能力，但他们一定是最能接受新生事物的人。"邓玉婵简单解释了一句，便开始和罗小虎散发宣传单。

"你们这家店的菜品看起来不错，价格贵吗？"两名学生被精美的菜品照片吸引，从邓玉婵手里接过宣传单，认真地看了又看。

邓玉婵耐心作答："我们走的是品质路线，实行的是平价收费。"

"看着是不错，就是离学校有点远。"现场汇集了大群出入学校的学生。

有人关心询问，邓玉婵来了劲头："这里离我们餐馆就几站路。有时间了到我们那里逛一逛，尝一尝不一样的美食，也是一种生活乐趣嘛！"

学生们三三两两地跨进了门楼。邓玉婵带去的宣传单已经分发完毕，她与罗小虎搭上回去的末班巴士时，已过晚上十点。车上乘客稀少，她在靠窗的位子坐下，推开窗玻璃，头转向车外，任凭晚风吹拂发丝。

罗小虎无法预知分发宣传单的效果，但他对这个主动承担分发任务的姑娘充满了关切："其实你不来也可以的，又没将活儿安排到你头上。"

"我奶奶说过一句话：锅里如果没有，碗里又怎么会有呢？"

她微闭双眼，声音像绸带一样飘散在夜风中。

他对这个姑娘忽然有了一种莫名的感觉。街道两旁的枝叶，从巴士二层的小窗擦扫而过，与车上的乘客如此接近又分离。他转过视线，霓虹灯在邓玉婵的脸上闪闪烁烁，留下稍纵即逝的光影。

四

凌云青外出考察结束后回到成都，宋桥兴奋地告知他，答应留下邓玉婵，算是留对了。餐饮行业的人有个思维定式，就是服务"五公里圈层"。以镋钯街的凌阳轩餐馆为圆心，别的服务员都在这个圈内行动，热衷于在人来人往的十字路口派发宣传单，而邓玉婵偏偏要去附近的几所高校门口蹲点。

她的理由很简单，大学生正是热情好动的年龄。别说凌阳轩餐馆就在城内，就是城外有啥好吃好喝的，都挡不住这群"探险家"的好奇脚步。

一家名不见经传的餐馆能精心制作漂亮的广告宣传单，不亚于大型商场的促销资料，勾起了大学生们的好奇心。餐馆这段时间的上座率还算理想，几乎每天都有慕名前来的年轻人拿着宣传单就餐。

凌云青有些触动，邓玉婵每天在餐馆干的时间比他和宋桥还久。有志不在年高，现在年轻人的思想活跃，自己虽然不是年老的人，但似乎与这个年轻群体还是有些差距，而这正是需要自己正视和弥补的。他想见见邓玉婵。

邓玉婵知道凌阳轩餐馆的凌老板原来不想留她，却终究留下了她。她以为这次又是让她离开。进入凌云青办公室，她礼节性地问好之后，像是玩笑又像认真探询："凌老板，听说您对我的到来不是很欢迎呢。您找我有什么吩咐吗？"

他当了多年记者，很少见到这种占据谈话主动权的女孩，有着柔中带刚的气势。她中等身材，肩背瘦削，相貌并不出众，顶多算是年轻耐看。他自然不会被一个姑娘将一军，微笑地指指对面的椅子："你坐！"

"凌老板对我有什么指示？"邓玉婵的言语中藏着警惕，也藏着锋芒。他不和她兜圈子："我之前对你不了解。你刚来那阵儿，餐馆才开张不久，我不愿从处于竞争关系的餐馆挖人，那会给人造成我们撬同行墙脚的印象，所以在你的入职问题上我提出过异议。不过，你现在已经彻底告别蜀我香饭馆，正式成为我们凌阳轩餐馆的人，我过去的那些担忧和顾虑也就没有了。希望你能安心工作，继续发挥你的作用。过去的事，你不要介意哈！"

开诚布公的交流，吹散了邓玉婵心中的乌云。她心头一暖，真诚地回应："凌老板，您请放心，我一定好好做事。我明白'只有餐馆发展好了，每个员工才会更好'的道理。"

第十一章

一

凌云青回到家，换鞋洗手去看女儿。雪朵一天一个样，已经会张开手臂讨要抱抱。他刚抱起雪朵，曾黎却接过孩子："你给云白回个电话，他说没有给你打通，可能有什么要紧事。"曾黎从凌云白冰冷的语气里，觉出这兄弟俩之间可能出了什么问题。

凌云青磨磨蹭蹭，没有马上拨打云白的电话。其实，他不是不想回电话。前两天，兄弟俩在电话里说着说着就争吵起来。他不知道，是否人越长大，越要和熟悉的亲人疏远。小时候，家里三兄弟受到欺负，他们能拧成一股绳，共同承受外来的伤害。现在他们长大了，各自成家立业，有了不同的生活方式，身影却渐行渐远。

当年凌云鸿在温州闯下大祸，至亲手足出了事，凌云青哪能袖手旁观？但问题解决后，凌云鸿反而选择对自己的兄弟疏远冷待。

母亲徐秀英知道云青心里委屈，也明白云鸿是故意躲着兄弟的情分，当然也是躲着债务。手心手背都是肉，当妈的哪能凡事一碗水端平？她只能在凌云青面前和和稀泥，说云鸿两口子在外地打工挣钱不易，日子过得紧巴，忙起来忘记联系兄弟，要云青多担待。凌云青泛起了心思：谁挣钱也不容易，但这不能成为你逃避还债的责任，或是你疏远亲人的理由。他不愿看到一把年纪的母亲还要为子女的事烦心为难，涌到喉咙口的话终究没有说出来。

　　与凌云青相处日久,宋桥渐渐对他的家事了解得更多,明白凌云青不仅要照顾兄弟姊妹,还要帮助一些老乡走出村庄,到城市开眼界、谋生计。他始终认为,凌云青帮人帮到这份上,实在是有些过头。

　　宋桥是城市家庭的独生子,除了在体校刻苦锻炼的那段经历,他承认生活没怎么赐他苦头。凌云青并不指望宋桥理解自己,每个人所处的家庭环境不一样,成长的经历自然各不相同。倒是宋桥拍着胸口向他保证:"你就是我这辈子的好兄弟,一生都不会变的。"有时凌云青也疑惑,他与宋桥从同事到朋友,再到现在共同创业的合伙人,异姓兄弟之间都能相处融洽,为啥自己和亲兄弟的交流却会疙里疙瘩呢?

　　凌云白读完小学后帮着母亲干了几年农活,十多岁时离开观龙村去山西煤矿挖煤。他对这段经历讳莫如深,赌咒发誓再也不"深入地下赚钱"。他手头存下一笔路费,辗转去了海南,那里正逢经济发展的黄金期。后来,他有了自己的事业和公司。凌云青真心为云白高兴,甚至有些欣慰,毕竟云白只有二十多岁,吃苦受累多年终于有了一番收获。可这段时间,他们兄弟之间出现了争执。

　　他们的分歧起因于云青"手太长",从成都伸到了海口,把云白海口公司的地址给了村里的朱先贵。朱先贵带着媳妇到了海口,要云白帮忙找份好工作。云白看在二哥面上,请朱先贵夫妇吃了一顿饭,三分客气七分冷淡地说,自己没那个能力帮忙介绍工作。他掏出纸笔,抄下当地一家职介所的地址和电话,让他们自寻门路。

　　朱先贵发现,凌云白面对同乡爱理不理,说翻脸就能翻脸。他和媳妇想在海口立足,只能强装笑脸、忍气吞声地收下写有职介所信息的字条。离开云白,他给凌云青打来电话,越说越急,急中捎带了一些怒气,认为凌云青办事不力,让他热脸贴上了云白的冷屁股。

朱先贵听别人说在海南容易找事干,有的人干了三年就把赚得的钱拿回老家,新修了房子。海南这里除了凌云白,他们没有其他一个熟人,这不是逼人走绝路吗?凌云青答应朱先贵,自己马上和弟弟联系,一定再想办法。

他很快打通了云白的电话。云白的情绪比朱先贵还激动:"你在成都这些年,老家那些人找你帮忙,那是你的事,请不要拿你那一套价值观来绑架我。你晓得帮人找工作要担多大的责任,要揽多少啰唆事,要浪费多少时间和精力吗?哦,他朱先贵两张嘴皮上下一碰,就喊我给他们安排既不要辛苦、工钱还要高的工作,人家要请两个祖宗吗?我到外省找口饭吃,谁帮过我了?谁会担心我吃了上顿没下顿?我就是看不起他们两口子!你想在成都对我发号施令,我还必须听你调遣?你那么爱心过剩,愿意普度众生,我看你以后不要叫凌云青了,就叫'凌菩萨'嘛!"

凌云青接住弟弟的牢骚,越想越不是滋味。朱先贵两口子人在海口,举目无亲是事实。他们是初次出远门的人,在那里没个依靠,能帮的总要帮一下啊。千里之外的凌云白死活不接招,他又有什么办法?

曾黎抱上雪朵,去阳台看花看草。凌云青此前不想马上给云白回电话,就是担心控制不住情绪,又发生争吵。但云白已经将电话打到曾黎这儿了,不回不行。他硬着头皮回过去,云白果真没有好话,让他别再怂恿朱先贵来公司烦他,一次可以忍,二次照样忍,第三次就报警,说到做到。

放下电话,凌云青有些头痛。朱先贵夫妇在海口找不到适合的工作,他有一定的责任。

朱先贵和他老婆成天侍弄田地,一直没有多余的钱改建自家的土坯房子。眼看那些外出打工的人一个个地回家修了新房,他也想撂下一身种田侍地的功夫,带上媳妇一起出门挣钱。听说凌云青愿意帮助同乡,他想,不如就到成都寻求工作,遇事也能有个依靠。可他媳妇却很坚定,非去海南不可。

他们第一站还是来了成都。朱先贵对媳妇说,凌云青的弟弟就在海口,就算一定要去那里,也少不得先找云青,请他打个招呼。

依循惯例,凌云青带他们去餐馆吃饭。朱先贵心想,同村出来的凌云青从小没爹,算是半个孤儿,现在不是照样拼出了这么大的一个餐馆?他东张西望,打量凌阳轩餐馆的内外环境。这里简洁却不简单,装修舒适雅致,他觉得在这儿工作也不错,老板又是同乡,成都离观龙村也不算太远。心念既动,他悄悄拉着媳妇说了自己的想法。

朱先贵媳妇估不准凌云青如今是何等有钱,才能开上这么体面气派的餐馆,底下还有呼啦啦一帮子人。朱先贵看出媳妇的心思,满脸堆笑地问凌云青:"我们两个能不能来你这里打工呢?"

凌云青有点疑惑,朱先贵明明说的是"在成都转一下车",怎么变成要在凌阳轩找事做了?餐馆前期投入的成本太大,还不知何时能有净盈利,如何解决朱先贵夫妇两个人的打工需求?何况,他也不愿意让乡里乡亲的裙带关系影响餐馆的正常管理。

拒绝人的话,不管如何委婉都不会动听。凌云青将自己的难处讲出来,朱先贵媳妇本来就犹豫不决,他的婉拒正好为她重新锚定航向,确定前行目标。她坚定地说:"我们不待在成都,说好去海南的,云青兄弟,请你弟弟为我们帮帮忙嘛。"

不料，凌云白对朱先贵不是"婉拒"，而是"极度厌憎"。他跟楼下的保安打了招呼，不准朱先贵进入公司大楼，否则让保安走人。朱先贵又气又急，打来的电话一次比一次不客气，让凌云青头皮发麻。

朱先贵的委屈渐渐化为怒火。凌云青帮别人就帮得，到了他这里，就把他当皮球踢来踢去。他在愤怒中给自己的执拗想法层层加码，甚至觉得凌云青但凡仗义一点、热情一点，将他两口子留在凌阳轩餐馆，他们也不会在海口没有着落。凌云青这么狠心，到时他俩回到观龙村把这些事情一说，看他姓凌的还有啥脸面。

二

牵挂着朱先贵的事，凌云青当天很晚才睡，第二天起床后显得无精打采。曾黎见他脸色不对，关心道："你请个假在家休息一天，明天再去上班嘛。"

原本心事重重的凌云青忽然笑出声来。曾黎觉得奇怪，问他笑什么。他说："我现在就是老板，和谁请假呢？上午有事要去趟税务局，不能耽误的。"曾黎打趣道："都说当老板好，一呼百应，体面威风，我看你这个老板，还不如普通打工仔，身体不舒服都不能请假！"

"当了老板，我才知道时间不是自己的，身体也不是自己的。"凌云青很少在她面前说这种消极的话，但此时，想说不想说的，排着队从嘴里蹦出来，压都压不住。

忙完税务上的事，凌云青回到餐馆，已经是下午两点。中餐馆分午市和晚市，目前百分之七十的营收还在晚市。像凌阳轩这种新馆子，中午两点以后几乎很少有客人登门。但是，今天的餐馆却与往常的气氛不一样，凌云青感受到一种陌生而异样的压迫感。

餐馆厅堂中间的餐桌旁坐着五个男性客人，桌前与他们对峙的，是餐馆的厨子、洗碗工、服务员，密密麻麻地站了两三排，个个脸上挂着愤怒。

"老子等了这么久，主事的人到底好久回来？今天必须赔偿，吃出一只蟑螂赔一万，今天不赔老子三万，就把你们馆子拆了！"

凌云青目光一凛，看向说话的人。此人左边站着两个彪形大汉，右边是两个"刺青小弟"。彪形大汉顶着圆滚滚的光头，身穿紧身黑上衣，脖子上系根粗壮的金链子。"刺青小弟"都是一头黄发，戴了单只耳环，一个胳膊上刺青龙，另一个胳膊上刺着歪歪扭扭的"忍"字。占据主位说话的，是一个国字脸的平头中年人，嘴上叼着一支没有点燃的香烟。

剃光头、穿黑衣、戴金链子、身上刺青……是社会"操哥"的标配。"古惑仔"系列电影从香港火到内地，他们就照猫画虎地装扮。其中那个带头人叫侯中军，人称"侯扒皮"，经常带着这帮小弟骚扰、敲诈周边的餐馆。餐馆老板做生意都讲究一个和气生财，经不住这伙人的胡搅蛮缠，往往花钱买一个清净和平安。

"凌总回来了！"罗小虎慌张地跑过来汇报，"他们在这里闹事！"

侯中军等人即将吃完饭菜时，其中一人的饭碗里突然多出三只蟑螂来。他们的惊诧叫嚷，吸引了其他食客的视线。侯中军掏出一把瑞士军刀，把菜盘推到桌子边沿，白色桌布腾出的空间成了他的"手术台"。他抓住其中一只蟑螂，切断长长的触须和几根腿脚，残肢放在白色的桌布上。蟑螂猛烈抖动身子，像一个果壳状的怪物。他按住第二只蟑螂，拦腰切成两半，随即又举起军刀朝第三只蟑螂一砸，蟑螂立刻变成一团恶心的褐色。

"大家快来看啊！这家餐馆竟然用蟑螂招待消费者，那吃了不得进医院，我们的身体健康咋办？"侯中军负责动刀，其他几个小弟负责卖力吆喝。

这拨人一吵一闹，那些胆小怕事的食客都吓得面容失色，他们怕火烧到自己，结账和没有结账的都一哄而散。餐馆员工在冯金洲的带领下，迅速围拢上来，怒目而视，对这拨不速之客形成包围之势。

侯中军觉得，自己是凭智慧闯荡江湖，不到万不得已，绝不打打杀杀。他认为蟑螂就是"整治"餐饮服务业最好的撒手锏，神不知鬼不觉地掏出一只来，扣在菜盘里，立马就能收获一堂子的惊悚效应。食客们见到菜里躺着的蟑螂，会立即捂口皱眉，有的还会发出干呕声。餐馆老板一般也会慌忙过来低调处理。所谓"低调"，就是只要赔偿的人民币到位，侯中军他们就会走人。

凌阳轩餐馆在镗钯街开张后，侯中军这伙人迟迟不来"光顾"，是觉得这里刚刚开业，挤不出什么油水。直到这段时间，眼见不少客人过来消费，生意已经红火，他决定亲自带队上门。一干人点了十一道最贵的菜品。他就不信吃完饭后，精心准备好的三只蟑螂拿不下这家新馆子。

凌云青去了税务局，宋桥约了工商局的人谈事，两人都不在餐馆。侯中军把三只蟑螂"解剖"完成，厅堂黑压压围了一圈人，不是戴帽子的厨子，就是穿围裙的服务员，而他们怒目而视、一言不发，屁都不放一个。没个主事的出来说句话，让侯中军进退两难，心里毛焦火辣的，随即有些气愤。他看见刚刚进来的这个人，有人喊他凌总，神情为之一振，心想是个"总就好，表明这人说话管用，就能和他们商谈赔偿的事。

三

胳膊上刺了"忍"字的马仔原名赖启明，生性暴躁，一言不合就动手，曾因故意伤害罪入狱三年。出狱后，他进入侯中军门下，寻找蟑螂的"光荣任务"经常落在他头上。

赖启明一听有人称呼"凌总"，腾地起身，踢倒椅子，环抱两臂，站在侯中军背后，大有老大一声令下就会赴汤蹈火的架势。

凌云青跨进店门，店里员工立即有了主心骨，视线追随他的脚步，瞬间分成两排，让出通道。这番强大的气势，倒让这伙闹事的人没有了原来的嚣张气焰。赖启明弯腰低头向侯中军请示："老大，现在打还是不打？"

侯中军心想，他们是来求财的，真的动了手，人家还会赔三万吗？大庭广众之下，不是训斥手下的场所，他喉咙发痒，为了清清嗓子干咳了一声。赖启明以为这是给他开打的暗示，于是脖子一扭两眼一瞪，大吼一声"砸"！他抓住桌上的桌布一扯一扬，菜盘飞动，砸落到餐馆员工的身上。侯中军其余的手下随即一拥而上，餐具接连落地摔碎的声音让人心惊肉跳。

菜盘的碎片击中了罗小虎和几个服务员的手臂，划开了一道道血口，殷红的鲜血"滴滴答答"地溅落地面。

"你们还有没有王法，敢在我的店里惹是生非？！"说完，怒气翻涌的凌云青转身面对他的员工，手指指向侯中军这伙人说道："你们现在就给我收拾他们，不能放走一个人，打出问题我负责，你们被打了，算工伤。动手！"

餐馆五十多名厨师和服务员手持木棍扫把、锅盖锅铲、桌椅板凳，怒不可遏地围住这伙人，一阵乱砸乱打。侯中军和他的手下谁也顾不了谁，双手抱头，或是躲在桌下，或是蹲在了墙角。

凌云青从桌下拖出瑟瑟发抖的侯中军："今天你还要三万的赔偿吗？"一身狼狈的侯中军低声说道："有种你就打死我，否则我不会放过你！"

凌云青抓起擦手的毛巾，缠住手臂，一肘击向侯中军的面部："你去访一下，老子从来就不怕威胁，也非常讨厌威胁我的人！"

侯中军顿时鼻血长流，眼冒金星。凌云青理了理自己的衣襟，径直走向前台的座机，拨出号码，按下免提。那些年采写社会新闻，他又不是没见识过"左青龙右白虎"的场面，要对付这样的人，得使出他们惧怕的撒手锏。

电话那头传来一个浑厚的声音："您好，这里是公安局刑警大队……"凌云青云淡风轻地说："杨大队吗？我是凌云青啊……有几个街娃来我们店里敲诈勒索，动手打伤了我的员工，我们已经把这伙人制服了。你看是你们来人带走，还是我给你们送过来，或是我们私下解决呢……"

电话中传来了杨大队的意见："你愿意让民警过来带人，我马上安排人手；你愿意送过来，我就给你泡茶；你要和他们私了，处理好就行！"

凌云青挂断电话。侯中军的面色由惊愕转为死灰一般，他用手背横擦鼻血，声音发颤地对凌云青说道："我们兄弟几个就是来娱乐娱乐，没有别的意思，不用打扰他们警察了。"

凌云青脸色一沉，一字一顿地说道："我们这里是餐馆，不欢迎这样的娱乐方式。你看今天的事咋个处理？"

"大哥，不是，老板，你不要和我们计较，这次就放我们一马嘛。"侯中军心急如焚，他可不想被关进去，那种失去自由的日子是他一生的噩梦。

凌云青从地上翻起一张椅子，一只脚踩在上面，厉声说道："咱们餐馆打开门做生意，欢迎你们来品尝菜品，但不欢迎你们用这样的方式无理取闹。黑道白道，要讲公道。我要收拾你们，这里不缺人手，也不缺刀叉棍棒，随时可以让你们立着进来，横着出去。今后这里再有蟑螂，不管是怎么出现的，发现一只，你们就得赔偿我们一万元；发现两只，你们就要赔偿两万元；发现十只，你们就赔十万元。"他指了指刚才的座机，补充道："如果不赔，我会用非常手段，千方百计找到你们！"

侯中军慌了神，小心翼翼地说道："老板，我哪敢保证这里没有蟑螂呢。餐馆出现蟑螂是很正常的，让我赔偿就不公道啊！"

凌云青提高了声量："你把蟑螂带来让我赔偿，你他妈的咋个就没有想到公道？我这里出现的蟑螂，为什么不能让你赔偿？公不公道，这个地方由我说了算，就看你们今后的表现。"

"你放心，今后谁敢来这里捣乱，我给你扎起！"侯中军赶紧对凌云青打起了保证。

"我这里有人扎起，没有哪个敢来捣乱！"凌云青环视一片狼藉的餐厅，看了看罗小虎等人的手臂，接过邓玉婵递过来的菜单明细，对侯中军说道："你们的消费账单，一些客人因为你们闹事逃掉的单，以及今天损坏的餐厅餐具，还有受伤人员的医疗费用，你说如何解决？"

侯中军耷拉下了脑袋："我们没有工作，平时就靠这样的方式要点生活费，没有钱来支付这些费用啊！"

"你们造成了损失，就应该赔偿；你们惹出了祸事，就要对自己的行为负责！"凌云青估算了损坏的餐具等各种费用，加上这伙人消费的账单，不足万元，但他转头向侯中军等人说道："如果你们今天给不出这五万元，现在给我打一个欠条，你们五个人都来按手印。以后你们若是走正路，表现得好，我高兴了，就不收；如果你们还是这样敲诈勒索，危害他人，我不高兴了，就会采取强制手段收取这笔费用。"

侯中军和他的手下你看看我，我看看你，无奈地在欠条上签上自己的名字，按下了手印，灰溜溜地离开了餐馆。

第十二章

一

宋桥在工商局对接餐馆售卖早餐的事,中午邀请几位朋友聚会,临近晚市才回到餐馆,罗小虎赶紧向他汇报了混混敲诈未果的经过。

宋桥波澜不惊,他知道凌云青曾经为了探寻事实真相,只身卧底犯罪团伙的经历。他敲开凌云青办公室的门,表达了对餐馆经营的各种担心,建议:何不利用公安方面的关系,常请辖区民警过来走动一下呢?

凌云青沉思片刻,谈了自己的看法:"大可不必请民警来,现在约束他们的禁令很多,不能给人家添麻烦。我们是合法经营,做良心餐饮,又不是搞什么歪门邪道。"

"他们这次敢带蟑螂来,下次未必不会弄只死老鼠啊!"宋桥仍旧担心混混们花样翻新。

这次混混捣乱,倒让凌云青有了新的主意。他的眼里闪烁着亮光,想起了一段陈年往事。

当年,凌云青在西安民申百货大楼联营商家做兼职营业员期间,参加了一场员工大会。当时,民申的詹总和郑副总也来到了会场。

郑副总表情凝重,向员工讲述了民申遭遇的一起投诉。一位顾客来信,附上两张彩照,其中一张照片是他新买的冰箱,冷藏室的内壁有一道明显的划痕;另一张照片,是他购买冰箱的单据发票。这位顾客称,冰箱是他爱人购买的,冰箱内壁贴着塑料膜，没有当场拆开检查，回家才发现了这个明显的瑕疵。顾客发出质问：民申百货号称严把商品质量关，绝不会将瑕疵品卖给消费者，现在为何欺骗消费者？

会场人员不发一声，大家像是被一条绳子紧紧捆住了脖颈。詹总将视线转向郑副总："你和这位顾客接触过，你再讲讲顾客的诉求。"

郑副总原本想将此事汇报给詹总，低调处理就好，毕竟民申百货一向标榜从来不卖假冒伪劣产品。如今遇到较真顾客，倘若不满足他的条件，他就要公之于众，到时损害的是民申几十年的良好信誉。詹总却临时召开全员大会，将这事儿摊开来讲，这不是自曝其短，自打民申百货的脸吗？

但他不便违背詹总的要求，把他与这位顾客沟通的结果讲了出来："我对顾客表示了歉意，提出愿意为他调换冰箱，搬运费用由民申负责。但他态度强硬，认为民申欺骗了消费者，没有做到'好货无瑕疵'的承诺，民申的补救措施，不过是遮掩和粉饰。他买到瑕疵品所受的心理伤害怎么办？他这几日的情绪受到影响，甚至夫妻之间为此发生矛盾，民申能赔偿他的'感情损失'吗？顾客扬言，如果得不到满意的解决方案，就向广大消费者曝光。他提出了二十倍的赔偿要求，也就是说，我们必须用二十倍的价格，赎回他买的冰箱。"

郑副总咽下了后面的话：当时，为了民申的信誉，他差点答应了顾客的要求。但理智让他稳住话头，他声称自己没有审批高额赔付的权力，还得请示领导。顾客说，给他三天时间，不管他请示哪个领导，想必民申都不想毁掉自己这块金字招牌。

他的话音刚落，会场响起一片嗡嗡声。营业员们觉得难以接受："说不定这就是来碰瓷的，好大的口气，敢要二十倍赔偿！"

"这是抓着我们'好货无瑕疵'的承诺不放呢。工商联正准备给咱们颁发'千日好货行'的奖牌,这事儿就冒了出来,会不会太巧啊?"

"我看,说不定就是同行,专门来给咱们下套的!"

在沸沸扬扬的热议声中,众多营业员表达了自己的担心:"就算我们知道这人动机不纯,但人家手里确实握着商品有瑕疵的证据啊。"

"这批冰箱出厂检查是谁负责的?厂方质检应该承担责任,怎么赖到我们商家头上了啊?"

"话不能这么说。消费者一般只认他在哪儿买的商品,他也没有能力去追溯厂家的责任,现在赖到我们头上,我们就脱不了干系。好比一个食客去餐馆吃饭,吃到不干净的东西,拉肚子进了医院。他是找餐馆索赔呢,还是找餐馆的食材供货商呢?"

詹总听得津津有味,一直默不作声。他觉得大家讨论得差不多了,抬起双手,往下压了压,议论纷纷的会场像是蓬松的棉花,立即变得服服帖帖、规规整整。

他在寂静的会场中朗声询问:"对这件事的处理,谁能给出建议?"

大家面面相觑,都是普通员工,能有啥建议?最终的决定,不都得看詹总和郑副总的意思吗?员工在底下议论两句、骂几声也就罢了,真在这种场合给出建议,岂不是太把自己当盘菜了?

詹总的目光扫过会场,发现一只手越过众人头顶,举了起来。

举手的是凌云青。他站起身来,似乎进入到一间只有他和詹总的密室,众人的喧嚣都被关在了门外。他心无旁骛,专注地回答詹总的问题:"我认为民申不能支付二十倍赔偿,应该要将此事的处理公开化、透明化。"

詹总似乎来了兴趣:"哦?怎么公开化、透明化呢?"

"民申百货可以专门为此举办一个活动,请来新闻媒体,既向消费者承认所售货品确有瑕疵,同时又要拿出自己的坚决态度来。"

詹总追问:"拿出什么态度呢?"

"当众砸掉这台有瑕疵的冰箱。"

凌云青并未加重语气,仿佛在说"我明天上早班"或者"中午吃什么"一样稀松平常。平时对他多有关照的师傅顾姐慌忙伸手拉拉他的衣角,试图阻止他的话头儿。

他的建议如同一滴冷水,骤然落入沸腾的油锅。有人忍不住摇头叹气:"嘴上无毛,办事不牢。这娃才多大,就满嘴跑火车!"

"这个建议简直不靠谱!砸冰箱,这是干啥?民申花了这么长时间塑造的品牌形象,现在西安城的人都认可,说民申货品质量优良,你现在非要推一个次品冰箱出来,当众砸给大家,不是吃饱了撑的吗?"

"粪桶在那儿不臭,非要拿个搅屎棍去搅,搞得臭味四散。砸了冰箱,这对我们有什么好处?"

"我看还不如给那个人二十倍赔偿,至少比砸了我们民申的招牌强。这娃年龄小阅历浅,不知天高地厚,不明白大家挣来荣誉的艰难。"

詹总面对众人的议论,好像选择了自动屏蔽,他的耳朵仿佛是一个奇异的漏斗,将凌云青之外的声音全都过滤掉。凌云青毫无惧色地站在那儿,稳稳承接詹总的目光。在詹总看来,这名青年的眼里,带着一股让人欣悦的崭新锐气。

"那就采用凌云青的建议!"詹总一锤定音。

议论声像是一锅水汽升腾的开水,噼噼啵啵地掀顶锅盖。詹总谁也不看,面对躁动的人群说了一声"散会",率先离开了会场。

过往的故事还带着辛辣鲜香的热气,凌云青面对宋桥,给他讲述了自己这段鲜为人知的经历。

宋桥有些惊异："民申百货的老总真的当众砸烂了冰箱？"

"是的！"

"那岂不是告诉消费者，民申卖出的冰箱可能存在品质问题吗？"

"不是可能，是真的存在问题。詹总回收了那台有瑕疵的冰箱，向大家展示，诚恳道歉后，才抡起铁锤开砸的。"

宋桥的心思泛起了涟漪，却有自己的疑惑："一个惯常走品质路线的百货公司，为向消费者保证自己所售货品绝无假冒伪劣之物，在大众面前表演砸冰箱的戏码，岂不是搬起石头砸自己的脚？"

凌云青并不认同宋桥的看法："詹总当年对全市人民承认错误，不去砌词狡辩或掩盖事实，反而取得了很好的效果。"

"什么效果？"宋桥来了兴趣，急切地询问。

凌云青舒舒坦坦地喝了一口茶，得意地说道："经此一砸，民申百货名声大噪，消费者对民申货品的质量更加信任，当年的销售额突破了民申百货的历史最高纪录！"

宋桥打趣道："可惜我们是开餐馆的，不是开百货公司，也没有冰箱彩电销售啊。"

凌云青乐呵呵地笑了："混混将蟑螂丢进咱们餐馆的菜盘，当时吃饭的食客看着呢，他们不知内情，觉得我们餐馆卫生较差，菜里竟然出现恶心害虫。不管事实真相如何，我们的声誉可能已经受到影响了。"

宋桥的心里一阵狂跳。他从员工那儿得知混混闹事，凌云青"借佛吓妖"，但这件事产生的潜在影响的确让人有些后怕。以后谁还敢来光顾餐馆呢？他有些着急，倘若他在店里，可能早就克制不住，和混混们打成了一团。

"你先别激动,我有办法应对这些潜在影响!"凌云青安慰宋桥。

二

凌云青的办法是重金悬赏——凡是前来餐馆吃饭的食客,不论是逮到了老鼠、捉住了蟑螂,还是发现了苍蝇,不但免单,还奖励现金五千元。

宋桥吓了一跳。别的餐馆唯恐店里发现一只虫子,自己的餐馆居然要大张旗鼓,让食客上门来寻找,而且一旦找到还有重奖。这不是乱搞吗?

"你,你,你这不是开国际玩笑吗?如果是这样的话,餐馆开不了几天就要关门!"宋桥急得满脸通红,心想,凌云青平时为人严谨,一般不苟言笑,这次开个玩笑,活活要吓死个先人。

凌云青面露坚定之色:"我不是开玩笑,好口碑不是我们吹出来的,必须要消费者认账。既然担心别人在我们餐馆发现过蟑螂会影响声誉,还不如主动接受大众监督,让每个到店消费的食客都成为我们的卫生督查员,主动帮助餐馆提高卫生管理水平,这也算借力使力。"

宋桥有些着急:"道理我都懂,但咱们成都到处开着苍蝇馆子,既然名为苍蝇馆子,就是说普遍都会有苍蝇的意思。店里卫生条件差一点,环境脏一点,只要味道好,价格公道,还不是照样有人光顾?"

"你这样的想法很快就会落伍。改革开放这么多年,现在别说城里人有了出来消费的闲钱,就是农村人也基本解决了温饱问题。吃饱倘若已经不是迫切的事,吃好、吃出品质和卫生,必将是人们的新追求,也会是餐饮行业的新标准。我们不能再用老一套的观念对待现在的食客。"

宋桥还想找出两句话来反驳,竟找不出更加有力的理由。

凌云青的观点是:现在不比从前,人们的需求已经从"吃饱"转到"吃好"了。宋桥的思绪荡了几荡,觉得好像是那么回事。自己上体校那会儿,计划经济开始转向市场经济,可街面上还是只有几家国营饭店,哪有私人经营的餐馆?私人纵然有心开店,也会被名声响亮的"国字号"压过一头。当年,宋桥的教练为了提高孩子们训练的积极性,将他们带去国营饮食店开洋荤。宋桥与伙伴们非常期待,但去过一次之后,他心中却五味杂陈。

那些油腻腻的桌面裹着苍蝇蚊子的残肢,让人恶心欲呕。宋桥的胳膊肘在桌面搁放了一下,回到学校浴室洗了三十分钟,才洗掉皮肤上那层发黑的油污。至于饭菜口味,他早就不记得了,只记得其中一位同学的面碗里吃出半只菜青虫。那位同学看看教练的脸色,想吐又不敢吐。教练探过身子安慰他:"没啥,就当补充蛋白质,经过了高温消毒,虫子都是干净的。"那时生活困难,人们对卫生条件没有过高的期许。

宋桥和凌云青开办餐馆,肯定要做干净健康的菜品。凌云青的方法可能是偏激了一点,但初衷是倒逼餐馆上下员工不留死角地做好卫生,给食客提供干净的环境和菜品。他如果一味反对,倒显得底气不足了。

成都现在的大街小巷,不仅私人广开大馆子小馆子,夜里还有热热闹闹的"鬼饮食":挑担子卖麻辣烫、串串香、豆花油茶的小贩数不胜数,再也不是过去那种找不到吃的境况了。那么,凌阳轩餐馆就该守住自己的初心。现在做餐饮买卖的人多了,竞争也变得日趋激烈,为了开拓客源、增加人气,宋桥还不是主动提出餐馆增设早餐售卖业务吗?

宋桥思来想去:他凌云青也是为了在无路之中闯出一条路

来。如果走得好，说不定凌阳轩餐馆会成为第二个民申百货，让更多消费者走近它，认可它，接受它；如果走得不好……宋桥不想继续浪费脑细胞了，用力一拍大腿，大声说道："邓大人说过，管它黑猫白猫，逮着耗子就是好猫。我管你凌云青使用的是平招险招还是凶招怪招，只要能促进餐馆发展就是好招。"

不过接下来，宋桥还是对凌云青讲出了自己的担忧："如果来店的消费者真的找出蟑螂苍蝇什么的，怎么办？"

凌云青似乎胸有成竹，拿出一张便签纸，上面写了一个电话号码和一处地址。地址旁空了一格，单单标出一个"黄"字。他指着这张纸说道："在你回来之前，我已经通过朋友联系到了这家专业除鼠灭蟑公司。负责人姓黄，约了明天上午见面，我先去了解一下情况。"

"专业除鼠？我小时候见过专卖老鼠药的摊贩，那些都是骗人的，他们卖的东西与跌打酒、大力丸一样，就是俗称的狗皮膏药。"

凌云青哑然失笑："你这个城里长大的人倒还知道狗皮膏药。不过你放心，我们要接触的这家环保除害公司并不是卖狗皮膏药的。报社之前也有记者去采访过，人家是走科技路线，核心业务便是和各大餐馆合作，消灭害虫，保证环境洁净卫生。"

三

专业人士上门指导，能够彻底整改餐馆环境。宋桥从理智上认可与除害公司合作，但从情感上，他仍然觉得"请消费者上门监督"的方法有点过激，总让他心头七上八下，忐忑难安。

餐馆打烊，宋桥请小舅冯金洲一起坐坐。冯金洲从橱柜里端出两盘凉菜、一瓶小酒，摆出了和外甥开怀畅谈的架势。宋桥一看酒和菜，条件反射般地说道："酒菜钱记我的账上，下个月从工资里扣除。"冯金洲白了宋桥一眼："瞧你那点出息，你娃不是餐馆老板吗？吃点喝点的毛毛钱还要记账，豁我嗦？"

"不是豁你，咱们上次员工大会上不是说过吗，谁都不能占餐馆的便宜。不然你吃一口我喝一口，金山银山也要吃垮啊！"

"你专门叫我留下来，就是为了让我听你这些屁话？对不起，老子没空！"

眼看小舅变了脸就要走人，宋桥一把拉住冯金洲的袖子，低声道歉："小舅，我错了。您看，我这不是制定管理细则的人嘛，如果不带头执行，底下的人哪个能服气呢？我晓得你对我好，所以才敢在你面前有话就说，从不遮遮掩掩的。"

"这倒像句人话。"冯金洲听不得几句奉承，就算是自家亲戚的好话，他听了也受用。宋桥见他脸色和缓，赶紧给他斟上一杯老酒，酒液的香味扑面而来。宋桥夸赞他不但厨艺出神入化，而且是知酒懂酒的行家，知道什么菜最该配什么酒。

刚刚还怒目相向的冯金洲，这下面色是彻底由阴转晴，内心喜乐舒畅，神色越发慈祥："我可是看着你长大的，你娃皱皱眉头，我就晓得你肚里在打啥主意。遇到啥为难事了，要我来给你开解开解？"

宋桥"唉"了一声，烦恼地摆摆脑袋，将凌云青和他商量的"请客上门捉虫计划"和盘托出。

冯金洲表情闲适，左手持杯，右手握筷。他的酒喝得慢，菜吃得更慢，间隔一分钟才往嘴里丢一颗花生米。但看他吃喝就是享受，慢归慢，但姿势优雅，讲究一种内在的节奏感。

他此前虽是乡下野厨，身份地位上不得台面，但他一直牢记自己的祖师爷是从宫里出来的御厨。所谓御厨，就是给天子和娘娘做饭的人，不仅代表人间厨子的最高手艺，礼仪、气度、涵养也远超那些无官无爵的"大路货厨子"。虽然传到冯金洲这一代，很难从他身上看出"御厨风采"，但只要心头记挂着这件事，他就觉得自己身负历史重任，有朝一日终要擦亮祖师爷的名号，作为"御厨传人"理应为师门增光添彩。为此，他习惯于"自我修炼"，在某些场面上即使不说话，沉默冷脸地杵在那儿，已自带一种气场，让人小瞧不得。这也是当时他能让凌阳轩上下员工"不言不动"，与混混怒目对峙，使混混不敢轻举妄动的原因。

宋桥心里的天平，一会儿偏向"大事化小小事化了"，一会儿又偏向凌云青说的"自古华山一条道"。他心思不定，言语有些前后矛盾、颠三倒四。冯金洲的闲适神情渐渐退去，他将酒杯往桌上重重一放，学着宋桥妈的口吻，语气变得很不客气："我老早就想问你一句实话了，这家馆子，到底你是老板，还是那个凌云青是老板？"

"这个……我们当初说好的，是双老板负责制，他是老板，我也是老板。"

"姐姐说她儿子傻，我还在她面前帮你说好话。现在看来，你这娃儿是真的傻！"

一脸困惑的宋桥望着冯金洲。自己说了半天，只是想和身为店里大厨兼小舅的冯金洲聊聊他们是否要行险招，怎么小舅反问谁是老板？他不解地问道："谁是老板很重要吗？"

"重要，太重要了。你瓜兮兮的，什么都顺着你那个好朋友的意。他之前开过餐馆吗？没有，他甚至还不如你。你开了几年旱冰场，当过几年自负盈亏的小老板。他呢？从报社出来下海，还没褪去一身的书生气，行事决策哪里像个老板了？宋桥，你要想想办法，学会掌握经营大权，别总被凌云青牵着鼻子走。他的花样多，有些点子歪打正着算是敲到了节奏上，比如印制菜品宣传单，算是开了本地餐馆的先河。特别是最近这段时间，因为收到宣传单而来店里消费的客人也不少,这些是他做对了的。但他不能一次对了就认为自己永远正确啊!毛主席他老人家怎么说来着,这是犯了经验主义的错误。像你刚刚说的这个,就是在乱球整!"

"凌云青这个办法真的行不通吗?"宋桥将酒杯凑到嘴边,因为心事重重,原本滋味丰厚的美酒也显得淡如白水。他无滋无味地抿了一口,放下酒杯。

冯金洲举杯,一口干掉酒盅里的液体。甘醇浓郁的老酒蹿进血液,带起一朵朵火苗,四下奔跑,全身蔓延。他满意于朴实醇厚的粮食酒带给身体的温暖抚慰,薄薄三分酒意,正好令他眼眸如星,口舌无拘,讲起话来比平日流畅许多。

"小子,你用屁股都能想到,这世上的厨房,哪有不惹老鼠蟑螂的呢?既然有米面油,有蛋肉菜,就会有害虫跑来做窝。杀了这一批,还有下一批,就像文化人说的那样,'野火烧不尽,春风吹又生'。我冯金洲半辈子和厨房打交道,对厨房的了解,可比你们这些年轻娃儿强多了。我敢打包票,成都这么多馆子,哪怕是五星级大酒店,管理者都不敢拍着胸口说他们的厨房找不出一只蟑螂。你的搭档要在凌阳轩搞内部卫生革命,我赞成,举双手赞成,但他要让来吃饭的人成为卫生监督员,还说捉到虫子有奖,我今天的话撂这儿了,这纯粹是在胡整。"

四

第二天上午,宋桥呵欠连天地来到餐馆。早早到来的服务员只有邓玉婵,她用温水兑了洗洁精,准备擦桌抹椅。

"小邓,怎么就你一个人?"宋桥低头看了看腕表,"哦,还没到上班时间,你来得挺早嘛。"

她手脚麻利地拧了毛巾："您不是说今后餐馆要增卖早餐吗？我先适应一下，免得一下子改上早班了，反而起不来。"

他心里搁着事，无心交谈，对这位"爱店如家"的员工也不过是点点头以示鼓励，随后迈着沉重步子，低头走进了自己的办公室。他想，当务之急不是售卖早餐的问题，而是凌云青要不要带着大伙，一起涉险冒进。

他焦急地等待凌云青来上班。他想再和这个搭档谈一次，决策一旦公布，就如同泼出去的水，收都收不回来。到时消费者抓出蟑螂老鼠，领奖要钱是小事，要紧的是这事一旦传出去就会败坏餐馆名声，坐实他们馆子不干不净。到时不仅没人上门用餐，说不定还会将上级主管部门招来，重重罚款和修整他们呢。他凌云青怎么在这件事上就犯了糊涂，没想清楚桩桩件件的因果关系呢？

凌云青昨天分明告诉他，今天要去环保除害公司与黄总深入沟通。他和冯金洲喝了顿小酒，也就忘了凌云青要办的事。

他将自己关进办公室，一直焦急地等到中午。餐馆的客人渐渐多起来，热热闹闹的欢声笑语不断飘来。菜入油锅的刺啦响声，厨师颠大勺与食材在锅里的翻动声，还有传菜员的碎步小跑声，都汇聚到他的耳朵里。餐馆老板喜欢听这些声音，倘若一个馆子冷冷清清，才让人心里发毛。喧嚣密集的声响缓解了他的紧张焦虑，将他从不安的情绪中释放出来。

回到餐馆的凌云青脸色从容平静。宋桥早起对着镜子剃胡茬时，发现自己双眼黯淡无神。怎么他凌云青就这么心大，不管遇到大事小事，神色都是如常，下巴剃得一片铁青，一副干干净净的齐整样子。

宋桥忙不迭地迎上来："云青，昨天咱们商量的事，我想了一晚上，心里还是不踏实。"

凌云青拍拍他的肩膀："吃完午饭，下午抽个时间，开个全员大会，大家来讨论一下这事儿。餐馆是我们所有人的餐馆，不能搞一言堂，不能让一个人武断拍板，如何？"

民营企业管理者最怕刚愎自用，听不进员工意见。凌云青要将重大决策摊开了给大家讲讲，一起议议，这是走民主路线，宋桥自然赞成。

这个上午，凌云青与环保除害公司的黄总相谈甚欢。黄总下海前是德阳市的一名机关工作人员，后来毅然选择白手起家，创办了一家高科技除害公司。目前他和成都数十家星级酒店以及高档餐饮店都有合作，那些刚起步不久的餐馆中，凌阳轩是首家找上门来洽谈的。

对凌云青的来访，黄总格外看重，话也说得十分真诚："马上就要跨入新世纪了，人类对于走进新纪元有很多期许。有人认为到了2000年后，生产力会登上一个新台阶，各行各业都要迎来一个新的爆发点。国富民强，第三产业的发展肯定会迎头赶上，这是社会发展的趋势。要能敏锐地看到这一点，才可顺势而为。我对于未来发展当然持乐观态度，就在这几年，成都的街头巷尾不就冒出很多餐饮馆子吗？餐饮业的繁荣最能说明问题，只有老百姓荷包里躺了闲钱，才有出门消费的底气。"

这样的观点，凌云青是认同的。倒退二十年，他们能想象个人也能经营餐馆吗？那时政策还没放开，即使你顶着重重压力开了店，城里人紧巴巴的工资只够糊口，下馆子打牙祭这种奢侈的事，需要勒紧裤腰带才能享受。

凌云青与宋桥携手创业，并非一拍脑门的冲动之举。他当了这么多年记者，算是有了一点市场敏感性。市场上的风吹草动能牵动社会的神经，也能引发他的思考。他身边的同事常常抱怨哪家馆子味道不错，但价格"咬人"；哪家馆子价格实惠，但菜的味道马马虎虎；好不容易有一家价格公道、味道也过得去的，店子却又开得天远地远，兴冲冲地去吃一顿，来回花去几个钟头，搞得人困马乏，只好怪自己"顾吃不顾腿"。

这种时候，凌云青就想，人们包里有了自由支配的闲钱，首先想到的便是满足口腹之欲，吃好喝好是幸福人生的基本追求。按照马斯洛的需求层次理论，人类首先要满足的就是食和穿，可见全世界的人都不能脱离"吃"而妄谈其他的高层次享受。从远的、理论的方面讲是这般考虑，从近的、细微的生活需求讲，阆南县观龙村的乡亲来了一拨又一拨，他也需要有这样的餐馆来接待他们。

邱老板在世时经营的蜀我香饭馆人情味儿十足，他待人又和气温煦，让观龙村的人们产生了"这是成都据点"的依恋情结。邱老板去世后，他儿子邱东扩大店面，菜价几乎翻倍，蜀我香便不再是观龙村人理想的聚集地。凌云青一直想，有机会一定为乡亲们再寻找一家饭菜可口的新餐馆。

凌阳轩餐馆的诞生，有时代的热切召唤，也有凌云青的私心打算。对他而言，餐馆不仅仅是一个谋求生计的地方，他更想让它树立行业品质标杆，拥有良好的品牌形象，因此绝不能在卫生上敷衍了事。

也许从原有赛道转身，重新开创新的事业版图的每个人，都有他的独特思考。黄总与凌云青一见如故，推心置腹："未来餐饮业的竞争是多元化的，干净卫生一定会成为消费者的首要考量。这就是为什么我会坚决辞职下海，立志当好'餐馆助手'的因由。"

这次的交流，凌云青很满意："有您公司的专业技术为餐馆保驾护航，相信能彻底消灭我们餐馆里的有害生物，不留任何卫生死角。"

第十三章

一

午市结束后,下午三点,凌阳轩餐馆掩上大门,召开全员大会。员工们交头接耳,议论纷纷,谁也不知道这次开会的主题。最近餐馆生意不错,难道看在大家勤勉的分上,老板要涨薪水吗?

凌云青环视四周,嘈嘈切切的声响纷纷收敛,员工们齐刷刷地抬头望着他。

他首先向大家宣布:不日将有环保除害公司的专业人士上门服务,帮助餐馆消灭蟑螂、老鼠、苍蝇等,促进环境卫生。

对于这个消息,员工无须议论,掏腰包请人的是老板,又不是从他们工资里抠钱来"除害"。但接下来的议题,让员工发表自己的看法时,众人就产生了意见分歧。

餐馆要请消费者当卫生监督员,凡是在店里捉住一只蟑螂或苍蝇,抑或发现一只老鼠的,就能重重领赏?如果这些人领到了奖金,他们这些在餐馆打工的还能有好日子过?

冯金洲迅速和宋桥交换了一下眼神。餐馆的经营,身为主厨的他平时不发表自己的看法。可此一时彼一时,凌云青现在的决策,关系到餐馆的生死存亡,自己不说不行啊!做人也不用时刻都"风雨不动安如山"的。

昨晚和外甥喝酒时,冯金洲的态度已经十分明确,现在稍做整理,思路愈加清晰。他站起身来,轻咳一声,有条不紊地发表自己的意见:"我们请专业公司上门'除害'是好事,餐馆员工严格把好卫生关,不让食材受到污染,也是必须完成的任务。但我想引用一句老祖宗的话,'谋事在人,成事在天',不管我们将算盘打得多响,计划做得多周密,总有可能出现意想不到的情况。如今我们让每个消费者都来找碴,好比将餐馆搁在放大镜下,任由大家去观察去剖析,就算没有问题,被这么一个人两个人百个人千个人来筛查,也有查出问题的概率。更何况,那些老鼠也好,蟑螂也好,苍蝇也罢,今天消灭了,明天可能从别处迁过来,哪能将话说得那么满,百分百杜绝有害生物的踪迹呢!"

面对冯金洲的发言,凌云青不时点头以作回应。冯金洲暗自得意,越说言语越顺畅。

他说完自己的想法,凌云青朝他微笑道:"冯师讲得很好,还有什么要补充的吗?"

冯金洲的视线往下一点,表示绾了句号,神色倨傲地从口袋里摸出一支烟。但他想起餐馆员工除了在休息室,在其他地方都不能抽烟的规定,于是将香烟放在鼻下闻了又闻,并不点燃。

二厨何委向来唯冯金洲马首是瞻,他赶紧附和:"我同意冯师的意见。还有一点,如果有人像上次故意上门找碴的混混那样,不知从哪个地方抓个蟑螂来我们店,硬是栽赃嫁祸,说饭菜有问题,环境脏乱差,到时我们怎么办?赔还是不赔?"

"就是,如果有些人想钱想疯了,打这种歪主意咋办?"

"那我们就被动了,活活成了被人暴打的靶子!"

"这是给自己挖了一个坑往里头跳啊!"

宋桥听着大伙的议论,看来众人都和自己意见相仿。为了稳妥起见,还是不要走陡路险路,树名声不成反而毁了名声。他又觉得大家的意见一边倒,会不会让凌云青显得太像"光杆司令",面子上不好看,甚至伤了凌云青作为老板的自尊?他正浮想联翩,员工中一只手举了起来。

"大家静一静,听邓玉婵发言。"宋桥立即提醒大家。

对于毛遂自荐来到凌阳轩餐馆的邓玉婵,宋桥一直以伯乐自居,当初凌云青犹豫不决,他也能据理力争留下她。事实证明,她做事勤勉,每天清晨来得最早,一来就擦擦抹抹,打扫厅堂卫生。他欣慰地看着这个举手的女孩,郑重要求大家安静下来。

"我的想法可能和冯师有些不同,但这只是个人观点,说出来大家一起讨论,我并不是针对任何人。"邓玉婵的眼睛清澈明亮,犹如黑水晶落在了白水晶里,这样的眼睛扫上一圈儿,叽喳议论的声音顿时平息下来。

冯金洲提前嗅到一股不祥的气息。她一个小小的服务员,见过多大世面,能说出什么真知灼见?他从鼻孔里哼出一声,不屑地听着邓玉婵发表的个人观点。

"我赞成凌总的想法,就是让每一位走进凌阳轩餐馆的消费者,都能起到监督者的作用。我在乡下时,长辈们说过这样一句话:'金杯银杯不如老百姓的口碑。'我们做餐饮的也是这样,广告上说得千好万好,如果卫生没有做好,就算是百年老店也得不到消费者的认可。凌总的想法,看似对餐馆和每位员工提出了苛刻要求,但倘若达到了这样的卫生条件,消费者就会心甘情愿为我们送上口碑,就会真心实意接纳我们。因此又何必害怕今天的挑战,不敢来证明我们自己呢?"

"好!"罗小虎听得心花怒放,率先鼓起掌来。他装作没有看见师傅冯金洲投射过来的两道目光,心想看到也无所谓,既然是员工大会,讲究平等民主,人家邓玉婵都能当众表达自己的观点,他也能当众力挺。

二

这次的员工大会，凌云青就像回到了十几年前的民申百货。那时台上的人是詹总，台下是他凌云青。众人之中，詹总目光炯炯，倾听一个初生牛犊般的少年大大方方说出"砸冰箱"的法子。

凌云青行事内敛宽和，但在稳重的举止之下，也藏有执拗的念头，甚至还有狂热的理想。他当年能和人人敬仰的詹总一拍即合，也是因为两个男人性子里埋藏的"奇崛陡峭"，相互好奇挖掘，终成莫逆之交。

看着侃侃而谈的邓玉婵，凌云青就像看到了当年的自己。他神色沉静，大家无法猜度他的真实心意。罗小虎带头鼓掌之后，年轻的三厨以及几个与他交好的服务员也犹犹豫豫地表示支持"请消费者当卫生监督员"的举措。

冯金洲闷不作声，心想：几个毛头小子和几个黄毛丫头还想虱子拱棉被——妄图翻天？但接下来发生的事令他无法淡定了。

邓玉婵旗帜鲜明地表达支持凌云青的想法后，宋桥忽然站出来支持了她。他原先的观点是与凌云青相反的，如今自己曾经相中的"千里马"支持凌云青，他便立即掉转了风向。这墙头草的做派让冯金洲吃惊，他觉得自己活了半辈子，还没见过这么善变的人。

冯金洲的脸色就像罩上了一层乌云。姐姐冯金玲是个有主见的人，咋就生了这么一个糊涂怯懦的儿子？凌阳轩是不争气的外甥和凌云青投资开起来的，他们要胡整乱搞，即使关门大吉，自己就算急得吐血又能怎样？反正该说的不该说的，咋晚都对外甥讲了，他脑子不开窍，纵是用大锤斧头敲开天灵盖，也无法向里面灌输一点好料。

念头转过，冯金洲对"忽左忽右"的外甥也不气恼了，愤怒总要有个靶心，他遂将恨意的目光投向邓玉婵。这个女子不简单，三下五除二，让他徒弟瞬间当众"背叛师门"，还敢鼓掌叫好，这是摆明不和师傅一条心了。他曾经语重心长地劝过罗小虎，"红颜祸水"的道理要牢牢记在心里，看来自己说话如同放屁，他娃根本就没听进去。

为了方便和家人联系，宋桥和凌云青将老的移动电话换成了刚刚上市的手机，号码是139开头的。这种手机接听和固定电话不同，需要双向收费，宋桥妈和吕冬冬前后脚打过来，他来不及上楼用座机回过去，只能捏着手机，围着租住小区的花坛一边转圈，一边接受两个女人的"冰雹洗礼"。电话讲得机身发烫，两个女人还不肯放过他。

宋桥妈打电话给儿子，是小舅告了他的御状。小舅恨铁不成钢，他使出全身解数支持外甥，掷地有声地为外甥说话，字字句句都发自肺腑，可外甥转头就让他挡枪挡炮当了替死鬼。

宋桥觉得冤枉。他在电话中解释，事先只是和小舅商量而已，并未一口否定凌云青的主意。其实他内心多有犹豫，觉得凌云青的想法有一定道理，只是风险系数大了一些，所以才和小舅以及大伙一起讨论。听了大家的发言，作为管理者之一，他应该发表自己的意见，怎么现在说句心里话就成了家庭罪人，还要受到老妈和舅舅的集体审判？

吕冬冬关心的焦点，不在宋桥是否"改弦易辙"，推出小舅当枪使。不知道她从哪个渠道得知，凌阳轩里出了个艳压群芳的邓玉婵，而此人正是宋桥当初执意留下的服务员。邓玉婵的嘴皮子翻了两翻就能轻而易举改变宋桥的主意,这是哪里来的狐媚子做派?吕冬冬心想:你宋桥要是嫌家里的婆娘老了丑了,把主意打到人家小姑娘身上,别以为我吕冬冬当了双胞胎的妈就变成迟钝妇人,连自己男人在外面拈花惹草都能睁只眼闭只眼,你这是打错了算盘!

两个女人的责问如同晴天下来的冰雹,砸得宋桥一脸蒙。他恨不得赌咒发誓,但她们心中既有执念,怒火正炽,哪肯这么轻易放过他?情急之下,宋桥直接拖出罗小虎:"你说我和小邓能有啥暧昧?每天追在他屁股后头的是罗小虎!你不信?自己到成都来一趟,只要用你的火眼金睛瞧一瞧罗小虎巴望邓玉婵的眼神,就明白我没说谎了。"

吕冬冬还是不依不饶:"你两个都不是好东西。下次我倒要来看看,那个女人是何方神圣。"

他不知围着花坛转了多少圈,讲得口干舌燥,便闷头走向宿舍,差点撞上穿径而过的行人。他抬头发现是邓玉婵,发出了一声惊呼:"你咋个也来了?"

三

邓玉婵是来找冯金洲的。按理说她不是后厨工作人员,无论冯金洲厨艺多高,在后厨多么一言九鼎,也碍不了前厅服务员邓玉婵什么事,言语得罪了他也无大碍。但今天在会上,虽然她事先言明自己的发言并非针对冯金洲,可她的字字句句都在驳人家面子,再有理有据,也难免让冯金洲难堪。

餐馆的会议结束后,邓玉婵想和冯金洲交流沟通,但他板起一张脸,恶声恶气吼叫罗小虎回后厨做事。她发现快到晚市时间,不能耽误他们师徒的工作,自己也要到前厅做事,便没有向冯金洲张口。晚市一通忙活,时间就像静静的河水,无声无息地流了过去。

邓玉婵在店里不能向冯金洲当面解释,她就下班后来找他。

宋桥在电话里正说着跟邓玉婵有关的话,就被正主儿撞上,面露尴尬之色。邓玉婵若无其事,对他做了个继续接电话的手势,又将食指竖在唇边,发出了"嘘"的一声,表示不愿打扰他。她快走几步,进了冯金洲所住的单元楼。

罗小虎从楼上下来,与宋桥一起坐在花坛的平台上,一边仰望夜空一边闲聊。

"师傅不会气上心头,连女人都打吧?"

"不会吧。"宋桥明白罗小虎的意思,斟字酌句地回答,"我小舅虽然脾气暴躁一点,但终究是个讲理的人。"

"这些年,您就没见过师傅发脾气?"

"发脾气……自然是有的。"

罗小虎心里七上八下,倍感熬煎。他和宋桥起身走向租住的屋子,想去察看动静。刚上到二楼,邓玉婵已经走了下来,手撑着楼道的扶栏,与他俩打了个照面。

"你没事吧?"罗小虎关切地问道。

她一脸笑意:"没有什么事,就是和你师傅闲聊了几句。"女服务员集体租住的屋子就在隔壁小区,她谢绝罗小虎送她过去的提议,向外走去。

吕冬冬倒是雷厉风行,说来看看邓玉婵长什么样子,第二天中午就从锦羊市来到了成都。百闻不如一见,这邓玉婵瘦弱的身板,就不是她男人心仪的"那盘菜"嘛。她也不是那么小心眼的人,要跟这样一个黄毛丫头争风吃醋。

自己的老婆脸色和悦,宋桥当即心下安然。曾经,他和朋友聚会时,有位企业老板感叹,妻子能舒心惬意度日,那是当男人的本事。他记住了这句话，视为至高的人生格言。虽说他的事业尚属起步阶段，还远远不能让家人安枕无忧，但至少能一肩挑起风雨，让吕冬冬在家安心照顾两个儿子，让父母不用担心柴米油盐的家用花费。

　　宋桥的办公室空间狭小，与外面只隔一扇薄薄的隔板墙。老夫老妻"相看两不厌"，他现在是真的明白"情人眼里出西施"的道理。他瞅一眼关得好好的房门，将吕冬冬拉过来，迅速在她腮帮上响亮地"啵"了一口。

　　吕冬冬心里倾倒了蜜罐似的，脸色假意绷着，摆一摆妻子端庄矜持的谱儿，轻推了老公肩膀一把："别闹了，和你说正事儿。刚才我进来，凌云青在外面接电话，不晓得哪个打来的，他捏着电话，一副愁眉苦脸的样子！"

第十四章

一

宋桥告诉吕冬冬,这段时间,凌云青被他的同乡朱先贵缠到了。

这个朱先贵就像凌云青欠了他八辈子似的,也不知道他是不是和电话长到了一块儿,每天要给凌云青打来十几次电话,情绪激动时,还骂骂咧咧地发泄怨气。宋桥做出一个厌恶的表情:"云青也真是,遇上这些泥腿子同乡,好比猫儿抓住了糍粑——甩都甩不脱!"

吕冬冬立即变了脸色。每次听到宋桥、宋桥爸妈,还有他小舅凑在一起闲聊乡村人这不好那不好的事,她就有掀桌子的冲动。

她也是乡村出来的人,遇到两个不靠谱的爹妈,一路长大成人受了不少委屈,但她很少在宋桥面前诉说自己的往事。宋桥遇见她时,她已是能说会道的时髦售货员,当初她甚至没将宋桥看进眼里。宋桥与她从恋爱到结婚,几乎没机会换位思考,去理解她的乡下出身。但有些事不提并不代表不存在,宋桥无心的一句"泥腿子同乡",挑动了她的敏感神经。

理智告诉她,丈夫不过是一时嘴快,再说那个朱先贵的电话轰炸,正常人都受不了,宋桥只是为搭档叫屈。情感却告诉她,不管她现在看起来多么齐整光鲜,又嫁了城里人,可归根结底,她还是从一个贫瘠的小山村走出来的乡下人,用成都府南河的水来清洗,也洗不去乡村留给她的生命印记。

宋桥不知道妻子这些曲曲折折、弯弯绕绕的心事。吕冬冬忽然拉下脸来,他以为她是听到凌云青的烦恼事,被传染了郁闷情绪才面色骤变。于是宋桥秒变"二十四孝老公",搜肠刮肚换了个轻松话题:"晚市前我有时间,不如陪你烫个头发,感受一下成都美发师傅的手艺。"

吕冬冬似乎不领情,思路却在朱先贵身上:"听你刚刚说的,朱先贵两口子想在海口寻个营生,凌云青的弟弟为啥不想管?"

他不知道吕冬冬怎么还和这桩烦心事拧上劲儿了,两手一摊,原原本本向她汇报:云青的弟弟云白在海口发展得不错,但不晓得为啥,一直不愿意回家乡,也不愿意帮助家乡人。朱先贵两口子以为云白和云青一样,就投奔了他,觉得找到家乡人就相当于找到依靠。云白认为云青随意揽事上身,在电话中和云青发生了争吵。朱先贵一根筋地守在海口,就是要让云青解决打工的事。

吕冬冬生发了感慨:"他凌云青又不是国务院总理,手伸不到那么长,咋个解决?你说这忙帮的,倒让凌云青里外不是人了。"

她心里涌出了丝丝缕缕的情绪,竟是淡淡的愧疚。这份愧疚,追溯到凌云青不肯接受韩细君感情的那刻。作为韩细君的好姐妹,她当着韩细君的面数落过凌云青好多次。当年她固执地认为,他之所以不接受韩细君,不过是麻雀飞到城里,以为自己就成了凤凰,心高气傲,看不起从乡下飞出来的其他麻雀。但根据宋桥的描述,凌云青似乎不是吕冬冬早年认定的那种绝情之人。原先她对他的观感,总归是过于片面武断了。

二

"朱先贵想在海口找份事做,也许我能想到办法。"吕冬冬思考良久，终于开了口。

刚刚她还说凌云青不是国务院总理，没想到这个婆娘不显山不露水的，倒比凌云青的能耐更大了？宋桥有些吃惊。

她随即说道："不过，要让凌云青和他一个曾经的朋友联系，那个人应该可以帮到朱先贵。"宋桥明白了，她的办法是请韩细君帮忙。

韩细君嫁给陈涛后，两口子远赴广州开厂做服装生意，稳扎稳打赚了第一桶金。陈涛是个商业嗅觉灵敏的人，前年赶着热潮到了海南，转型投身房地产的配套产业，经过了最初的艰难发展，算是在当地站住了脚跟，事业也小有所成。

这么多年来，吕冬冬一直和韩细君保持联系。她觉得，只要凌云青开口，韩细君应该会帮朱先贵。她对自己为何有这份认知似乎也说不清，就像她不明白当年凌云青对韩细君的那份纯真感情持"不接受，不拒绝"的态度时，作为当事人的韩细君内里柔肠寸断，何以做到表面波澜不惊，直到离开成都都没有声讨过他。

"她也到海口了？"提到韩细君，凌云青虽有惊讶，却面露喜色。宋桥对他建议："既然你兄弟不愿帮朱先贵，不如请韩细君想办法，免得陷进死胡同，让你这个同乡的事一直无解。"

韩细君是从观龙村走出去的，由她出手帮助朱先贵也在情理之中。即使朱先贵再怎么执拗难缠，想必会给乡村教师韩德庆的女儿一分薄面。

凌云青有了吕冬冬告知的通讯方式，联系上了韩细君："细君，你好！我是凌云青。"

这声问候穿越千山万水，也穿越了岁月的重重屏障。韩细君庆幸自己是在卧室接到这个电话，可以畅快地泪如泉涌。

她早已不是当年野棉花山上爱脸红的那个小姑娘，可在听到凌云青声音的那一刻,她发现自己身体里的那个小姑娘又活了过来,变得心跳急促,呼吸紧张。

他感觉有很多话想对她说,却又不知从何说起。时间如一柄利剑,将过往和现在残酷地劈成两半。在听到彼此的声音时,那些埋藏于心底的记忆,重新合拢起来。

凌云青安定了有些紊乱的情绪,简单介绍了朱先贵夫妇的事。细君顺手拿起床头柜的纸笔,记下朱先贵夫妇所住招待所的地址:"陈涛这会儿出去谈事了,等他回来,我们马上去找他们。"

他放下电话,看着手机陷入了沉思。陈涛于他只是一个符号般的陌生名字,于韩细君却是一生一世的陪伴和依靠。他也不知道,为什么这个名字会像一根细细的针轻轻扎了他一下,不是很疼,更不会流血,但他注定再也不会忘记这个人。

他对曾黎讲过他与韩细君的往事,曾黎没有过多评价,而是拍了拍他的肩,表达了她的理解与体谅。有曾黎这样的伴侣,他认为是自己的福气,他从肩上拉住她的手说:"希望她遇到的另一半,也像你这样善解人意。"

从吕冬冬透露的只言片语,还有韩细君在电话里的语气,凌云青感觉到她的生活是幸福的,就像他一直以来所期望的那样:她找到了属于自己的温暖归宿,与伴侣一起迎接人间的风雨和朝阳。

韩细君看着小巧的手机,仿佛不相信凌云青温暖的声音刚从手机传了出来,钻进她的耳膜。时过境迁,她明白自己不再对他抱有任何幻想,他们之间的故事早已翻了篇,尘埃落定。但他的声音仍旧让她心底欣然,哪怕多年后他打来这个电话不是为了叙旧,也不是想要了解她今时今日的生活,而是为了别人的事求助于她,她也很满足了。至少她是有用的,至少他并不排斥和她再度联系。

回到家的陈涛端着茶杯走进卧室，将热茶搁在老婆旁边。韩细君心事重重，没有喝茶。

"出什么事了？星儿在楼下喊你好几声，你都没应声。"陈涛弯下身，寻找韩细君的眼睛。

韩细君从温暖的往事中回过神来。她真是逆流而上了，像将老时光重新经历了一遭，与凌云青在同一张课桌上相遇，在高高的野棉花山上留下许多美好的童年记忆。可再过一些年头，二人又无奈地在人海中渐渐走散，但不管身在何地，一声轻轻的召唤，都能让他们的记忆瞬间复活。

"星儿回来啦？"韩细君脸上泛起了慈爱，她牵起陈涛的手，挽臂下楼，一边走一边侧过头，向陈涛谈起了朱先贵的情况。他当即答应一起去接朱先贵夫妇，陪他们两口子吃顿晚饭。

三

曾黎与韩细君从未谋面，但在她的想象中，韩细君像是和凌云青一起长大的一个妹妹。人长大了，各自难免走上分岔的道路，背影渐渐模糊。在凌云青的叙述中，曾黎跟着重温了他们小时候的友情，仿佛自己也爬上了高高的野棉花山，一起经历成长的喜乐。

她与他也谈到了他的家人和乡亲："我觉得你的心里藏着很深的负疚情结。"

他侧身看向自己的妻子："为啥这样认为呢？"他努力思索，这与负疚感又有什么关系？

曾黎起身给他倒了一杯茶："那你说，我与养老院的老人非亲非故，为啥一定要坚持为他们出头？"

"当年你是怎么回答的？"

"那时我没有回答，因为你一下子把我问蒙了，像是一根探针伸进了我的心里，我一时半会儿想不出答案。"曾黎接着说道，"我虽然没有想好答案，但这个问题在心里扎了根。思考了好多天好多年，我终于明白了，自己行为背后的动因也是一种负疚感。"

她的话让他心头一震。她出生在城市的小康家庭，没有吃过生活的苦头。当她走进养老院或孤儿院做义工，才看到"真正的人间"。不是说她以前认识的世界不真实，而是她觉得自己的认知太狭隘、太片面，离那些悲苦哀痛、生离死别太远，远到她以为人生一帆风顺是常态，一个人只要肯努力，前途命运都能牢牢把握在自己手里。在那些孱弱的人们面前，她这种天真的想法动摇了。她心中甚至涌起一个莫名其妙的念头：如果不帮一些不幸的人做点事，说不定上天会惩罚她，收走她的幸福。

凌云青出现了，可他最终选择的是以低调的方式结束他们看似炽烈的抗争。她原以为自己只会与他见一次面，然后顺理成章地将这段特殊的缘分一刀切断，从此路归路桥归桥，再也不相干。但最初心动的感觉告诉她，他不是表面上那种遇到困难就轻言放弃的人，他比她想象的更坚强，也更有责任感。

如果说，她的负疚感来自她一直以来的顺遂人生，凌云青有负疚感则或许因为他曾是在贫苦生活中奋勇挣扎的一员。

婚前婚后，曾黎都随同凌云青去过观龙村。有次回老家的路上遇到暴雨，路面泥泞，搭载他们的车不能再往前开，他俩只能下车步行。她从未走过那么艰难的一段路，每一脚下去都会裹上一团黏糊糊的湿泥，每一步行走都艰辛难耐。他搀扶着她，帮她保持平衡，但他说现在的路比原来好走多了。小时候上学，即便寒冬腊月，他和小伙伴的脚上都不会穿鞋，不是他们不想穿,而是没有鞋穿。他们看不清楚土路的黄泥藏着多少尖锐瓦砾,一双双脚总被划得鲜血淋淋。

他们是怎么相互扶持着走过那段土路的,曾黎始终不能忘记。这些年,她的这个男人为同乡的事奔波劳碌,把别人的事揽上身,当作自己肩头的责任。他已经过上了好日子,但乡亲们依旧住在崎岖土路的那一端,在贫困中日夜挣扎。只要有人踩着那条路从乡村走向城市,他就愿意无怨无悔当好"枢纽"和"桥梁",伸出温暖友爱的手,让家乡人都能跨过贫困天堑。

曾黎和他第一次谈到"负疚感"的话题,引发了他的深思。他不是圣人,没有圣人那么高尚和伟大,但他期盼自己家乡那块土地上的人过上好日子的愿望却是真诚的。他也赞同曾黎的部分观点,比如对于韩细君,长长的岁月里,一想起她,他心中便会升起一种负疚感。曾黎安慰他:"人有负疚并不可怕,它会让我们的心变得更加柔软,让我们成长得更加强大,承担更多的责任,帮到更多的人。"

四

宋桥最终接受"消费者也是监督者"的经营理念,是源于对凌云青的信任,还是听从邓玉婵的建言,或是别的什么原因,他自己也说不清。

餐馆的经营模式,从一开始就注定他和凌云青是"一荣俱荣,一损俱损"的关系。凌云青为宋桥的大意买过单,并未因此计较,这既让宋桥心生感激,事后又有些说不出的复杂况味。他满心欢喜找人合作,不但没有挣到表现,还如同裁判的号令枪一响就先栽了个跟头般吃了亏。两人在经营上遇到分歧时,他一根筋归一根筋,犟过一阵子,终究还是将舵转向凌云青认定的航向,就像有一根看不见的绳索拉拽着他改弦易辙。他拿自己没办法，甚至因为这种转变让舅舅大动肝火，对他冷嘲热讽。

宋桥这次的及时转向，让凌云青又在悬崖峭壁上开出了一条新路。成都人本就喜欢热闹，"消费者拥有监督权"的消息一传十、十传百，让很多人动了心，好奇地跑来一探究竟。他们拿出掘地三尺的劲头，仿佛不在馆子里找出一只半只苍蝇，绝不肯罢休。他们就不信，这么一家名不见经传的餐馆，竟敢说自己店里百分百地消灭了害虫，真是鳄鱼打呵欠——好大的口气！

消费者找归找，搜寻归搜寻，餐馆工作人员一律笑脸相迎。人们普遍有些从众心理，发现很多人在餐馆就餐，就也想品尝菜品的味道。一番"搜害行动"下来，充当监督者的消费者没有发现蟑螂和其他害虫的踪迹，却被其他用餐食客的菜品香味勾引得满口馋津，纷纷拿过菜单，点上几道特色菜，一饱口腹之欲。

宋桥没有想到，"搜害行动"看似将自家餐馆置于显微镜下，任由食客解剖，却有着比报纸、电视广告更厉害的宣传效果。到了晚餐高峰时段，附近其他餐馆的人都向凌阳轩投来羡慕的目光，这里不仅食客满座，门外还有翘首排队候座的长串客人。

凌云青安排业务经理张建生制作了一批可折叠的"等候椅"。为了让候座的客人不至于等得无聊，餐馆向他们提供免费的炒瓜子、怪味胡豆、酥脆豌豆、什锦糖果等零食。餐馆门口还立了一个热水机，放置了茶杯和茶饮，每位等候的客人都能免费享用。

几次巡查，宋桥发现也有浑水摸鱼、蹭点小吃小喝的人。有个五十多岁的阿姨，围巾遮住半张脸，连续几晚极有耐心地从头等到尾，在餐馆内外打转，吃了好几次零食。他拉住走菜的邓玉婵，要她问问这位阿姨到底想吃什么，以此作为敲打。

一旁的凌云青却让邓玉婵忙自己的，不用管这档子事。

"你就穷大方，餐馆刚刚好起来就有人来蹭吃蹭喝，这个歪风不刹住，以后怎么控制成本？"宋桥有些着急地说道。

凌云青却不争论，开起了玩笑："这种贪点小便宜的食客吃不垮我们的馆子，说不定这位阿姨以后就是我们的活广告。我们不但不应制止这样的消费者，还应给她一点奖励。"

"我奖她一团空气！"宋桥心想，这凌云青就是糯米性子，帮人成了习惯。现在开个餐馆，面对这样的食客，他也难以拉下脸来做人。

时间过了一周，宋桥的脸上堆满了笑容。凌阳轩餐馆开业初期想在报纸上打个广告，两个老板左算右算，抠不出这笔费用。没想到现在一分未花，就有记者来店探访，洋洋洒洒写了一篇大新闻稿，标题起得极具煽动性：《卫生至上，食客汇聚魅力餐馆；暖心服务，候座享受星级待遇》。新闻稿件正式登载的照片，正是那位常来餐馆转悠的阿姨，围巾中露出半张文眉红唇的脸。从照片上看，阿姨就是一位专心等座的客人，而她面前一字排开的四五碟零食和茶饮，隔着照片都能让人感受到凌阳轩的"星级服务"。

出其不意的营销策略也引来了其他媒体的记者，迅速扩大了凌阳轩餐馆的知名度和社会影响力。

五

凌阳轩餐馆迎来络绎不绝的食客。客人多了原本是好事，两位老板却生出新的烦恼。冯金洲和食材供货商频频吵架，已经得罪了第七批商家，这让凌云青和宋桥伤透了脑筋。

冯金洲厨艺超群，脾气却与之成正比。无论是米、面、油、还是蛋、禽、海鲜，甚至一包盐、一瓶醋、一袋香料八角，如果没达到冯大厨的要求，他说翻脸就翻脸，俨然是个"厨房霸王"。原先没这么多客人，宋桥对小舅的"吹毛求疵"抱以宽容态度，认为他严格一点是好事，免得那些供货商未经敲打，不知还要耍出多少手段，弄出多少浑水摸鱼的事来。可现在大不一样，每天来吃饭的客人踏破门槛，翻台率这么高，就算供货商偶尔"迷糊"一下，拿次等食材来交易，冯大厨也该效率优先，不应为了这点小事和人家大吵大闹，甚至直接退还食材。这样既耽误自己时间，还弄得后厨鸡飞狗跳，每个人都被他的严格要求搞得高度紧张。

宋桥翻来覆去思忖，怎么和身为小舅的冯大厨沟通才好。其实他也明白，冯金洲对于原料的苛刻态度又不是最近才养成的，大概谈了也白谈。当年，冯金洲还是一个乡村野厨，有一次帮人家办理白事席，需要什么调味品，提前一天在纸上一一列下。负责采买的小伙粗心大意，有桶酱油买错了品牌，冯金洲当即甩掉围裙就要走人，说什么也不再上灶台。主人出面苦劝，又让自己弟弟火速从县城买回一桶冯金洲指定品牌的酱油，这事才算罢休。

要和这位公认的"厨房霸王"谈"该忍时忍，该让时让"的道理，宋桥自己都没有信心。既然凌云青的愁烦也堆在了脸上，宋桥打算先找他谈谈。只要他俩意见统一，两个老板一条心，冯金洲就算是他宋桥的长辈，总得尊重两个老板的意见吧。

不料，凌云青却认为冯金洲做得没有错，坚守质量底线才能做出更好的菜品。他赞赏冯大厨这种"绝不将就"的态度，但他所忧虑的是如何协助冯金洲处理好与食材供货商的关系。

凌云青支持冯金洲的做法，让宋桥更加头疼："你怎么想的，还和小舅这个糊涂人站在一块儿了？现在正是我们餐馆铆足劲头往前冲的时候，前厅后厨都很清楚，晚一分钟将菜端到客人桌上，可能就会延误翻台时间。大家忙得人仰马翻，我们不去想如何提高效率，反而死抠不重要的供货细节，这不是扯淡吗？"

"我的看法恰恰相反，做好一家餐馆，绝对没有不重要的细节。管理过程中的每一个步骤都很必要，也很重要。"凌云青一边回答宋桥，一边忍不住神游往昔，想到了他在民申百货经受的"第一重难关"。

当年凌云青头一次站柜台，中午换班吃饭时，一屁股坐在板凳上再没力气站起来。他感觉两条腿不再属于自己，休息许久，腿上的肌肉仍在抑制不住地抽动。他在老家干农活时，感受过肩挑背磨的辛苦，没有想到仅仅是"站"，也会这样疲累。

"站得好"可以称为一门学问。负责带他的顾姐告诉他，自从詹总从部队转业接手民申百货、担任一把手后，他对营业员定下的第一条铁规就是"必须站"。什么叫"必须站"？不是说看到顾客朝你的柜台走来你才起身，而是在所有的上班时间都要"站如一棵松"地迎客，不管有没有顾客，都得体现出营业员的专业素养和精神风貌。

詹总按照士兵的标准来训练营业员的站姿。士兵站一个岗就是好几个钟头不动弹，站姿还必须标准；营业员的站姿是礼仪式的，与士兵相比轻松多了。他的理由是，除了给消费者提供高质量的商品，还要提供高质量的服务。

在詹总的严格要求下，顾客到了民申百货，真正体会到了什么叫"尊重消费者"，什么叫"高质量的超值服务"。凌云青从未后悔过十几岁的自己曾有过这样一段经历。

凌阳轩餐馆的服务质量，在业界和消费者群体中已经得到了认可，但菜品质量的标准从来就没有任何权威人士来界定，全凭餐馆的自我把控。食材质量的好坏决定了菜品口感的优劣，这与制造其他高质量产品的道理是相通的。冯金洲在食材供货环节严格把控质量关，对餐馆和消费者而言都是负责任的行为。

质量无小事。但宋桥和其他员工认为，食材有一点瑕疵不会影响菜品的整体质量，而较真的冯金洲似乎站在了大家的对立面。凌云青决定，他要坚定地与冯金洲站在一起，共同捍卫食材采购的原则底线。

凌云青对宋桥说出了自己的意见："冯师的做法是对的，我们要支持他，制定严格的食材采购标准。如果供货商提供的食材出现质量问题，无论何时、何地，凌阳轩都要求无条件退货，供货商必须按照这批食材两倍进货价格赔偿。"

"你知道自己在说什么吗？这样做，不怕得罪全城的供货商？"宋桥的眼神中分明充满了焦虑和担心。

凌云青不紧不慢地回答："那我问你，谁是我们的上帝？"

"顾客是上帝。"

"顾客是我们的上帝，我们是供货商的顾客，那我们就是供货商的上帝。"

凌云青的笑脸像是一团雾，让人看不清他的心思。宋桥觉得有些沮丧，这个合作伙伴又要和大多数人唱反调了；但他内心似乎又有一种力量，悄悄地支持凌云青的决定。

凌阳轩餐馆召集所有的供货商，重新签订协议。协议由冯金洲起草，两位老板与供货商沟通协调：不用价格压人，但必须按照餐馆的质量采购标准供货。双方很快达成了共识。

凌阳轩餐馆无意之间为全市餐饮行业树立了一面"质量优先、严控食材质量"的大旗。餐馆门口添了一块牌子，写着一排醒目大字："凡菜品食材出现质量问题，本店双倍赔偿。"

成都餐饮行业的一些资深大佬都很吃惊。凌阳轩与那些几十上百年历史的品牌餐馆相比不过是一家新馆子，却能在短短一两年时间里,接二连三拿出"非常招数",看似在刀锋上起舞,却创造出一波接一波的促销效应,通过食客之口树起了行业中的口碑。

凌阳轩的"双倍赔偿"策略,在成都整个餐饮行业引领起"质量唯上"的发展模式,一时跟风者众。但后来,不管是"三倍赔偿"还是"五倍赔偿",都不再具有凌阳轩首倡时的震撼效果。

三年后,凌阳轩餐馆变成了凌阳轩餐饮服务公司。公司旗下有了五家餐馆分店,经营规模和营业收入稳步增长。

观龙村的老乡再来成都,自然而然地寻找凌阳轩餐馆的店招。如果凌云青不在餐馆,只要亮出显示居住地为观龙村的身份证,都能免费就餐。月底或季度结算时,乡亲们的消费都从凌云青的分红中扣除。

一个夏天的下午,正在公司办公室的凌云青接到了韩细君打来的电话:"陈涛回川办事,我也很久没回老家,这次和他一起到了成都。"

一脸惊喜的凌云青真诚相邀:"一定要来餐馆坐坐,我们今天就为你们一家子接风!"韩细君和陈涛欣然接受。

宋桥得知韩细君夫妇回来的消息也很高兴:"我现在就回锦羊市,把冬冬接过来。"

凌阳轩餐馆 1 号包间围坐的三对夫妇,有的是旧相识,有的是初相逢,但彼此之间却无陌生感。

"为朱先贵夫妇落实工作的事,让你们费心了。"凌云青夫妇手持酒杯,郑重地向韩细君夫妇表达谢意。凌云青饮下这杯承载纯真友情的酒,犹如饮下了不悔的儿时光阴。

第十五章

一

凌阳轩餐饮服务公司成为省餐饮协会理事单位不久，会长余昌盛找到了凌云青。国字号的利民饭店，这几年的营收每况愈下，政府领导希望余会长发挥作用，让那些发展势头不错的餐饮企业兼并利民饭店，为国企改制出一份力。

余会长与凌云青见面之前，已经接触过一些餐饮老板，但这些餐饮界的大佬一个个借故推托，都不想接手利民饭店。凌阳轩餐饮服务公司是这几年冒出来的行业新秀，也列入了余会长会见商谈的名单。

利民饭店是一家经营了多年的国营老字号饭店，二十世纪七八十年代红火时，坊间流传一种说法，在利民饭店上班的小伙，家里的门槛都会被媒人踩断。即便是利民饭店一个刮鱼鳞、倒垃圾的杂工，在姑娘们眼里也能算得上半个白马王子。

宋桥对利民饭店的印象也非常深刻。他上体校时，教练带他们去消费，数来数去少带了二两粮票。教练与服务员沟通，愿意多给几毛钱弥补粮票的缺口，服务员却坚守原则，任教练好话说尽，就是拒不答应。教练将电话打给体校领导，领导与利民饭店负责人商量，这才特事特办，让运动员们打了牙祭。过了一二十年，昔日红火的利民饭店竟然要关门了，员工即将集体下岗。

省里和成都市的领导都在信心满满地讲："要把川菜推向世界。"市场经济的风潮出现不到十年，民营餐馆争先恐后地冒了出来，改变了国营饭店一统餐饮市场的传统格局。二十多年前门庭若市的利民饭店，在市场经济的冲击下已经负债累累，甚至发不出员工工资。

利民饭店所在区的区委领导希望省餐饮协会主动作为，协助政府承担一定的社会责任，对利民饭店"能医则医，能救则救"。话虽如此，余会长心里并非没有小九九，他是做餐饮的，又不是杏林仁医，哪有那么高超的"餐饮医术"？就算华佗再世，也只能救可救之人，病入膏肓的企业，实在是药石无灵、神仙难医。余会长盘算，区委可能也有心理准备，就是让他摸个底。如果有合适的民营企业接手，那就为政府解决了负担；如果没有企业出面，那就大刀阔斧进行改制或关停。

余会长与凌云青的谈话有些敷衍，这与他此前和别的餐饮大佬接触时遭到婉拒有关。他程序式地介绍了利民饭店的相关情况，说了几句"行业新秀要有社会责任感"之类的套话，然后大手一挥，让凌云青"回去考虑考虑"，随即离开座位，去忙活别的事了。

凌云青开车前往城西的马鞍西路，去看望一个病重的朋友。但他心事纷纷扰扰，余会长谈到的利民饭店一直在他心里翻腾。

红星路二段正在进行市政施工，变成了单向通行，凌云青左打方向盘，拐向新华大道。临近马鞍西路，路边正在拆除的一块店招映入眼帘：这不是蜀我香饭馆的店招吗？

当年，邱东从父亲手里接过饭馆，凌云青和宋桥与他接触甚少。他们曾经去蜀我香吃过一次饭，也许是兄弟俩决定做餐饮后，对于过往熟稔的蜀我香还有几分情结。可惜那时，邱老板已经不在人世，少了一个可以谈心的知己；而且，蜀我香菜式大改，不复昔日口感，他们吃得寡淡无味，也没了找邱东攀谈的兴致。

邱老板是凌云青敬重的人。观龙村老乡来成都，如果他因采访实在抽不开身，一个电话过去，邱老板就会帮忙接个站，让老乡到了饭馆先吃饭。邱老板不幸去世，他们这段忘年交也成了往事。

凌阳轩餐馆开张，邱东作为同行接到了邀请，却未赶来道贺，凌云青与他的浅浅交情便也无疾而终。

若不是邓玉婵从蜀我香跳槽到凌阳轩，凌云青几乎忘记曾经熟悉得不能再熟悉的这个店招了。

一晃又是几年光阴，再次与蜀我香打照面时，凌云青见到的却是它的牌匾轰然倒地。阳光的照射之下，店招上三个描金大字发出刺眼的亮光。

凌云青回到办公室，宋桥拿了一叠单据过来："原料涨价涨得厉害，咱们再不提菜价，恐怕要做蚀本生意了。"

他的心思还在蜀我香，把宋桥拿来的资料放在一边："你知道蜀我香饭馆现在的情况吗？"

"知道啊！"宋桥脸上堆出一个坏笑，"谁让你现在不喝酒不打牌，成天像个老干部，难怪没有小道消息的渠道。"

"啥消息？"

"邱老板的儿子邱东跑路啦！"

凌云青吃惊不已。这个邱东真的失踪了，有人说他得罪了什么势力，有人讲是盲目扩张导致资金链断裂，甚至有人说他外面的"彩旗"太多，无心经营自己的饭店。无论传闻真假，结果都已无从改变，他老爸几十年苦心经营的蜀我香饭馆，从此只能存活于大家的记忆中了。

宋桥没有那些多愁善感，毫不掩饰自己的讥讽之意："当年送邱老板最后一程时，我就说邱东不是做餐饮的料。老子打下的江山到了这小子手上，经不起几天折腾。"

凌云青觉得宋桥的话并无谬误，但心中终究不太舒服。

二

想起凌云青去见过余会长，宋桥问道："他找你到底有啥事？又要我们赈灾捐款，出钱出力吗？"

"你就不盼点好，人家名医的医馆还晓得贴副对联，写上'但愿人间无疾苦，何惜架上药生尘'呢。你张口就是赈灾，天下哪有那么多灾呢！"

宋桥继续调侃："我说话上不了台面，难怪领导愿意找你。"

凌云青把话题转回正事："其实你也没说错，是要出力的。余会长找我们，是区委领导压来担子，想让我们牵头来干。"

"啥？"宋桥一脸疑惑。

"利民饭店经营不下去了，可能月底就要关门。"

宋桥靠住了椅子的后背，跷上二郎腿，跷着的那只脚不停地抖动："这不算新闻了吧，那家饭店能拖到今天，已经算命长了。"

"余会长希望我们能兼并利民饭店，深度参与国企改制。"

宋桥发出一阵笑声，没有回应，却向凌云青讲述起利民饭店的一桩陈年旧事。他在体校训练时，教练为了激励这帮青年，带他们到利民饭店改善伙食。饭店大厅的墙上贴着一幅白底黑字的标语："店内服务员，不准无故打骂顾客。"教练和这群学生心生恐惧，都不敢说笑闲聊。

凌云青并不觉得好笑。二十世纪八十年代后期，他还是西安城的学生，忙着勤工俭学，赚取自己的学费。他没有闲钱下馆子，自然也不知道国营饭店还有"不准无故打骂顾客"这样的惊悚标语。但他在西安城里见过国营饺子馆、国营照相馆、国营理发店……那时的凌云青想不明白的是，如果是私人经营的饺子馆、照相馆和理发店，味道和服务，难道就会与这些国营的有本质差别吗？

宋桥以为凌云青的沉默是在质疑这个笑话的真实性："要不我们今天就去实地看看？"这个提议，正好符合凌云青的想法。

利民饭店没有上锁，但大门紧闭，落地玻璃围成的大堂里坐着两个女性服务员。凌云青抬腕看表，已是下午五点二十分。他问宋桥："这里不开门迎客吗？"

"里面不是有人吗？"宋桥屈起指关节，"咚咚"地用力叩击利民饭店的大门。

"干啥？"里面传来一个女性的高音。

"吃饭！"宋桥同样大声回答。

"再等几分钟，五点半开门！"门内回应的声音极不耐烦。

灰不溜秋的店招、落地窗内散坐的服务员，如果凌阳轩餐馆是这种景象，凌云青是不能接受的。"顾客是上帝"，这话已经喊了很多年，开馆子做八方生意，还有这样慢待顾客的？

无奈之下，他们只好在利民饭店外面转悠。不知服务员的时间是否和他们是同一个时间，直到五点四十，饭店才打开了大门，迎接晚市首批客人。服务员一边推开门扇一边嘟囔："吃个饭就这么激动！"

凌云青哭笑不得。还没进店就被服务人员怼了两次，仿佛他俩不是消费者，而是闲得无聊，特意过来找抽的。

靠窗落座，他们准备点餐。装订成册的菜谱被服务员摔到了凌云青面前。菜谱外层蒙了一层皮革，皮面留下了斑驳刮痕，菜谱内页的霉味扑鼻而来。凌云青忍着嗅觉遭受的刺激，指向其中的两道特色菜。

服务员看了看菜单："这两个菜没有，换一个。"

"怎么没有呢？"凌云青有些疑惑，"这不是你们写在菜单上的吗？"

"写在菜单上的不一定就有，季节不一样，或者我们的采购没有买到食材，或者会做这些特色菜的师傅请假，什么情况都可能出现。我好心跟你解释，你凶啥子？"

无奈的凌云青回答："我没有凶啊！"

三

宋桥端起茶杯，挡不住一脸幸灾乐祸的笑。他伸手接过菜谱，点上两菜一汤。服务员龙飞凤舞地写下一张单子，"啪"的一声拍在桌上："先去结账！"他抓起单子，迅速来到前台，掏出了钱夹。

服务员站在桌前，待宋桥拿回交费的票据，用圆珠笔在单子上画了一个圈，作为"已经缴费"的标记，随后返回前台。宋桥看着服务员的背影，向凌云青解释："国营饭店嘛，几十年前就有的规矩，顾客都是先买单才吃上菜品。"

凌云青不再吱声。茶杯需要续水，他环顾四周，没有看见服务员。宋桥立即解释："这里要自己动手才能喝上茶水。"他端上凌云青和自己的茶杯，走向服务台旁的开水桶。

面对回到座位的宋桥，凌云青心生感慨："这都守的什么规矩？现在的消费者有很多选择，一味固守原来的教条，催促客人下单结账，又不给客人倒茶续水，这不是变相赶客吗？生意不好，就要思考如何改变，莫非他们不明白这样的道理？"

看着这位曾经是新闻记者的搭档，宋桥觉得他的想法似乎有些过于单纯。这里的经营者哪里会因为客人变少，就轻易做出调整和改变呢？他们服务食客的这一套，恐怕早已成为肌肉记忆，想要有所改变，着实很难。

上来的第一道菜是热汤。服务员捧着汤盆，行走时汤水晃动，卡住盆边的两个指头已经泡进汤水里。热汤送到桌上后，她毫无顾忌地吮吸了两下指头上的汤汁。

凌云青皱起了眉头。凌阳轩餐馆以卫生为重，在餐饮行业中脱颖而出。想当初，餐馆刚刚赚到了钱，他和宋桥没有急于分配利润，宁愿花钱请来专业的环保除害公司，还让员工和消费者共同监督，就是为了牢牢把住卫生这道关口。餐馆发展初期，让消费者成为监督者，归根结底，是因为所有员工都有搞好餐馆卫生的勇气和决心，这才让凌阳轩敢于对消费者做出承诺。服务员的指头触进汤水这种事，在凌阳轩餐馆就是荒唐行径，绝对禁止。

"你的指头伸到了汤里，我们怎么吃呢？"凌云青变身食客来体验这里的服务方式，也尊重历史遗留下来的国营饭店服务规矩。但说一千道一万，国营也好民营也罢，保证食品干净卫生是餐馆的首要任务，没有哪一条规则允许服务员的指头泡在热汤里的。

没想到的是，凌云青指出了问题，服务员的脾气也上来了："爱吃不吃！"说罢脸色一沉，身子一转，再不搭理他这个过场较多的人。

利民饭店的大厅能同时容纳五十桌客人就餐，今天晚上仅有三桌客人，大厅显得空旷冷清。从进店落座点菜，已经过了一个小时，凌云青和宋桥的桌上还只有那盆汤水。这盆没有动过的汤汁，从热气袅袅到慢慢冷却，汤面凝结了一层油花。

还有两道热菜迟迟端不上桌，宋桥坐着无聊，索性递给凌云青一支香烟，闲谈起冯金洲的一个李姓师兄。

冯金洲的李师兄在成都一家国营饭店上班。饭店所有工作人员严格遵守作息制度，每晚七点半准时下班，即使客人没有吃完饭菜，服务员也会督促客人离开，没吃完的可以打包带走。李师兄的弟弟在成都火车站货运仓库扛大包，他想与扛包队长处好关系，邀请队长到李师兄所在的馆子撮一顿。队长欣然同意，来到李师兄掌勺的饭店，但离下班时间只有五分钟了，饭店拒绝接客下单，李师兄也坚持原则，声称到点就得落锁回家。李师兄的弟弟觉得失了面子，两兄弟争吵起来，随后扭打成一团。公安民警过来，将他们带到了派出所。

  凌云青对李氏兄弟的故事感到不可思议。也许，正因为这些不可思议的事，一些餐馆才会被市场和消费者淘汰遗忘。他暗自思量：个体经济也是市场经济的一分子，那些多年形成的陈规陋习，在凌阳轩绝对不能重演。

  热气腾腾的两道菜终于端上来了。凌云青已经等出了饥饿感，夹上一箸鱼香肉丝送进了嘴里，慢慢咀嚼，竟觉得肉丝鲜嫩、配菜清香、咸淡适宜。凭他多次品菜的经验，直感这个掌勺师傅的厨艺并不亚于冯金洲。

第十六章

一

利民饭店的就餐经历,让凌云青像是坐了一回过山车,刺激归刺激,心里却有太多的感慨。

"我之前还在犹豫,但刚刚已经有了想法,由我们凌阳轩餐饮服务公司兼并利民饭店,盘活国企餐馆,我有这个信心。"离开利民饭店返回公司的路上,凌云青对宋桥坦诚相告。

宋桥满脸惊讶之色,表达了自己的不同意见:"这个地方的实际情况,今晚咱们都看到了,我以为你会知难而退。我们完全可以回绝余会长,相信他不会戴上有色眼镜看我们。"

他随即意识到自己的搭档并不像在说玩笑话,便加重了语气:"我们去接手利民饭店这样的烂摊子,亏你想得出来。如果它是香饽饽,还轮得到我们吃进嘴里?人家都不接的烫手山芋,我们要来干啥?"

"别人不要,不代表它不好。"凌云青轻松自然地说道。

"它到处都是毛病,好在哪里?"激动的宋桥控制不住自己的情绪,"你看利民饭店厅堂的装修,还保留着十几二十年前的风格。我甚至怀疑这么多年来,服务员是否拖过地板。你看那窗帘杆子都起了灰絮,桌腿底下还塞了四四方方的纸块,现在讲究一点的家庭都不会这样子。"

凌云青似乎答非所问,自顾自地说道:"上面还有政策规定,如果我们公司兼并利民饭店,必须将员工和债务一并接管。"

宋桥一脚蹬向路边的电线杆,脖子凸显出了青筋,声音有些变调地回应:"那你还敢蹚这浑水?我看你平时挺正常,也不是没事找虐的古怪性格,咋个就要接管利民饭店呢?"

凌云青理解搭档的心情,明白要宋桥接受他的决定,还需要一个过程。他不急不躁,掏出烟来,递给宋桥一支。

宋桥吐出一口烟雾,扭过头来说道:"叫我说啥好呢,你今天看到他们为自己做出一点努力没有?我看这些人就算都下岗,也是他们自己的命!"

"我们不谈利民饭店的缺点,也可以谈谈他们的优点嘛。"

"这么一个千疮百孔的地方,还有什么优点?"

"当然有啊,你觉得刚才那两道菜的味道如何?"

迎着凌云青平和的目光,宋桥不再激动,尽量客观中肯地回答:"还可以吧。"他随即补上一句,"肚子一饿,吃什么都味美,这不很正常嘛。"

"我感觉利民饭店的菜真的不错。"凌云青见他平复了情绪,继续说道,"这几年经营餐馆,你也探访或吃过不少美食,我们点的那两个家常菜,你感觉能打多少分?"

"这顿饭气都吃饱了,哪有心思去品味打分!"宋桥没有好气地回应。

"如果没有吃他们的菜,也许我原来的想法不会改变,随便找个借口就将这事搪塞过去了。就像你说的,回绝余会长也不算得罪他。但正因为尝了他们的菜,我才觉得可以接手这个地方。"

"两道家常菜有这么大的效果,能让你改变想法?"宋桥斜斜地看了他一眼,语气中带着不可置信。

"回到公司再说!"凌云青明白,家常菜看似平常,其实最见功底,不但考验厨师的手艺,对原材料的要求也较高。即便一道普普通通的鱼香肉丝,主材和辅材的比例控制在多少,不同的餐馆也存着不同的"心思"。肉类价格高于蔬菜,那么减少主材,增加辅材,就可以合理节约了成本。短期看起来的确如此,但开餐馆不是做一锤子买卖,而是长久经营。食客又不是傻子,会一直吃不出好歹吗?在主材辅材的比例上做文章,是中餐馆惯用的调节方法,却也是最短视的行为。

在凌云青的认知里,利民饭店的两道家常菜品炒出了厨师高超的水准,但饭店和员工缺失的,是将消费者放在心里的服务和尊重意识。

二

宋桥原本以为,余会长找到凌阳轩餐饮服务公司,顶多是走个形式或拉个赞助,方便向领导交代,没想到凌云青却要主动去接一个烫手的山芋。像利民饭店这样的国营企业,在轰轰烈烈的国企改制大潮中,遇到的困难和烦心的事还少吗?

成都国营铸件厂有个五十多岁的工人,再过几年就能平稳退休,不料赶上下岗潮,成了一个没有工作的人。他喝下一斤多老白干,拦住厂长,让厂长摸着良心问问自己:这些工人大半辈子耗在厂里,就算是甘蔗,也早已被岁月榨得汁水不剩,现在要将他们扫地出门,他们能去哪里,又能干什么呢?厂长耐心解释,这是国家的大政方针,谁也阻挡不了。这名工人仍然不依不饶,厂长认为自己在浪费口舌,甩开纠缠不休的工人就要走人。谁也没看清这名工人是怎么扎中厂长的,直到厂长轰然倒地,围观群众才发现,厂长腹部多出了一把改锥,鲜血直流。改锥刺破了厂长的脾脏,送医院去的路上他就停止了呼吸。

国企改制,大势所趋,犹如江河奔涌,浪涛席卷。一些曾经风光无限的国字号企业,一批批工人下岗失业,有的无处可去,心中充满了恐慌,有的远离故土,寻求新的生计。

宋桥带着凌云青去实地考察利民饭店，原本是想彻底打消凌云青可能接手这家饭店的念头，没承想凌云青却要将他带入这个国企改制的旋涡。

他改变不了凌云青的想法，两人坚持各自的观点，商谈不欢而散。他无精打采地走回出租屋，冯金洲与罗小虎正在客厅玩牌。师徒隔着茶几各据一方，扑克牌如一道弯弯的拱桥，摆在两人中间。宋桥没话找话地问了一句："两个人玩啥牌？"

"我们没玩牌，在给师傅算命呢。"罗小虎回答得一脸认真。

宋桥来了兴致，脱掉外套走了过去。不知道罗小虎从哪里搞来了一本关于卡牌占卜的书，竟然拿师傅试手。

冯金洲自从当上餐馆的大厨，收敛了不少乡间野厨的习气。面对一些事，眼看他要发飙了，终究还是"大事化小小事化了"。原来，他嘴皮上不叼根香烟，就好像缺少一件道具，做菜都没有兴致。但被凌云青"三令五申"后，竟也懂得节制，烟瘾实在难耐了，才去员工休息室抽一支；晚市忙起来，两三个钟头立在大灶前，半口烟不吸，也都精精神神地挺了过来。

宋桥和冯金洲朝夕相处，暗自觉得这个小舅倒比前几年更显年轻，也更能融入城市生活。这不，连这么时髦的卡牌占卜都玩上了。

冯金洲按照罗小虎的提示，随意挑选了一张牌。罗小虎翻过牌来，惊讶地说道："师傅，恭喜您啊，牌面显示，您最近要走桃花运了！哈哈，铁树开花，红鸾星动，大喜哦！"

"你娃尽说屁话！"冯金洲将手里的牌一扔，不玩了。他已过不惑之年，在乡下，像他这么大龄还没娶老婆的，统统称为"老光棍"。

冯金洲的姐，也就是宋桥的母亲冯金玲，早些年一心帮他张罗相亲；高的矮的胖的瘦的姑娘，他也见了不少，可最终一个没成。

姐姐问他到底怎么想的,他说那些女人都太俗,她们既不懂得做菜,也不懂得他。

姐姐气得一双手乱晃:"天底下的女人,只要是正常的,几乎个个都能上灶做菜,你还嫌人家不懂,我看你这二百五才不懂!"

面对姐姐的数落,冯金洲毫不退让:"会做是一回事,懂又是另一码事。好多人都是稀里糊涂围着锅台转了一辈子,不懂的还是不懂!"这话让姐姐更加生气,赌气不再管他的终身大事。

嫡亲姐姐都拧不过冯金洲的"犟筋",没法给他安排一段姻缘,一张扑克牌就能断定他"红鸾星动",这不是瞎扯吗?

罗小虎依然坚持自己的判断,咬定自己的推断没有错:"师傅,您相信我的技术嘛!"

"你给老子滚远些,到楼下买两瓶冰啤上来。"冯金洲一阵吼。罗小虎虽有不甘,还是"嗯嗯"连声应答,立即换鞋下楼。

冯金洲转过脸,对宋桥恢复了长辈般的淡然神色:"你又遇到啥事了?"

三

宋桥脸上写着烦恼,冯金洲一眼就看出来了,并不是他精通读心术,而是和宋桥实在太熟悉。他比宋桥大十岁,两人名为舅甥,实则是像兄弟一样打打闹闹长大的。

愁眉苦脸的宋桥长叹一声,详细讲述了他和凌云青之间的争执。冯金洲听得有些晕:"你是说,凌云青想扩大经营,去兼并人家的餐馆,还要带一帮人过来当大爷?"

"哪里是我们想兼并嘛,是上面的意思,'咣当'丢下来。哪个傻子愿意接招,去掺和国企馆子改制呢!"

冯金洲这下明白了。他自从脱下"乡村野厨"这身皮,空闲时间也看看报纸,对"国企改制"这个词不陌生。现实生活中,他的李姓师兄,就是宋桥对凌云青讲过的那个大厨的故事,给了冯金洲极大震撼。

李师兄可不是低调的性子,弟弟去他掌勺的馆子请客,他都坚持到点"封锅落锁",宁愿和弟弟大打出手也要讲究国营企业定下的原则。讲了一辈子的原则,其实不过是"国营店的厨子该咋样活,我就咋样活"的优越之感。

当初街面上的民营餐馆一家两家地探出头,国营餐馆还冷嘲热讽,说人家不是"正规军",没有"国营"这幅招牌靠着,总有一天要倒霉。但后来民营餐馆越开越多,不仅卫生讲究,菜的味道也吊足了食客的胃口,店面装修又下足功夫,无论从哪个维度去看,人家就是上了一层档次。消费者以前没个比较,也就没有选择权,反正"唯此一家",你高兴也罢,生气也罢,请客下馆子、自家有喜庆事,或是想要换个外面的口味尝一尝,只能去国营餐馆;有的女服务员板起脸孔训起消费者来,犹如后娘训继子。以前这种花钱买罪受的事还少吗?民营餐馆兴起,消费者体验之后才恍然大悟,原来他们也能享受热情服务,有了"翻身做主人"的就餐感觉。

一些国营餐馆门庭逐渐冷落,生意一天不如一天,员工的收入从打八折到打对折,慢慢变成了"若有若无"。冯金洲师兄的身体,就是在收入"若有若无"期间忽然出了状况。

李师兄年轻时进入国营餐馆,端上了铁饭碗,也就有底气在婚嫁市场上挑挑拣拣。别看李师兄其貌不扬,人家严守"郎才女貌"的古训,找了一朵"乡花"当老婆,五年生下三个大胖小子。别的家庭有三个儿子,吃饭都发愁,但在李师兄这里,并没有太大的困难。当厨子每月有固定工资,还有一些"隐形福利",比如厨房的边角余料,就变成了养大三个儿子的珍贵物资。

儿子们逐渐长大,虽然不愁混饱肚皮,但结婚要钱,婚房也要钱。国营餐馆已不再风光,李师兄为了让老大顺利结婚,在家想了半宿,最后一咬牙,顾不得脸面,第二天提上菜刀去找经理理论。他不敢将菜刀横在人家脖颈上,而是在自己身上比比画画,说经理不给他解决问题,他就把自己解决了。经理气得翻白眼,念在他当了一辈子大厨,没有功劳也有苦劳的分上,又是为了儿子,于是想方设法,把李师兄现住的"大套二"换了个"小套三",好歹给李家老大划出一间房来。

老大有了独立空间,接下来还有老二的婚事、婚房要解决。老二这头还没按平,老三生怕吃亏,让两个哥哥占尽了好处,便让女朋友成了"他的人",肚皮里装了"小李三",婚事不办也得办了。

老三先斩后奏,动了老二"奶酪",兄弟俩就"谁该先办喜事"争论起来。家里电视正在播放新闻,还没从国内新闻放到国际新闻,老二老三已经从唇枪舌剑变成了拳脚相加。

老大好意拉架,两个弟弟原本就对他有气,觉得他占了一间大屋,好事都头一个轮到他。小时候他老穿新衣服,穿小了的传下来给弟弟们穿,如今又是他先结婚先占便宜,现在还敢说三道四?于是劝架的老大没有成为和事佬,反而被两个弟弟揍了一顿。老大怒不可遏,破口大骂,三兄弟再次滚成一团。

李师兄就是那时候晕倒的。儿子们闹得快要掀翻屋顶了,他这个当老子的仍然一筹莫展,焦急之下,倒地不起。

一年前,李师兄好不容易解决了老大的婚屋,老婆就让他"再去搞一套房子"。市面上已经能买卖商品房了,只要有钱,一儿子一套房也不成问题,但就是没钱。那时他工作的餐馆别说奖金,上两个月工资还拖着没发呢。一文钱难倒英雄汉,他只有一身老骨头,哪有能力再去搞套房子。

李师兄身宽体胖,人们曾经夸他富态,可这富态过了头并不是好事,他自己从未去医院检查过,并不晓得血压已高到了一个危险地步。那天受到三个儿子的刺激,他竟然一头晕厥过去。这下打架的不再打了,三人七手八脚卸下一块木板,合力将他抬到医院。医生抢救了一番,李师兄的命是保住了,可就此落下个中风偏瘫的毛病。

李师兄病倒,他老婆握了一手的医疗费用单子,哭哭啼啼去找餐馆领导报销。领导摊摊手,无奈地说:"眼看我们饭店就要关张了,到时叫你儿子过来拉点锅碗瓢盆吧,这个我还能做点主。别的,劝你别多想了,就算把我这身骨头拆了熬油,也卖不出几个钱来。"

李师兄老婆无计可施,只能低三下四到处借钱。冯金洲得知此事,凑了一笔钱专程送过去。李师兄尚在治疗期,他想要身体好起来,握了一辈子炒勺,一身厨艺不能就此荒弃在病床上吧?可努力半天的结果,还是眼斜嘴歪,模样狰狞。至于右边身体,麻木僵硬,别说掌勺,即便是用调羹吃汤圆,也不能顺利喂进自己嘴里。

李师兄老婆虽说上了年纪,但风韵犹存。她小声抽泣,用指肚揩了揩眼角的泪,接过李师兄的碗勺,喂他汤圆。冯金洲看到这一幕倍感心酸,不但将准备好的钱拿了出来,还将自己口袋掏了个精光,除了回去的路费,连一毛两毛的票子,都交到李师兄老婆手上。她抹了一把眼泪,不让它掉进汤圆碗里。李师兄急得直瞪眼,嘴里却说不出囫囵话,倒是口水收不住地滑下来。

"我师兄想说啥？"冯金洲急于想和师兄交流，但实在破译不了他嘟嘟囔囔的话语。

李师兄老婆翻译："他说你命好，当年没进国营餐馆，硬是整对了。看你现在的生活，就过得滋润自由。"

冯金洲其实也不确定，这番话到底是不是李师兄的意思。不过李师兄神色明显松弛下来，仿佛这番翻译尽到了传话责任。

李师兄愿意配合吃汤圆了，但他中风后，嘴角肌肉总是保持一个别扭方向，吃一个汤圆，要流一前襟的猪油芝麻汤。他老婆给他胸口围了个吃饭的围兜，像块擦了灰尘的抹布，她时不时地撩起围兜的下摆，帮他擦擦嘴角。

冯金洲心头肿胀，回去的路上神思恍惚。人们常说"三十年河东，三十年河西"，当年他有多羡慕进入"国营"行列的师兄，今天师兄就有多羡慕身在"民营"的他。他知道自己文化程度不高，平日喜欢听听广播读读报纸，也能了解外面的大事。有些专业术语，他看得云里雾里，比如"计划经济""市场经济"，他一直没怎么弄懂这里面的区别。这次专程来看师兄，他心里有了一个简单的结论，原来师兄就在"计划经济"那头，他就在"市场经济"这头。不然，现在丢掉工作甚至失去健康的，也许就是他冯金洲。

"说是上面的重托，其实担不担责都是自己做主，牛不喝水总不能强按头吧。"宋桥的意思是，凌云青就是在多管闲事。

冯金洲明白了两个老板的分歧："他凌云青想兼并利民饭店，帮着国营馆子改制，而你不想干这事儿？"

"只要不是瓜的，一般人都不会愿意。你大师兄不也是国营饭店厨师吗，你应该比我明白，他们那些人向来自视甚高。如果我们接手了利民饭店，这些人名义上是我们的人，但他们会服我们的管？不清楚到时候还有多少麻烦。他凌云青知道这是难办的事，干吗要去接手？别的人都躲着利民饭店走，咱们犯不着为了讨余会长这个好，跑去出头！"

罗小虎提着装有冰啤的袋子回来了。他见宋桥砸出一串话，还一脸的不高兴，立即关心地问道："宋总，咋回事呢？"

宋桥没有理会他，继续寻求小舅的声援："你说凌云青平时多么清醒的一个人，今天咋就这么糊涂！"

冯金洲缓缓说道："如果你要问我意见，这一次，我认为凌云青的想法是对的。"

四

宋桥的心绪有些凌乱。他甚至想，难道是"卫生大监督"的事让小舅耿耿于怀了？那次他找小舅喝酒，虽然没明说，但小舅确实感受到了他的纠结：如果让人在餐馆里逮住蟑螂苍蝇，影响凌阳轩的正常经营怎么办？宋桥占有餐馆的一半所有权，到时一亏皆亏，投进去的真金白银也要打水漂，心里有犹疑与不安也是理所应当的。小舅在第二天的全员大会上，有理有据地偏帮外甥说话，可宋桥是怎么报答的？他明晃晃地倒戈相向，将了小舅一军。

冯金洲将宋桥的心思猜了个八九分："你别瞎琢磨，我冯金洲心头从来不搁隔夜仇，认理不认人。就算你是我外甥，如果觉得你的想法没道理，我也要反对。"

"如果我没理，那余会长问的那些餐饮老板，个个都没理了？难不成我们都昏庸糊涂，只有他凌云青清醒明白？"

原以为两个老板是"割头不换"的金兰，一个做决定，另一个排除万难也要实现，可今天听宋桥这一嗓子，罗小虎感觉不全是那么回事。

"你先别激动！"冯金洲让罗小虎去厨房拿瓶起子、玻璃杯，大有与外甥把酒夜谈的架势。

罗小虎赶紧洗了两只杯子送过来，冯金洲"嗯"一声又问："怎么少拿一个？"罗小虎既惊喜又忐忑。惊喜的是师傅如此抬举他，明摆了不当他是外人；忐忑的是这对舅甥刚刚不知聊了什么话题，让宋老板一副气愤难平的样子。他罗小虎人微言轻，如果舅甥俩吵起来，他是劝还是不劝？

他来不及磨蹭思考，赶忙洗出杯子，还在厨房里翻翻找找、煎煎炸炸。一会儿工夫，端出一盘油酥花生米、一盘凉拌海带丝、一盘香煎带鱼。

下酒菜的味道，虽与冯金洲挑剔的口味相差甚远，但罗小虎这种热忱劲儿令人高兴。冯金洲目光柔和，示意他坐下，将满满一杯啤酒推到他跟前。

罗小虎平时对宋桥言听计从，宋桥借此说道："如果你认为我的想法太自私，那让罗小虎评判一下，他也是凌阳轩的人。凌云青这个决定一出，咱们餐馆每个人都要受影响，小虎也是其中一分子，让他投张票也很应该！"

"投啥票？"罗小虎心里一沉，心想这都是什么事，生平第一次和老板坐一张桌子上喝酒，他就逼自己投票？虽然罗小虎没将这事完全弄明白，但从宋桥不快的语气中，至少听出两位老板的意见产生了重大分歧，导致决策上的"左右行"。这种非左即右的事，干吗要拉上他这种小角色呢？

"他都是云里雾里的，你让他表什么态？"关键时刻，师傅总归是师傅，站出来帮徒弟化解难堪。

"我就纳闷了，你应该是最熟悉个中环节的人，也应该晓得我们如果兼并利民饭店将会遇到多少困难，怎么会支持凌云青的想法？如果利民饭店那么容易起死回生，为什么那些餐饮界的人都不出动，偏偏将吃肉的机会留给我们？"宋桥说出了自己的疑惑和担忧。

冯金洲不疾不徐，端起面前的酒杯"哧溜"一口，又夹起一颗花生米丢进嘴里，慢慢嚼了很久，仿佛要将这颗花生米的灵魂都一缕一缕地咬碎。他搁下筷子："我不和你争，你今晚满脑子想的都是这件事的困难和问题，一直没工夫想到人。你刚刚说是什么打动了凌云青，让他觉得这事值得一做？是两盘普通的家常菜，对吧？从这两盘菜里，他看到了国营馆子虽然有问题，但'人'坚持的底线和原则还是在的，有了这个，便有了向好转变的根基。你和凌云青看问题的不同之处，就是你看的是表面，他看的是本质。"

罗小虎后悔坐在这张桌上了。他知道师傅的父母死得早，从小受姐姐的照顾，和外甥感情特别好。宋桥开餐馆，头一个想到的，也是他这个小舅。两人有这么铁的亲戚关系，怎么说着说着就不对路了呢？纵是舅甥，但同时也是上下级关系，冯金洲难道不怕宋桥面子上过不去？

尽量克制自己怒气的宋桥一下子站了起来："您应该也累了，大家先休息吧。"他谁也不看，黑着一张脸迈进自己房间，"砰"的一声关上了门。

冯金洲怼了外甥，惹得人家气恼回屋，他倒像个没事人，扭头对罗小虎说道："杵在这儿发啥子呆？收拾一下睡觉。"

罗小虎长期睡客厅，恭敬却又打趣地说："我是'厅长'嘛，师傅您老不回屋，我哪敢把这个客厅的沙发床拉开来，堂而皇之地躺平睡觉呢？"

冯金洲屁股沉在沙发里，又吸了五六支烟。啤酒的劲儿消得差不多了，他摁灭烟头，起身走进自己的卧室。

第十七章

一

夜风钻进屋内,窗帘扑打墙壁的响声,让躺在床上的冯金洲没有了睡意。他索性起床,关严了窗户,摸出手机,笨拙地戳了几下,编辑了一条短信,发送给了邓玉婵。

邓玉婵回复了短信:"还没睡,在看书呢!"

他想和她通电话,又觉得有点不妥,毕竟她是和另外三个服务员同住一间屋的。两架上下床占据了屋子的大部分地方,缺乏个人独立空间。与其他员工的住宿条件相比,冯金洲庆幸自己沾了外甥的光。当年宋桥在餐馆开张前,租下的就是这套房子。他请冯金洲过来,大方地让出主卧,自己宁肯睡次卧,一是尊重长辈,二是表达对首席厨师的看重。就连冯金洲带来的徒弟,也跟着沾光,能一个人享用大客厅。

该不该拨打邓玉婵的号码?冯金洲正在犹豫,她却打来了电话。他担心地问道:"不怕吵着屋里其他人?"

"我到楼下来了。你这么晚不睡,有啥心事?"

"我没啥。你还是早点上去吧,夜里风大,小心感冒。"

"我加了一件厚外套呢。到底是什么事?"

冯金洲攒了一肚子的话,被邓玉婵轻柔的言语一戳,便也不加隐藏,将宋桥与凌云青的分歧讲了出来。

他不知道是从什么时候开始,和邓玉婵之间越来越有话聊。她原本就是个话题人物,在蜀我香饭馆干得好好的,忽然跳槽过来,已经引起过大家热议。后来众人都以"求稳"为由,反对凌老板搞"消费者监督",又是她跳出来力挺。冯金洲当时讨厌她,心想:这个女子除了会标新立异、哗众取宠,还有啥能耐呢?没想到那天她下了班,敢单刀赴会。就是那次她单独来找他,将自己的观点逐一剖析,让他转变了想法。后来相处久了,有次她像面对一个老朋友,真诚地望着他,坦然地讲了她的家乡,从小成长的环境,吃不饱穿不暖的童年,以及渴望能上大学的"贪心妄念"。

她不掩饰、不回避的眼神,让他既佩服又害怕。在遇到她之前,除了亲姐,还没有第二个女人在他面前这么不加掩饰地说话。姐姐虽和他讲的是肺腑之言,但十句有八句是责备他的:一会儿怪他老大不小还不找老婆,对不起列祖列宗;一会儿又怪他只会握炒勺,是不懂与人交际的铁憨憨。与亲姐交流多了他也生烦,以为全天下女人都长着一张厉害的嘴,逮着个男人就要碎嘴碎舌地说道。

邓玉婵带给他的感觉完全不同。也许因为他比她大得多,她的坦诚并不会带来盛气凌人的感觉,反而令他滋生了一种"大哥"的心境,真切同情这位"小妹儿"。这种兄妹情义,于冯金洲是破天荒第一次。他在姐姐面前当惯了弟弟,从未想到自己还能在另一个女人面前有了当哥哥的情结。这份陌生的怜惜,让他心思千回百转,变得无比细腻。他像隐藏着一个天大的秘密,将这份欢欣埋在心里,秘不示人。

他们前后脚购买手机,她几乎是手把手地教会了他发短信,从此他有什么喜庆事或闹心事,首先想到的就是和她讲。

她从未辜负他的期待,否则也不会在寒冷的夜里,披上衣服悄悄下楼,专门为了回他一个电话。

他握着手机躲进了被窝,不愿让一墙之隔的宋桥和罗小虎听到声音。他也觉得这样"保密"是荒唐的,罗小虎用卡牌给他算命,说他要走桃花运,还遭了他的训斥。因为他也不敢往那个方向想,仿佛想一想都是罪孽,生怕亵渎了什么。人家小邓那么年轻,二十多岁的水灵姑娘,哪能呢?

"快十分钟了,你回去吧,外面太冷,小心感冒。"冯金洲其实希望能和邓玉婵一直说下去,哪怕自己缺氧憋气都无所谓,但做人不能这样自私,一个大男人躲在暖和的被窝里讲电话,人家姑娘还在露天的黑夜里哈冷气、吹寒风呢。

邓玉婵忽然打了个喷嚏。

"没事吧?"他一担心,嗓门跟着提起来,幸好有棉被隔着,没让隔壁的两位室友听出异样。

"没事,刚刚鼻子痒了一下。"她接着说,"我听明白了,你和凌总的想法是对的,我支持你们。你也早点休息,晚安。"

她挂断电话后,他还不肯从被窝里探出头来,虽然全身已经捂得出汗。他抓着手机,躺在被子包裹的小世界里,迟迟不肯钻出来。

邓玉婵的室友知道她喜欢看书,闲暇时间不聊天斗嘴,对化妆打扮、购买衣服首饰也没太大兴趣。她们关心她,也打趣她:"你这是'公主心,丫鬟命',看再多的书,懂再多的理,还不是干一份伺候人的工作?""知书达理难道就不用端茶倒水啦?不如放了工下了班,让自己好好娱乐,想方设法宠爱自己。"

她不与室友争论辩驳。她告诉过冯金洲,自己参加了成人自考,已经通过了三科。学习的过程充满艰辛,可以说是一段漫长得难以看到曙光的征程。不过只要每天付出一点努力,确定今天的自己比昨天又多学到了一些东西,这就是进步吧。人在进步,活着也会更快乐。

冯金洲的文化程度不如邓玉婵,人家用功,他不甘示弱,更加勤勉地读书看报。他恪守一个单身汉的自傲和矜持，从不在邓玉婵面前说半句越矩的话。那次，她向他讲起自己想上学，母亲却把课本撕碎塞进柴灶的事，一时控制不住伤心，哭得梨花带雨。他的手好几次抬起来，想放在她肩头给予一份安慰，终究只是让伸出去的手从纸巾筒里抽出几张纸递给了她。

二

大街上的一些行人捏着手机，边走边打电话，呼出一团团的白气。道路两旁，冬青树的叶片闪烁着蜡质的寒光。成都的冬天，已经到来了。

按照餐馆惯例，大厨并不负责员工餐，但冯金洲破天荒地拿出红糖与生姜，熬了一道姜茶，让前厅后厨的人一起喝下。罗小虎积极地端锅拿碗，嘴里不忘夸赞师傅："今天气温又降了六度，师傅这道姜茶真是及时，前厅的人都在阿嚏长阿嚏短的，一碗热茶喝下去，准会打败感冒！"

冯金洲将小虎推出厨房："别放凉了，快给她们送过去！"他在休息室抽烟时，罗小虎推门进来，一脸的沮丧。

"她们都喝上了？"

罗小虎慌张地"嗯"了一声："邓玉婵不在！"

"那她去哪儿了？"

罗小虎感激师傅突如其来的人情味儿，身子前趋，压低嗓门："听说她去了宋总办公室。"

"她去找他干啥？"

"就是不晓得啊！"罗小虎担心地一拍大腿，"您看昨晚宋总气呼呼的样子，今天邓玉婵找他，岂不是刚好撞上他的坏心情？"

冯金洲心里关切,又不能让徒弟看出来。邓玉婵挑这个时候去找宋桥,他明白她的意思。但她只是一个人微言轻的服务员,难道听过他的一席话,她便关心起两个老板的事?

邓玉婵见宋桥之前,也有思考和挣扎,担心自己的行为超越了一个普通员工的职责范围,甚至有些唐突,或者说胆大妄为。但她认为自己不是为了私利,而是为了公司的发展。她来到宋桥办公室,没有绕圈子,直接谈到了利民饭店的事。

宋桥有点吃惊:"罗小虎跟你说的吗?"他心想,罗小虎这张嘴,放在革命时期,转个身就能泄露情报。现在餐馆一有动静,这小子为了取悦心上人马上就说了出去。

他转念一想,这也算不上什么机密,就算他和凌云青各自坚持自己的想法,迟早也要将这事儿告诉大家。她知道了也没什么不好,这么多服务员里,她算是佼佼者,工作这几年,大事小事从未出过一丝纰漏。凌云青和他商量,下个月就将她升为领班。既然她即将跨入管理层,提前和她通个气,也在情理之中。

宋桥的神情从愠怒不快很快变得云淡风轻,邓玉婵神色自若,仿佛没有发现他脸上的变化。他向她问道:"罗小虎对你说了多少情况?"

"没细说。"既然宋桥认定是罗小虎泄密,她也懒得纠正,"我知道得不多,但我听说您和凌总有些分歧。"

"我俩在这件事上看法完全相反。你还年轻,可能对国营饭店的经营情况不太了解。那里上班的人,个个都当自己是祖宗,顾客上门,好像不是拿钱来消费,而是求着祖宗给他们一口饭吃。他们观念落后,行为死板,还怎么能把事做好?国营馆子一家接一家地关门,是有原因的。我们凌阳轩接手这样的饭店,恐怕拯救别人不成，自己还会陷进淤泥里。"

邓玉婵真诚说道："听说凌总想接手的理由，是那里的人做菜还是可以的。"

"我承认他们的菜还不错，但就算菜好吃，我们想要扩充队伍，把他们的大厨挖过来就行，用得着接手整个饭店吗？其实做得好吃的厨子多了去了，像我小舅那样的厨子不好找，但像咱们店里二厨、三厨那种的，难道还不好找？就算国营馆子的厨子厨艺高超，但他们脾气大、态度不好。我们店小，容不下这些大菩萨，我小舅的师兄就是个脾气不好的大厨！"

"那您知道他师兄现在的处境吗？"

宋桥表示不知道，那是小舅的熟人，又不是他宋桥的。邓玉婵一副闲话家常的样子，把冯金洲讲过的李师兄的情况告诉了宋桥。

宋桥心想，邓玉婵知道小舅师兄的这些事，应该是小舅带上罗小虎去见过他的李师兄，罗小虎又把这些事当作一个新鲜谈资告诉了心仪对象邓玉婵。

"你绕这些圈子，到底想说啥？"宋桥的语气柔和了很多。

回想创业的这几年，自己和凌云青产生意见相左也不是第一次了。但此前自己纠结一番，很快就能改变想法，调整到与凌云青步调一致。

但他觉得这次不太一样，他甚至认为，凌云青出身乡村，没有体验过国营餐馆的服务，不知道有些国营餐馆的服务态度比利民饭店还要恶劣。将这样的饭店纳入自己的公司，很可能是请神容易送神难，后悔都来不及。凌云青说他看中的是人，自己又不是瞎子，看到的也是这些人，正因为这些人，利民饭店才有了今天的艰难处境。

自从这次和凌云青的意见发生冲突，宋桥就决定，该坚持的一定要坚持,不能退让的坚决不能退让。但这事与她邓玉婵有什么关系?宋桥忽然感到一种尖锐的愤怒,一个差点无处可去、被他好心收留的打工妹,有什么资格来跟他说这些?

她却神色自若:"宋总,您不要介意,我今天来找您,是想代表自己,为那些可能下岗的人说句话。"

他眉头紧锁,不愿接话。

"我能留在凌阳轩工作,是您做的决定,我对您一直心存感激,也愿意在您面前说实话。"

宋桥回想往事,生起几分感慨:"当年你想来这里就职,凌云青也和我持不同意见。他咋就那么爱和我唱反调呢?"

她"嗯"了一声,说道:"这事我知道,凌总后来专门和我沟通过。"

"他专门和你沟通?"宋桥有些讶异。作为老板之一,凌云青即使坚持不留邓玉婵也合情合理,他居然还向一个服务员解释,这也过于"礼贤下士"了吧?

他不由自主地感到颜面生光,语气和缓下来:"他找你沟通,也是变相承认我用你的眼光嘛。"

宋桥心里大为愉悦,谈话的气氛也不再沉闷,而是有了伯乐与千里马的倾谈之势:"我知道你是从人家馆子过来的,那又怎么样呢?英雄不问出处。你在凌阳轩工作的这几年,成绩有目共睹,凌云青也和我商量过了,准备下个月升你当领班。"

她并不知道自己即将被重用,此刻她觉得自己像是听到什么风,专门跑来和老板"一表衷肠"似的。她脸色微红:"我想表达的是,我也好,利民的员工也好,甚至像您小舅的师兄也好,都只是在餐馆做一份工,希望凭借自己的劳动养家糊口。当年邱东老板盲目追求规模化效应,无序扩张,借贷经营,让人感到心里不踏实。我有幸遇到您,在凌阳轩收获了一种可贵的归宿感。但利民饭店的很多人，不知有没有我这样的幸运，将来能否拥有他们自己的归宿感，这份决定权，现在把握在您手里。"

宋桥有些触动。他原来认为邓玉婵只是一个勤勉能干的员工，没想到她如此心怀善意，还有自己的见识。可作为一个经营者，善良是必要的，却不是首要的。倘若只有一腔善意，没有自己的果断抉择，行善者只会面临无穷无尽的烦恼。他无法确定，将利民饭店的那些刺儿头变成自己的下属，会增添多少棘手的事。

这几年管理工作做下来，宋桥颇有体会，当老板的，纵然有时被拨动了心弦，也不能被情绪牵着鼻子走。他斟字酌句地说道："利民的人，与你不能相比。"

"怎么不能比呢？他们的起点比我高，是城市户口，又是国营职工。但现在要向市场求生存，如果他们依然墨守成规，很快就会被市场淘汰；求变是唯一的生存法则。他们不是不懂这些道理，只是无人引导。凌阳轩如果带着他们去走一条市场化的新路，一条能让他们好好生活的路，他们会不知道我们的好吗？归根结底，我们这些打工人都有相同的心理，一样怕丢掉工作，一样担心不能养家糊口，一样为肚里食身上衣劳碌奔波。既然他们和我的恐惧是相似的，您为什么不能给他们一个机会，就像当年给我机会一样，让他们通过付出劳动挣得一份安乐茶饭，或者一个发展机会呢？"

宋桥不愿掺和国企餐馆改制，但邓玉婵发自肺腑的话让他有些感动，他几乎就要脱口而出，立马答应她的请求。难怪小舅昨晚反应那么激烈，他的李师兄倘若有别的出路，也不会落得晚景凄凉。小舅同情那些即将下岗的员工，从情理上是将他们视为跟自己的李师兄一样的人，自然是希望"能伸手救一个就要救一个"。小舅虽然说不出邓玉婵这番话来，但他内心的想法却和她一样。民以食为天；而食呢，说到底又是以人为本。这样看来，凌云青"由食及人"，抓到了根子上，他宋桥不服不行。

他是邓玉婵的老板，大凡老板，多少要摆一下架子，就这么给她说服了，岂不是显得自己意志不够坚定，太容易被下属说动吗？他强忍触动带来的鼻酸，拿出老板的口吻："你想说的我都明白。时间不早了，你去准备晚市吧。"

同意或不同意，宋桥没有明说，邓玉婵有些失落。她转身走到门边，握住了门的拉手。他瞅着她的背影忽然说道："下个月你就是领班了，好好干嘛。"

三

员工休息室里的冯金洲，不停地将目光转向宋桥办公室的方向，又立即收回视线，像是担心被人看穿了自己的秘密。他表面波澜不惊，心里却如火炙油煎，一支接一支地抽烟，烟蒂很快堆满了面前的烟灰缸。宋桥推门进入员工休息室，被烟雾呛得打了几个响亮的喷嚏。

摁灭了手里的半支香烟，冯金洲从外甥的脸上看到了一分轻松。宋桥知道自己的心事瞒不过冯金洲，索性大大咧咧打个哈哈："昨天您说的话，我翻来覆去想了想，还是有几分道理的。"

他的话头一旦打开，便滔滔不绝："国企改制是大趋势，咱们身边，也有改得好改得成功，顺利转型上了发展新轨道的例子嘛。商场如海，水深鱼才大，早点做决定早点下手，才捕得到好鱼好虾。余会长接触的那些老板，年纪普遍偏大，容易犯经验主义的毛病，行事难免保守。他们顾虑太多，做啥事都慢吞吞的，太过求稳守成，也许会错过改革中的机会，我们凌阳轩可不能稀里糊涂地错过。"

冯金洲在心里赞叹，外甥当了这些年的老板，现在的一张嘴皮子练就得无比利索，翻手云覆手雨的。昨晚外甥还在坚定不移地表示"要跟着餐饮大佬共进退"，今天忽然就嫌人家年龄偏大，商业触觉退化。横竖他都有理，就看他挑哪个"理"，再怎么落实这个"理"了。

宋桥之前的想法是那么坚定，在他自己想通之前，任谁也拧不过他那条犟筋。可今天又是谁拧转了他的这根筋呢？

又该去后厨了。冯金洲在走廊给邓玉婵发了一条短信："宋桥改变想法，是你的功劳吗？"

邓玉婵很快回复了短信："利民饭店关系到那么多人的生计，宋总心存善念，他有自己的责任感。"

宋桥与冯金洲能够有效沟通，但面对凌云青，怎么都觉得心里有点硌硬。这家伙，为啥他的决策总是"踩在点儿上"呢？按理说，小舅和邓玉婵都该是他宋桥的心腹，可他们在尚未与凌云青通气的情况下，一个两个地跑来"策反"他，积极得像是凌云青的"嫡系部队"，他倒像成了一个阻碍餐馆发展的人。是凌云青收买人心吗？好像又不是。即便凌云青和冯金洲走得再近，也比不上他们舅甥的血缘亲情啊。

他不由自主地来到了凌云青的办公室。凌云青笑吟吟地看向他："你想通了？"宋桥一屁股坐到椅子上，左右摇晃了几下脑袋："我看你还能开辟第二职业，可以到九眼桥上摆个算命摊了！"

凌云青忍不住笑出了声："是你这张脸出卖了你啊。"他抽出香烟，递给宋桥一支，拍了拍他的肩头："我就知道，你会想通的。"

宋桥故作无奈地摊开双臂，肩膀抖了两抖。他似乎提前步入了"中年幸福肥"的行列，身体微颤，下巴上的肉跟着抖动。

与之形成对比的，是凌云青数年来毫无变化的瘦削身材。宋桥调侃说："现在开了馆子，大鱼大肉有的是，你怎么还是这种瘦身板儿？这不能体现社会主义的优越性啊！"

他打量这位黑瘦的兄弟，知道凌云青为了餐馆的发展费了不少心思，辛苦自不待言，但他嘴上依旧不饶人："我看你就是一个天生操心的命，操完自己圈圈里的心，还要操别人的心，怪不得吃啥都不长肉！"

凌云青笑着打燃了打火机，舒坦地吸了口烟："你要是定了，我今天就去找余会长表个态，请他和有关领导汇报：我们凌阳轩餐饮服务公司，愿意兼并利民饭店。"

"多大点事儿，去个电话不就行了？还要麻烦你专门跑一趟，也不怕吓着余会长。一匹没人骑的瘸脚瘦马，只有你才愿意当宝贝喂养！"

宋桥心下当然明白，国企改制这种事，哪里是轻轻松松去个电话那么简单呢？他只是不想显得过于急迫，故意做出一副不情不愿的样子，让余会长，也让凌云青知道，他做这个决定，是经过了漫长思想斗争的。

凌云青没有回话，却向宋桥伸出了手。

宋桥不明白他的用意："啥意思？"

"车钥匙啊，我的车正在修理厂维修保养。"

"我看你为了利民饭店，把秋风打到兄弟伙头上了！"宋桥一边开玩笑，一边麻利地摸出车钥匙，拍在了凌云青的掌心。

第十八章

一

凌阳轩餐饮服务公司愿意兼并利民饭店，不仅余会长吃惊，之前回绝了他的餐饮大佬们也同样吃惊。这些大佬都是在业界打拼多年的老人儿，原本就身怀绝活，所谓"一招鲜，吃遍天"，后来从技术岗转到管理岗，照样将事业干得红红火火。可自信过了头，就会成为一种自负，过往的成功经验让大佬们觉得，利民饭店这样的国营饭店沾不得手。于是，他们统一步调，一同婉拒了余会长"国营饭店改制"的提议。

有关领导让余会长摸摸底，也没抱存他能完成任务的希望。凌阳轩餐饮服务公司冒出头来，愿当"第一个吃螃蟹的人"，将大伙的神经撩拨得纷乱不堪。

"国营饭店改制，咱哥们儿都轻易不敢碰的事，凌阳轩餐饮服务公司就敢接手？"

"以为耕好了一亩三分地，就有骄傲的本钱。凌云青和宋桥这两个娃娃年轻气盛，不晓得盐巴是咸还是淡。"

"听说他们以前是干新闻的，在同一家报社。"

"书生下海，文人经商，稀里糊涂赚了一点钱，难免张狂得意，该赚不该赚的钱都要去试一试，该管不该管的事都要去插一手！"

"年轻人要折腾，是人家的事，我们几张老嘴皮子不要去蹚这摊浑水。"

"就是，他们不受点挫折，还不晓得锅儿是铁倒的！"

闲言碎语，嘈嘈切切，总有风声传到宋桥耳边。这些大佬有着几十年的餐饮从业经历，平时开会也都是一副"江湖舵主"的范儿。这次余会长问了一圈儿，他们只是满脸深沉地回答"容我想想"，然后就是借故推托。在他们集体观望时，倒让一个小字辈的餐饮公司接手了利民饭店，让余会长在领导那里挣足面子。大佬们回过神来，总觉得哪里不对劲，于是冷嘲热讽、质疑不断，难以平静复杂的心情。

宋桥告诫自己，只当那些餐饮大佬的议论是耳畔风过，无须和他们计较，更不需要通过论辩驳倒他们。可他胸中到底塞着一口气，便对刚从余会长那里回来的凌云青咬牙说道："不蒸馒头还争口气呢！我们这次一定要将利民饭店改制的事办得漂漂亮亮的，让他们没话好说！"

兼并利民饭店，意味着要承担他们所有的债权债务。经过审计和资产清算，利民饭店欠下食材供应商的货款多达三百多万元。凌云青和宋桥盘算，公司余下的利润，支付利民饭店欠下的货款以及员工工资绰绰有余。资产重组、员工转岗等工作进行到一定阶段，凌云青经过斟酌告诉宋桥："我们只留百分之七十的股份。"

宋桥疑惑不解："剩下的百分之三十呢，不要啦？"

凌云青说明了自己的想法："让原利民的员工和凌阳轩的员工，内部认购公司百分之三十的股份，钱多的可以多买，钱少的可以少买。这样，让大家成为合伙人，员工从此不分你我，使合并后的餐饮公司成为他们自己的事业，也成为他们当家做主的地方。"

宋桥听了，牙疼般地吸了一口冷气，连连摇头："你的这个想法好是好，目的是做到人人为我，我为人人，让大家明白'一荣俱荣，一损俱损'的道理。但我了解采用类似做法的企业，承担债权债务，负担会很重。一般来说，民营企业接手国企改制，都会慢慢剥离里面的老弱病残人员。"

凌云青不赞同这种做法："剥离？为啥要剥离？"

"有些人的能力天生不足，有些人无法承受从国企到民企员工的身份转换带来的强烈心理落差，以致影响正常工作……不管哪种人员，都不是现代企业所需要的人，也不是跟得上时代发展的人。我们得想方设法剥离这样的人，留下愿意干也能够干事的人。"

凌云青点点头，但他接下来的话，又和这个点头的意思截然相反："我们专门拿出百分之三十的股份，就是为了让利民的人尽可能留下来，一个都不要流失。"

宋桥摸出一支烟来，没有点燃，又放回桌上，仿佛颈项压了座大山，滞重无比。他反手捏了捏后脖颈："改制不是那么简单的，就像革命工作不是请客吃饭，不是刺绣挑花一样。咱们从新闻媒体上了解的还少吗？一些改制的国企，有的老员工坐在地上痛哭流涕，抱着领导大腿怎么也不肯离开；有的大骂领导娘老子；有的扬言要连夜来一把火把企业烧个片甲不留；有的干脆拿性命当威胁筹码，动不动就说要往身上浇汽油，闹自焚。即使给足了补偿，他们仍然拒绝改制。你倒要让他们从口袋里掏钱来入股，这不是天方夜谭吗？"

"成不成，看实际效果再讨论吧。我的目的从来不是拿钱打发他们走人，但凡能懂得我的用心，相信他们会做出正确选择。"凌云青不做过多辩解。

利民饭店的人知道饭店连年亏损，负债经营，他们虽说许久没见过奖金，没有领过完整的工资，但觉得毕竟背后靠着一个"国字招牌"，即使延一延期，钱也终究会发放的。有两个稀饭钱打底，人生好像也不算特别糟糕。反正也找不到更好的地方挪窝，那就继续待在这个单位。至于未来如何，他们虽然很迷惘，却照样跟鸵鸟一头扎进沙堆似的，不作他想。

利民饭店的员工不是荒岛居民，当然知道国企改制的政策和其中残酷的一面，正因为知道，才更害怕。有些二十世纪七八十年代效益特别好的大厂，到了九十年代就像中了诅咒，经营每况愈下，举步维艰，员工的劳保不见踪影，正常工资也渐渐发不出来。曾有患病的工人没钱去医院，受不了病痛的折磨，爬到自己曾经参与修建的水塔顶上，头朝下来个自由落体，摔成了一堆肉泥。这类事知道得多了，他们就觉得改制是冷血可怕的，甚至认为所谓"改制"其实就是逼迫员工下岗。不管愿不愿意，在大势面前，你都要丢工作，失去生计来源，成为垃圾废物，被人扫到门外。

利民饭店的人怀着一种矛盾心理，一边哆嗦畏惧，一边又保持着一贯的傲娇。首次和他们见面谈话的，是凌阳轩餐饮服务公司的董事长凌云青，他在会上详尽解读了凌阳轩接手利民饭店的相关条款，承诺会承担一切债权债务，并解决退休人员的养老问题。

利民饭店会议室里，坐着的多数人无精打采，身躯佝偻，眼眉低垂，像一群被抽掉脊骨的鱼。凌云青洪亮的声音在会议室回荡："我知道大家这段时间过得不容易，退休职工报销不了医药费，在职职工不仅停了奖金和劳保，基本工资也不能按时发放。但国家不会让国营企业一直亏损，政府需要的是更有市场竞争能力、更有盈利能力的国有企业。大家担心改制以后是什么情形，我是理解的，可如果我们不想另外的出路，到时是什么？就是下岗！国企员工下岗，不用我多说，大家一定有所了解，不管工龄多长、资格多老，都是一视同仁，都会面临新的境况。从古至今，只要有手有脚、不好吃懒做，就一定饿不死人。我们凌阳轩餐饮服务公司决定接手利民饭店，就是希望跟大家一起努力做事，寻求新的出路。我今天在这里承诺，只要大家不想离开公司，我就不会让一个人失业，你们的工资奖金会得到保障，每一滴汗水都会流得有意义。"

凌云青郑重宣布了他对员工的让利决定，新老员工可以认购凌阳轩餐饮服务公司共计百分之三十的股份。以前利民饭店是国有资产，都握在国家手里，现在由民企接手，凌阳轩餐饮服务公司的两位老板当大股东，剩下百分之三十，由利民和凌阳轩的人优先认购。当然，如果员工不想认购，公司不会强求，更不是这次改制的附加条件。

会议室鸦雀无声，大家似乎都来了精神，认真倾听凌云青的发言。"从现在开始，我希望大家一起来认购股份，共同成为凌阳轩餐饮服务公司的股东。此后每一次发薪，拿到的那份分红，同样是大家辛勤劳动的报酬。同志们，时代变了，市场不一样了，无论城乡，早已打破了'大锅饭'的传统，开始深化改革，除弊创新。请大家拿出你们的勇气，让'新利民'融入凌阳轩餐饮服务公司，让她再次红红火火发展起来。我让大家认购股份，就是想让你们迈出当家做主的第一步，正式成为餐饮公司的主人。"

这次动员会即将结束，但利民饭店会议室的人波澜不惊，依然面无表情。大堂经理白晨松的视线直往地面坠落，心里有自己的疑惑：这位凌老板咋就这么有信心，认为大家会去购买股份？难道是他们没有多余的钱，想让我们这些就要下岗的员工为他们凑上百分之三十的资金缺口？

二

河水枯竭，沙石袒露，舟船缺乏水的流动力量，难以前行。

利民饭店的改制工作犹如舟行浅滩，凌云青和宋桥在政府有关领导的协助下，分别开了几次动员会。员工咨询的热情较高，但几乎无人真正响应合并的相关程序，更没有人认购餐饮服务公司的股份，兼并工作陷入了停滞状态。

有人提醒凌云青，利民饭店的员工都在看经理白晨松的脸色行事，只有搞定他一个，才能赶得"羊群"来。

白晨松五十多岁，白白净净的脸膛，鼻梁上架一副金丝眼镜，若说他是大学教授，看着都有几分神似。他干了大半辈子的国企工作，领受员工几十年的深切敬重。现在没有几年就要退休，倒像是成了不中用的生锈零件，被"哗"的一声倒在街上，等待拾捡的人挑挑拣拣。他表面不动声色，其实对改制倍感抵触，想到等待他人拾捡的自己，心头就是一阵痛楚。

他甚至暗自后悔，前年原本有个内退机会，却没及时把握。内退员工只能拿百分之六十的份额工资，那时他的关注点倒没放在钱上，只是无法想象自己刚过半百，毫无疲累老态，却要就此退下。多年来做惯了原来的事，也做不到立即享受"退而休"的闲适生活。想起错失的机会，他就悔不当初。如果那时退了，多少还能保全一个名节，说起来是从国营单位全须全尾退下来的。不像现在，即将从国企职工沦为个体户的手下；而这些个体户还想花言巧语，诱使他们拿出棺材本来，集资购买股份。可见，个体户就不是什么好东西，说不定正想用这些手段逼迫他们自动离职。这样，人家不用费劲巴拉地掏出赔偿金，就能完美地吃掉利民饭店。这种瞒天过海去除陈肌的把戏，苦的只是他们这些国企老人儿。

白晨松看上去儒雅大度，却是一个认死理儿的主。他得出了这样的结论，便会不管不顾地坚持自己的认知。兼并工作遇到阻滞，但凌云青并不灰心，他与宋桥商议，决定"重点突破"，先将白晨松的思想工作做通，再由白晨松号召其他员工。否则所有人、所有事都卡在这儿，相关工作就难以向前推进。

宋桥不愿去打这个头阵，他觉得利民饭店的人有些冥顽不灵。他们不愿配合兼并重组，也没有人出头认购股份，一副高高在上的样子，哪里是想救就能救得了呢？一个人落进水潭，岸上的人对他伸出竹竿，他也得伸手配合才能得救。不然，再长的竹竿也救不了一心只想沉潭的人。

搬不动白晨松这块石头，就会阻挡更多的人行路。宋桥最终同意，按照凌云青的安排，去白晨松的住所拜访一次。他心里嘀咕：白晨松应该不会伸手来打他这个笑脸的人。他专程去了一趟超市，不管合适不合适，看见什么包装漂亮的营养品，就一股脑儿放到推车里。电视上老做广告的娃哈哈，老年人喜欢的红枣、银耳，还有全家人都能吃的烧鸡、蹄髈、火腿等等，装了满登登的两袋子。

宋桥选这些礼品，倒也不算盲目。他听说白晨松家里上有老下有小，白父八十高龄，与儿子儿媳住在一起；小的是白晨松外孙女。他女儿离了婚，前不久下了岗，为了生活，她将孩子丢给父母，独自跑去南方闯荡。

白晨松五十七岁，老伴也满了五十六，按理说是享清闲的年龄。登门拜访后，宋桥才知道，白晨松肩上的担子不是一般的重。虽说"家有一老如有一宝"，但白父去年查出患了阿尔茨海默症，脑筋一天比一天不好使，经常在外迷路走失，在家有时还会不声不响地尿裤子。白晨松两口子，每天从睁眼开始到夜里躺平，没有半点空闲。白晨松出来上班还能透口气，老伴一直没有工作，却有一辈子卸不掉的家务事，从来就没停歇过。

两岁多的外孙女看见宋桥进门，似乎有些害怕，眼里噙满了泪花，眼看就要哭出声来。宋桥拿出一盒娃哈哈，插上吸管递给了她。她咂摸出一股甜味儿，使劲吮吸，渐渐没有了害怕神色。

宋桥忽然觉得，自己没法将准备好的说法掏出来。这样的家庭，想必每一分钱都是紧巴巴的。为了完成兼并重组，让白晨松再花一笔钱来购买股份，岂不是逼人家拆锅卖灶吗？

他既同情又佩服白晨松。这个家负担这么重，而白晨松在利民饭店大堂一站，依然言笑晏晏，如同上海人口中的"老克勒"。即便有孙悟空的火眼金睛，也看不出他背负了多少愁苦，肩上压着多少重荷。难怪凌云青当初坚持"人才是利民最大的财富"，他们要将这批国营的老人儿用好，给他们提供新的舞台去释放更多能量。道理宋桥都懂，却苦于不知如何传达给白晨松，尽管他提了厚礼登门，人家也只是一副淡淡的、有礼有节的样子，让他不能将话题引入更深的地方。

这个家老的病痛小的孱弱，宋桥坐了一会儿就告辞了，唯恐自己再待下去，白老爷子的病痛忽然发作起来。等他回到公司办公室，正在翻看季度报表的凌云青发现他一脸垂头丧气的神情，便调侃道："你今天没有吃饭啊？"宋桥摊开两手："今天白跑了一趟，该说的话没有说出口。"他向凌云青详细介绍了白晨松家里的情况，不料凌云青却是一副云淡风轻的样子，说：人家刘备请诸葛亮出山，还要"三顾茅庐"呢，过两天他再去看看。

宋桥回想了一番，认为自己这次拜访白家的时机不对。他进入白家时，白父刚尿过裤子，白晨松费了老大劲帮助父亲换下换上。白父不停地嘟嘟囔囔，白晨松忍不住责备了父亲几句，父子关系奇妙地掉了个儿。宋桥猜想，白晨松对他爱搭不理的，可能与他洞悉了这个家里不愿被外人得知的秘密，或者说尴尬有关。但他不撞也撞上了，不看也看到了，又有什么法子？宋桥再三提醒凌云青："要挑个好时机过去。"

凌云青觉得这是一句正确的废话:"什么时候才是好时机?难道找个神算子,看好时辰再去吗?"

三

凌云青去拜访白晨松时,却上不了白家所在的单元楼。这个小区的消防通道停了三辆警车,单元楼下站着两个满脸严肃的民警,现场气氛有些紧张,不明就里的人还以为是在捉拿江洋大盗。得知凌云青要去白晨松家,民警告诉他,这家人要被带到公安局,等待警方调查。

震惊之余,凌云青心里充满了疑惑。这一大家子除了患病的老父亲、一辈子围着锅台转的家庭主妇,就是两岁的小孩,唯一可能犯事的人就是白晨松。他本能地不愿相信白晨松会惹是生非,更不会搞出这么大的阵仗来。

楼梯口那个年长的警察面对来访的凌云青,有些警惕地问道:"白晨松是你什么人?你和他什么关系?"凌云青坦言白晨松算是他们企业的员工,他来找他,是为了公司的事。

戴着手铐的一男一女在几名警察的看押下,慢慢走下楼来。女的约莫三十岁,一条超短皮裙裹在臀部,长腿细腰,波浪卷发,烈焰红唇,颇有几分妩媚。男的中等个头,面皮黝黑,肩膀宽厚,身体敦实。

这对中年男女被押上了警车。白晨松老伴抱着外孙女,他搀扶着自己的父亲,颤颤巍巍的一家四口像是风中落叶,不胜辞枝之苦,从楼上挪了下来。白晨松往常的从容神色已经变成了惶恐不安。他们一家坐上警车,前往公安分局协助调查。

凌云青也来到了公安分局。原来,白晨松一家卷入了一桩惊天大案。

两个月前的一天夜里，成都一家纸厂的老板神秘失踪。这个老板晚上去了帝豪夜总会，夜里十二点乘坐出租车离开，但一个大活人就此不见踪影。老板的妻子以为自己的男人可能是为了躲避债务才暂时没回家，但长时间没有丈夫音讯，她实在忍不住，才去当地派出所报了警。

警方随后陆续接到报案，又有两个男人夜里离开帝豪之后无缘无故失踪。警方高度重视，认为两个月来连续发生三桩情节相似的失踪案，绝对不是巧合。并案调查的网越收越紧，一条线索浮出水面：三个失踪者，有帝豪的常客，也有第一次去消费的，但失踪男子都有一个共同点——接待他们的是一个叫"嫣红"的陪酒女郎。

嫣红原名陈燕红，是第二棉纺厂的下岗女工。她在厂里上班十几年，工作勤勉认真，年年被评为先进模范。她闲暇时热爱唱歌跳舞，厂里的年度文艺会演少不了她的俏丽身影。陈燕红追捧者众，享有"厂花"之称。她是怎么从一个"先进工作者"沦落到"夜总会的嫣红小姐"的，警察无暇顾及，当务之急是要找到她。

警察来到陈燕红住处，家里没有人。经过走访调查，办案人员了解了更多关于嫌疑人陈燕红的曲折往事。她进厂没两年，棉纺厂的效益下滑，福利分房政策成了一纸空文。当时，多少有权有钱的男人追她，她偏看不上眼，嫁了钢厂的普通机修工田光耀。钢厂同样没法解决职工的住房问题，两人结婚十年，还挤在田光耀父亲留下的那套城郊平房里。他有一辆二八锰钢自行车，爱惜入微，每日天不亮便骑着自行车出门，后架坐上陈燕红，前面横杠搁放儿子田小光。一家三口无论是刮风下雨还是酷暑寒冬，都靠这辆自行车，准点准时，先去学校，再去上班。

警察走访了田光耀的邻居。邻居大爷说他活了七十多岁，从没见过这么恩爱的两口子。恩爱到啥程度呢？出出进进都手拉着手。这么多年，就没见过他俩红过一次脸，吵过一次嘴。

陈燕红所在的厂子效益越来越不好，后来索性大门一关，让职工齐刷刷地领了下岗通知单。田光耀所在的钢厂，生产的钢材卖不出，堆在仓库里。厂里没钱给工人发工资，工人找厂领导吵闹，领导宁愿给他们下跪，要钱却没有。夜里回家的路上，厂长后脑勺遭遇铁棒重击，红红白白的脑浆子流了一地，死得既惨烈又蹊跷。从此，没人敢当钢厂的家。副厂长办理了病退，躲着曾经一起共事的工人。厂子还在苟延残喘，工人的工资已拖欠两年多。大伙紧巴巴地过日子，领取工资的希望破碎了一次又一次，始终没有领到一分钱。

田光耀终究没能逃脱下岗的命运。偏偏两口子的儿子田小光又查出患了肾病，医生说，不做透析，孩子活不长久。最好的选择是换肾，但肾源需要慢慢等待，即使等到肾源了，还需要三十万元的手术费，这成了陈燕红家里的头号难题。

警察没想到这桩上级重视又重视的案件，背后藏着一套这么简单的逻辑。田光耀和陈燕红儿子忽患重病，为了救孩子一命，两个下岗工人铤而走险，干出平日里不敢想象之事。尽管案件后面潜藏着这样那样无奈的因由，但涉嫌犯罪已成事实，二人无法逃脱法律的惩处。

陈燕红的房屋后面有一块自己的菜园子，边角种了几株月季，花朵开得妖妖娆娆，中间的泥土却不见一株花苗或杂草，像是刚刚翻挖过。警察掘地不到三尺，找出了三具尸体，都是从帝豪失踪的客人。最新鲜的一具，脸上的肉还没开始腐烂，能依稀辨认面目。种种怀疑落到实处，物证齐全，再无变数。

负责侦勘这桩案件的刑侦队长却没有成就感，他的内心极不平静。如果陈燕红和这三个男人，仅仅是"小姐和客人"的关系就好了。他真不愿看到昨天还是先进工作者的人，今天已是夜总会坐台小姐，明天就是身陷囹圄的因犯。但案件背后的真相就是如此，容不得他再去唏嘘感叹。

四

白晨松是田光耀的远房表哥，两家人一直走动密切。不论是白晨松家里的门把手坏了、窗户关不严，还是偷偷安装了电视"锅盖"却收看不到有线电视，只要一个电话，田光耀准会及时出现。他的话不多，但手脚灵巧，总能麻溜儿地解决白晨松家的问题。然后，哥俩便坐下来喝几杯小酒，扯扯闲篇。田光耀知道街上的热闹事儿，但与表兄弟谈天说地时，他从来不会提及自己家里的实际困难。那天，当他忽然出现在白晨松面前，二话不说，跪下就要托孤时，白晨松吓得差点晕过去。

田光耀和陈燕红是一起来到白家的。他们在这座城里没有别的亲戚，想来想去，唯一能将儿子托付的人只有白晨松。

这些日子以来，他们一直紧绷敏感的神经。自己的家是无论如何不能回了，警方迟早会顺藤摸瓜查到案发现场。但没想到的是，自从警察搜过田家，田光耀的一个熟人就听说院里挖出了可怕的东西。在警方尚未宣布嫌疑人之前，这个熟人已八九不离十地猜到田光耀可能就是凶手。他有理有据地分析："老田是机修工，一双手腕子活像一把钢剪。别看他个头不高，就算是比他高的人，只要老田想杀，就像杀只鸡那么容易。"

这个熟人开始琢磨田光耀夫妻可能的行踪。他知道警方每年都出通缉令，如果帮助警方逮着通缉犯就有奖金可拿，即使没有物质奖励，挣回一块锦旗当作精神奖励也很光荣。

田光耀和白晨松的亲戚关系，知道的人不多，但这个熟人就知道。他将线索及时提供给警方，这才有了陈燕红夫妻被抓，白晨松全家被带到公安分局协助调查的情景。

田光耀和陈燕红冒险来见白晨松一面，原本想随后寻找机会逃往南方。如果能侥幸逃脱，他们还要想方设法挣钱，到时寄给白晨松，相信这位表伯父会替他们照顾田小光。

警察忽然破门而入，跪在地上给白晨松磕头的田光耀瞬间面如死灰、神情颓丧，腰身一软瘫坐到了地上。两手戴上了铮亮的手铐，左右肩膀也被警察按住，田光耀只能艰难地侧过脖子，朝着陈燕红轻轻说了一句话："嫁给我太亏，这辈子委屈你了。"被带出门口时，他又扭头无奈地对白晨松感叹："但凡我们这些下岗工人面前有条活路，我也不会走这条绝路。"

就是这句话，让白晨松面对凌云青时忽然失控，他把脸深深埋进手掌里，肩膀剧烈上下抽动，抑制不住的呜咽声从指缝倾泻而出。

凌云青不知如何安慰白晨松。白晨光这大半日受的惊吓和打击实在太大。与田光耀交往多年，他一直觉得表弟宅心仁厚："光耀怎么会杀人？有次他到我家来，在路上捡到一只鸽子。鸽子腿上流血，我们还一起给鸽子包扎伤口。鸽子终究还是死了，他一个敦敦实实的男人，竟在那儿流下了泪水。凌总，他是一个连鸽子死了都要伤心落泪的人，警察是不是弄错了？"

凌云青难过地看着白晨松，没有回答。他觉得，一切安慰的言语，此时都是那么苍白无力。时代的洪流滚滚向前，国有企业纷纷转型改制，目的是让市场经济更加充满活力。社会和个体都在经受阵痛，也必须承受这样的阵痛。下岗工人如何再就业？他们内心的惶惑和生活的困难如何解决？社会对此的关心似乎存在某种缺失，但这种缺失不是下岗工人走向歧途的理由。如果我们的社会、我们的群体和个体，多一些责任和义务去关心他们，去建立、完善他们生存的保障体系，也许这样的悲剧就会少发生，甚至不发生。

白晨松用手背揩掉眼角的泪水，平复了情绪，依然不愿相信地追问："难道……真的是他？"

凌云青欲言又止，终究没有回答。企业家不单是经营企业，也在经营自己的人生，同时还在引导很多人的人生。他现在说这些还有意义吗？白晨松老老小小一家人都去了公安分局接受调查。可他们能说啥呢？田光耀两口子是白家的亲戚，亲戚敲门，能不放人进来吗？白晨松哪里知道亲戚来了就跪，他和老伴还没来得及将地上的两口子拖拉起来，警察就来了，把嫌犯带走，将他们一家也请到了公安局。

田光耀和陈燕红的口供，证实了白晨松对二人的犯罪行为毫不知情。他的邻居也证实，两个嫌疑犯刚来不久就被警察抓获，白晨松一家并不存在包庇窝藏犯罪嫌疑人之举。

第十九章

一

对于"改不改制"的争论,白晨松原本心如止水。他不相信凌阳轩餐饮服务公司会善待他们这些"国字号的人",也不相信自己有了轻飘飘一张纸般的股份,就会落个好下场。

田光耀被捕后,白晨松渐渐明白,如果人的一生没有找准正确方向,很容易行差踏错。他如今五十多岁,离老迈之年不过一步之遥,但利民饭店还有一百多个三四十岁的员工,他们在一个小环境待得太久,已经不知道如何跳出"舒适圈",去找寻别的出路。凌阳轩餐饮服务公司的两位老总,为了让利民饭店和这些员工有条新的活路,几乎搭上全部身家,而这些员工还在迟疑等待,冷眼观望。

白晨松以前觉得"冷处理"是最好的办法,至少能让这两位老总知难而退。他现在明白,多疑不决可能会让凌云青他们撒手不管,利民饭店不能错失这次改制的机会。这些员工未来的路还长,他不希望田光耀和陈燕红的悲剧在他们身上重演。

他在家休息了两天,第三天来到利民饭店,当着其他员工的面,拿着一只牛皮信封进入凌阳轩餐饮服务公司设置的临时办公室。

"我决定配合资产合并重组,现在以一个老员工的身份认购一些股份。"白晨松有些羞赧,"不过我的存款不多,只能购买很少的一部分。"

"没关系,没关系的。"宋桥跨前一步,紧紧握住了白晨松的手,"多少都是股份,大小股东都是公司的主人,欢迎白经理成为凌阳轩餐饮服务公司的股东。"

白晨松一脸轻松地走了出来,他的举动让利民饭店的员工面面相觑。他们不明白,一向倨傲和受人敬重的白经理,为何会忽然态度大变,不但配合推进兼并重组的法定程序,还愿意购买"虚无缥缈"的股份。那东西看不见摸不着,即使宋桥再三说明,到时会给大家发一纸凭证,但他们不敢相信所谓的凭证——自己背靠的国字号餐馆还说倒就倒呢,一张薄纸又能保证什么呢?

凌云青对宋桥使了个眼色,宋桥关上了办公室的门。利民的员工赶紧拉住了白晨松:"您到底受了什么刺激?是不是这两个老板要了什么手段,或是威胁了您?"

白晨松严肃了神色:"人家哪里用了手段嘛!我想问问你们,怕不怕没有事做?"

资深服务员曹美娟抢先回答:"当然怕啊!我还有一大家子人要吃饭,没有事做就没有收入,家里人总不能喝西北风啊!"

"既然你们怕,为啥不肯接受改制的方案?我们为啥就不能给自己做一次主呢?"

"我担心鸡飞蛋打啊,白经理。"表达担心的是二厨丁原,他不到四十岁就秃了顶,常常抱怨自己中年掉发,皆因家里负担太重。他老婆身体不好,长年累月吃药调理;小孩要读书,父母还要看病。为了节省开支,他狠心戒掉了自己的烟瘾。他不能理解的是,也不怎么富裕的白经理,咋就这样大方地拿出积蓄,交到从未打过交道的两个年轻人手里。

白晨松明白丁原说的"鸡飞蛋打"的意思。他语重心长地对丁原和一众望着他的同事说:"大家既然都愿意留在利民做事,想保住原有的工作,那么我们从今天起就要树立一个新观念——

利民饭店背后的靠山不再是国家，而是我们自己。"

"我们自己？"丁原一脸疑惑，没有明白他的意思。

白晨松的目光像一片羽毛，轻柔地滑过服务员、洗碗工、传菜工等人的脸庞。所有人都屏息凝神地望着他。

"对，就是我们自己。"白晨松加重了语气，像是小河找准了流向，河水不再阻滞，一路欢快地向前流淌，"我们饭店原来背负的债务，告诉大家一个确切数字，是三百三十多万。这次凌阳轩接收我们，市里有要求，利民饭店的债权债务都要移转过去，相当于人家一分钱都没有赚到，还不算当下的投入，就已经帮我们承担了这么多的债务。大家这段时间也感受到了，凌阳轩的老板年轻，有做事的干劲。他们也不是傻子，不是钱多得没处花的人。他们白手起家，让凌阳轩公司在市场竞争中发展起来，才有实力兼并我们饭店。他们愿意接下这笔债务，还能保证我们每一个员工不被辞退，这说明什么？说明人家对我们这些人是有善意的。接下来，就看我们自己争不争气，就看我们能不能从'要我努力'，转变成'我要努力'！"

大家一边聆听白经理的肺腑之言，一边心生波澜。白经理是自己人，大家在一个屋檐下相处了这么多年，他不是随意就帮别人说话的人。以前利民饭店仗着国营的金字招牌，长期将国家当爹妈，难免懒了手脚，既害怕也抗拒一头扎入市场竞争。鸵鸟当久了，当出了惯性来。白晨松硬下心肠，他想把自己的体会以及对身边人遭遇的感受，真诚地讲给他的同事们，把这些鸵鸟的头从沙土里拔出来。

"我们不能永远等着'爹妈'来救济，而是要有自己的担当。我建议大家都尽自己的一份力，积极配合兼并重组工作，拿出一份钱来购买股份；这些股份不仅仅是利民的，也是凌阳轩餐饮服务公司的，相当于每个人都是老板。当然，老板有大有小，像凌总和宋总两人,出了百分之七十的钱,他们是大老板;我们员工加起来有百分之三十的股份,就是小老板。大老板、小老板都是老板,从今往后,并入凌阳轩餐饮服务公司的利民,得与失、成或败,都与我们所有人绑在了一起。我们只有让利民活下去,让公司活下去,我们和家人才有生活来源。因此,我们要拿出干劲,让市场看到我们崭新的样子。"

"我有点明白了。"但丁原还不怎么放心,"你的意思是说,我们出了钱,以后利民要怎么改,往哪里改,我们作为小老板,也直得起腰杆,说得起两句硬话?"

白晨松没与两位老板沟通过,但他觉得自己的理解应该没有错,也有说服大家的责任和义务:"这是自然的。大小都是老板,大小都是股东,我们为自己的事业拼命,怎么会说不起硬话?"

"如果像白经理说的那样……那我也愿意凑一股。"丁原激动地握紧拳头,头上一绺头发垂散下来,在脑后飘飘荡荡。他赶紧将这宝贵的一绺头发,围着头部绕了一圈儿。

当天晚上,凌云青与宋桥一起来到了白晨松的家。他们请白晨松打了一张借条,把他等额认购股份的钱退给了他:"你认购股份的钱算是向公司借的,以后从公司分到了红利,记得还上这笔借款。另外,麻烦你私下统计一下,还有多少交不起股份认购款项的员工,都按这样的方式处理。如果你要给田光耀的儿子治病,由我们单独资助。"

白晨松送走了两位老板,两行热泪滚滚而下。

二

利民饭店的员工成了凌阳轩餐饮服务公司的员工,公司董事会决定，对所有员工进行统一培训。

资产重组、人员合并，都在繁杂的程序中顺利结束。至于认购股份投入的钱，到底是打水漂，还是会"钱生儿，儿生钱"，既然大家统一了认识，决定为自己，也为公司的发展努力，就暂且不去想。但现在又要培训，这个消息挑起了原利民饭店员工刚刚平复下来的情绪。

丁原的反对意见最为强烈："利民饭店在成都开了几十年，凌阳轩餐馆才成立几年？现在好比孙子要给爷爷表演功夫，这都不叫班门弄斧了，完全是'拐棍儿倒起拄，搞反了'嘛！这不是很滑稽的事吗？"

原利民饭店的其他员工也有和丁原相似的意见。配合改制，认购股份，他们连老本都能贴出来，还能说决心不大吗？白花花的银子掏出来，从此和凌阳轩一家人一条心，成为捆在一条绳上的蚂蚱，一荣俱荣，一损俱损。现在何必多此一举，还来培什么训？几十岁的人了，祸福与共的道理，哪个不懂？

员工的抵触言语沸沸扬扬，宋桥听了感觉头疼，一路按捏着太阳穴来到凌云青的办公室："我之前跟你说啥来着？这是一群当惯了大爷的人，你要让他们遵守我们的规章制度，难哪！"

"对这些员工，不能分他们我们的，现在都是我们的人。此前大家认购股份也多有疑虑，最后不也圆满解决了吗？我们要对员工有信心。"凌云青思考良久，做出一个大胆决定，将白经理直接调来凌阳轩锦江店当门店经理，将领班邓玉婵调去凌阳轩利民店，升为副经理，由她全面负责利民店的管理和培训工作。

"邓玉婵？"宋桥吃了一惊，"她能行吗？"

"不试试怎么知道行不行？"凌云青淡定地回答。

宋桥一脸担忧："她那么年轻，恐怕搞不定那些老油条。"

"咱俩创业那阵儿,也有餐饮大佬说我们是毛头小子,书生下海穷折腾,成不了大气候。英雄不问出处,有志不在年高。邓玉婵的年龄不是障碍,她不仅工作做得一丝不苟,经常悄无声息地主动担当更多的责任,还在自考本科文凭,为人谦逊上进。我们给这些年轻人压压担子,能让他们更快成长起来。"

宋桥突然想到一个问题:"你怎么知道小邓在自考?"

"你有多久没和你小舅喝酒聊天了?看来你对冯师太不关心了。"凌云青微笑着丢下一句话,像是丢下一个哑谜,自个儿出门办事去了。宋桥愣在原地,不明白凌云青葫芦里卖的什么药。他和小舅是否走得近,是否喝酒谈心,这与邓玉婵自考有啥关系?

邓玉婵从领班升任副经理,罗小虎坐不住了。虽然他在师傅的关照下,从最初的小墩子成长为二厨,在凌阳轩内部员工中算是进步飞速,但与邓玉婵相比,人家的晋升速度就像坐了火箭,让他望尘莫及。

罗小虎升了二厨时,曾约邓玉婵出来,他学习城里人浪漫求爱的招数,穿上西装打好领带,捧了大束玫瑰对她表白。她却冷着一张脸:"我想趁着年轻好好工作,再多学点知识,其他的事暂时不会考虑。"罗小虎春风满面而来,怏怏不乐而归。但他怀抱花束很快调整心情,为她找到一个婉拒他的理由:我罗小虎进步升职,她还是普通服务员,也许她觉得自己配不上我,因此才会拒绝。

邓玉婵荣升领班,罗小虎心中暗喜:两人都靠自己努力获得了相应职务,此时再向她告白,他不会再次被拒绝吧?

他再次表白,她的回答与上次一模一样。郁闷的他找到师傅诉说心事。他知道冯金洲的性格,未必愿意充当他的长辈。

但此刻能求助的除了师傅，还有别的人吗？

冯金洲耐着性子听完徒弟的倾诉，心里酸涩莫名，像是打翻了一缸子陈年老醋。

三

邓玉婵走马上任第一天，凌阳轩利民店的员工就给了她一个下马威。

敢向邓副经理公开叫板的人，是原利民饭店的服务员曹美娟。如今四十三岁的她，十九岁时就进入了利民饭店，细数下来，人生的大半光阴都和利民饭店相关。她第一天进入饭店，战战兢兢穿上服务员制服那会儿，顿时觉得自己真正长大成人了。她有了这种"公家人身份"的消息，传遍了所住街道的人家。提起她来，即便是不认识的人，只要听说她是国营利民饭店的服务员，都会露出羡慕的神色。

曹美娟的字写得歪歪扭扭，她记的菜单拿到后厨，厨师们要花费一些时间猜摸，实在拿不准的，得让小工把她喊过来问清楚。即使这个姑娘的"草书"堪比医生药方的字迹，师傅们只是不厌其烦地找她核实，几乎没有对她说过一句训斥的话。师傅们越是待她亲厚体贴，她越觉惭愧，暗自下定决心，拜了一位书法老师，每晚下班回家临摹字帖。"夏练三伏，冬练三九"，原来她写得如同鬼画桃符，后来练出一手漂亮的钢笔小楷，菜单的字迹有了一番脱胎换骨的改变。因她菜单写得漂亮，有食客专门来信称赞，让她获得了"年度优秀员工"的称号。

曹美娟不是一个得过且过的人，只要能将这份工作做好，从不介意多洒汗水、多费心思。但她绝对不能容忍，比她年龄小十来岁的邓经理，初来乍到就拿出领导做派，当面批评她擦抹桌子的方式。她的脸面挂不住了:"我还不知道咋个擦桌子?我进餐馆的时候,你的鼻涕都还没有擦干净呢!"

邓玉婵原本想给曹美娟示范,从水盆里捞出另一块抹布,拧干了水拿在手上。曹美娟却不给她机会,将抹布往盆里重重一摔,污水溅到了邓玉婵的脸和衣服上。曹美娟火药味甚浓地吼出那句硌人的话,铁青着脸"噔噔噔"地跑出门,仿佛她才是受委屈的那个人。她的行走漫无目的,但她脚步很快,转眼已经走到大慈寺路的十字街口。街口的前方就是总府路,左边是春熙路,右边就是红星路的实验商场,这里历来是成都的商业中心,车辆行人川流不息。

她心里就像飞进了一只嗡嗡乱叫的苍蝇,认为这个邓玉婵就是故意为难自己:"总部不把我们当人看,一个小姑娘都敢来教训我们。"刚刚发生的一幕让她怒气难消。但现在该去哪里呢?这里的人们步履匆匆,自己咋就没了这种光亮亮的脸色和喜盈盈的劲头?

邓玉婵来凌阳轩利民店之前,凌云青与她单独谈了一次话:利民店的员工培训,是块不折不扣的硬骨头。她可以选择去,当然也可以拒绝。就算不答应这次调动,她依旧是凌阳轩的领班。他给她留足思考时间:"你明天再来答复我。"

"不用想了凌总,现在就可以回答您,我愿意去利民店。"

她之前对利民缺乏了解,后来是从冯金洲那儿,得知了关于国营餐馆下岗职工苦处的种种信息。为了帮助冯金洲师兄那样的员工,她顶着宋桥可能向她发泄怒火的压力,独自一人与宋桥交心,恳请他给予这些准下岗员工一次新生的机会。她认为,来到凌阳轩餐馆那天起,自己就是这个团队的一分子。她对利民饭店的员工群体是有感情的,哪怕这感情缺乏深刻了解的基础,也是如假包换的真感情。

凌云青临时抽调她去利民店,让她打破国企餐馆过时的管理方式,结合凌阳轩的管理经验,建立一套新的服务机制。这相当于给她放了很大的权。她不用照搬凌阳轩的条条框框,可以灵活处理,探索出新的管理模式。这对她是一次考验,但也是莫大信任。她当即应承下来,其中一个重要理由,就是不愿辜负两位老板对她的知遇之恩。当然,年轻人也有几分逞能的本性,尤其是像她这样一直都在快速成长、快速进步的年轻人。

"如果提前对利民有所了解,我还会这么快就来接手员工培训的任务吗?"邓玉婵心里很快有了答案:自己仍然会来,只是会将前期工作做得更细一些,对即将接受培训的员工更多一层了解。提前弄清楚每个人的经历和喜好,摸清他们的顺鳞和逆鳞,可能就会避免与曹美娟发生冲突这样的事。

一番思前想后,邓玉婵打消了责怪心理。她从曹美娟的立场思考,觉得是自己的处理方式不够妥当,当众伤害了曹美娟的自尊。

"邓经理,您到哪儿去?"吴红随同邓玉婵一起从凌阳轩调过来,是协助邓玉婵工作的助理。她为邓玉婵打抱不平:这曹美娟太过矫情,既然是干一份服务的工作,有做得不对的地方,难道还不能让上级指出来吗?这么"玻璃心",那就趁早回家,不要当服务员。这些话在吴红肚里如潮汐一般翻来涌去。

邓玉婵快步走向门外,转过头来交代吴红:"你先让大家看看店里的规范要求,有不同意见注意收集整理,我去找曹大姐。"利民店里有人将吴红分发到手的《员工服务规范手册》故作不小心丢到地上,气得吴红狠瞪对方。一些员工又说:"总部来的人就是凶,瞧那眼珠子,快要瞪死我们。"

利民店员工对培训的抵触,让吴红躲在办公室抹起了眼泪。

四

曹美娟像一块招牌立在大慈寺路的闹市街口，心里一片茫然。自己这个岁数，离老年还有一大截距离，但也不再年轻。现在的餐馆招聘服务员，都要二十岁左右的年轻妹子，面色要嫩，腰身要细，服务客人要声如银铃清脆悦耳，走动起来要风摆杨柳。而四十多岁的自己，腰围快要赶上丈夫老王了。老王看她的眼色，已明显有了几分厌倦和不屑。

她想不通，年轻时跟她不在同一条起跑线的那些小姐妹，人家能和老公相处甚欢，多年夫妻成知己。但自己怎么活的呢？当年老王为了追求她可没少下功夫，只要能讨好她，就算让他学小狗吠叫都是愿意的。咋处来处去，竟然多年夫妻如仇敌，见面就如斗鸡一般，你啄我几下，我瞪你几眼。

她比利民饭店的任何服务员都怕失业。失业可怕的还不是吃不起饭，而是无处可去。如果只能待在屋里，不知要受她家"毒舌"老王多少数落和打击。步入中年，她血压有些偏高，也实在没信心能稳住身心压力。要是血压一飙升，就这样气死，岂不是苦了还在念高中的孩子？

曹美娟心里的后悔随即一波一波袭来，让她挪不动脚步。

她对邓玉婵再次生起怨气来。眼看她夺门而出，邓玉婵也不拉住她，自己咋能不走呢？如果邓玉婵能给她一个台阶，又何至于此？现在，她又该去哪里？

邓玉婵望见伫立街头的曹美娟，欣喜之余有些忐忑。曹美娟就像一点就燃的火炮，自己现在凑过去，会不会让她更添一分怒气？但自己既已承下全面管理和培训利民店员工的职责，就不能畏怯逃避，只有勇敢面对，才能化解和员工的分歧与矛盾。

曹美娟发现邓玉婵向她走来,心里的怨气逐渐消除,后悔情绪不断翻腾。

"曹姐!"邓玉婵向曹美娟微笑招呼。但曹美娟警惕地望着对方,仍旧竖着刺猬的尖刺,心想:如果你敢骂我,我也当街让你好看。她还在紧张中,向她走来的邓玉婵却一脸真诚地说道:"曹姐,对不起!"

邓玉婵穿着经理级别的套装,藏蓝色的衣裙将她的窈窕身姿勾勒得曼妙婀娜。曹美娟不得不承认,青春已经成为自己人生的美好记忆,邓玉婵怎么都比红颜老去的她年轻好看。但她心里不服啊,在她青春年少时,利民饭店做事讲究论资排辈,当年提拔的那位领班各方面都可谓平庸,但胜在年龄较大,从事服务工作时间最久,所以领导直接让她成为店里的领班。那时曹美娟不服气,与她的师傅嘀咕这事,其实是替师傅打抱不平——样样出色的师傅只是因为进店工作晚了两三年,就没摊上这种好事。师傅淡然地告诉她,这里什么都需要看资历,时间不到,升职机会落不到头上,无须为这些约定俗成的事烦心。

前面二十几年,曹美娟接受的一直是这样的职场原则——"多年媳妇熬成婆",啥都靠个熬,所有的升职加薪都依赖时间这把温火。为啥到了现在,这个道理不灵了?她还得对着一个二十多岁的年轻女娃,恭恭敬敬地称"经理"?看上去是因为被邓玉婵指出"桌子不该这么擦",觉得自己的自尊心受到挑战而火冒三丈,其实是因为自己内心不服现在的世道——青春少艾的姑娘都能爬到自己头上指手画脚,难道这就叫市场经济?而她曹美娟,诚如"毒舌"老王所说,真的成了时代的落伍者,要被市场抛弃了吗?

她想不到邓玉婵会向她道歉,惊愕让她来不及回应。邓玉婵又诚挚地向她说道:"曹姐,你不要生气哈!"

"这个这个……"曹美娟的脸上变了颜色,慌乱地摆手。她暗自骂自己:刚刚还气冲牛斗呢,就因为人家是"邓经理",跟她说了对不起,自己就浑身不自在起来了?邓玉婵见曹美娟的神情放松下来,继续说道:"曹姐,刚才是我做得不好,你不要放心里哈。我们一起回去吧。"

曹美娟不由自主跟上了邓玉婵的脚步。邓玉婵给了她这个台阶,她在同事面前也不算是丢脸。

邓玉婵忽然停下脚步,两眼望向总府路刚刚落成的百盛商场。商场外景式的观光电梯上上下下,乘坐电梯的人能直接看到大街上的人群和街景。她触景生情,也为了化解曹美娟的尴尬,讲述了自己第一次乘坐电梯的经历。

初来成都的时候,邓玉婵看什么都新鲜,看什么又都害怕。有一次她在一栋楼的电梯前,任由电梯的门在面前开开合合,却始终不敢走进那个闪烁着金属光泽的铁皮空间。

电梯员阿姨看到邓玉婵的紧张神情,伸手招呼她:"你过来,如果害怕就抓住我的肩膀。"

她紧紧抓住那位阿姨的手臂升往最高楼层,感觉身体急速下坠,就像长个子的时候做的那些梦——浮在梦境里的自己被一种不知名的力量拽住脚跟,狠狠往下一拉,让她从梦中惊醒过来。

邓玉婵在记忆中重温这一幕时,对这位电梯员阿姨充满了感激。她对曹美娟说:"从那以后,我明白了一件事,不管城里人还是乡下人,这世上还是好心人多。就像那位电梯员阿姨一样,给我一点友善、一点鼓励,让我慢慢适应城市。就是为了那些帮过我的人,我也要努力做好自己。曹姐,我今天不该当众说你,应该私下和你沟通。如果换一个方式擦桌子,将抹布往一个方向擦,而不是在一个区域来回擦抹,能更有效地清除污垢,也能起到消毒除菌的作用。这个方法是我在另一家餐馆的师傅教我的,经过实践证明,效果就是好。我一时心急,忽略了你一直是按照自己的习惯做的,让你接受新方法还需要一个过程。我没考虑那么仔细,你不要介意啊。"

"这不是你的错。"曹美娟这辈子,除了和她老公吵架不占上风,与其他人都能口舌大战三百回合,从没怕过谁。今天这个小姑娘的行为,以及她充满怀旧色彩的"电梯往事",竟然触动了曹美娟心底柔软的地方。她同样诚恳地说道:"我也有错。"

第二十章

一

冯金洲给邓玉婵打来了电话:"新官上任的感觉怎么样?"

"现在有些困难,不过我有信心干好!"邓玉婵一边整理日报表一边回答。

"真心为你高兴,坚持就会有好的收获,我相信你。"

"谢谢!"邓玉婵对电话那端的冯金洲说,"金洲,我知道你会支持我的。"

"那是肯定的。"

吴红在餐馆外面高喊"邓经理、邓经理",似乎有事找她。她对冯金洲说"晚点再联系",随即挂断了电话。

冯金洲忽然反应过来,邓玉婵这次没叫他"冯师",而是"金洲"。爹妈死得早,这世上叫他"金洲"的女人,数来数去只有姐姐冯金玲,现在又多了一个邓玉婵。但邓玉婵算他什么人?之前人家不过是服务员,他就自觉年龄过大、相貌平平,无法高攀。如今邓经理负责整个利民店的管理和员工培训,是值得老板信赖的人,也是管理层不可或缺的一员大将,他还敢有别的想法吗?

冯金洲立即掐断飘飞的心绪。为了不再胡思乱想,他想到了这段时间和凌云青一起讨论开发新川菜的事。红油亮色的川菜还能如何改良?两人想法很多,碰撞出了不少奇思妙想的火花。

宋桥酸溜溜地调侃:自己的小舅怎么倒像人家的亲戚了?

凌云青请他一起参与头脑风暴，可他对改良菜式的兴趣不大，固执地爱着老味道。他比冯金洲还像一个老学究，张口就说："老祖宗传下来的好味道，随随便便改掉了太可惜。"

凌云青对宋桥的想法持保留态度："我们应该知旧而不守旧，川菜的发展史，其实就是一部长长的改良史。很多菜式在岁月变迁中不是一成不变的，而是不断吸收做菜人的新想法，逐步做出调整，不断满足人们挑剔的味蕾，适应市场新的要求。"

宋桥没有心思和凌云青谈论川菜史。自从凌阳轩餐饮服务公司接手利民饭店改制，在业内算是放了一个响炮。资本嗅出了凌阳轩这个餐饮业新贵的味道，主动找上门来、想与凌阳轩餐饮服务公司洽谈合作的络绎不绝。宋桥要忙这一头的应酬，放心地将内部事宜全都甩给凌云青，其中也包括凌云青和小舅反复探讨的"川菜改良计划"。

冯金洲对凌云青讲过一个"宫廷师祖爷"传下来的故事。当时宫里的太后慈禧喜欢吃肥鸭，但肥鸭吃多了，身体油脂过剩，头发掉得较为严重。御医诊来查去，将症结归在肥鸭上。病根是找到了，却没人敢劝太后娘娘管住嘴巴，知道她脾气暴烈，吃不上自己喜欢的食物定会大发雷霆，甚至会让一帮厨子人头落地。冯金洲的师祖爷苦苦思索，既然太后爱吃这道菜，他们当臣子的理应将它做得既健康又美味，还要减少对身体造成的负担。于是，他悄悄改良配方，前后尝试上百种中草药，终于找到适合与肥鸭同炖的药草。这样的改良，不但让汤味细腻清香，而且能化脂去油，还有养生美容的功效。慈禧尝后赞不绝口，于是凤心大悦，重重赏赐了御厨房。

昔日御厨师祖面对的是喜怒无常的慈禧太后，他是在生死压力下琢磨改良的。现在凌阳轩餐馆发展势头良好，回头客不少，用门庭若市来形容也不为过。可正因为这样，他们才应居安思危,根据现代人的饮食新习惯,改良此前重油盐重麻辣的旧口味,摸索出更加健康的新川菜。说来容易,实践甚难。川菜之所以让人吃了上瘾,与它的善纳百味有关。如果减少调味料的使用,菜的味道会有细微改变,吃惯了他们家的老饕都长着一条敏感的舌头,肯定会指出"菜不如以前好吃"。因此怎么变、变多少、何时变,都是复杂而庞大的课题。

　　凌云青提出,让凌阳轩餐馆利民店的高大厨一起加入改良小组,共同献计献策。三个臭皮匠都能抵个诸葛亮,若有两位厨艺精湛的大厨联手,岂不是更有胜算?冯金洲欣然赞同。

　　利民店的大厨名叫高明亮。之前每天上班时,他都得将头发掖到厨师帽里,一到夏天就会汗流水淌。他觉得麻烦,冲动之下,去找剃头匠剃光了头发,从此顶着光溜溜一颗脑袋上岗。他身宽体胖,夏天穿一件和尚领的斜襟粗布衣服,通气吸汗,行路带风。下班路上,好几次有信佛的太婆拦住他,双手合十跟他说声"阿弥陀佛"。他也有样学样,正儿八经地微微躬身还礼:"阿弥陀佛。"太婆听了便如沐春风,激动得原本昏花的老眼灼灼闪闪。时间一长,同事索性给高明亮取了"和尚"的绰号,他也受用,变得越来越佛性。

　　年轻时的高明亮完全不是这样的,他在后厨是说一不二的霸王性格。一个厨工有次马虎,没将鱼鳞刮干净,他直接将整条大青鱼摔到人家脸上。厨工挨了一脸腥臭,眼角还被鱼鳍划破一条口子,虽然伤口不深,但顺着眼角流下来的血让人触目惊心。当时利民饭店的领导都来了解事情原委,虽说厨工对工作敷衍有错,但高明亮直接丢鱼伤人,性质更加恶劣。为员工内部团结起见,领导让高明亮向厨工道歉,至少表明自己下不为例的态度。没想他将这番好心说和的领导推搡着撵出门,破口大骂领导"外行指挥内行,纵容厨工偷懒",还说:如果厨工仍然三心二意，食材原料处理不好，他这个掌勺的实在无力保证菜品的质量。

高明亮这么一闹，领导竟也拿他没辙。思来想去，就算对他心存怒火，也不能随便开除国营餐馆的大厨，只好回过头来，准备给厨工一些物质上的补偿。哪知厨工诚惶诚恐地对领导说，都是自己不好，别说高大厨拿青鱼砸他，就算拿石头砸，都是自己活该。

高明亮和白晨松，一个主后厨，一个主前厅，是利民饭店里说得起话的人。现在他们老哥俩都已经是五十多的人，高明亮已被岁月打磨了棱角，平日上班下班，他的脸上总是充满了笑意。

凌云青有心邀请高明亮一起商讨川菜改良，不料他多年没有爆发的脾气一下子炸开了，拍着案板对充当说客的白晨松说道："如果这个老板非要逼我改什么良，我明天就打辞职报告，收拾包袱回老家！"

二

高明亮的反应如此激烈，冯金洲无比吃惊。凌云青倒能从另一个角度理解高大厨："国营餐馆的厨师，日复一日地在店里受训，每道菜放多少盐、搁多少葱花、翻炒次数控制在多少，都有严格规定，这也是国营餐馆的菜品几十年不变味道的重要原因。他们多年形成的一招一式，早已变成身体的习惯，很难改变的。"

"成也习惯，败也习惯啊！"冯金洲的叹息看似突兀，凌云青却能明白他的弦外之音。冯金洲和邓玉婵日益亲近，言谈举止也跟着上了一个文化层次。他从前硬着头皮看看报纸、听听电台的新闻，已经觉得是与时俱进，不算与时代脱节。如今邓玉婵荣升副经理，他隐隐有了一种紧迫感。下午休息时间，他点上一支烟坐在员工休息室看起了社会、历史方面的书籍。

冯大厨从一个走粗犷路线的乡村野厨，陡然转性，做出如此文雅的举动，其他人不敢当面开他玩笑，背后却免不了议论纷纷，觉得是厨坛怪事。凌云青有次无意中撞见冯金洲和邓玉婵在小巷见面，身体虽保持礼节之距，但彼此眼眸中尽是柔情蜜意。他想起自己与曾黎结婚多年，已是老夫老妻了，如今早上出门，曾黎也会这样眼里含笑，帮他理衣领、抻衣角。但这是人家的私事，哪怕冯金洲的外甥是他的兄弟搭档，他在宋桥面前也三缄其口，并不将自己的重大发现和盘托出，与其八卦交流。

冯金洲不经意地发出一句"习惯之叹"，得到凌云青的认同："国营饭店将每道菜的原料搭配、制作流程规定得这么细，保证了菜品的质量。有的老食客，几十年如一日地专吃一道菜，为的就是这份从无更改的味道，让人熟悉，叫人心安。但国营饭店太过执着于标准，也就缺乏了应有的变通。时代在变，市场在变，人的口味也在变，相应的标准就应该顺势调整。现在人们荷包里票子多了，需要的不是油大，不是味厚，而是更健康、更养生的饮食。如果一味固守陈规，餐馆将会丧失一批客源。"

"对头！"冯金洲信服地一拍膝盖，"我只有个大致的感觉，而你能说得这般明白。他们几十年不改菜谱，也不改制作方法，确实培养了一批忠实食客，但同样也将更多改变口味的食客拒之门外了。"

"那，我们是否能找到两全其美的办法呢？"凌云青问冯金洲，他自己的思维也像滑冰一般，来来回回转了很多圈，想要找到能够满足各方需求的平衡点。但消费者的口味各有不同，这个平衡点是否存立呢?

三

多年前,凌云青选择做餐饮,报社的同事曾经劝过他:"做什么不好,非要去赚那份辛苦钱?"说的也是,他们当记者的,经常风餐露宿、加班加点,鲜有个人的闲暇时间。但和做餐饮的比起来,记者还不敢口口声声说自己辛苦,毕竟人家做餐饮的才是"起得比鸡早,睡得比狗晚"的那群人。凌云青那时年轻气盛,认准了餐饮就一头扎进去,现实也让他成了"那群人"。从雪朵出生到现在上了小学,他陪女儿一起吃饭的次数屈指可数,给她讲睡前故事的机会更是寥寥无几。

星期天的下午,凌云青回家打开房门,曾黎和雪朵母女俩正在争执。

"不是妈妈不让你动用压岁钱,你这样做能不能产生好的效果,你想过没有呢?"

"我当然想过。"

"那老师会支持你吗?"

"肯定会支持我的。压岁钱是我的,您说了只是帮我保管,我可以自由支配,我才是压岁钱的主人。"

"那等妈妈和班主任联系后,我们再商量看要不要按照你的计划进行,好吗?"

"您就是不相信我,您就是舍不得花钱,我能做好的!"

凌云青听着觉得有趣,八岁的雪朵已经有了自己的思维和逻辑,都能跟妈妈争论了。

雪朵忽然爆发出哭声,凌云青的从容淡定尽皆崩盘,赶紧进入客厅。雪朵发现是爸爸,伤心地一头扑过来,环抱凌云青的腰,仰起泪盈盈的小脸:"妈妈不准我花自己的压岁钱!"

凌云青将抽抽搭搭的雪朵哄进了她的房间。他返回客厅,接过曾黎递来的热茶,舒畅地喝上一口:"你们娘俩这是为的啥啊?"

曾黎一阵苦笑:"老师安排她当了生活委员,她找我要她的压岁钱,是为了给班上每个同学买一只便携式垃圾桶,可以用粘钩挂在课桌边。有的同学有鼻炎,上一节课要用掉一袋纸巾擤鼻涕,用过的纸随手扔在地上,影响教室环境卫生;有的同学老是弄断铅笔芯,桌椅下面尽是碎屑,踩在鞋底上,让教室到处都是脏污。她是生活委员,理应想办法让大家的学习环境变得整洁一点,所以就想给全班同学每人配备一只迷你垃圾桶。"

"雪朵的想法很好嘛。"他不明白曾黎为什么不同意,维护学习环境的整洁,不是生活委员该尽的义务吗?

曾黎也有自己的想法:"主意是没错,但还是太激进了。雪朵想让教室环境干净卫生,出发点是好的,但你想过没有,教室只有那么大的空间,就算垃圾桶再迷你,一下子增加五十一个,会不会显得不协调?乱扔纸巾和铅笔屑的同学毕竟是少数,大多数学生应该都会注意卫生,雪朵搞一刀切,会不会让别的同学心里不舒服?她看上去是办了一件好事,可完成以后,也许吃力不讨好,还要遭到许多抱怨。再说了,她为同学买垃圾桶,班主任是否同意还是未知数。这姑娘太心急,以为我这个当妈的是葛朗台,不肯让她花钱,三两句不对付就和我急起来。你倒好,平时总不着家,往常这个时间雪朵早都睡了,今天赶上这事儿,她把你拉作同盟军,一起来讨伐我这个吝啬母亲呢!"

明白了母女争执的缘由,凌云青轻声笑道:"你们的想法都没有错,我看今天你想讨伐我才是真的,怪我平时回来太晚,回来也是当甩手掌柜。你才是家里的一把手嘛!"

曾黎靠在他的肩头，不再接话。她自己又要上班又要照顾家里，偶尔也会暗自希望他能为她分担一些。可希望归希望，她明白他肩上的担子，与他当记者时背负的截然不同。那时做好一份工，对单位负责，对自己负责就可以了，现在他肩上承载的是几家餐馆几百人的生计。这几百人背后，又是几百个家庭。他如果做得不好，这些家庭都会因为他的错误决策而受生计之苦。他从创业第一天起就清楚知道，自己从此不只是一个女人的依靠。她能明白，也能接受这些道理。

曾黎想着自己的心事，凌云青却想到了吴红向他反馈的情况。邓玉婵是个要强的女孩，但凡这种女孩都有一个特点：即使受到再大的委屈，她们也不会轻易表露。他让邓玉婵全权负责利民店的管理和培训事宜，又派了吴红担当她的助手，并非是不信任她，而是担心她个性过于好强。

吴红不但要协助邓玉婵，还要做好与公司的沟通。每天下班，她会做一个简要总结，直接发给凌云青或宋桥。从这几天的总结来看，对待培训，利民店的老员工内心有些排斥，邓玉婵面对的情况如同一个跷跷板，按下这头翘起那头，培训工作举步维艰。

雪朵的事让凌云青有所触动。她的出发点是好的，想让所有同学都和自己一样，守护环境卫生，可她想出来的办法，又太粗糙直接——自己提供工具，让所有人使用。难怪曾黎要劝女儿先和老师沟通再行动。雪朵如果给每一个同学都买个垃圾桶，说不定乱丢垃圾的嫌麻烦，不乱丢垃圾的嫌她多事，两边都不会领受这个好。

工具的意涵在凌云青脑海里闪现。雪朵从生活委员的立场出发，动用她的智慧找到了合适工具，无论是否管用，至少有她自己的思考。也许班上的其他同学，还会想出别的工具，可以让大家来一场比较，获得大多数支持的，才是让人信服的最好选择。

邓玉婵要让凌阳轩利民店的员工改变原先的服务方式，统一遵守总部规则，可他们内心不服，这就给她的工作造成很多阻力。凌云青相信她的韧性和努力，可要改变利民店老员工长期形成的惯性思维和行为方式，仅靠她反反复复地游说与演示是不够的。他心里升起一个大胆的计划，由此有点兴奋，柔声笑意地提醒曾黎："明天你和雪朵班主任通个电话，打开免提，让小姑娘在旁边听着。这事成不成，不是她和妈妈一番争执的事，要看老师和同学的态度。"

四

凌云青在餐馆的露天停车场停好车，转身折返，将一株被轮胎碰倒的树苗扶起来。他有信心，过不了多久，这株树苗又能重新展现蓬勃的生命力。

宋桥没有敲门，一头扎进凌云青办公室，急切地问道："你要将每周二定为'实习日'，让利民店的人到锦江店来换岗上班？"

"利民店要升级装修，这三个多月无法正常经营，但培训工作不能断。凌阳轩锦江店作为总部，每周拿出一天时间来，作为利民店员工的实习基地，这不是顺理成章的事吗？"

宋桥有些着急："但我心里不踏实啊，利民店那些人是怎样接待客人的，你我又不是没有领教过。现在你还要让他们到锦江店来当大爷，这是自毁声誉，会把凌阳轩的牌子砸掉啊！"

"我当然也不会这么激进，拿我们整个凌阳轩的声誉去冒险。"凌云青继续说道，"大家评出了我们餐饮公司的'四大护法'

服务明星,她们经过这几年的磨砺,算是业界的佼佼者。成绩最为突出的,就是利民店的邓经理。我是这样想的,每周二,相当于'换岗日',也相当于'带岗日',有咱们的'四大护法'服务明星监督和补救,我相信不会出大娄子。再说了,真理要从实践中诞生,邓玉婵对他们费再多的嘴皮,都不及让他们真刀真枪地实际操作。只有通过亲身实践,有了对比,利民店的员工才会从根子上反思,他们曾经固守的服务方法是否正确。"

话说到这份儿上,宋桥也无从反驳。他答应凌云青兼并利民饭店,与邓玉婵的游说有一定关系,是为了"再给这些准下岗人员一次机会"。宋桥有几分感慨,他支持合作伙伴的决定,敞开宽容胸怀,给他们工作机会,但吴红反馈的情况并不乐观,培训工作进行得十分艰难。这算什么呢?凌阳轩承受压力兼并利民饭店,那些员工却不懂珍惜、不求改变,自己都不知该说什么好了。

宋桥最近接触的一家资方公司,向他提出了一个令人心动的方案。资本市场转暖,热钱蠢蠢欲动,他和凌云青可以作为大股东抛售利民店,一进一出,不用花太多精力就能赚上一大笔,这辈子也就不愁吃穿了。

宋桥曾就这个想法和凌云青沟通过,凌云青当即斩钉截铁地拒绝:"如果兼并利民饭店不是为了它能更好地转型发展,不是为了让餐馆更能适应市场竞争,没有给员工更好的生存机会,我们又何必做这件事?要赚钱,我们有很多别的方式,不必将目光锁死在这一桩事上。"

凌云青的意思非常明白,宋桥和他多年朋友,不会看不出来。他敬重凌云青初心不改,同时也懊恼自己的搭档就是"一根筋"的性子,认准的事,想帮的人,要走的路,从来不会轻易改变。宋桥原本积攒了一些新名词,比如"资本游戏""腾笼换鸟"等。

既然凌云青的态度如此坚决,他也没有多说的必要,按捺住了捷径式发展的想法。

现在的凌云青却别出心裁,居然决定让利民店的人周二换岗来锦江店实习。即使总部有几位经验丰富的管理人员压阵,但终究是冒险之举。凌云青看似平和,内里却藏有不安分的因子。宋桥劝不住他,只能由着他去。

凌云青希望做到实践出真知,但利民店的员工一遇实际操作,还是状况百出。尤其是换岗第一天,曹美娟就和一个李姓客人发生了冲突。

李先生在凌阳轩餐馆请客,晚餐预约了如意坊包间。五点三十,李先生的两个客人提前结伴而来,曹美娟跟随邓玉婵将他们迎进包间,送来卫生毛巾,斟上热茶。

李先生随后也来到了包间,曹美娟闻到一股刺鼻的酒味,感觉他就是刚从上一个酒桌下来,又赶到这一桌的。她热情地招呼"先生请坐",但他毫不顾忌地冲她的笑脸打了个酒嗝,熏得曹美娟退后半步,脸上浮现出厌恶的神色。

明显遭遇嫌弃,李先生没有立即发作。但他落座尝了一口热茶,忽然像被马蜂蜇了一般,指头在桌上"笃笃"地敲击,大声喊道:"这是什么味道的茶?你们负责人在哪里?给老子过来!"

喧闹之声让邓玉婵小跑而来,她一脸笑意,微微俯身:"李先生,我有什么能帮您的呢?"

李先生控制不住胃里恶浊的气流,对邓玉婵又打了个酒嗝。但她面不改色,仍是微笑着看向他。他颤颤巍巍地站起来,对着曹美娟的方向一指:"我要换包间服务员,这个女人一脸晦气,看着她的丝瓜脸就吃不下饭。姑娘你闻闻,她给我们倒的什么茶?一股臭味道!"

曹美娟心想，顾客骂她老骂她丑，虽是人身攻击，毕竟是针对她个人，她可以不和他计较；但顾客说茶不好，这就是打胡乱说，太欺负人了。她理直气壮地争辩："我们的茶水有绿毛峰、滇红、金丝菊、蜂蜜柠檬，刚才是您客人点的金丝菊花。我们店的菊花都是上等货，清凉降火、润肺滋阴，只有不懂茶的人才尝不出茶汤的好坏！"

"你说老子不懂？你算老几，敢说老子不懂！"李先生歪歪斜斜地站起来，挽袖握拳走向曹美娟。他的客人急忙过来，一左一右拉住他："气大伤身，赶紧坐下来。"

邓玉婵向曹美娟使了个眼色，意思是让她先出去。但曹美娟气得原地不动。邓玉婵忙将菜单塞给另一名服务员："赶紧去厨房说一声，我们李哥这桌，等客人来齐了再走热菜。"接着，她将曹美娟推出包间，转头面对生气的李先生："我们这位大姐刚来，有不周到的地方，您莫要生气。但她讲的是实话，我们凌阳轩的金丝小菊，是在总府路的同仁堂进的货。坐堂医生说，以前皇帝太后啥的都喜欢喝这个，健康养生又风雅，一股子清香味。刚才估计是茶水凉了，我给您换杯热的，李哥您再尝一口嘛！"

邓玉婵缓解了李先生的怒气。他重新坐下，指着她对两个客人说："凌阳轩要都是这种态度的服务员，我把这里当作食堂，一周来吃七天！"

"那就谢谢李哥了，我们这里随时欢迎您！"邓玉婵给他杯里续上热茶，拎着茶壶，顺势推开包间的门，散去房内浑浊的空气。

五

邓玉婵的几次服务过程，曹美娟都亲身感受过。这位年龄不大的邓经理，不仅次次临危不乱，化解了客人的怒气，也最大程度地维护了姐妹们的人格尊严。她对邓玉婵的敬意和内疚，是发自内心深处的。在餐馆楼梯转角处，她一把拉住了邓玉婵，感激地说道："谢谢你，邓经理！"

"曹姐，咱们开餐馆的，每天笑迎百样人，比这位先生还难伺候的我也遇见过。你也别担心，时间长了，就会知道咋个应对了。"

曹美娟通过这些天的实际经历，深刻体会到原来的服务和现在的服务之间存在巨大的理念差异。她对邓玉婵吐露了自己的心里话："我就受不了这些客人说的一些话。刚才看见那个酒糟鼻李先生就来气，长成这副样子，还将架子端得足足的，以为他是哪个？我之前一直认为，我们又不是旧社会的丫头和老妈子，为啥要对这些人忍气吞声呢？我现在明白，客人不仅是来消费，也是来感受温暖服务的。邓经理，您说的和做的，我都记住了！"

邓玉婵心生欣慰："咱们做服务行业的，自己高不高兴在其次，关键是要用我们的言行举止，让每个进店消费的客人感受到最大的尊重，大多数客人也会回报给我们尊重的。"

她觉得这倒是一个让曹美娟弥补遗憾，甚至是一个接受培训的机会："等会儿上菜，你还是去如意坊包间，怎么样？"

"我？"曹美娟想起李先生恶心的酒嗝，忍不住皱了眉头。

"你不是问过凌阳轩和利民服务方式的最大不同吗？从这一刻起，你要抛掉那些不愉快的情绪，就当刚才的事没有发生。你可以遵照原来的做法，或是按自己的想法都行，在保护好自己的同时，根据你的理解和经验来服务。只要能让这一桌客人，特别是那个李先生满意，你就算培训合格了。"

"这也算培训？"

"肯定要算啊！"邓玉婵干脆利落地给予曹美娟选择权，"现在你有信心再去包间服务了吗？"曹美娟若有所思地点点头，前往后厨，要了一份韭黄醋汤。她来到如意坊包间，真诚地面对李先生说道："这是我特意给您赠送的醒酒汤，请您和朋友品尝一下！"

聚会结束，李先生呼朋唤友、有说有笑地离开了餐馆。

每逢周二打烊，邓玉婵便将所有参与实习的服务员集中起来，开一个服务分享会。利民店的员工头几天都在抱怨，感觉自己守护了几十年的尊严就在这儿毁于一旦。又过了几天，他们从"四大护法"身上学到了服务技巧，懂得了协调矛盾的方式，领会了服务中的人性温暖，得到了客人给予他们的善意回应和尊重，这是在冷冰的《员工服务规范手册》中难以看到的。邓玉婵鼓励学员们勇于尝试，只要能做好服务，让客人如沐春风，就不必拘囿于她教给大家的办法。

享有广泛的服务自由度，在一次次与消费者打交道的过程中，大家的服务工作更加得心应手了。

第二十一章

一

大量的员工培训让邓玉婵的身体背负了太多疲惫。成都市迎来了新一轮寒潮，邓玉婵头昏脑涨，上班时突然一头栽倒在地，员工们惊呼着围了过来。

曹美娟将邓玉婵抱在怀里，摸了摸她发烫的额头："天哪，好烫！"

大家将邓玉婵抬进宋桥车里，心急火燎地送往附近的医院。医生给她查了血象，严肃地对宋桥说："已经烧到四十度，血小板异常！"

一个熟悉的身影旋风般地进入了病室。宋桥立即招呼："小舅，你怎么也来了？"

冯金洲还没想好怎么回答，宋桥就被护士叫去为邓玉婵交住院费用。返回病房途中，宋桥忽然想起了冯金洲。马上要开午市了，身为大厨，他怎么能擅离职守，跑到医院来了？就算要巴结奉承，选站外甥的队，总好过站外人的吧？再说他冯大厨靠手艺吃饭，哪见过他巴结别人的？

一时找不到答案，宋桥跨进病房时，冯金洲已经离开了医院。病床旁的床头柜上，搁着一只保温桶，他好奇地拧开，热气升腾，是大半桶的川贝冰糖雪梨汤。

邓玉婵嗓子涩痛、干咳，已经有好几天了。冯金洲一大早起来准备这罐汤水，使用一星小火慢慢煨炖，原本想在午饭后的休息时间悄悄送给邓玉婵，不料她病势加重，忽然晕倒。

吴红在凌阳轩餐馆总部财务室核对账目,曹美娟急匆匆地打来电话,告知邓经理昏倒的事。那时冯金洲也在核对后厨人员的工资,得知这一消息,他冲进后厨舀起汤,拎上保温桶,来不及交代午市的工作,匆匆赶往医院。

宋桥回到餐馆,午市已经结束。罗小虎蹲在餐馆后门磨刀,见他有气无力的样子,宋桥问道:"要磨就好好磨,咋个一副失魂落魄的样子?"

面对宋桥的询问,罗小虎没有回答,只是慢慢抬起头来。平日一双星火闪烁的眼睛布满血丝,投向宋桥的两束目光像是拥有冻物伤人的力道。寒风过巷,银杏树上的枯叶飘飘荡荡,散落在宋桥身上。他像被落叶砸痛似的,身子微微一颤,低头走进了餐馆。

"那个罗小虎发什么神经?这个时候磨刀?就算要磨,那也是厨工的事吧?"宋桥按抑不住好奇心,询问前厅整理餐巾的服务员。

服务员的工作平时单调无聊,身边偶尔发生一件激动人心的事,就会当作一颗盐橄榄,翻来覆去咀嚼个无休无止。

听到宋桥的问话,几名服务员彼此对视,神秘地交换眼神。服务员叶琴小心翼翼地开了口:"我们不要去管罗小虎,他磨磨刀,气可能就消了。"

"气?他有什么气?"宋桥奇怪地看了叶琴一眼。她这欲说不说的样子,让他心生反感。凌云青这段时间管理内务,似乎对他们过于纵容,搞得他们不把老板当回事了。他有些生气,粗着喉咙吼道:"别吞吞吐吐的,罗小虎到底咋个了?他一个待在后厨颠大勺的人,未必客人还给他脸色了?"

"得罪他的不是客人……"叶琴心想,我就是个打工的,原本觉得这件香艳新闻的主人公和你宋总沾着亲带着故,担心说出来伤了你的面子，哪知道你该管的人不管，倒吃了火药一般要跟我们问清楚。今天横竖说个实际情况，也不算讲哪个的是非。"

叶琴环顾那些折叠餐巾的姐妹，她们一副强忍秘密的表情，眼神却在怂恿她快点开口。她不紧不慢地回答："罗小虎磨刀，是因为他对冯师傅起了气，而造成这一原因的，就是刚生病的邓经理！"

"他咋敢生师傅的气？咋个又扯上邓经理了？啥乱七八糟的玩意儿！"宋桥气冲冲地吼了一声。突然，他好像明白了什么，刹住话头，转过头来，难以置信地将视线挪到叶琴脸上。

他无法相信，更无法接受。小舅比邓玉婵大了十多岁，年龄像一道宽宽的鸿沟摆在那儿；而罗小虎追求邓玉婵是餐馆里人人皆知的事，他们年龄相当，罗小虎又对她一见钟情，这才是适合小邓的人。

他觉得这些事就是一团乱麻。自己开个餐馆，莫非还要断这些情感官司？这官司也太难断了，稍有不慎，得罪的不仅是小舅，爸妈可能都要跟他翻脸，这算啥事啊！

餐馆后院的露天停车场传来熟悉的停车声，是凌云青回来了。宋桥顾不得那些服务员滴溜溜的眼珠子，几乎将半个身子探出窗口："云青，你等我一下，我马上过来！"

宋桥拉开凌云青的副驾车门，一屁股坐了进去。他的当务之急是找个清静场所，与凌云青说上两句话。

"去哪儿？"

"就近找个清静的地方吧。"

宋桥心乱如麻，只想逃离人潮喧嚣的地方，似乎只有大自然的宁静才能安抚他心灵遭受的震撼。

凌云青一转方向盘，开车来到餐馆附近的望江公园。这里的蜡梅星罗棋布，花香四溢。他们要来两杯清茶，落座于蜡梅树下。习习风来，花瓣碎如星雨，飘飞洒落，散发阵阵暗香。但这份安宁静怡也不能平复宋桥的情绪，他面色焦急地对凌云青说道："摊上大事了！"

二

"事缓则圆，事急则乱。不要着急，出了啥事？"凌云青一边安慰宋桥，一边问他。

宋桥端起杯子，茶水差点烫伤舌头。他吐出一片细碎的茶叶："不是我出事了……不过也差不多，谁让他是我舅呢？"

凌云青慢条斯理地掏出了烟盒："冯师能出什么事？我中午还见到他给小邓送东西啊！"

"你也看到了？"宋桥心想，小舅的事已经闹得沸沸扬扬，也许凌云青和他一样，是蒙在鼓里的人。他忍住羞臊说道："小舅在医院出现，恐怕你也以为他是出自同事情谊，前去关心生病的人吧。"

凌云青抽出一支烟递给他，宋桥心烦气躁，示意不抽。凌云青点燃香烟，吞吐两口，没有言语。

宋桥激动起来："我今天才知道这事，挺震惊的。这可能是误会，只是长辈关心晚辈，被人传来传去，传得变了味儿。"

"你说冯师和小邓的事？"

耳根通红的宋桥说道："就是他们。小舅是不是昏了头，就算要找个伴儿，也得彼此合适才行啊。"

"他们哪里不合适呢？"

宋桥急了："我小舅多大，邓玉婵多大？老夫少妻，能过一辈子吗？再过二十年，小舅就是个大爷了，与其那时担心两人感情出问题，不如现在快刀斩乱麻，免得给别人添些笑料。"

凌云青提起桌上的茶壶，给宋桥斟上茶水，做了个"稍安勿躁"的手势："你最大的顾虑，是因为他俩年龄差距太大？"

"不只是这个原因。所有人都知道冯金洲是我舅舅，他和我们餐馆的员工黏黏糊糊，女方却是他徒弟的心上人，这关系太乱了，以后传出去，恐怕是我们餐馆的丑闻啊。"

"你这样说就有点不讲理了，罗小虎的确追了小邓几年，但人家从未应承过。他追求归追求，明眼人都看到了，不过是剃头挑子一头热，一场单相思。总不能将这个账算到小邓头上，让她为罗小虎的感情负责吧？"凌云青继续表达自己的观点，"男未婚女未嫁，冯师和小邓既然没有伴侣，他们就是自由身。两个自由男女彼此吸引，萌生爱慕，这不是很正常的事吗？他们既没有伤害任何人，也没有违背任何道德良俗啊。"

"话虽如此，可这么别扭的事，我今后如何去面对？"宋桥拿起烟来，并不点燃，右手指头捏着，富有节奏地在桌上叩敲，"罗小虎蹲在后门磨刀，眼神阴冷得像一匹荒野的狼，我担心出事啊！"

凌云青陷入了沉思。说服宋桥容易，但要让罗小虎走出失恋阴影，恐怕不是简单的事。罗小虎追邓玉婵而不得，将自己活成了一个苦情僧，偏偏情敌又是自己的师傅。他将师傅视为自己的长辈，长辈为何抢了晚辈心仪的人，罗小虎可能想不通这个理。

"凌阳轩利民店装修完成，可以重新营业了。让罗小虎去利民店，丁原调来锦江店当二厨，怎么样？"凌云青在烟雾后面说出了自己的想法。

事已至此，似乎也没有更好的办法。宋桥心下明白，还是轻轻叹息："罗小虎与丁原互调……利民店的员工虽然参与了培训，但现在还无法预测利民店重新开张后会有多少客源。于店于人来说，都不可预知。我们让小虎过去是委屈了他，不过也是没办法的事。对了，他去利民店，岂不是和邓玉婵朝夕相处？如果旧情未了，可能还会惹出乱子来。"

凌云青却很淡定："几个月前，我们让小邓过去，说好是负责整体培训的。如今培训工作告一段落，利民店即将重新开业，自然是白晨松去接手管理，邓玉婵回锦江店。"

宋桥思索一番，自己好像是说过这话。

邓玉婵病倒，也该休息一下。白晨松学习过凌阳轩的管理经验，由他接替邓玉婵坐镇利民店，也会顺当地无缝对接。

人事这样调整，宋桥应该放心，但他却来了感慨："这么一看，小邓也好，小虎也好，甚至白经理，都像一个棋盘上的棋子。规定了他们横平竖直地走，他们也只能照办，过不了山，飞不了河，身不由己，无法随心所欲。"

凌云青觉得宋桥的论调有些奇怪，有些悲观，甚至过于武断。他从来没将下属视为棋子，更没有为了目的让员工不择手段、伤害他人。如今这些做法，只不过是在企业发展的一定阶段，进行适当人事调整而已。

三

邓玉婵生病住院期间，是她从乡下到城市后过得最长的一个"假期"。节假日是餐饮行业最忙的时候，春节期间凌阳轩的员工可以选择换班调休，但她在凌阳轩餐馆这些年，没享受过一次休假的机会。别人说"爱店如家"可能有些夸张的成分，于她却是真实的写照。

她不过节假日，只是一种托词。真实原因，在于她觉得自己可能是个冷血的人，离开了家乡就不想再走回头路，更不愿回眸打量十几岁的自己。她曾经强烈地渴望读高中、考大学，将来把握自己的人生，却被家人一句话永远打碎了瑰丽梦想："农村女孩读书再多，将来也是要嫁人的，能上九年学，已经将书读到天花板了，你还想怎么样？"

就因为自己是女孩，求学上进便成为一种永不可及的奢念。出来打工后，她每月按时给母亲寄钱，哪怕手头拮据也未更改这个习惯。面对亲朋好友，母亲无数次地夸耀女儿孝顺，可她心中女儿的模样都有些模糊了。村里其他打工的女孩每年至少春节回一趟老家，她连续几年都不回去，家人除夕团圆的饭桌上总是少了一个人。她说要留在城里挣双倍工资，理由是那么实际又冠冕堂皇，家人没法左右她的决定。

只有她自己知道，自己并不是那么看重工资的人。春节假期，她和同事忙完白天的工作，夜里躺进被窝，身体疲惫至极，仍然无法安然入睡。她用每天的工作来冲抵自己对于故乡和亲人的歉疚，那份歉疚却在黑夜中显形，好似蝙蝠张开了黢黑的翅膀。她无力划开这黑暗，只能在暗影之下蜷缩起来，双手抱紧膝头颤抖不休。这已成为她一种解不开的自虐循环。

这些年，邓玉婵不敢让自己停下来。有时她梦里都在不断向前奔跑，怕一不小心就掉队了，被其他人无情地抛弃，说她不配待在城里，要被赶回那个晦暗沉闷的小山村，被迫嫁给一个面目模糊的男人。她会吓得醒过来，心如擂鼓，一身冷汗。

她觉得，既然命运已经让自己无法走上一条金光大道——从初中念到大学，走向心中的象牙塔，那么命运不能再这么霸道强蛮，还要逼她嫁给不喜欢的人。乡村回不去，她又担心融入不了城市，唯有看书学习，才能找回内心那份安宁。

她也说不清，自己是什么时候开始喜欢上冯金洲的。有同事背后议论，说老冯除了厨艺好，别的一无是处，还与大家打不了堆儿，甚至不会搓麻将。身为一个四川人，一个四川男人，连"川麻"都不会打，该说他愚钝呢，还是无知？

这些闲言碎语，邓玉婵听了却不愤怒，反而面皮发烫、心跳加速，大概自己就是喜欢这个人吧。他们并不了解冯金洲。他看上去骄傲，甚至有些粗鲁，一副不好相处的样子；只有真正了解他的人，才明白他的内心是一片辽阔深邃的湖泊，那深湖的万千风景，懂的人自然会懂。邓玉婵生病虚弱时，冯金洲的关心和照顾，让她由衷地感到幸福。

吴红前来看望邓玉婵，向她汇报了人事调整的结果。她像是听着别人的事，惊愕的情绪释放出来，一不小心就走了神。没想到在她病倒这段时间，公司已有了这样的人事调动。丁原、罗小虎，他们无可奈何地被牵扯其中，可能难免心有怨气。那冯金洲呢？当所有的压力排山倒海地推向他，他会怎么想，又会怎样做？

四

"如果有什么想不通的，那就将一切疑惑交给时间去解决。"对于冯金洲，时间证明了这句话不仅是真理，还是一道镶着金边的亮光。

冬天走了，春天来了，桃红梨白，成都街头巷尾暗香浮动。周末是餐饮业的黄金时段，但三月的这个周日，凌阳轩餐馆婉拒了所有新老客户的订餐申请。这一日，东家有喜，暂停对外营业。

冯金洲十来岁学徒出师，靠着一身厨艺行走江湖，厨房就是他安身立命之处。能在自己当大厨的餐馆迎娶新娘，他觉得这就是自己这一辈子的"高光时刻"。

几个月前，宋桥向母亲述说了小舅与邓玉婵的事。原本以为母亲会骂他，认为他身为老板和外甥没看顾好小舅，未曾想母亲不但没有批评他，反而拉上儿媳吕冬冬，迫不及待地从锦羊市赶来成都，避开弟弟和儿子，准备一睹未来弟媳的芳容。她光顾着激动，忘了打听冯金洲女友的名字，但吕冬冬知道小舅的女友是谁。

在吕冬冬看来，邓玉婵可比当年顺眼多了。几年过去了，邓玉婵原来黝黑的肤色白皙了许多。大病一场让她容颜中平添了几分苍白，与单眼皮搭配，更显得俊俏可怜。现在人的审美变来换去，此前觉得单眼皮是种缺陷，歌后林忆莲横空出世，人们又一窝蜂地认为，小眼睛单眼皮的女生可爱，像邓玉婵这种长相的女孩，头上就莫名顶戴了"第二眼美女"的桂冠。

宋妈对着邓玉婵看了脸庞看腰身，心满意足地对吕冬冬小声说道："还可以嘛！"吕冬冬哑然失笑，她知道婆母对这个未来的弟媳是满意的。

随后的几次接触，邓玉婵的洒脱直率以及不做作的态度，让宋妈大为称赞。男方家来看过人，又有宋桥帮忙张罗，什么下聘、订婚等环节，能删就删、能减就减，婚事顺理成章地提上了日程。

惊蛰过后，大地春回，万物复苏。凌阳轩餐馆锦江总店为冯大厨举办了一场隆重的结婚仪式。

利民店和其他门店的部分管理人员也来吃喜酒。罗小虎到底还是来了，他要不来，连他自己都觉得有点说不过去。起初得知师傅喜欢的女人就是他苦苦追求的姑娘时，他醉过，恨过，甚至肝肠寸断过。那段日子犹如幽暗隧道，他在里面深一脚浅一脚地行走。行至隧道尽头，他在一片光亮中泪流满面。他想明白了一个道理：他罗小虎从来就不是邓玉婵的什么人；人家自尊自爱自强，从没和他有过暧昧黏糊的关系。她像是一颗星，曾经点亮过他，也温暖过他，但若一定要这颗星为他的悲欢负责，就强人所难了。

道理如是，心痛却依旧。过往的美好和痛苦像涨落的潮水，来了又去，去了又来。罗小虎沉浮其中，眼角也跟着发潮。鞭炮"噼里啪啦"地欢快炸响，他远远地站在餐馆门口，看着身穿红裙的新娘，泪水模糊了双眼。

下

桃李春风一杯酒,
江湖夜雨十年灯。

——宋·黄庭坚

第二十二章

一

宋桥和吕冬冬的双胞胎儿子渐渐长大，吕冬冬想让他们以后到成都市区读书，接受更好的教育。为了让宋桥父母也能照顾孩子，她想要宋桥在成都买一套大屋，一家人不再分居。这事儿说了不止一次，宋桥却有口难言。虽说凌阳轩餐馆已经变成了凌阳轩餐饮服务公司，旗下运营着六家门店，但身为老板，他不能将公和私混为一谈，尤其是在公司化运营方面。豪宅名车，谁不爱呢？可现在公司面临一个重大抉择，他实在无法抽出资金来买房。

宋桥从未怀疑过自己对吕冬冬的爱。他们牵手走过十几年的高低起伏，早就是彼此生命中不可或缺的亲人。她为他付出的，他一辈子感激不尽。在生双胞胎之前，他俩一起经营旱冰场，每天凌晨之后才能锁门回家。因为过度劳累，吕冬冬还流产过一个孩子。这是宋桥父母都不知道的秘密。深夜的病房白得瘆人，小两口抱头痛哭。急诊室的老医生有一双慈祥的眼睛，他给落红流产的吕冬冬挂好输液瓶，安慰道："你俩还年轻，养好身体，来日方长，还有大把要孩子的机会，不要伤心。"

过了两年，吕冬冬恢复了健康，再次怀孕。那时宋桥就暗下决心，不说大富大贵，至少要让她和孩子能过上衣食无忧的生活。这些年，她留在锦羊市照料家中的老小，他在成都放心打拼；他对她的爱，随着岁月流逝越发深厚。

二

　　凌云青和宋桥为了餐饮公司更好的发展，先后与锦羊市的相关领导开过几次碰头会，初步决定下个月签署买地协议。锦羊市将批出八百亩地卖给凌阳轩餐饮服务公司，让他们打造集品牌门店、餐饮人员培训、中餐研究、预制菜加工坊等为一体的餐饮综合体，另有两百亩商业用地一并纳入其中。项目整体预估投资六亿元，而凌阳轩餐饮服务公司账面流动资金不足三个亿，项目一旦启动，随之而来的将是沉重的资金压力。

　　宋桥答应做这个项目，出发点与凌云青不同。他是锦羊市人，骨子里有衣锦归乡的想法。自己在外无论有多风光，如果无法在父老乡亲面前完美展示，快乐就会大打折扣。凌阳轩发迹于成都，如今要将综合体建在锦羊市，公司将不再仅仅是个"做菜出色的中餐馆子"，业界影响力能更上一层楼。这是企业发展的飞跃，宋桥作为企业老板，自然也会迎来人生的又一个"高光时刻。"

　　凌云青的态度同样明确，餐饮从业人员素质良莠不齐，开展集中培训是非常必要的。对于已从业人员是这样，那些"门外观望者"更需要正确的渠道和门路，通过系统培训上岗。像成都市排名靠前的高级餐饮门店、五星级酒店，都设有自己的培训部，凌云青与之接触后了解到，大家都希望未来企业能更"轻装"一些。如果有靠谱的培训机构，他们并不介意将原有业务剥离，把员工送到专门的机构集体受训。

　　成都餐饮业迅猛发展，川菜大有"冲出国门，走向世界"的势头。凌云青认为，行业要不断发展，缺不了人才储备。凌阳轩将整合各方资源，买地修建综合体，其中占地面积最大的餐饮培训学校就是为了给餐饮市场输送第三产业人才。

凌云青对整个餐饮行业的未来充满信心。人们已经吃饱了肚子，食物不再只有果腹的功能。孔夫子在两千年前就曾说过，"食不厌精，脍不厌细"。在"吃"方面，中国人一直有艺术的追求、审美的情趣、文化的底蕴。可近代以来，风云变幻，时代动荡，别说吃得艺术了，只是填饱肚子，都需要人们费尽心力。生存压力当前，只好暂且将"生活"放下。现在的中国已打开国门，施行改革开放政策二十多年，带给整个国家的好处随处可见。当"吃饱"不再是个事儿，人民群众在"食"方面有了多元追求，餐饮业也就迎来了发展的春天。

签署合同的日期越来越近，不料宋桥却有了新的想法。他找到凌云青坦诚相商，这一次他的意思是，公司可否先做别的项目，"锦羊市项目"暂且搁置。

凌云青吃惊不已。在长达半年的时间里，他们数次赶往锦羊市做前期调研，实地考察，都觉得修建餐饮学校意义非凡。针对没有职业技能的人进行精准培训，让他们拥有一技之长，他们才能在城市立足，甚至开创自己的事业。

项目建在自己的家乡，宋桥对此一直是兴趣满满。锦羊市商业局一个副局长与宋桥是小学校友，在一次私人聚会上，专门过来敬了宋桥一杯酒。这位副局长充满感情地说："你们现在做的事，能让下岗工人找到一条活路，也能让那些从来没接受过职业教育的农村人拥有一技之长，是一件好事啊！"

这话震动了宋桥，他相信这不是一种奉承。他们之间没有任何利益纠葛，对方犯不着巴结他这样的小老板。这位校友的话不是客套话，而是他发自肺腑的心声，他真心认为随着餐饮学校的建成，很多人将会找到生活新的方向。

凌云青清楚地记得，宋桥当晚喝高了，因为太开心。

"独乐乐不如众乐乐啊。"当晚的应酬结束,宋桥打着酒嗝,飘忽地推开凌云青的搀扶,表演酒后走直线的绝艺,"我没醉,哪个说我醉了,我是高兴啊……'众乐乐',以前我以为这是一句胡话,自己将钱赚到口袋不就很高兴吗?还有啥不开心的?原来那只是'独乐乐'。要让别人也赚到钱,别人也能发展,一块儿开心,才叫真开心。"

凌云青和宋桥的两位发小一道,将兴奋的宋桥送回了家。往事历历在目,难道他忘记了自己当日的快乐和承诺?

"我的想法……我的想法……"宋桥的思路似乎有些卡壳。他感到莫名的燥热,突然起身,用力推开窗户,抓起凌云青桌上的空调遥控器,将温度调到十六摄氏度,却仍旧没有感受到凉意:"早就让你换一台进口空调,我们又不是穷得缺这仨瓜俩枣的经费。这台老掉牙的国产机,制冷效果就是差。"

凌云青看出宋桥是在没话找话,没有和他一起讨伐空调,平静地说道:"心静自然凉。你先喝杯茶,有什么想法,我们慢慢聊。"

"我能有什么想法?你说咱俩一起打拼这么多年了,我和老婆相处的日子都比不上与你共事的时间长,我还能有什么不好的想法吗?我的出发点,肯定是为我们餐饮公司好啊!"宋桥赌气似的将茶水倒进嘴里。

"我不怀疑这点。"凌云青起身,拿过宋桥的茶杯,去饮水机那儿,帮他接了大半杯开水,稳笃笃地放在他面前,"你有更好的主意,我们一起来商量,先不要着急。"

"我不是急。"凌云青越是淡定,宋桥越是觉得办公室燥热,让人难以正常呼吸。他索性将衬衫纽扣解开,袒出半个白胖的肚皮,顺手拿起茶几上的一本杂志,扇风取凉。空调吹来一股股强劲的凉风,他对着风口,燥热似乎仍没有缓解。

"调高一点吧,你有啥火热的主意,非要把我办公室搞成冰窖才能说?"凌云青想调节气氛,开了个玩笑。但他刚拿起遥控器,宋桥便一把夺过来,严肃地摇头:"别调温度,我身上还燥热得很。云青,我们不做锦羊市的项目了,好吗?"

"这是为啥?"凌云青迟疑地问道,"那我们接下来做什么项目呢?"

三

在锦羊市修建餐饮学校,是宋桥半年前鼓动凌云青做出的投资决定。宋桥的想法是,锦羊市离成都市区较近,他又是锦羊人,对接沟通也比较方便。如今眼看就要签署买地合同,一百步走了九十九步,已经错过了调整的最佳时机,现在改变决定,相当于将前期的所有努力一把推翻。但现在提出自己的想法还不算太迟。若用地合同一签,接下来整个餐饮公司上下都要过紧日子,那时再提反对意见,也就没有意义了。

凌云青对于锦羊市项目的决心,比宋桥想象的还要大。资金不足,他找了企业界的朋友借了一笔款子,也向银行的朋友询过价,打算将自己的房子作为固定资产抵押,为的就是多争取一份贷款。

对于凌云青而言,向朋友借钱、抵押房产,都是"为大火猛烧而加柴薪",不料宋桥却有了自己的盘算。

宋桥思考了很久,觉得为了一点面子,自己不用做到这种程度。所谓"衣锦还乡",前提不是"还乡",而是"衣锦"。他宋桥如果是个没有经济能力的人,回不回锦羊市发展,谁又会在意呢?

他这段时间经过激烈的挣扎,感觉自己此前的想法太乐观了。就算市场前景看好，未来发展有望，但从买地到修建，再到正式运营，需要多长时间？保守估计也要两三年吧。在这两三年里，他就只能当穷光蛋，甚至比穷光蛋更穷的"负翁"？凌云青向来是个狠人，经营了这么多年餐馆，舍不得给宋桥，也舍不得给他自己多分一些利润，老说要留存大部分现金用于公司的发展。凌云青的老婆曾黎，尽管对他顾不上家有些意见，但关键时候都会支持他。这次投资修建学校，抵押房子也好，典当车子也罢，他不拿一分钱回家，她都无所谓；身为收入稳定的事业女性，曾黎总能暂时将家撑起来。可宋桥分明下过决心，要让吕冬冬再也不愁生计。吕冬冬安安心心在家当了十多年的全职太太，难道忽然又要省吃俭用？他宋桥真要断掉家里米粮，让老婆娃儿一起喝西北风吗？

　　他不能对不起吕冬冬，也不能对不起这个家。锦羊市综合体项目一旦启动，他至少四五年别想分得购买一套成都住房的利润了。那孩子今后到成都读书咋办？

　　辛苦打拼获得的利润，他不能拿来买房。可凌云青呢？还未决定投资修建餐饮学校的时候，便向公司借钱用于家乡修路。凌云青明明立下规矩，他们的利润尽量都不支取，放在公司的账户上，为扩大发展而做充分准备。宋桥去年就开始计划，本想拿出自己的那份利润，在成都买一间大宅，接老婆孩子过来团聚。可他还没来得及开口，凌云青已从账上借走了三百万，用于老家修路，一下子断了他借钱买房的念头。

　　凌云青借钱，是因为有一次他与曾黎回老家，在乡村的烂泥路上走得磕磕绊绊。那时夫妻俩便开始向往能有一条好路连接起家乡和外面的世界，不让乡亲也不让自己再为这条路吃苦头。当然，夫妻回老家探望亲人并不是每日之举，但乡亲们却长年遭受这条烂泥路的困扰。有时地里的瓜果蔬菜熟了，难以往外运送，有些只能烂在地里。观龙村的乡亲在春节举行了村民议事，觉得修路势在必行，不能再等。村干部来找凌云青，想让观龙村在外有出息的人一同募捐修路，没想凌云青当即决定，由他个人出资解决道路问题。

修建这条路，凌云青并非受到个人英雄主义的驱使，他还有别的想法和更长远的打算。随着凌阳轩的发展壮大，观龙村以后可以作为餐饮公司配套建设的高品质蔬菜基地。路通百业通，倘若这条路今后还能成为连通观龙村和城市的桥梁，村里的人就能通过这条路，走上另一条紧跟时代的发展之路。

凌云青愿意出资修路，村干部自然是喜不自胜，宋桥却暗自窝火。虽然凌云青从公司账上借钱修路是跟宋桥事先说好了的，以后从凌云青的利润中抵除，但他借钱的行为影响了公司的现金流。宋桥在夜里辗转难眠，他心里明白，自己现在若以买房为名找公司支取利润，别说其他股东非议他，就是他自己也觉得这事不妥。可如果他就这样算了，而且想到自己辛苦多年创下的丰厚利润要投向一个深不见底的项目，他就觉得浑身不舒服。紧张不安的情绪让他有些烦躁。他凌云青无私奉献，为家乡修路就是大仁大义，我宋桥想要让家人过得好一点，改善居住环境，就成了自私小气？

按照原来的项目推进计划，再过五日，宋桥就要和凌云青去锦羊市签署买地协议。没有时间再犹豫了。宋桥体内好似有一个倒计时的闹钟，时针每往前跨一步，他绷在心上的弦就又紧了一分。这些真金白银，一旦投入锦羊市项目，稍有不慎，就是将这些年打拼的血汗倒进了滚滚江河。这个项目实在是耗资巨大，自己当初也是晕了头，怎么就稀里糊涂提议在锦羊修建餐饮学校呢？

面对凌云青的连番询问，宋桥不得不说出自己的想法："你知道从几年前开始，就有资本运营公司主动接触我。当年明明一转手就能把利民店卖个好价钱，我听你的，没有卖。我们坚持做下来，现在利民店的店面规模比从前扩大了七八倍，营收额也年年增长。"

凌云青当然记得，当年两人年轻，也有创业的激情，国企改制的麻烦与阵痛，他们像是滚钉板一般，真正滚过了一遍才深有感触。如果现在老天爷再给他们一次机会，他还会选择尽可能留下那些员工，带着大家一起发展吗？凌云青叩问自己的内心，他分明听到一个清晰的声音："愿意。"

是的，再给他一百次回头的机会，他都会选择"愿意"。虽然过程艰难，但员工不必下岗，不必失业，不必因为骤失生计而无路可走，行差踏错。几年下来，原利民饭店留下来的员工都加了薪水，像曹美娟那样的标兵服务员，还升职当了副经理。她如今精气神十足，和之前判若两人，谁见了都夸她"逆生长，越活越年轻"。曹美娟和丁原那些人，曾因为害怕下岗而唉声叹气，状若惊弓之鸟，他们现在还有这样的顾虑吗？经过这番历练，他们拥有一身生存的技能，还有面对生活的一腔自信。就算被丢到人才市场，他们既不会再像从前那么畏畏缩缩，也不会担心市场竞争的风浪。即使从凌阳轩离开，换个渡口，他们依旧能找到人生航行的坐标。

宋桥继续说道："我知道你在想什么，我从没后悔和你一起创业。经历了那么多的艰难，我们都挺过来了。只是如今，我觉得还有更好的投资机会。"

"什么投资机会呢？"

"品牌是最大的商业财富。我们'凌阳轩'的招牌用了十多年，已经在餐饮行业有了自己的一席之地。现在的发展势头不错,我们不应该把钱全部投到买地、修房、建学校上,应该开辟别的渠道,不要让资金困在一个池子里无法流动。这么多年,我们早已摸索出一套餐饮从业人员的培训流程,不管是大堂经理、领班、服务员,还是厨师乃至墩子,我们既有大批从实践中诞生的专业人才,又有邓玉婵整理和完善的系统教案。我敢说,在人才培养这方面,凌阳轩如果认第二,成都的餐饮行业没人敢认第一。既然我们已在业务培训方面走在前头,不如保持自己的优势,又何必给他人作嫁衣?花这么大功夫修建学校,将来就是给其他餐馆培养后备力量,也是在不断给自己树立竞争对手。我看咱们不如换个方式打品牌战,拿空间换时间!"

"什么'空间换时间'?"凌云青有些糊涂了,难道这些年,自己在市场经济的浪潮中已经这么落伍了?不过宋桥想表达的意思,他似乎有所领会。宋桥说的也有几分道理,如今要论餐饮业的人才队伍建设,谁不向凌阳轩看齐呢?从接手利民饭店改制开始,大家孜孜不倦地投身其中,从一开始的跌跌撞撞到今天的经验沉淀,从无倦怠。

冯金洲在改良川菜的过程中,也有大胆举措。他尝试"一师带多徒",摈弃了"一带一"的传统师徒模式,不但广收弟子,还请弟子们集思广益。年轻人想法多,甚至有些天马行空,但冯金洲要的就是天马行空的思维碰撞。他这位"冯师傅"门下,常年有五六十号徒弟,有自己开餐馆的"家生子",有烹饪专业的本科生,甚至还有竞争对手派来学艺的"小徒"。冯金洲打破了"大厨必藏绝活"的观念,愿意对弟子们倾囊相授。只是厨艺高低这种事,也有几分玄妙,并非拜到名师门下,名师又精心教授,弟子便能收获良多,做得如何终究还要看自己的天赋和悟性。罗小虎是他众多弟子之中最有天赋的一个,可惜自从冯金洲和邓玉婵捅破窗户纸,将他们的爱情昭告天下,罗小虎便对他能躲即躲，师徒俩已经很久没有就业务能力如何提升进行交流了。

　　凌阳轩餐饮服务公司在行业培训方面，已经建立了自己的理论体系。凌云青去拜访那些五星级酒店，很快和对方达成"今后培训业务外包凌阳轩"的协议。可现在奇了怪了，宋桥既然承认自己公司的优势所在，怎么会抛出一个"空间换时间"的想法呢？

第二十三章

一

宋桥连喝两口茶水,像是清水滋润焦渴的土地,喉咙里发出"嗞啦"的声响,随后他雄心勃勃地一挥手:"我建议在一年内开九家门店,两年开二十家,三年至少达到三十六家。我们以最快速度占领大成都市场,附近区县也要迅速插上凌阳轩的旗子。"

在凌云青的认知里,企业不应该先做大,而是要先做强。在强的基础上发展壮大,企业才有它的根基和支撑;否则,企业越大,包袱也就越重。现实生活中,不少国有企业和民营企业都没有逃过"大而不强,最终走向困顿"的魔咒。

他并不赞同宋桥的观点:"开这么多门店,我们的管理水平跟得上吗?现在餐饮公司旗下,一共六家门店,管理团队刚好能胜任,各门店也都能良性运营。如果盲目扩张,配套力量跟不上,会后继乏力。在没有做好充足准备之前,慌慌张张开新店不是上上之选。"

宋桥的眼神忽然变得冷冰,露出一丝隐隐的蛮横,语调却很古怪:"不是我们的人亲自管理新店!"

凌云青的肌肉一缩,"加盟店"的阴影浮了上来。宋桥的项目计划是用一个成熟品牌的名字来邀请他人加盟,坐地收取加盟费,并提供一些"指导和管理",这些门店具体的盈亏并不与总公司挂钩。

这样的资本运作必定潜藏着危险。冷静地思考,勇敢地对不怀好意的资本进行"断舍离",才是对自己负责,也是对企业负责。凌云青的眼神宛如两道寒冰,直视宋桥,话也说得不客气:"资本是个好东西,也是个坏东西。但你说的资本运作,就是资本要手段,迅速开几家形象店当托儿,吸引别人上钩,到时加盟费到手,其他的事不管。"

宋桥却加重了语气:"你既然将底细晓得这么清楚,我瞒你也没意思。如果资本介入,先加一把火,让品牌燃烧起来,四处开花让新店落成。揣着热钱跃跃欲试的人自然按捺不住,想来分一杯羹。到时我们出让品牌使用权,由他们去经营,公司不用操太多心就能坐收利益。以前的羊咩咩火锅不就是用这种漂亮的方式,一年之内在成都、重庆开了五六十家加盟店吗?"

"既然你提到羊咩咩火锅,为什么不说说它的现状?"

凌云青突然觉得,这个同他一起创业的搭档变得那么陌生,陌生得让他难以相信。这还是那个宋桥吗?他们一起经历过那么多艰难险阻才走到今天,他却忽然抛出"加盟店"的想法,彻底推翻他们以前一直坚持,甚至坚守的餐饮信念。

其实,宋桥曾经多次向凌云青表达过对羊咩咩老板的羡慕之情:"人家是靠创意赚钱,方向对了,出手稳准狠,从此就会像在地上捡钱一样。"但凌云青做实业起家,认准了一个"实"字,对他津津乐道的事提不起兴趣。此时的宋桥忽然提及羊咩咩火锅,电光火石间,他艳羡不已的神色、咂嘴兴叹的腔调,如同幻灯片一般滚至凌云青眼前。

凌阳轩餐饮服务公司发展到今天,宋桥的内心深处,同样波涛翻滚。他和凌云青付出的心血,别人不知道,他还不清楚吗?资本公司找他又不是一天两天,若不是顾忌凌云青的想法,前几年他就该郑重提出这个建议。当然,他也觉得这条路有一定凶险，前景难测，所以一直没有认真提出来。

创业初期，他们从一家门店做起，经历过房东多要租金，混混敲诈勒索；为了招揽顾客上门，宋桥和凌云青带上员工到街头散发过传单，后来他们又艰难兼并国有餐馆……

白手起家，酸甜苦辣，五味杂陈，但不管吃了多少苦头，他们心里永远是笃定的。两兄弟一条心，踏实前行。他们流的汗水、付出的辛苦，铸就了凌阳轩餐饮服务公司的今天。资本公司的建议，却是将市场玩弄于股掌之中，与他们之前的想法大相径庭。在凌云青眼里，这是一种"耍滑"行为。宋桥虽没有这么"激进"的认识，到底也想过："天底下没有掉馅饼的事，真的能这样操作吗？"他曾心有疑虑，但锦羊市的项目一旦上马，就没有回头路，凌云青就会全权掌握餐饮公司发展的决策方向，未来两三年的日子都不会好过。

当初两人各投十万本金，说好了都是老板。但这些年下来，宋桥不得不承认，遇到重大决策，他终究还是依靠了凌云青的"脑袋"。倘若他们是属于一个"身体"，他不过是粗笨的"四肢"而已，凡事都听"大脑"调遣。为什么自己永远无法当决策人呢？在凌云青面前，我宋桥就那么差吗？

凌云青没有看向宋桥，再次点燃一支香烟。一种隐隐的疼痛从他的内心深处升起，每一口呼吸像含了灼灼火苗，血液如同沸水，在他全身奔腾。宋桥说的是赌气话吗？看上去又不像。他的性子，向来不是压抑隐忍的，有什么想法总会说出来，就像纸包不住火。那么，他是经过深思熟虑来谈判的？

"谈判"这两个字，对于从商的凌云青来说并不陌生，为什么今日会带给他锥心之痛？他从未想过有一天，会和宋桥坐在谈判桌的两端。这是与他同甘共苦的兄弟，相识十多年，并肩打拼十多年。他们曾在一起联手抵御过多少风雨，为什么现在这个兄弟会一叶障目,变得如此冥顽不化呢?

不能让他继续沉迷在幻梦中,必须摇醒他。凌云青调整自己的情绪,放低了语气:"你说的没错,经过一番资本运作,羊咩咩成了当年成都火锅界的龙头老大,几乎每家门店的生意都好,尤其是市中心春熙路那家,凌晨两点还有人排队消费。外地人到了成都,如果不吃一口羊咩咩,好像来了个假成都,没有见识过真正的火锅。不过繁荣景象还没持续一年,羊咩咩就曝出很多问题:厨师把掉在地上的菜捡起来,洗都不洗直接放在盘里;"鲜鸭血"是拿血粉兑水冒充的;变质的午餐肉也成了消费者的吃食……那些没有拿到酬劳的人,一气之下去报社爆料,说凌晨两点排队的人都是火锅店安排的托儿。宋桥,你在餐饮行业这么多年,应该清楚他们的问题。羊咩咩的规模现在收缩到只有一两家。这一两家的老板,不是不想转让,而是当时加盟费太高,搞得自己债台高筑,店子成了烫手的山芋,只能不死不活地继续拖下去。再说,与羊咩咩走相似资本运作路线的蜀我香饭馆——邱老板多年苦心经营的品牌也已被毁于一旦,难道你不清楚这些吗?"

"那又怎么样?当年的品牌拥有者,也就是那个羊咩咩的创始人,还不是照样赚得盆满钵满?只要懂得找到其中的关窍去把握节奏,拿别人的热钱运作就是,哪里会傻到赔自己手里的钱?"宋桥面露不屑,坚持自己的看法。

二

凌云青脑海里忽然浮现出兄弟反目成仇的场景。他永远不会忘记他和宋桥经营餐饮的初衷。他们一起约定做良心餐饮,给大众提供安全、健康、美味的食物。凌阳轩坚持追求品质化的发展模式，从一家业务单一的餐饮公司，开始向多元化经营的餐饮集团转型升级。宋桥作为主要决策人之一，却在这种关键时刻，在想法和认知方面与他产生了这么严重的分歧。

羊咩咩和蜀我香不重视加盟店的管理，几乎导致旗下餐馆"团灭"，给其他餐饮从业者带来了警示。但宋桥却羡慕这个羊咩咩品牌创始人狡黠地大赚一笔，飞往澳大利亚过上花天酒地的生活。难道他的眼中只有为自己筹谋的成功者，看不到那些上当受骗者的血泪吗？

当年羊咩咩的经营全线崩盘，一些加盟商的人生悲剧，在凌云青的脑海中挥之不去。牛市口那家店的加盟商，破产之后万念俱灰，他遣散员工，关闭店门，打开煤气自杀，被人发现时，尸身已有恶臭腐味。那时，有多少打工者一夜之间失去工作流落街头，多少食材供货商哭着围堵加盟店，多少家庭为此支离破碎。宋桥也知道这些悲剧，为什么还将这样的经营者和资本商视为"枭雄"？

凌云青的心像是被一只手越攥越紧，他尽量克制情绪："你确定坚持自己的想法吗？"

他期盼一起打拼过来的搭档为了这份共同的事业，继续风雨同舟。即便宋桥和他有争执，只要出发点是让餐饮公司更好，他就会去包容理解，就会沿着既定的目标前行。

但宋桥态度异常坚决："辛苦打拼十来年，我没有完整休过一次长假，感冒发烧四十度，还在外面坚持工作……人生就几十年，难道我们不该为自己想想吗？我们拿命去搏，不就是为了挣钱享受生活吗？"

凌云青脸色更加沉郁，他与宋桥的思想认知已经不在一个频道。但他明白，宋桥的想法本来也没有错，谁都希望通过奋斗过上好日子。当年他从报社辞职，也是为了通过创业来改善窘迫的经济状况。这些年，他们是赚了一些钱，但付出和收获如何来衡量呢？这中间会存在一个等式吗？

正因为没有这个等式，宋桥才会心理失衡。现在他们面临两种选择：如果选择继续推进锦羊市计划，集中力量修建餐饮综合体，公司从上到下都要共渡难关；如果走资本介入的路径，他和凌云青很快就能实现个人财富自由。

但后一条路，与凌云青的初衷是相悖的。如果凡事只想着自己，他还会是今天的他吗？再退一步说，如果他的童年和少年时代，身边人只顾自己，不愿伸出友爱之手，他能一步步走到今天吗？正因为他接受了太多人的帮助，那些温暖，如同寒夜烛光，被他一点一滴小心收藏，他才会变成今天的模样。他不愿，也不能背离自己的誓言。"独乐乐不如众乐乐"，一个人富裕的快乐，比不上一群人都能安居乐业。

凌云青曾对宋桥推心置腹说过，背井离乡的乡亲来到成都，他们稀奇古怪的诉求和行为方式有时让人哭笑不得。那些年，成都争当"全国卫生城"，大街小巷的城市管理人员对随地吐痰、乱扔垃圾、随意横穿马路、攀摘公园花草的人，不但要罚款，遇到认错态度不好的，还要关起来，批评教育。观龙村来到成都的几个乡亲，都有过"被关"的经历。他们并非缺乏自尊，都觉得这种"被关"是丢了祖宗颜面，见到凌云青就诉苦。他们在乡下，摘棵花草有人管吗？吐口痰要罚款吗？到了城里咋就啥都不对呢？这不是城里人对乡下人的歧视吗？

面对这些乡亲，凌云青一阵愕然过后只能沉默。规则之下，哪管你是城里人还是乡下人，只要触碰了规则的红线，都得接受惩罚。但刚进城不久，还没洗去泥土气息的乡亲不懂得这种规则，也就经常成了惩罚的对象。

有一个老乡在成都火车北站随地吐痰却拒不缴纳罚款，与管理人员发生了肢体冲突,进了派出所。凌云青把他保释出来,喋喋不休的老乡抱怨城里这也不好,那也不好。加班写稿的凌云青身体累倦,失去耐心顶了他一句:"城市这么不好,你还是回到老家去嘛!"

"不能回去,家里娃娃要读书,还指望我在城里赚学费呢。回去了,土里能长出人民币?"

这话让凌云青感触颇深。他对宋桥说:"当国家的重工业还不发达的时候,农民交的税费和粮食对城市的发展发挥过重要作用。就说现在城市的建筑,有几处不是农民兄弟流汗修建的?那些出来打工的乡亲,哪个没有一家老小,哪个没有牵挂和拖累?他们希望能赚口饱饭,让下一代安心念书,学一点傍身的技能,有错吗?城市化的进程正在加快,我期盼我们的培训学校不仅仅是培训技能,还要让他们了解城市的规则,让那些双脚踩在城市地界的乡亲们,晓得公交车怎么乘坐,懂得过马路要走斑马线、在公共场所不要大声喧哗……他们迈过城市的这道门,熟悉城市,融入城市,才能既是城市的建设者,也是城市管理的参与者。"

凌云青也向宋桥说过在旧中国乡村践行平民教育的晏阳初。晏阳初曾一针见血地指出乡民身上的诸多痼疾,却也一生坚持不懈,誓要改变这种状况。宋桥承认晏阳初的伟大与博爱,也承认凌云青的出发点没有错。可他像是一个在梦中跟随凌云青的脚步走了很长很长一段路的人,现实的冷风一吹,忽然惊醒,浑身哆嗦。这样走下去,什么时候才是个头呢?凌云青所关心的,与自己想要的有什么关联?

宋桥觉得,所谓理想,所谓付出,也许就是"无底洞"的另一种解释。他对理想感到畏惧时,他身边却有人不知不觉地成了理想的信徒。

冯金洲和邓玉婵有了孩子,再住狭小的出租房,生活会有很多不便。他们千挑万选，看好城内一套较为满意的新房，交付了购房定金。餐饮公司在锦羊市买地的计划提上议事日程后，他们知道公司出现了资金缺口，毫不犹豫地退掉了心仪的新房，把自己的存款交给公司的财务，想为修建学校出一份力。此前员工凑钱入股，众人拾柴火焰高，凡是入股的员工，除了领取工资，还能拿到分红，大家感觉有了奔头。前不久的股东大会，既是公司股东也是公司员工的他们一致同意修建学校。他们相信自己的判断，随着公司的壮大，自己定能分享到发展的红利。

冯金洲夫妇的决定让宋桥感到心酸。小舅两鬓早已霜染，这个年龄还能抱得娇妻，生下白白胖胖的小子，真的应该多为自己着想，不要凡事都想着什么大局。大局再宏阔再伟大，小日子毕竟是自己过自己的，谁都替代不了谁。

宋桥知道自己劝不动小舅，现在当家的是小舅妈邓玉婵。她虽是在他宋桥眼皮底下成长起来的公司骨干，他却觉得自己从来没有真正看透过这个女人。邓玉婵为人处事都有自己的一套想法，轻易不为谁所动。他们仿佛一点都不担心，全力支持凌云青修建餐饮学校，要何年何月才有利润回收呢？

想起打拼多年还无法为老婆娃儿在成都买套大屋，愧疚的宋桥心头就有种微微的酸胀疼痛。公司赚了钱，身为大股东，利润却只能支配那么一点儿。按凌云青牵头制定的条款，股东也不能自由开支。不能及时享受企业发展带来的红利，那他这个大股东当得还有什么意义呢？这和傀儡又有多大区别？

小时候换牙，宋桥至今记忆犹新。那颗门牙昨天还啃过西瓜，今天就落在他的掌心，像一粒白色的小石子紧缩着身体，光泽暗淡，带着一种被抛弃的委屈感。宋桥坐在门槛上，打量那颗孤零零的门牙，一种绵润温柔、像细水流动的情感裹住了他。他开始小声啜泣，忍不住拿舌头去顶口腔里忽然多出来的空洞。

那个空洞比黑洞更为神秘,柔软的舌尖舔上去,伤口会有一跳一跳的痛感,虽然并不猛烈,但像一条细细的皮鞭不急不缓地抽打在身上。他伤心落泪,仿佛又不仅是为了这点疼痛。宋妈告诉他,孩子长大的过程都会换掉乳牙,他是男子汉,不能害怕换牙。但他分明感觉,自己止不住的眼泪绝对不是因为疼痛或流血,还有别的什么原因。

到底是什么呢?几十年后的宋桥终于能回答自己,那是一种空洞感。如果他从未有过这颗门牙,从未享受过这份饱满,他不会明白什么叫失去,什么叫虚空。

难道他宋桥这一辈子,都要唯凌云青马首是瞻,自己拿不了主意吗?资本介入、广开加盟店又有什么不好?他们能在很短的时间实现财富自由,还能将凌阳轩的牌子打得更响。凌云青非要搞什么学校,说是为行业培养后备军。但是,能将自己口袋的钱赚足已然不错,何必还去管整个行业的未来发展?说到底凌阳轩只是一个民营企业,又不是制定国家大政方针的机构,何必去揽那么多事?

宋桥不想虚空地过一辈子,也不想跟在凌云青身后唯唯诺诺地混一辈子,当一个空心老倌。

三

宋桥没有想到,凌云青明白了他的想法,接下来做出的选择会这么决绝。再三确认宋桥对锦羊市项目强烈反对后,凌云青神色平静地缓缓说道:"如果我一定要在锦羊市修建学校呢?"

他们已经沟通了多次,两人都已精疲力竭。尤其是宋桥,仿佛被挤迫至墙角,前胸后背猛烈受力。他感到自己无法呼吸,嘴里说出的话就像是从肺里挤压出来的:"凌云青,你不要逼我！"

凌云青冷冷地看着他，像是看一堵墙、一棵树，或是一件破朽残损的家具。这么冰冷的眼神，让宋桥的心肝脾肺仿佛瞬间长出了冰碴。他几乎是哆嗦着、愤怒着、咆哮着吼道："你要再坚持修建学校，那就是在逼我，我就退出，分家！"

"我同意！"

凌云青毫不犹豫的回答传了过来。宋桥的耳朵"嗡嗡嗡"地响了一阵，他似乎失去了理解能力，不懂得凌云青的"同意"是什么意思。难道自己刚刚提出了什么好建议吗？从携手创业开始，这家伙不一直都很有主意吗？意见产生分歧时，他总是不慌不忙，慢条斯理地详细解释，哪会这么容易就同意呢？

凌云青接下来的话打破了尴尬沉闷的氛围："两个人能结为搭档一起创业，是难得的缘分。有缘聚，就有缘散。我们曾经是很好的事业伙伴，像手足一样亲密。我永远感激这份友谊，也会将它放在心底重要的位置。但正因为我重视它、珍惜它，我才更明白，两个伙伴如果有各自前行的方向，尊重彼此的选择才是最好的解决方式。我不会强求你，非要你按照我的想法行动，当然我也绝不会违背自己的意愿去走另一条路。因此，我们就此散伙，也许才是对这份友情最大的尊重。"

凌云青音调平和，说得轻缓从容。他坐在那儿，眉头甚至都不曾皱上一皱，像一座山，风雨自来，不动不摇。

宋桥不得不承认现实，如果他是走一步看一步，凌云青至少能看到三步，心思深沉，的确超过自己。自己说要分家，只是一句威胁性的撒手锏，可说不定人家早就视为理所当然了呢？

宋桥心里如同火灼一般。他再度开口，声音嘶哑："你若和我分家，还怎么做锦羊市的项目？"

"那你会因为这个留下来，同意将公司全部资金投到项目中吗?"

宋桥缓缓地摇了摇头。

他不想欺骗凌云青,就像凌云青宁愿如此冷静地将同意分家说出口,也不想用动听的话来欺哄他。世间的夫妻,最怕同床异梦;商业的搭档,最怕面和心异。到了这一刻,宋桥虽然心痛,却有一丝惨淡的欣慰,毕竟他们还是诚实的人。哪怕无法继续并肩同行,也做得坦坦荡荡,不会在背后捅刀子,不会暗地使绊子。

凌云青站起身,向宋桥伸出了手,宋桥也跟着站起来。从合伙搭档到分道扬镳,原来只需要一个礼貌的握手。陌生人能因为这个动作而加深认识,肝胆相照的朋友也能通过这个动作一拍两散。

宋桥触了触凌云青的手便放开了,转身往外走,脚步很快,他不想被人看到自己瞬间潮湿的眼角。

他原以为自己与凌云青分道扬镳,是因为不能在成都买房,不能实现一家老小团聚的心愿,其实他内心深处还有着自己也不甚明白的其他缘由。等到离开公司办公室,他才恍然明白,一个人永远无法了解人性的幽深,哪怕对自己,也可能只是一知半解。他顺着潜意识回想,发现自己其实很久之前就萌生了倦意。创业路上那么拼,十多年下来,搞得血压血脂双高,还有脂肪肝、偏头痛、肠胃病……为了这份事业,他牺牲了自己的健康,牺牲了与家人欢聚的时间,缺席了两个儿子的成长;而他得到的利益,却并不如想象中丰厚。锦羊市项目就是一只张着血盆大口的怪兽,一旦启动,不知要用多少资金才能填满它。他还要为此继续透支吗?

曾经的信念是一支火炬,但他走到现在,火炬的光焰一天比一天虚弱黯淡。他想问问凌云青,一个人,如果连自己的身心都不得安顿,他还怎么去发光发热、去帮助别人?但他知道,现在没有问的必要了。凌云青比他想的还要固执,也比他更加忘我。

他没有凌云青那样的经历。当年,凌云青大学毕业刚刚参加工作,就已经开始帮助乡亲走出村庄,在成都找工作、谋生计。凌云青让这些从没离开过泥巴地的乡亲明白,除了被土地捆绑,他们的人生还有另一种选择。凌云青帮过多少观龙村人,他自己也没记过。从过去到现在,也许还会绵延到未来,他能帮就帮,自己帮不了时,哪怕辗转求人也要帮助他们。

到了分道扬镳这一天,宋桥第一次清晰地意识到一个事实:凌云青是理想主义者,而他,是现实主义者。他们从一开始就不是一路人。凌云青为了帮助家乡人,出钱出力,搞得自己虽身为首席记者却常常手头拮据。他宋桥能吗?他当然希望自己的奋斗是有价值和意义的,也同样喜欢帮助他人后的那种满足感。但如果让他以牺牲自己的利益为代价,他会犹豫,顾虑重重。

凌云青曾和宋桥分析过餐饮产业未来的发展,他们做培训学校,相当于是打造一所餐饮业的"黄埔军校",不但培养服务员,也培训大堂经理等中高层管理人员,还包括厨师、面点师等等。凌云青认为,现在的餐饮行业不乏投资者,缺少的是营运人员,亟须职业经理人。只要他们坚持将餐饮学校修建起来,将来必定会推动整个餐饮行业的新发展。今天,他把自己的想法仔细地向宋桥讲了一遍,宋桥并非没有心动,但心动之后,他冷静地问凌云青:"你说的这一天,是什么时候呢?会不会等到我们花光口袋里最后一分钱,还没建好学校的一座主楼?"凌云青眼神有些失望,沉默不语。他无法给予宋桥任何确切的承诺,他想到几十年前的革命者。那些革命者凭着坚定信念与满腹热忱,前赴后继地干革命,他们相信未来一定会胜利吗?当然相信,哪怕自己看不见也相信，哪怕享受不到胜利的荣光也相信。这份"相信"，超出了生命的限度。

凌云青和当年的理想主义者又有什么区别？这是一个什么时代了？人人都求快，个个都匆忙，恨不能今天出方案，明天就看到收益。明明眼前就有一条捷径，可以让他们迅速赚钱，实现个人财富自由，他凌云青偏偏要和他说"将来"，画一个未来的"大饼"。但这个大饼再怎么圆大厚沉，毕竟还是在虚空中飘着的，不会那么容易落地。而人是存活于现实中的，没有现在的幸福享乐，只有过苦日子的熬煎，未来还有什么光亮可言？

有一次，宋桥和凌云青去参加市里的企业家年会，有位早早实现财富自由的大佬选择在七十岁的高龄重新出发，转换经营方向，进军慈善业。大家都觉得他太冒险了，他却不以为然："我年轻时，以为自己最大的目标是赚钱，可赚到钱了，也没有那么高兴。后来我知道，赚钱只是满足了欲望，而我心底有更大的梦想。得到了之后还能爱不释手，这才是我想要的。这就是做事的激情，也是给社会的一份温暖善意的回馈。"

这位七十岁再次创业的企业家，他内心的孤傲与执拗和凌云青何其相似。宋桥佩服他们，尊重他们，但他明白，自己不愿是这样的人，也成不了这样的人。

四

宋桥不再认为自己的选择有什么问题，即使内心仿佛被一把钝锯来回拉磨。他觉得，与凌云青一路走来，其实是草蛇灰线，很多事情上早有分歧。也许，现在分家是最好的结果。不同的信念一旦造成内耗，公司内部就会出现裂缝和难以化解的矛盾，导致公司脆弱不堪。

餐饮公司召开了全体股东大会，尽管大家心有不舍，但不得不一致同意两位大股东分家。凌云青和宋桥，以及员工代表，共同找了会计事务所和资产管理公司进行资产清算、剥离，并公开账目。持有企业股份的员工，如果愿意退出，就由凌阳轩餐饮服务公司认买他们的股份，但大家已经分享过公司发展的红利，没有谁愿意退出。

凌阳轩锦江店和另外两家门店归属凌云青，利民门店和另外两家门店归宋桥。宋桥以现金补偿的方式，退出凌阳轩餐饮服务公司。

宋桥明白此时切分他们的资产，会给锦羊市项目带来深远影响。但从今以后，他与凌云青一刀两断，各奔前程，凌阳轩餐饮服务公司的山高水长，他再也不必放在心上。

分家散伙，宋桥带走的利民店一帮员工，尤其是大厨高明亮，却因此暗自庆幸，满心欢喜。高明亮是"反川菜改良派"。这几年，冯金洲越是将改良工作进行得风生水起，高明亮就越担忧自己有一天也会被卷入其中："让我改良？老子做了一辈子的川菜，手一抖就知道撒下去的是几滴醋、几粒盐。至少上百道传统川菜，早在老子的脑袋扎下了根，闭着眼睛都不会出差错。改？你让老子往哪里改？改了还是原来那种味道、那副面目吗？"

罗小虎跟随宋桥到了利民店。他虽然解开了自己因邓玉婵与冯金洲结婚而产生的心结，但他发现自己已经失去了爱的能力。邓玉婵结婚生子，更添一份少妇风韵，既温柔干练，又举止优雅。餐馆的年轻人称她为"邓女神"。罗小虎苦涩地想，她还是一个服务员时，就已经是他的"女神"了，可惜自己从来不是住进她心里的那个人。

第二十四章

一

宋桥名下的宋园餐饮服务公司迅速开设了十家宋园分店。他准备再接再厉，用半年时间扩张到二十家，让成都街头巷尾的人想起下馆子，冒上心头的选择中，至少有一个是宋园。

凌阳轩利民店的店招换成了宋园的。宋桥原以为更名会遇到阻力，毕竟利民店是存续几十年的老品牌，有些老员工可能会十分念旧。不料，他没遇到任何阻滞就完成了更名事宜。那些老员工经历了国企改制，对是否保留原有的品牌，并不特别关心。

随着宋园的鎏金招牌挂起来，几个员工约好似的，先后向宋桥递交了辞职信。辞职的人里，宋桥真心想要留下的是白晨松和曹美娟。他俩一个是门店经理，一个是分管服务员的副经理，都是从"老利民时代"一路走过来的人，对手里的这份工作熟稔无比，处理问题轻重适度、能方能圆。

宋桥将白晨松请到办公室商谈，感谢他这些年的辛勤付出。有白经理在，餐馆就有了主心骨，宋桥诚恳地请他留下，承诺届时会把奖金给他提高百分之十，让他每月多出一笔可观收入。白晨松脸上挂着微笑："感谢宋总对我的厚爱，不过我父亲的痴呆症越来越严重，老伴一人照顾不了。如果我再不回去搭把手，家里搞得鸡飞狗跳事小，到时父亲和老伴因缺乏照应而双双病倒了会更加麻烦。"

白经理作为人子，有这份至孝之心，宋桥还能说什么呢？

总不能阻挡人家回去尽孝吧？

宋桥惋惜地在白晨松的辞职申请上签了字。他又立即约谈曹美娟，抛出了极具诱惑的条件："白经理父亲年纪大了，老伴身体也不太好，为了照顾家里不得不离开咱们餐馆。我想的是，群龙不可无首，等白经理办好辞职手续，就由你来担任门店经理。"

对于一个几年前恐惧下岗、担心生计如何维系的中年女性来说，宋桥讲的算得上是一件大好事，不料曹美娟竟然也对他摇头。宋桥看着她的表情，心想：有的女人真是无聊透顶，一把年纪了还喜欢玩"欲迎还拒"的把戏，心里不知多得意，表面却摇头摆手以示清高。她该不会是个中代表吧？

曹美娟说得客客气气："感谢宋总信任，不过我的学识和能力不足以担任门店经理一职，您还是考虑其他更合适的人选吧。"她没有找个理由搪塞宋桥，但表明了坚决辞职的态度。

宋桥绷住了自己的脸色。你以为自己是谁啊？倒退二十多年，你还算得上一个眉清目秀的小妹儿，在服务员中勉强算是个拔尖的人物。如今你已是个中年妇女，难道还要在我面前忸怩作态？

他给曹美娟签下"同意"两字时，笔尖钩破纸页，收梢处漏下一滴墨汁，像是一滴滚落的污浊眼泪。对她看似谦卑、其实内里长刺的性子，他很是不满，心想总有你哭的时候。

风平浪静的日子过了一段时间，宋园利民店有人告知宋桥，曹美娟又回凌阳轩餐馆了，她跟邓玉婵做事，倒比在这里还要风光得意似的。在宋桥看来，曹美娟先前离开宋园餐饮公司，就没什么可大惊小怪的，至于凌阳轩餐饮服务公司那里发生什么人员变化，从分家那天起，他就不再关心了。

宋桥不理凌阳轩餐馆的故人，倒也并不能做到完全洒脱。

半年后，五月十二日下午两点多，宋桥坐在办公室，墙体地面突然剧烈晃动。汶川发生了大地震。他虽然身宽体胖，但运动员出身的敏捷让他迅速跑到楼下。街上冒出一群群惊慌失措的人，举着手机不停地拨打，但不管是移动还是电信，始终没信号。

下午五点半，宋桥来到小舅冯金洲的家，看望几天前来到成都的母亲。冯金洲神色慌张地告诉他，凌云青去了都江堰，不知谈什么业务。都江堰也是地震的重灾区，那儿垮塌了很多房屋，凌云青生死未卜。

宋桥像是突然掉进了深渊。他抓住车钥匙，不由自主地跑往楼下的停车场。启动汽车的瞬间他突然意识到，自己和凌云青早已切割清楚了。从他拿着分得的利润和三家餐馆离开起，他们就路归路桥归桥，不再是祸福与共、悲欢同行的兄弟搭档。他无奈地叹了一口气，熄火下车。停车坪的路边，人们面带惧色匆匆穿行，就像尘世的蚂蚁前途未卜。宋桥竟有些羡慕那些目标明确的人，他们知道接下来该去哪里、见谁或做什么，而他只能一脸麻木地看着他们。

他捏着车钥匙，心中有些苦涩。山崩地裂，自己却无法奔赴危险之地，保护曾经与自己一起打拼过的兄弟。

后来得知，地震发生时，凌云青与人在都江堰一家茶室的一楼喝茶，他们迅速跑到门外，没有受伤。这是宋桥与冯金洲喝酒时，冯金洲讲述的。宋桥当时好像在听，又似乎没有听。

二

凌宋分道扬镳后，凌阳轩餐饮服务公司剩下的实力不能支撑一个占地八百亩的综合体投资项目。经与锦羊市政府协商，凌云青将项目调整为五百亩的教育用地和一百六十亩的商业用地。虽然他明白餐饮业下一个赛道是"主动走进千家万户,为那些不想下馆子的人提供餐馆菜式服务",但原计划中的预制菜制作工坊和川菜研究中心,不得不暂时放弃。

投资协议正式签订那天,锦羊市政府与凌阳轩餐饮服务公司举行了盛大的签约仪式,各大新闻媒体做了大幅报道。凌阳轩餐饮服务公司全额交清了购买土地的款项,修建凌阳轩餐饮学校的筹备工作,也随之紧锣密鼓地展开。

凌云青感慨万千,也许自己的愿望和梦想就要从这座学校开始。他年少时跟随母亲插秧打谷,知道农民生活不易。家乡人在土里刨食,汗珠摔成八瓣儿,还要提防老天的恶作剧。有时闹水灾,快要灌浆的小麦一股脑儿全淹了;有时闹旱灾,乡亲们翻山越岭去别处河沟担水回来,也不能救下几株秧苗、几抱玉米。有时庄稼还闹虫灾,看上去风调雨顺的年头,该出太阳出太阳,该下雨下雨,地里却忽然长出很多虫子;乡亲们咬牙切齿地举着喷雾药枪,对着害虫一顿喷射,却是"杀敌一千,自损八百"的除虫方式,一年到头的收成单薄得令人欲哭无泪。

土地已经满足不了家乡人的生存需求,他们络绎不绝地外出寻求生计,二十年来未曾断绝。改革开放让国家有了积蓄,免除了农业税,但地处阆南县的家乡除了贫瘠的土地,没有其他资源,也就没有相关产业。家乡人解决了温饱,还想追求更好的生活方式,于是背上了行囊,背井离乡打工挣钱。凌云青愿意敞开胸怀,尽力帮助这些家乡人,有一个帮一个,有一双帮一双,让他们至少有一次机会,一次离开土地也不会饿肚子的机会。

摸惯了锄头把儿的乡亲,对所谓的"职业要求"一般都是一无所知。用工单位的那些规则要求,让不少乡亲望而却步,失去了就业机会。还有一些乡亲没有读过小学,甚至还有人不会写自己的名字。如果有一所学校,能从"城市生活指南"到"职业培训"等方面,教给他们知识和技能,让他们从"泥腿子"转变为"打工人",也许他们就不会再有进城的惶惑。

　　凌阳轩餐饮服务公司当年兼并利民饭店,曾帮助"国字号"的员工转变思想也改变心态,让他们更加适应市场发展的需要。国企下岗职工习惯了之前的管理模式和工作方法,但他们并不是缺乏技能,而是缺乏一种与现代市场挂钩或接轨的转化能力。如果有一所学校,让更多下岗职工接受科学系统的二次培训,重新找到职业方向,那就相当于给他们的人生开辟了另一条出路。

　　凌阳轩餐饮服务公司在锦羊市的投资项目,虽然减掉了综合体的其中两个职能板块,但土地面积足够修建一所餐饮培训学校。凌云青多年夙愿的实现,指日可待。

三

　　锦羊市政府换了新的领导,凌阳轩餐饮服务公司的用地申请迟迟没有消息。涉及国土局、建委等部门的供地程序,只能一等再等。落在纸上的投资协议看似字字为据,现在却成了"有待再度论证"的一纸空文。

　　凌云青已经记不清,一年多来,这是第几十次在市政府吃闭门羹了。他想找新任市长罗平汇报,但繁忙的市长一直没有时间。他打电话,市长不接;发短信,市长不回。修建餐饮学校的准备工作已经就绪,他一趟又一趟地来到市长接待室,一次又一次地递交书面报告,期望能见市长一面,让他了解修建餐饮学校的必要性。

　　几个月前,市长秘书孙峰还给凌云青倒茶让座:"领导有紧急会议,请你稍坐一下。"这一"稍坐",就是四五个小时,到了饭点,市长的"紧急会议"还没开完。凌云青不敢离开,生怕错过了市长接见他的时间。他任由肚里唱着空城计,一直耐心等待。对面墙上有一块隐隐的污迹,是拍死蚊子留下的旧年血痕,还是谁不小心将茶水泼到墙上的印记?看得太久,那团污迹竟然活动起来,伸展膨胀的身体变成一团乌云,牢牢罩在他的头顶。

嘴皮泛着油光的孙秘书从食堂回来,发现凌云青还在接待室。凌云青起身招呼,孙秘书脸上的神情有些慌乱,也有些为难:"实在不好意思,领导饭都没吃,又下乡去了。"

凌云青心里有些狐疑,市长晚饭后下乡,秘书却在办公室,他到底是下乡了还是没有下乡?但他不好质问,只能表示下次再来找市长汇报工作。他与孙秘书握手道别,那是一只冰凉的手。难道换了领导班子,自己就成了不受锦羊市政府欢迎的人了吗?

只要罗市长在办公室,凌云青就会去拜访。孙秘书的脸上调不出一个微笑表情,忙着自己的事。凌云青坐在接待室的角落,默默期盼市长接见他。接待室中间的过道人来人往,有些人惊讶地看他一眼,更多的只当他是众多访客之一。那些人穿梭来去,见到市长的,满脸欣喜;也有怀揣期待而来,悻悻而归的人。就算是那些没办成事的人,凌云青也有几分羡慕,至少人家推开了市长办公室那扇门,获得了汇报的机会,而他被一扇门板挡在外面,连市长的面都见不到。

凌云青深切体会到了"坐冷板凳"的意涵。不是板凳冷,像他这样不挪窝地坐下来,再冰凉的板凳也被体温焐热了;可暖热的板凳仍旧是冷板凳,这里工作人员瞥过来的冷眼、半掩半藏的一声冷笑,都足以让他通体生寒。这种冷,让他的自尊收缩又收缩,陷入自我怀疑的泥沼。

然而，自怨自艾不是凌云青的性子，他相信自己的真诚和修建餐饮学校的意义，能够打动这位市长大人。

曾经身为省报记者，凌云青感受过"无冕之王"的便利。当年他要采访一个县级市的领导，哪里需要这样苦等而不得呢？他专做深度调查报道，常常担负批评监督之责，对于人间不公之事，自问有用一支正义的笔书写道义之责。转身下海后，他深深感到，民营企业的发展之路，有时犹如"重重帘幕密遮灯"，让他看不清弄不明。

等待时间太长也就无聊，凌云青情不自禁地用手指在凳子上拆解"忙"字。他不由得心里一惊，"忙"就是"心亡"啊！他不敢细想，细想就会心惊肉跳。自己如果不下海创业，一步步走到今天，独自撑起一家民营企业，也不会将一个市长的批示看得如此之重。哪怕迷信也好，他在心里暗自祈祷，千万不能"心死"，餐饮公司的下一步发展全系于这位领导的一念之间。

凌云青原本以为，就算罗市长再难求见，来回磨上两三个月，铁杵都能磨成针了，但他没有想到，这条求见之路如此艰难。银杏黄了绿、绿了黄，一年多的时间倏忽流逝，他竟然还没见到市长，供地流程也没能启动。

孙秘书对凌云青的到来已经习以为常。在他眼里，凌云青似乎就是路边的一株野草，顶着土疙瘩冒出来似的。但少了最初的握手寒暄，倒让凌云青松了口气。

古代，客人登门拜访，有时主人拒不见客。性子执拗的访客，即使在寒风霜雪中冻成冰雕也要坚持等候，这是在用生命与对方的傲慢抗衡。凌云青之前看到这则故事，不以为然，觉得这样的访客实在有些拧，何必谋杀自己的时间和健康呢？

如今他深刻理解了古代冻成冰雕的访客，那冰凉的身躯里，藏一颗多么无奈的心。

等人的时间走得分外缓慢，像是一条受阻的河流，河床充塞淤泥，两岸布满荆棘，河水流着流着就停了下来。接待室的小门开了又关，关了又开，工作人员对凌云青露出惊讶神情，疑问和厌烦写在了眼里。他想对那些惊讶的脸庞回报一个笑容，但浑身上下肌肉僵硬，难以调动微笑表情。他敏感地察觉到对方惊讶背后的隐隐同情，对一个创业者而言，施加到他身上的同情好比狠狠鞭挞他的鞭子。他直感到无可名状的疼痛与羞辱汹涌而来。谁的人生都有一扇门，开开合合，你看见了世界，当然你也被世界所看见，无法逃躲，无可回避。有了候而不得的经历，才能真正懂得：苦乐悲喜，无人幸免。

深切的卑微和不安，不断撞击凌云青的心扉。时间一分一秒流逝，他仿佛能听到生命脚步的"啪嗒"声响。自己在谋杀时间，这些他珍如拱璧的时间就这样毫无意义地从这里溜走。同时，时间也在一刀一刀地切割他的骄傲、他的自信。他隔三岔五来这里静坐等候，每一次候而不得，自尊就会缩减一分。但他还是坚持等待，面色平静，姿态从容，只是一颗心已布满了冰纹。

从执掌凌阳轩餐饮服务公司第一天起，凌云青就立下一条规矩：不管是哪个层级的员工，如果有急事汇报，都可以直接见他。他并没有自大到将自己视为神祇，能解救人间一切苦厄，能解决一切棘手问题；他只希望身为管理者的自己，不是一个高高在上、阻塞正常言路或搞一言堂的人。如果锦羊市市长愿意将他视作为民请愿的代表，抽出一点时间来听听民众的心声，也许不会榨出他这般强烈的卑微感。这种卑微，如同大山压在他的心上。他多年打拼为自己挣得的一点骄傲，几乎丝丝缕缕地漏泄殆尽。

长时间坐在冷板凳上，神思游走于自尊和羞耻的两极，他每每提醒自己：为了自己的员工，为了企业的发展，也为了自己的心愿，必须承受这份卑微。他反复思考，坚信修建餐饮学校是大势所趋，既能惠泽当地百姓，又能促进地方经济。哪怕再艰难，他也不会轻易放弃。

项目迟迟无法开工，公司财务总监徐进坐不住了。调集来的资金如果再这么"躺着睡大觉"，对于企业可是不小的损失。钱得流动起来，老板得让钱变成流淌的活水。为企业的未来发展担忧的徐进思来想去，忍不住将电话打给了宋园餐饮服务公司的财务总监刘尖。

刘尖是徐进私下介绍过去的朋友。虽说宋桥和凌云青已经分家，但底下的人自有千丝万缕的联系。双方企业有任何风吹草动，他们的信息都能迅速交汇互通。

徐进对刘尖表达了自己的担心："不知道凌总咋个想的，难道他不明白修建学校投入太大，成本回收很慢吗？他和你们老板合作多年，就为这事分了家！"

刘尖对这些陈年旧事并不熟悉，但也压抑不住天性里的八卦欲，兴奋而略带嘲讽地说道："说不定凌总是眼光独到，看准商机，才敢这么孤注一掷呢！"

徐进牢骚满腹："现在锦羊市是一朝天子一朝臣，前市长调到别的地方任职，新上任这位也不知是做事谨慎，还是就看我们不顺眼，死活不认前任的账，底下人哪敢办事？我们老板为了这事儿，鞋底快要磨穿了！"

凌阳轩餐饮服务公司锦羊市项目遇阻的消息，迅速在宋园餐饮服务公司传开。有的人惊讶唏嘘，暗自庆幸自己是"良禽择木而栖"，幸好随了宋桥，否则今天头疼的就是他们了。

罗小虎也知道了锦羊市项目的麻烦事，无论工作还是休息，他心口似乎硌了一块石子，随时都能感受到一份沉沉的重量。换班休息期间，他拿定主意，决定再次回到自己曾经逃离的那个地方，见见他一直牵挂的那个人。

第二十五章

一

罗小虎约见邓玉婵，没有十足把握。他追求她时心中一片火热，但人家从来没有给过他可以超越同事关系的表示。如今，她早已嫁人生子，难不成还对他青眼有加，一约便马上应允了？

接到罗小虎的电话，邓玉婵却爽快应约，来到他预订座位的绿茵咖啡馆。她剪了一个时髦的波波头，搭配她标志性的单眼皮，竟显得比从前更娇俏年轻。看着她拎着坤包走来，罗小虎百感交集。他想起曾经和她一起去川大门口发宣传单的情景，那时她的眼里充满了光芒。

他知道她想读大学，想和那扇牌坊形大门里的学生一样，神采飞扬地学习和生活。但他那时就是一个厨房的小墩子，有什么能力帮助她实现心愿？他暗自发誓要多挣钱，就算无法帮她成为大学生，至少能让她过上与大学生相仿的生活。在对城市文明理解尚浅的罗小虎看来，能去泡泡咖啡馆的日子也算得上是相仿的生活了。隔着玻璃橱窗，他无数次地打量过坐在里面的年轻男女，他们端杯的手势是那么优雅，啜咖啡的动作那么娴熟。他发誓，自己有朝一日若能进去，一定要和喜欢的人，一起感受那份生活的雅致。

多少年头随水而逝，罗小虎已身为宋园武侯店的首席大厨，品尝咖啡早已不是奢望。但他发现，自己从来就没有实现过与邓玉婵一起喝咖啡的梦想。今天，她给了他这个机会。

他绅士地为邓玉婵拉开对面的椅子，她微笑点头，轻声道谢落座。

"你今天能来，我很高兴！"罗小虎斟字酌句，他有太多的话想要对她说了。不过，她清澈如水的眼神阻挡了他的话头。她这般从容优雅，看来这段老少配的婚姻，并不像有些人想象得那么不堪。她从来都是一个敢于主动把握命运的女人。他以为，念不了大学是她心底永远的缺憾，但人家靠着自学拿下了大学文凭，还继续攻读在职研究生；他以为，她那时不回应自己的一往情深是为了事业发展，但人家却与冯金洲两情相悦，私订终身。她一直是活在他猜测范围之外的女人。

邓玉婵接过菜单，点了一杯拿铁。她的微笑依旧让他目眩神迷，不管他躲到哪个角落、藏得多么彻底，都无法走出她的笑靥。她的视线与他相撞，等待他开口说出约见的意图。

"我约你出来，是想问问你，有没有来宋园工作的打算？我师傅本来就是宋总的舅舅，只要你和师傅过来，不过是和宋总打声招呼的事。"

当年，罗小虎忍受不了师傅冯金洲和邓玉婵的恩恩爱爱，于是追随宋桥离开凌阳轩餐饮服务公司。当时心里多么如释重负，现在就有多么依依不舍。他以为逃离得远远的，不管不看邓玉婵的一切，就能释怀。现在看来不过是自欺欺人。凌云青一意孤行，要将所有跟随他的员工赶上一艘大船，盲目地、漫无目的地行驶在茫茫大海，眼看就要把大家拖入冰冷海水，他罗小虎还能坐视不管吗？

邓玉婵轻缓的嗓音还是那么低婉动听，犹如林间莺啼："谢谢你，小虎。不过我和金洲都没有跳槽的打算。"

"为什么呢？"罗小虎急了，恨不能将一颗心掏出来，捧在手里让他的女神看看，他是真心关心她的。

罗小虎继续说道："我没有别的意思，如果你觉得尴尬，觉得我碍眼，我可以离开。你和师傅到宋总这里，我愿意去别的地方……不在成都、不在四川都是可以的……你好好想一想自己的前途，不要拿它开玩笑。"

"请你相信我，我从来没有觉得你碍眼，也从不会拿自己的前途开玩笑，我是真心实意想留在凌阳轩。锦羊市的餐饮学校建起来，到时还有很多事要做，而这些事也是我想去做的。"

"那你想过吗，如果锦羊市的学校修不起来，凌阳轩可能就此被拖垮，甚至会破产呢？"

这种蘸着毒汁的话，他小心地绕着它们行走，像是绕着一个地雷，却终究绕不过。倘若这话还不能让邓玉婵清醒，今天他来找她，也就失去了意义。

"餐饮学校一定会修起来的，我相信凌总。"邓玉婵直视罗小虎，眉眼一动，莞尔一笑。

认识她这么久，他从未见她笑得这样自信甜美。她是春风，是桃花，是人间一切美丽形容词的汇集。她那么自信，说出的每个字都像是金豆子落在了玉盘上，发出清脆悦耳的声响。

他没能说服邓玉婵，但她的这个微笑，已经消弭了他过往岁月所有的委屈和愤懑。

二

干餐饮这一行，从早站到晚，全靠双脚支撑。如果对脚不加以养护，可能人未老，脚先衰。跟邓玉婵结婚之前，冯金洲很少考虑要爱护和保养身体。婚后，他觉得自己重任在肩，要为深爱的妻儿更好地活着。为了实现晚上和妻子共同泡脚的生活目标，他跑遍了成都大大小小的商场，买回一只性能适宜的双人脚盆。

自从"四脚同泡"成了每天的固定环节,冯金洲夫妇便有了一边放松泡脚一边谈心的时刻。有人说,婚姻是爱情的坟墓,好好的恋人,走进婚姻后,渐渐觉得彼此面目可憎,提不起兴趣和对方多说两句。这样的情况却没有发生在冯金洲和邓玉婵身上,他们每晚享受按摩脚盆带来的快乐,想说的心里话绵延不断。

当天晚上泡脚时,邓玉婵向冯金洲提到罗小虎找她的事。

"他想回来吗?"没想到冯金洲会这么认为,邓玉婵笑了起来。她忽然发现,这对师徒挺有意思的,虽然久未联系,但他们相似的"直男"性格都没有改变。她向他讲述了罗小虎的来意。

"这小子,看不明白一些事理就杞人忧天,他咋冒出这种想法呢?"冯金洲摆动脑袋说道,"宋桥是我外甥,但他比我这个当舅的脑筋还不灵活,一直不赞成川菜改良。我这段时间推出的改良菜式,已经受到了一些食客和同行的认可!"

"那你说来听听。"改良的菜式能被食客接受,邓玉婵满脸欣慰。

冯金洲长期琢磨川菜改良,想让川菜更加适应现代人的生活需求。多盐、多糖、多油的菜品,已被营养学家证明不符合健康饮食的标准,如果还走重油重味的老路,虽能让食客满足口腹之欲,但同时也会给身体带来负担。为此,冯金洲与很多餐饮专业在读生结为师徒关系,一同研究。他一再声明,自己并不当自己是"师",有很多地方需要向年轻人学习。他的谦逊态度给一众"编外徒弟"留下了好感。

有个香港学生家里是做西餐的,但他祖籍是四川,从小就对川菜感兴趣,闹着要入川学习正宗烹饪技法。家里讲究民主,遂了他的心愿。他认为冯金洲不但厨艺过人,而且胸襟开阔,不拘泥不守旧,与冯大厨结为忘年交。这一老一少,闲暇时便关在厨房探寻川菜改良之策。

刺激冯金洲产生灵感的，正是这名香港学生给他做的一道"象形煎蛋"。这道菜的鸡蛋黄是由芒果反向球化做成，蛋白是椰浆、牛奶胶化调制，看起来与真的煎蛋一模一样，令冯金洲叹为观止。这位学生得意地为冯金洲普及知识："这就是分子料理的魅力！"

什么是分子料理技术？冯金洲虽然不明白，但他是个不服输的人，不懂就学。他去图书馆查阅资料，也去网上买书学习，渐渐开始有了新的想法：是否能将川菜和科学技术进行融合？

邓玉婵听着感觉有些玄奥，冯金洲便用简单易懂的语言解释："川菜常用急火猛炒，而在高温热油的环境下，食材的营养成分会随着水分的挥发而流失。但西餐的厨师会控制每道菜的卡路里含量，荤素搭配合理，营养均衡，食客自然吃得健康。分子料理的低温慢煮技术，是尽量保留食材本味和营养成分的烹饪手法，呈现的食物口感，自然更为细腻。"

原来的酸菜鱼盐重辛辣，食客一般吃肉不喝汤。冯金洲调和牛奶豆浆加入汤锅，与除腥的姜丝和酸菜一同熬煮，待汤汁翻滚泛白，放入鱼肉，沸腾十分钟即可熄火入口。改良后，这道传统川菜变得鱼肉鲜美，汤汁清香，不燥不辣，成为许多食客必点的特色菜，进入餐馆热销菜的前五之列。

原来的红油腐竹，用正宗的川味红油调味，冯金洲尝试加入自制的新鲜腰果酱，在麻辣之外多了一层浓郁的腰果香，颇受女性食客的欢迎。

传统的鱼香味川菜，是调和了豆瓣酱、陈醋、糖料，配以葱姜蒜炒出来的。但一些食客认为，鱼香茄子味道是好，就是一不小心便会有辣椒皮粘在牙上，容易造成尴尬。冯金洲改良了做法，先炒好鱼香味酱料，再用料理棒打成汁，滤掉渣，配以低温慢煮的鸡胸肉，一道新的"川味鱼香鸡"便出锅了。这道菜口感软嫩细腻，让老少食客赞不绝口。

凌阳轩餐馆最让大众惊艳的，无疑是"麻辣龙虾水饺"。麻辣酱腌制的龙虾肉剁成了馅儿，水饺皮中加入南瓜汁，捏作以假乱真的龙虾形状，便成为餐馆的一道招牌菜。餐馆还开设了一处专门对外售卖的窗口，每天早中晚，购买这种水饺的食客都排成了一条长龙。

说起自己的创新，冯金洲意犹未尽："我们的川菜改良之路走得不错，以后餐馆的发展也会越来越好，何必去宋园凑热闹呢？"邓玉婵心生喜悦，点头赞同。

邓玉婵重提川菜改良的话头儿，并提醒他："咱们餐馆既要走改良之路，又不能一味求新求怪，完全颠覆传统。"

如果是别人当面提醒他"不要求新求怪"，冯大厨可能会立即跳脚，但她是他信任和心爱的妻子，他知道她话里的意思。

川菜要改良，这是凌云青和冯金洲早就达成的共识，但川菜基本的属性和标准不能改变。只有确定了原材料、佐料的质量标准，制作工艺标准等，才能标准化生产，也才能突破餐饮行业的发展瓶颈。

三

成都夏天的夜晚依然热气扑面。毫无睡意的凌云青来到阳台，倚坐茶椅，抽灭了一支烟，又接上一支。

"烦心的事还没有解决吗？"一件柔软轻薄的家居服披上他的肩头。他没有转身，轻轻按了一下妻子搭在肩上的手，带有几分歉意："我吵着你了？"

"你在阳台，怎么会吵着我呢。"曾黎穿了件与他相同款式、不同颜色的家居服，她拉了拉衣领，坐在了茶椅的对面。

"抽完这支烟就去睡。"

餐饮学校的事缠绕心头，凌云青就算躺在床上也睡不着。他曾扪心自问，是自己不够努力吗？一次又一次拜访罗市长，如今孙秘书一看到他，抱着文件就溜走，像是躲避一个瘟神。

至今没有见到罗市长，凌云青不知事情卡在了哪儿。签署的投资合同合法合规，但换了新领导就要等待新的指令，这个他能理解。新的领导即便要重新开会研究项目、做前期分析、提报上会申请……将所有走过的程序重走一次，他都是愿意配合的。他唯一的期盼就是现任市长尽快有所动作，尽早启动供地程序。但现在问题就出在这里，罗市长既不启动流程又不听他汇报，相关部门就不敢供地。这事儿高高地悬浮着，他仿佛看得到希望，却怎么努力也够不着目标。

曾黎返回客厅，给他端来一杯温水。他感受着妻子的关心，这是他协调锦羊市项目以来，只有在家才能得到的温暖。为了餐饮学校项目能落地，他夜夜失眠，像是走进了一条漫长黑暗的死胡同。

阳台洒落着一层薄薄的星光。眼睛适应了微明的光线，曾黎不但能看到他消瘦的脸，还能看到这张脸上累积着重重叠叠的疲惫沉郁。

"锦羊市那边，还没进展吗？"她其实不愿多过问他工作上的事，担心给他带来无谓的困扰。但见他夜不能眠，她又实在忍不住心头的担心和挂牵。

凌云青没有回答。他怕自己一开口，就会向身边的亲人吐露太多委屈。那些被无情拦在门外的日子，那么珍贵的每一分每一秒，却在无效的等待中沦为逝去的流水。对待时间，他从来像个守财奴，恨不能一秒当成两秒用，一生掰成三生过。但这段日子，他消耗的时间实在多得可怕。最让人郁闷的是，挥霍时间却未带来快乐。他在接待室等待市长召见时，心境难以从容，甚至不能安静地思考，随时处于"准备状态"，但等来的却是一次次的失望。他怎么能告诉她呢？他的骄傲、他的锐气，像是刺猬身上的刺，被这种漫无止境的等待，一点一点地拔了个精光。

这个夜晚，他不由自主地想起了宋桥。宋园餐饮公司的员工班底是老利民的人，许多吃惯了利民的食客依然追随他们、信任他们。现在资本介入，宋桥舍得在广告方面投入。一时之间，广告词"来宋园，满足您对中餐的所有想象"如同一记响雷打得铺天盖地，在成都掀起一波又一波的消费热潮。宋园乘势而上，再次扩大经营规模，连开几家新门店。行内有人私下议论说，宋桥原本就有商业头脑，与凌云青搭档时，不能施展自己的抱负，现在自己做主，当然可以开创一片自己的天地。

凌云青听过这些闲言，如果说心里没有波动，那是自欺欺人。自己曾经是否太过一手遮天，压制了宋桥？明明是搭档创业，自己却独断专行？宋桥现在的成就，是否印证了自己的观念陈腐落伍，甚至与时代发展的大势相悖呢？

这些没有答案的问题如同脑海里的熔浆，让他脸上滚烫，头脑晕沉。他不忍曾黎跟着自己熬夜，和她一起进入了卧室。他倚在床头闭上眼睛，可思维神经依旧活蹦乱跳。

四

余会长兼任省烹饪学校的特聘教授。两年前，他对凌云青说过，江浙一带的民营企业发展不错，一些企业生产的厨房设施设备，精细度已趋近国际先进水平，而价格只有进口设备的一半。

省烹饪学校刚换的校长，是个敢于让创意落地的实干派。余会长借着这位新任校长上任的"三把火"，大胆建议学校的实操设备应该"鸟枪换炮"，追上时代发展的节奏。校长从善如流，与余会长共同争取到一笔经费，请他率领省内餐饮专家团去江浙走一圈。如果考察效果不错，学校也决定升级换代，淘汰原来的老旧设备。

余会长邀请凌云青随团考察。当年，凌阳轩餐馆开业时，一些业界大佬嗤之以鼻，嘲笑说没有颠过大勺的年轻人也敢跑来做餐饮。余会长虽不了解凌云青的实力，但他拥有一腔慈怀，在凌阳轩起步阶段，多多少少说过一些好话，给过一些善意的建议。凌云青一直心存感激。

当年利民饭店改制，余会长本来没将希望放在凌云青身上。没想到凌云青不仅认领了任务，实现了平稳改制，还使原来的亏损企业发展壮大，让利民饭店原来的员工成为股东，每年有了分红的收益。余会长由此明白这位年轻的企业家不仅有想法，更有商人身上少见的儒家情怀。余会长又是看重这种情怀的人，因而去江浙一带考察，决定带上凌云青。

考察期间，大家看了数家工厂，也看了几家产业园。沿海地区的高度工业化深深震撼了凌云青。

"二十一世纪的发展主题就是要解放人力。机械的批量应用，将逐步取代人类大量重复枯燥的劳动，让现代科学技术更好地服务于人类。"一位浙江老板侃侃而谈，慷慨地将自己的成就展示于人，并因扮演科技先驱者的角色而倍感自豪。余会长一行是否要从他厂里订几台设备，他仿佛并不在乎。

从事餐饮与开办工厂是两个行当，但凌云青从江浙企业主的身上看到了自己的不足；而这种不足，不仅仅是他个人存在的短板，也反映出内地与沿海地区的差距。即便是沿海地区一些村办企业,他们的产值也超过了内地一些县城所有企业产值的总和。走进这些企业后,他感受到沿海企业与内地企业之间大有不同,这种不同不仅体现在设备设施先进与否,还体现在管理的效率,以及创办企业的理念差异。企业初创起步阶段也许能裹着杂芜前行,野蛮生长,但达到一定阶段就会发现,在多元善变的市场面前,必须对固有模式做出方向性的调整。

凌云青一心创办餐饮培训学校,和他个人的认知有关。其中更重要的,也是无可回避的,就是随着市场经济的发展,餐饮市场亟需这样的培训机构。

改革开放数十年,餐饮行业得到了迅猛发展,大神小神各显神通。过去的商家各自为政,竞争之中不乏辛辣生猛的野蛮态势,靠着粗放经营也能赚得盆满钵满。"春江水暖鸭先知",有些人嗅觉灵敏,率先明白了一个道理:随着时代发展,社会财富快速增长,消费者的口袋日益丰满,对于就餐这件小事也不再像过去那样将就,而是需要讲究了。从吃得饱到吃得好,在"食之味"的基础上,又提出了更高要求。这些善于把握时代脉搏的"先知"们,开始了孜孜探索,在餐馆的设计、装修上舍得下功夫,硬件设施一个比一个舍得投入。但若"人"的因素解决不好,纵是餐饮环境金碧辉煌,初期阶段能够吸引人上门,却无法保证持续俘获消费者的心。

许多餐饮企业往往是热热闹闹开张,后来却逃不脱冷冷清清关门的魔咒。究其原因,是这个行业缺乏营运餐饮企业的人才。凌云青期望通过创建餐饮培训学校,提升从业人员的业务素养,不仅要追上消费者的习惯,还要领先于潮流。

对凌云青的这些认知,昔日的搭档宋桥当然理解不深。在一切只是设想和规划时,向宋桥侃侃而谈这些话题,效果自然也不会很好,何况宋桥并不愿去丈量遥之又遥的未来,只肯守住能把控能触摸的现在。

　　余会长一行去江浙考察回来后，省烹饪学校认真做了预算，但未能向上级主管部门申请到理想数额的经费，采购先进设备的计划只得无奈流产。但天性豪爽的余会长交上了几个好朋友，其中一位是温州企业家赵元庆。赵元庆与余会长一见如故，在为余会长等人送行的酒宴上，赵元庆答应在合适的时间到四川做客，品尝川菜川酒的滋味。

　　两年后，赵元庆应约而来。不过他不是以"拜访旧友"的目的叩访蜀地，而是顶着"战略企业家"的头衔奔赴四川。他将锦羊市视为他的"西部开发第一战场"，此次前来，是专门为了锦羊市的旧城改造项目。

　　凌云青为自己的餐饮学校项目焦头烂额、一筹莫展时，雄心勃勃的赵元庆在锦羊市也遇到了棘手的问题。

第二十六章

一

赵元庆上小学时，穿的棉袄是姐姐的红底小碎花旧衣，一穿就是三个冬季。年幼的他不想穿姐姐淘汰下来的衣服，但终究扛不住寒冷，只得抖抖索索地将棉袄套在身上。贫穷是刻在他身上的耻辱印迹，他暗暗发誓，长大了一定要努力，不能再过这种吃了上顿愁下顿的日子。

长大成人的赵元庆跟着老乡进入一家皮鞋厂打工，在臭烘烘的车间历练了三年。喜欢琢磨的他将各种假冒产品的猫腻摸得一清二楚，短时间内就能花最小的成本制作一双"温州高档皮鞋"。老板对赵元庆倍加赏识，正想为他升职加薪，给予这位"造假人才"优厚待遇时，他却留下一纸辞职信，潇洒地离开了这家工厂。

后来面对余会长，赵元庆并不讳言自己是做假鞋起家的。但在赚到第一桶金后，他迅疾转身，关掉高仿皮鞋厂，换了个地方，重新买地、建厂、装修、招人，创建自己的品牌。当年，关厂撤退、换址重开并不是一件简单的事，赵元庆觉得自己该用"断臂之痛"来形容这一次的转变，或者称之为"一个人的长征"。

赵元庆曾经撬过老东家墙脚的事，瞒得过初一，瞒不过十五。老东家做高仿皮鞋这么多年，没少遇到竞争对手，但像赵元庆这种蛰伏两三年，将核心技术和销售秘密一并偷去的员工却很鲜见。他这样做，和偷师学艺再屠灭师门又有什么差别？

老东家的规模是赵元庆高仿厂的好几倍,如果想碾死赵元庆,只要使出创业之初争抢客源的降价策略,赵元庆就没有还手之力。但赵元庆向来骄傲于自己的直觉比一般人更加敏锐,懂得在暴风雨来袭之前转身,在危险降临之前逃走,给自己寻找一个庇护的屋檐。

庇护的屋檐,便是自创品牌。这对于赵元庆而言,既是摆脱与老东家纠葛的最好方法,同时又治愈了他越来越明显的负罪感。他也是穷过、苦过的人,知道穷人赚钱不容易,也缺少辨识真假的能力,就算他们能辨识真假,但荷包里只有那么几张票子,哪由得了他们挑挑拣拣?假冒鞋与穷人之间,就这样构成了一种相依相存的紧密联系。

赵元庆内心开始滋长蓬勃的信念,想要努力做出穷人穿得起的高质量品牌鞋。

重开鞋厂,将自家品牌创起来、卖出去,个中艰辛,赵元庆不愿回头细数。好在他曾有生产高仿鞋的丰富经验,他明白在处理某些工序时,反着来才是正解。对待自家品牌,赵元庆如同老母鸡孵蛋,耐心地一点点孵化,从无到有地在市场占有了一席之地。他为此付出了很多时间和精力,不到五十岁就顶着一头白发。当然,他也收获了超乎想象的财富和自信。

被赵元庆视为模仿对象的老东家,在沿海地区一次大型"打假"行动中,遭遇了"一锅端"的命运,那位老板吃了整瓶安眠药,结果了自己。兔死狐悲,赵元庆难免心惊胆战,如果不是他将舵转得快,恐怕也要重蹈老东家的覆辙。

唏嘘感叹一番后,赵元庆收拾心情,不再沉湎于悲观情绪。他庆幸自己在多年前找到了"自创品牌"这条艰辛之路,并坚持下来,开辟了一片崭新天地,与过往的"造假能手赵元庆"干净利落地一刀两断。

二

赵元庆自创皮鞋品牌赚到了钱,企业开始多点布局、多元发展。他喜欢尝试新事物。成功拿下锦羊市旧城改造项目,用腾挪出来的地块开发房地产,这是他的集团公司落地成都后的第一个大工程。他自己也好,集团股东也好,对锦羊市的旧城改造充满了信心,认为这是江浙企业挺进西南腹地的一次标杆性作业。他最初的设想,是为了真正在省外打响品牌,为以后在内地的发展铺路。

"品牌是一个企业的无形资产,是灵魂所在。我一定要在你们巴蜀大地上,将我们温州人的品牌树起来!"赵元庆刚落地成都,余会长就为他接风洗尘。好友相聚的私人宴会没有太多政界面孔。酒过三巡,赵元庆的话就说得格外豪迈,余会长与之响亮碰杯。他真心欣赏赵元庆的激情,认为老赵年过半百还拥有这样的干劲,这正是他能将企业做强的内驱力。

可没过多久,余会长来到锦羊市,邀约赵元庆和凌云青聚会,赵元庆菜没吃几口,闷酒倒喝下半斤。他粗着喉咙对余会长诉说:"我这回可能要败走麦城了。"

"老赵,别喝了。"余会长用掌心压住赵元庆的酒杯,担忧地问,"旧城改造项目有什么问题吗?"

赵元庆用力推开余会长的手,举起杯子猛地喝了一口:"有问题算啥,我现在完全是腿脚陷进烂泥里,一步都走不动!"他在朋友面前毫无顾忌,将他这段时间的遭遇,琐琐碎碎全都讲了出来。

拆迁补偿成了赵元庆的项目遇到的最大难点。他们公司不仅要负责居民的拆迁补偿,还要承担大量道路拓宽、市政管线更新等市政配套工程的费用支出。前期成本预算原本就高，赵元庆代表集团公司应下这个数，出发点是想即使不赚钱，也要先靠实力立下口碑。因此他甚至没与锦羊市政府过多拉扯，只希望一切从快进行，项目早一天完成，他们就能早日将精力放在别的项目上。

可是很快，赵元庆惊讶地发现，划定的改造区域里两千多家拆迁户的自建房，陆续神奇地长出一层楼，或多了一个俗称"耳朵"的偏厦，拆迁户要求这些面积都要算进拆迁补偿。赵元庆不干了，在与锦羊市政府签订正式协议之前，双方已经提前丈量并确定了补偿面积，现在又冒出这些额外空间，这让他难以接受。他以为有关部门会为投资企业说句公道话，但主抓此事的职能部门却对此三缄其口。赵元庆几次登门对接商讨，主管领导听得耳朵生茧，采取能躲就躲的方式，让他吃够了闭门羹。

赵元庆虽是外来人，他还是从房东那儿探到两句实话。房东觉得，这个年过半百的人在浙江那边要产业有产业，要地位有地位，不是个缺钱花的人。他天远地远跑到锦羊市来投资旧城改造，让老百姓能够住得更舒坦，还会清除过去居住环境中的安全隐患，让城市面貌也焕然一新。不料有些人背地疯传，说"外来和尚不念好经"，只想从锦羊榨一笔油水就走，到时留个烂摊子，坑的都是底层老百姓。那些外来的房地产开发商，楼修着修着，资金链断裂，留下烂尾楼，人影儿都找不到一个，到时上哪哭去？既然现在这家外来企业要给拆迁补偿，那好，先将房屋面积尽可能增加，补偿款多拿到一点是一点。哪敢信任他们这些没根没底、随时可能拍屁股就走的人？

赵元庆多次去找旧城改造项目的主管领导，每次都无果而还。他转头去找街道，街道负责人倒没摆官谱，但看到他来了，身子一转，躲在屋子里，让一个普通工作人员出来接待。但人家是你说你的,他发他的呆;你急你的,他放他的空。

碰了几次软钉子,赵元庆慢慢明白了一桩事:这些街道工作人员,多是土生土长的锦羊人,与想方设法多捞好处的那些拆迁户,有着千丝万缕的关系,说不定还是牵扯不断的亲戚呢。你让当地人配合外地老板推进工作,他们表面上响应上级号召,跟着政策走,私下的操作可就将情和理分得太清了。

赵元庆也好,凌云青也罢,他们都一腔热血地想要通过自己的努力做一番事业,对于锦羊市的发展有百利而无一害。但就因为行政环节的这些问题,他们的项目迟迟不能启动。两个人如今就像热锅上的蚂蚁,走投无路,求告无门,苦恼不堪。

余会长来一趟锦羊市,原本是想见见凌云青和赵元庆这两个好朋友,一起喝两杯小酒,谈两句风月,哪知这两人有这么多苦水。这些情况让余会长震惊之余,激发了他这位餐饮大咖的古道热肠。

余家世代掌勺,家世"档次"不算高,有人还将余姓家族称为"厨子世家"。不过,这厨子与厨子之间,差距可就大了。余会长这样的厨子,有时是政府要员的座上宾,有时是为成功人士治席者。中国人讲究吃,不光是填饱肚子,觥筹交错的人情往来背后,往往藏着比一桌山珍海味更重要的内容。要论厨艺天分,余会长并不是家里他这一辈中最为出色的,不过他能取得超过家族其他川菜大厨的成就,就在于他明白交朋友的重要性。当别的厨子或清高自傲,或羞涩拘谨,不敢与领导交流时,他是场面上最为活络的一个,且因家学渊博,平时又注重读书看报,说话也幽默风趣,在官场结识了一些谈得来的朋友。再说,他能在会长位置上顺顺当当一待多年,不只与他已臻化境的交际能力有关。他和那些见缝钻营者最大的不同,还在于他颇具古代侠士之风,看准了一个朋友便愿意为之两肋插刀,真心实意地善待对方。

余会长马上想到一位朋友，便是刚到锦羊市担任市委书记的方新卓。他掏出手机拨打了方新卓书记的电话。

方新卓书记匀出第二天晚上的时间，邀请他到家里喝茶叙旧。在方书记家里，他把凌云青和赵元庆的遭遇，说了个详详尽尽。

方新卓的妻子比方新卓大三岁，前不久办了退休手续。她在中学当了一辈子的训导主任，现在退休在家，将全部热情转移到了丈夫身上。她发现丈夫随着官职逐渐升高，烟瘾也变得越来越大。为丈夫的健康着想，她要求他在半年内戒烟。余会长在桌上丢了一盒中华香烟，方新卓手指头伸过去，不由自主地在烟盒上来回摩挲。

"老方，想抽就抽，这是干啥？"余会长并不知道，方新卓正在妻子的严管之下执行戒烟大计。方新卓将烟盒推到余会长前面，喉结上下滑动，回答得非常干脆："不抽了。你说的事情，我安排一个座谈会，先了解情况再说。"

座谈会请来了赵元庆、凌云青等来到锦羊市投资，但项目迟迟推进不了的民营企业家。大家不敢相信，自己之前烧香拜佛，不知求了多少菩萨，期盼能见领导一面，如今书记竟然主动找到他们。这一次的摸底座谈会有个要求：不做笔记，不做简报。

方书记是外地来客，罗市长是本地的土著。其他政府人员如何选边站队，颇为考验他们的职业生存技巧。方新卓一边听取民营企业家发言，心里一边感慨："如果不召开这个摸底会，我能知道他们有这么多的困惑吗？"

摸底座谈会结束，方新卓坐上了赵元庆的车。对锦羊市老百姓而言，他还是生面孔，只要不坐市委给他配的专车，一般人不会认出他是市委"一哥"。对于初来乍到的方新卓而言，这样正好能低调地四处巡察，了解实情。

　　方新卓提出顺道看看凌阳轩餐饮服务公司买下的地块，他让同坐一车的凌云青谈谈项目规划思路。凌云青介绍了创办餐饮学校的初衷，方新卓没有当即发表意见。凌云青以为领导对这个话题不感兴趣，或者觉得他的汇报干瘪无趣，便不再多说。快到项目规划地点，方新卓睁开了眼睛，目光平视前方："通过对餐饮从业人员进行细分领域的系统培训，有的放矢地提升他们的专业技能，对接餐饮行业的发展需要，做到'订单式'人才培养，这样的办学模式我们应该支持。"

　　凌云青的眼窝和心头同时一热。一年多来，他被罗市长拒之门外，骄傲与自信几乎消磨殆尽。方书记高屋建瓴的一句话，虽然没有立刻解决他的困局，却已给了他莫大安慰。

第二十七章

一

上任以来,方新卓第一次主持召开全市经济工作会议。谈到民营企业投资项目遇阻的现象,他慷慨激昂,掷地有声:"作为市场主体,国营企业和民营企业都很重要。我们锦羊市要发展经济,必须依靠两条腿走路。民营企业只要依法经营、照章纳税,我们就应该支持他们、帮助他们。他们在锦羊市投资,解决当地人就业,促进地方经济发展,我们应该给他们提供良好的营商环境。营商环境好,资金自然会流入,好的营商环境就是好的先行资本。只有营商环境好了,才能促进各方面的更新发展,带动消费转型升级。"

方新卓越说越激动:"同志们,搪塞企业家,甚至阻碍民企项目落地,这是愚蠢的做法,以后谁还敢来锦羊市投资?这样的行为,其实是和自己过不去,和地方经济的发展过不去,也是和千千万万老百姓的福祉过不去。我今天郑重宣布,从今开始,谁和企业过不去,我就和谁过不去。我们锦羊市一百多万老百姓,也会和他过不去。"

他的话音刚落,经久不息的掌声响彻会场,窃窃私语伴随着赞叹:"锦羊市来了个不一样的书记。"

罗市长随即在会上表态,字字铿锵:"我们要研究实际情况,为企业服好务,一定尽快落实方书记的指示。只要企业的投资行为合法合规,符合政策要求,我们政府就要维护他们的合法权益,绝不能打击企业的投资热情。"

赵元庆的旧城改造项目在相关部门的主导下，依旧按照原来确定的拆迁补偿面积执行；凌阳轩餐饮学校的供地程序也随即展开。

有企业反映政府相关部门的人难见、脸难看、门难进、事难办，方新卓做出批示："政府部门务必转变思想，要从管理者变成服务者，学会给投资者开放绿色通道，从简从快办理企业的相关手续。"

"绿色通道怎么开？"工作人员嘀嘀咕咕，"各部门又没聚在一起集体办公，就算再'绿色'，敲了这个部门的章，出门开车右拐去另一个部门，还不是要'红灯停，绿灯行'？"这些牢骚话倒是打开了方书记的思路："腾出一间大厅或大楼，各部门出人，集中办公，给人民群众提供'一站式服务'，不就方便解决问题了吗？"

这可开了锦羊市行政服务的先河。方新卓把这一想法整理成书面报告，汇报给上级领导，领导当即肯定他们"为民办实事，有具体措施"。

相关部门该出人的出人，该布置的布置，忙忙碌碌行动起来。有些清闲惯了的人员原来早上十点才到单位，下午三点就没了人影，现在在"一站式大厅"上班，在大家的监督下工作，再也没有了当初的闲适。

一些发牢骚抱怨的怪话，吹到了罗市长耳边。有人说，方书记是"累死公务员，幸福老百姓"的典型代表。罗市长听后，丢掉手里的笔，面无表情。孙秘书在旁边道："这股子评议书记的风气不太好，要不要我去找那些人谈谈？"罗市长站起身，走到窗边，将手中的半杯残茶倒在栽有君子兰的花盆里："你有这闲工夫，不如帮我把这盆花养好。"

二

临近冬季，锦羊市国土局、建委等部门，在一周之内划定了凌阳轩餐饮学校的用地红线，其他相关流程也陆续获得审批通过。沿着红线打桩建立围墙，就可以施工修建学校了。

凌阳轩餐饮服务公司组建的施工队来到修建区域，挖掘机、推土机、运渣车陆续进场。突然，"呼啦啦"冒出一群人，五六十个原地拆迁户挡在十几台挖掘机前，不准施工作业。一个体形魁梧的大汉脱了外套脱毛衫，脱了毛衫脱秋衣，裸着半身的肌肉，顺势躺在了挖掘机的车头下面："原来的拆迁补偿太低了，现在不增加补偿费用你们就想施工？那不得行。如果现在要施工，先从老子身上碾过去！"

"快把他扶起来！"天寒地冻，这名大汉裸露的皮肤上已经爬满了鸡皮疙瘩。挖掘机司机善意提醒，却遭来这群拆迁户的愤怒辱骂："你龟儿子再管闲事，砸烂你狗日的车！"

凌云青纳闷了，这些拆迁户都签过"同意拆迁"的协议，按照国家制定的拆迁标准，他们已经拿到补偿款，也住进了新的安置房。他与原来的市领导班子商议好，由政府出面组织拆迁，餐饮公司协助配合。征地赔偿款由企业统一交予政府，并由政府人员出面，动员居民搬迁至新区。他们如今为什么又来要求额外增加拆迁补偿费呢？

罗市长上任伊始，有人向他汇报了凌阳轩餐饮服务公司投资建校的项目。但他认为，一个餐饮学校，又能拉动地方多少GDP呢？就算修成了，人家还不是将这份情义记在自己的前任身上？于是就悬着不予理会。没想到，这个凌云青竟能直接找到书记那儿……

地面上的居民房屋，包括菜园、果园等赔偿款项，已由政府将餐饮公司支付的款项划到了村组账户，依照测量的征地面积按户赔偿。罗市长极不情愿地签批这个项目时，对一旁的孙秘书说道："至于老百姓事后认不认可，政府就不能保证了。具体琐碎的工作，就让这家餐饮公司自己去面对吧。"

罗市长开会时慷慨激昂地表过态："餐饮学校是市里的重点工程，各级部门要高度重视，对这样的投资项目，我们不仅要扶上马，还要送一程。"但他私下却大发牢骚："政府部门有多少人？都派出人员去给企业协调服务，我们还做不做事，要不要正常工作？那家餐饮公司的老板不是很急吗？不是很了不得吗？我们还在商讨审议，他就到处告状。既然这么能耐，让他自己去推进他的项目。"

罗市长的大小随从听出了他话里的火药味儿，也听出了他的话外之音。他与凌云青没有见过面，不存在任何恩怨，也不是刻意针对凌阳轩餐饮服务公司，而是他心里有着太多的郁结。

锦羊市空降来的这个方书记，在全市经济工作会上一番铿锵言辞，让罗市长犯起了嘀咕："难道方书记私下跟凌云青和赵元庆的企业有什么勾勾连连，否则他为什么会这样支撑这些外来企业的腰杆子？锦羊市又不是没有本土企业，怎么不见他这样关心爱护过？"

分管建设的副市长左右为难。民营企业能来锦羊市投资，他明白，发展的不仅仅是企业，对当地老百姓和地方经济也都有好处。不说别的，凌阳轩餐饮培训学校建起来的话，那么多师生就是庞大的消费队伍。有人的地方就有生意，老百姓出租房子，或是做个小生意，都有机会过上好日子。他认为方书记的指导思想是对的，就该支持凌阳轩餐饮服务公司和更多其他公司的项目落到实处。但罗市长的意思他也清楚，如果不按罗市长的意思处理,以后他能有好日子过?

  市里负责督查的项目办,最终没有接到这位副市长督促修建餐饮学校的"旨意"。凌阳轩餐饮服务公司的人来到项目办,多次递交关于"尽快推进学校建设"的请示报告,希望排除阻碍施工的现象。项目办的人不急不恼:"我们坚决贯彻领导指示,协助劝离那些阻碍建设的拆迁户。"但说归说,项目办却迟迟没有任何行动。

  凌云青担忧的,哪里只是这些拆迁户呢?餐饮学校的修建不能正常进行,可很多花销都在产生,即便那些无法施工的各种工程车辆没有干成一分钟的事,只要来到了工地,每天都会产生十几万的费用。

三

  相较于做菜,二厨丁原更喜欢号召群众、动员群众、组织群众,除了厨师的正业,他在公司还担任着工会主席。餐饮学校修建工作遇阻,公司决定成立临时施工小组,他头一个报名请缨,当了组长。

  他信心满满地带领施工组的人来到锦羊市,与原住户多次耐心沟通,对方却不为所动。其中一个组员是丁原的嫡传徒弟,他见师傅遭受住户责难、一副忍气吞声的样子,愤愤不平道:"师傅,和他们讲这么多道理是在浪费口水,咱们手头又不是没有征地的红头文件,公司也给了土地款和拆迁费,还怕那些人做啥?我们进场施工,我就不信那些无理取闹的人还敢和我们动手?"

  丁原一脸苦涩,犹豫半晌:"少安毋躁,咱们再和凌总商量一下?"徒弟继续给他鼓劲:"将在外,军令有所不受!"徒弟的话让丁原心生触动，自己主动从凌总那儿领下任务，如果不能顺利码建围墙，就不能铲下修建学校的第一撮土，倒显得自己"雷声大雨点小"了。自己担负了工会主席的职责，就有义务为公司员工的未来发展创造条件。修建工作的顺利推进对公司发展至关重要，绝不能让大家认为，他在施工组内只是一个滥竽充数的南郭先生。否则，从凌总到徒弟再到其他员工，只怕个个都会轻看他。

"安排推土机和挖掘机明天就进场，强行打围，为正式施工做好准备！"丁原坚定地一挥手臂，准备站起来做出进一步的安排，不料徒弟已经转身走出施工组临时搭建的工棚，联系其他组员对接工程车辆去了。

第二天上午，推土机、挖掘机再次进入施工场地。要求增加拆迁补偿的原住户再次拥来，十多辆工程车的车头下面，瞬间躺卧了一些中年妇女和行动不便的太婆。五十多名青壮男子手持石块、棍棒、铡刀，围住了丁原和施工组的其他成员。

丁原向他们耐心解释："你们已经签了拆迁协议，说明与政府达成了拆迁共识；你们领取了拆迁补偿款，说明认同了赔偿标准。现在无端要求增加补偿费用，这于法于理都说不过去。如果你们有什么想法，请与政府有关领导协商。这样无端阻扰我们施工，就是扰乱我们正常施工秩序。请你们尽快离开这里，或者派出代表，我们坐下来商量……"

声嘶力竭的丁原还没有说完，一块砖头向他迎面飞来。他下意识地侧身一躲，砖头砸中挖掘机的车头，发出刺耳的碰撞声，掉在了躺在车头下面的中年妇女身上。

现场短暂地沉寂之后，传来那名中年妇女惊天动地的哭声："打死人了——！工地暴力施工，要出人命了！"一群青壮男子在一片喧闹中围了过来，查看她的伤情，发现她的身体并无大碍。

这名妇女翻身爬起来,一边哭哭啼啼骂骂咧咧,一边踉跄着靠近丁原,趁他不备,猛地一把抓住他的头发,使劲撕扯摇晃。施工组的人员赶紧拨开她的手,隔开了惊魂未定的丁原。丁原转过身,发现那名妇女手上残留着一缕杂乱的毛发。他下意识地摸摸自己的脑袋,头皮的疼痛感顿时汹涌而来。头顶的天空似乎不断旋转,恼怒和羞辱让他一屁股坐下,身体一斜,慢慢倒向了地面。

丁原的心脏功能不好,随身揣着救心丸。跟随他的徒弟对师傅身体状况还算了解,马上从他衣袋掏出速效救心丸的药瓶,抖出一把药粒,也不管量多还是量少,一把塞进了师父嘴里。

丁原慢慢醒了过来。施工组的人员商量,以他的身体状况,不能再受刺激。强行打围施工的计划,又一次无果而终。

凌云青在雅安市一家石材厂商谈石材供应的事,得知工地险些闹出人命,立即驱车一百多公里,前往锦羊医院看望丁原。

医生让丁原留院观察。他见老板来探视,从床上直起身,强打精神向凌云青表态:"我没啥事,现在就可以出院,明天照旧去现场督工。我就不信了,走遍天下脱不了一个'理'字。他们不能前脚拿了赔偿款,后脚又找我们麻烦。那些白花花的票子,都是我们企业省吃俭用才凑足了交到政府手里的。他们难道只认政府的好处,不管掏钱的是谁?世间哪有这样的道理!"

凌云青转身拿了一个枕头,垫在丁原的背后,又拉把椅子在床边坐了下来。他对丁原推心置腹地讲道:"那些闹事的原住户,未必不知道赔偿款是我们出的。正因为他们知道,才这样无休无止地吵闹。"

丁原疑惑不解:"这又是啥道理?"

凌云青一阵沉思后,无奈而简单地说明:"有人想从我们身上获取更多的补偿,达到个人目的。"

"我和这些原住户交涉了很多次,他们说补偿少了,还说'故土难离',自己在这边住得习惯了,即便政府在新区给他们统一安置,住上了更大面积的新房,他们也要说'金窝银窝,不如自家的狗窝'呢!"丁原汇报了他与拆迁户沟通的情况。

有些事情,不能只看表象,隐藏在深处的真相才是诱发问题的根源。但凌云青能跟丁原说清楚吗?于是他苦笑摇头,安慰丁原:"好好休息。公司上下为这事儿已经折腾了一年多,大家都要有耐心。"

凌云青从医院出来,夜空已经挂上了一轮弯弯的月亮。清冷的月光洒向沥青路面,与路灯的光晕和树枝的阴影闪现交错。他望向天际,新月皎洁如钩,多日来的愁烦情绪稍有缓解。他明白,做事的难易繁简,就跟月亮的阴晴圆缺一样,总有其中的规律。餐饮学校项目刚有进展,尽管面临重重困难,他相信,只要不轻易放弃,终有解决的办法。

前天,财务总监徐进向凌云青汇报,现在是举全公司之力来推进锦羊市项目,餐饮学校的修建多耽搁一天工期,就要多一天无谓的开支,他心里着急啊!

凌云青何尝不急呢?锦羊市项目如有闪失,公司可能破产,员工就要承受经济损失和失业打击。像邓玉婵这样的管理人员,将自家积蓄投进项目,受到的损失会比其他员工更重。但是,再重能重得过他凌云青吗?他苦心赚得的利润、向银行贷的款、找朋友借的钱,以及经受的精神折磨,一笔笔加起来比大山还重,这些都要他来面对。工期这样耽搁,他的内心犹如油煎火炙。

车里空气沉闷,凌云青打开车窗,让冷风肆无忌惮地钻了进来。

四

汽车驶进小区的楼下,四处灯火阑珊。凌云青没有立即回家。他倚靠车门,浑身筋骨忽然发疼。他小时候患过骨膜病,那时的疼痛像从肌体里一点点渗出来,如同千万只蚂蚁不停地啃噬。那种感受过于深刻,他想忘都忘不掉。一路奔走二十多年,有些隐隐的疼痛却不是来自身体,到底来自哪里,他也说不清。他点燃一支香烟,熟悉的烟草气味暂时安定了他纷乱的情绪,那种深入骨髓的疲惫有了稍许缓减。

曾黎听到汽车停泊声,来到阳台。她没开灯,凌云青看不见她,她却能看见自己的男人,尽管那里只是一个小小的黑影。那一闪一闪的火光,似一圈圈疼痛的涟漪。他心里装着太多的事,事多了就是一种负重,但他能卸掉这些重荷吗?如果没有这些重荷,他就不是凌云青,也不会是自己认识的那个男人。

她和他在一起十多年了,闺蜜们从一开始就笑她傻,不相信"凤凰男"能给予她完美爱情。她自从做出决定,誓与他生生世世相守那天开始,就不爱在闺蜜面前辩解什么。她在感情中有轻微的洁癖,觉得哪怕轻轻一句解释都是对这段感情的亵渎。庄子说:"子非鱼,安知鱼之乐?"曾黎被闺蜜们饶舌得烦了,也想回她们这句话。但她们不是曾黎,不会明白她内心深处珍藏的是一个怎样的男人。比如现在,他满腹心事,一身疲惫,但他宁愿选择在楼下调整自己,尽量让不好的情绪留在屋外,努力在她和女儿面前做一个"不会忧愁的丈夫和父亲"。

"咔嗒"一声门响,凌云青回家了。她折身从阳台走回客厅,微笑着问他:"今天顺利吗?"

"还好!"他回以一个浅浅的微笑,接过她递来的茶水喝了两口,语气平和地说道,"遇到一点小问题。不过你知道的,做事总是这样,不是这里有麻烦,就是那里有蹉跎,哪有一帆风顺的。"

方书记在那次经济工作会议上的发言,凌云青从别人那里了解了一些,也与曾黎谈起过。她见他愁眉难舒,关切地说:"如果遇到的问题实在难以解决,不如再找方书记反映一下?"

她的提议,他何尝没有动过心思?但他反复思忖,打消了"遇到困难就找书记"的念头。

赵元庆在锦羊市推行的项目和凌云青不同,经历的不一样,但他们有一些共同的感受,两人的友谊便有些特别。单独相处时,他们畅所欲言,当然也谈到过方书记,以及方书记的支持和鼓励。

方新卓这种外调来的领导,如果对一些微妙的人事把控的度掌握不好,就会被当地盘根错节的关系网缠住。这种情况下,若一味追求自己的想法落地实现,就可能会被人揪着辫子大做文章。虽然罗市长之前不见凌云青,后来还是响应方书记的指示,说了些"扶持优质民营企业"的话。可凌云青与赵元庆来回推敲,总觉得主持政府具体事务的罗市长并没那么容易转向。到现在为止,凌云青依旧未能见到罗市长,他着实摸不准这位市长的心思。

凌云青与赵元庆商量来商量去,觉得自己能解决的问题,不去麻烦方书记为好。方书记在会上为他们这样的群体仗义执言,已经成为社会的谈资。好在方书记是堂堂正正公开讲的;若凌云青这样的私企老板为了推进障碍重重的项目,屡屡寻求书记帮助,别有用心的人肯定会无风起浪,编派一些龌龊之词。所以,他和赵元庆不能为了自己的项目推进而不顾及他人的难处。

方新卓的父亲是在山东出生的,特别骄傲于自己出生在"孔孟之乡"。新中国成立后，他从部队转业，到四川任地委书记。方新卓从小就听父亲反复说一句话："当官不为民做主，不如回家卖红薯。"据说清朝的郑板桥也爱将这话挂在嘴边。在"文革"那个特殊的历史时期，领导干部如果带头"追崇封建社会残余""咀嚼封建官僚渣滓"，是要头戴高帽接受群众批判的。但方老爹回家关上房门后，对妻子儿女可以说说闲话。那时他被暂时"搁置"，从地委书记变成厕所清扫工。已经不是官了，他还和儿子叨念"卖红薯"不"卖红薯"的。小小年纪的方新卓反感他爹"咸吃萝卜淡操心"，大道理听得他耳朵长茧、心中生烦，言语自然少了恭敬。他当面顶撞父亲，摆出自己的道理："您要是个好官，现在还会拿个扫把天天扫厕所？"

方新卓记得，当年他爹受了这顿怼，竟能平稳情绪，缓和语调，语重心长地对他说："你爹是不是好官，历史今后会给予公正评价。我现在不和你讨论这个，只想告诉你，如果将来你走上了仕途，一定要记住：不管外面的风怎么吹，有多少喧嚣哄闹，你心里一定要有杆秤。那秤上最重的，永远是老百姓。只有做到这样，你才勉强算一个问心无愧的干部。"

岁月滚滚向前，顽劣小方变成了方书记。现在他的年龄比他老爹当年教子时还要大。他在自己的位子上兢兢业业，没有一天忘记过老爹的话——既然入了仕途，就要尽可能地做一个为民做主的官。

方新卓以前在弘州任一把手，为了抓好工业，雷厉风行地搞了几个大动作。其中之一便是他力排众议，顶住各方压力，从德国引进当时技术水平领先世界的机床。正是这次进口先进设备，让方新卓对于人才有了更深的渴求。机器空运来了，德国技术人员协助安装、培训。三个月过去了，弘州厂方精心挑选的技术尖子仍旧达不到独立作业的考核标准。无奈之下，德方技术人员只好继续耽留三个月,传授教学。一留再留,三月再三月,德国人一年多后才告别中国。

这事儿成了一个不大不小的笑话,在弘州官场广为流传。传话的人将重心放在老外个性偏执较真上——他们要求中方人员的操作不准有瑕疵,反复上机实验考核,直到最终达到百分百的操作准确率,他们才愉快归国。不知是老外不懂得变通,还是欺负国人软弱,因为他们多待一天,厂方就要多付一天的薪金。

听到这样的闲话,方新卓没有动怒,心里却十分沉重。自己的同胞达不到德方技术人员的上机要求,不仅不知耻而后勇,虚心学习奋力追赶,反而编派别人,将德方的"高标准、严要求"视为固执偏激。

方新卓调任锦羊市委书记之前,知道锦羊自古就以"商贾如云"出名,近代反而颓败没落。改革开放之后的历任班子都想沿着这条道路,重振这块土地的历史辉煌。他自然也不例外。关于锦羊市的经济工作,他走马上任之初就有了初步设想。要发展锦羊市的经济,提高老百姓的生活水平,根据实际情况鼓励和扶持民营企业的发展,势在必行;实在无法适应市场需求的国营企业,必须关停并转。社会要进步,企业要发展,人才培养也必须得跟上。

简单朴素的设想和规划,成为方新卓在锦羊市的施政初心。他无私地帮助凌阳轩餐饮服务公司推进锦羊市项目,是因为凌阳轩要做的事,契合了他的市场专业人才队伍建设计划。

方新卓深刻地认识到,随着大批国营企业无可挽回地走向"生命的黄昏",不得不迎接痛苦的关停并转,民企的快速崛起已经不可阻挡。要搞活市场,不能只靠"国字号",当然也不能一味偏重"民字号",而是要"两条腿走路",只有这样,这潭市场经济的水才会活起来，鱼游虾戏，焕发蓬勃生机。

民营企业的发展重点在于人才建设，与老国营企业"师徒制"的旧传统不太一样。改革开放之后，众多民营企业成了市场经济的生力军，为国民经济的发展做出了重要贡献；但他们不曾有太多经验积累，要靠国企那种"一师带一徒"的方式，恐怕会水土不服，更何况这种方式效率低下，无法适应当代社会的快节奏。企业需要科学系统的职业教育及时补足新的专业人才，才能发展，才能跟上市场的脚步。

方新卓翻看了凌云青的投资报告，认为餐饮学校的落地，将填补锦羊市职业再教育的空白。作为企业家，凌云青所做之事超越了逐利目的，承担起了一部分可贵的社会责任。

如果再多一些像凌云青这样的人，心甘情愿来这里兴办实业，锦羊市商海鼎沸的历史盛况何愁无法重现呢？

五

餐饮学校一施工，当地拆迁户就成群结伙拦住施工队，修建工程的僵局始终无法突破。凌云青处于水火交困之时，宋桥久违地联系了冯金洲。

当初，凌云青和宋桥分家，于情于理，冯金洲都应该跟随宋桥，离开凌阳轩餐饮服务公司，但他却没有挪挪地方的打算，也没有说什么解释的客套话。宋桥一度感觉遭到了至亲的背叛，犹如西伯利亚的冷风浩浩荡荡穿过身体，让他心底生寒。

凌阳轩餐饮服务公司遇到了困境，再大的怨愤也挡不住血缘亲情。谁让冯金洲是宋桥母亲冯金玲唯一的弟弟呢？就算冯金洲这件事做得不地道，但宋桥没有忘记，小时候，冯金洲没少背着姐姐塞糖给他。

宋园餐饮服务公司发展势头堪称迅猛，算上加盟店，成都几个区域已经有了十六家宋园门店。大笔资金每天从手头流进汇出，他都有点搞不清每笔款项的具体名目，也有点糊涂于到底进账多还是出账多。不过，只要钱在欢快流动，就说明他的宋园是一派繁荣景象。不知凌云青吃错什么药，非要做锦羊市项目，现在这个项目成了一块鸡肋，甚至比鸡肋还不如，就是一根鸡肠，牢牢勒住了凌阳轩餐饮服务公司的脖子。

宋桥心房里有块地方是永远柔软的。凌阳轩若难以为继，他一把年纪的小舅也会失业，到时如何养家糊口？他的小表弟才几岁，总不能大人小孩一起喝西北风吧？他觉得自己从不是狠辣无情的人，凌云青才是。凌云青背水一战也要做这个看不见利润的项目，资金啊，人才啊，精力啊，不计成本地往这窟窿里面瞎倒。他凌云青高风亮节，我宋桥就是一个庸人俗人，但我认了！

带着一点赌气心理，宋桥把电话打给了冯金洲。他思忖：如果小舅不领这个情，今天便是最后一次找他，他和邓玉婵是死是活，小表弟是不是要饿肚子要辍学，从此自己不会再管。

冯金洲接起电话，表达了坚定不走的意愿，也就截住了宋桥的浮想联翩。放下电话的宋桥握紧拳头，猛地砸了一下办公桌，右手火辣辣地疼痛，像是将拳头放进火里烧了一下。他将发红破皮的手举到眼前，自嘲地晃了晃："你就喜欢自作多情，到处拿自己的暖心肠去贴人家的冷屁股！"

冯金洲拒绝了他，而且还不是婉拒，是那种不留情面、像是一个巴掌招呼到脸上的生冷拒绝。

凌乱的情绪让宋桥难以平静。这么多年了，说是我宋桥和凌云青合伙做生意，但重大决策都是由凌云青定夺，难道我说的话就像放屁，没人肯听吗？就连自家娘舅，到现在都还执迷不悟，只肯围着凌云青打转，罔顾外甥这边的高薪厚酬！

受到冯金洲拒绝的言语刺激，宋桥赌气，驱车去了皇冠夜总会。还没有到上班的正点，服务员在整理酒杯、纸巾、骰子筒之类的物件，清洁工也在抹灰拖地。他昂首阔步走进去，冲服务员吼道："给老子安排一个豪包，要最好的酒，让小妹儿来陪到！"

服务员困惑地望着宋桥，言语倒是恭顺："不好意思先生，我们还要等一个小时才会营业。"

"少废话，给老子上酒，怕我没钱是不是？"宋桥用手掌拍打吧台，气呼呼地掏出一沓钞票，摔到服务员面前，"给我开一个包间！"

来者都是客，服务员没有和钱过不去，很快开好了包房，给宋桥送来了洋酒和高脚杯。

"你坐到，陪老子喝。"

服务员吓了一跳，他是个二十出头的男生，体重大概只有宋桥的一半。他心里乱麻麻的：人不可貌相，自己又不是小姐……难道这个胖子就好那一口？他越想越毛骨悚然，只想快点逃跑。

宋桥却横过一条粗壮的大腿，拦住了服务员的去路。

服务员跑也跑不掉，逃也逃不脱，一脸都是委屈。他转念一想，管他妈的，看这胖子来者不善，唯有将他灌醉，让他放松警惕，才有机会逃跑。不然他扑来，恐怕两三个自己都不是对手。

服务员抱着"既来之则安之"的心态，像坐台小姐那般乖巧地给宋桥倒满一杯洋酒，举到他面前："老板，喝一杯嘛！"

宋桥接过杯子，豪气地一口干下，提高了分贝："别他妈黏黏糊糊的，坐在这里陪着老子就行！"

服务员被推倒在沙发上。原以为会惨遭调戏，没想到人家只是来喝酒的。这位客人的话虽难听，倒让他放下心来。

服务员打量着这位几杯酒下肚就七情上脸的客人，见他先是对着酒瓶"哧哧"笑,随后又举着杯"呜呜"地哭起来。

清洁大婶似乎抱着八卦的恶趣味,忽然用拖把撞开了包间的门,以为会看到一幅辣眼的画面,但她看到客人和服务员之间的距离还能坐两三个人,客人像是眼泪鼻涕糊了满脸。

清洁大婶准备转身离开,但宋桥突然"哇"的一声,吐得茶几和地板一片狼藉。服务员惊得弹起来,像一只灵巧的青蛙,三两下跳到了清洁大婶的旁边,面带厌恶、心有余悸地骂道:"妈的,今天遇到了神经病。"

六

凌阳轩餐馆推出的新派川菜,在成都餐饮界刮起了一阵旋风。有人预定了锦江总店的 VIP 包房,指明要品尝店内的特色川菜。冯金洲自然不敢怠慢,换了白衣,戴了白帽,洗净双手,走进后厨的刹那,像是君王踏入了他的领地。

冯金洲今晚的重头菜是他琢磨已久的水晶猪蹄。猪蹄已经提前蒸好,他的徒弟上午已将猪蹄皮朝下放入盆里,放入鲜肉皮、葱结、姜块、川酒和清水,旺火蒸足三小时。猪蹄已酥未烂时取出,滗出原汤留用。

晾凉的猪蹄端上厨房的案桌,冯金洲抄起精钢菜刀,犹如剑客闲庭信步,刀口触及猪蹄,皮肉纤维迎刃而解。他将猪蹄横切成均匀的大片,皮质朝下,照原形扣入大汤碗。

冯金洲对着身边围聚的徒弟现做现教:"如果多蒸几分钟,蹄片可能皮烂肉散;如果少蒸几分钟,蹄片肉质又不够酥软。火候如何把握,这要靠你们自己揣摩。"

原汤滤去了渣屑,轻轻浇向猪蹄,放入冰箱冷藏。客人陆续到来,即将走菜时,冯金洲让徒弟将冷藏后的猪蹄取出,扣在大盆中间，四周撒上白糖西柿，缀以罗勒嫩叶。

水晶猪蹄的制作费时耗力，工序繁复还在其次，选择恰当的佐餐香料让冯金洲大伤脑筋。他从泰餐、意面里得到启示，以罗勒入菜，这种香料口味独特，压制了猪蹄的冷腥味，使其入口清爽，肉香纯正。猪蹄冻状若水晶，口感冰凉，适合炎夏食用，既开胃又营养，颇受客人喜爱。

今晚的客人中有两位是东道主的长辈，都是年过九旬的耄耋老人。东道主特意要求，要为老人量身定做几道药膳，冯金洲已有改良菜品，正好派上用场。

他新创的川菜"国色天香"，原料并不复杂，做工却很考究。这道菜以黄芪和枸杞入汤钵，配以整只肥嫩母鸡，同炖十二小时；再去掉汤料，只取汤汁，过滤之后，重新烧开，待汤料煮沸，加入一朵"白牡丹"，随即关火。滚沸的鸡汤锁住了热度，"牡丹"开放其中，花瓣摇曳，舒卷如生。

"白牡丹"是一片柔嫩的内酯豆腐雕切而成，凌阳轩餐馆上下，只有冯金洲与二厨何委才有这样的刀工。加添这朵"牡丹"的时机，全凭厨师熟稔拿捏。服务员端送汤钵，步态轻盈平衡，每走一步，汤中"牡丹"如在风中摇摆，娇艳舒展，却不会破碎毁容。客人认为这道菜寓意美好，滋味鲜香，非得请来冯大厨，要敬冯大厨一杯酒："不喝这杯长寿喜酒，你走不脱哦！"

为客人精心准备的"长寿油条"，是冯金洲提前洗泡了党参、当归、甘草，捣碎成泥，与面粉反复揉和；油条炸好后，切成块状，配以香脆萝卜雕花，排盘成形端上桌来。客人吃到嘴里，没有中药涩味，反而鲜嫩回甘，齿颊留香。

当晚的小吃，冯金洲配选马蹄汁、银耳做成樱桃大小的果冻，内核嵌入一丝石花菜，貌如水母，晶莹剔透，食之甜而不腻，清香回绕口腔。

客人吃得心生欢喜，回到后厨的冯金洲一脸悦色、眼如晨星，语重心长地对身边的徒弟说道："所有的菜品改良，都是为了满足人们对色香味的追求。因此，我们的改良只能不断尝试，没有尽头。"

第二十八章

一

成都又起雾了，阴沉沉的天空让人憋闷。徐进来到凌云青的办公室，焦急地说道："学校的修建没有任何进展，但现在每天的花销都在不断产生。"

徐进的嘴角起了一个亮晶晶的燎泡，这个公司老员工是陪着凌云青一路打拼过来的。锦羊的项目陷入停滞，他也着急上火。买地这么久，原住户不让道，场地迟迟开不了工，公司上下人员只能干瞪眼。

"不能再等了。"凌云青沉思片刻，望向前方，坚定地吐出一句话。他掏出手机，打通了邓玉婵的电话："你联系一下英伟安保公司……对，要两百个人，明天八点之前务必赶到锦羊。你现在到我办公室来一下。"

凌云青的举动让徐进不明就里，他也不敢多问，只是迷茫地看着他的老板。凌云青做出请不要着急的手势，对他说道："你放心，这次一定解决。"

徐进回味老板的言行举动，觉得他今天的状态有些吓人。凌云青给下属的感觉一向温和沉稳，但今天的他有些不同，那如同猎豹捕猎的眼神，深邃冷冽，寒如星芒。他找英伟的人做什么？这是一家有名的安保公司，客户层次高端，业内口碑突出，收费自然不菲。公司的资金已经很紧张，难道还要聘请英伟安保公司的人去绷什么场面？这又要多出一笔无谓的开支啊！

学校的修建工程迟迟不能推进。施工队遭受一次又一次的阻拦，丁原已经失去了信心。丁原的心脏功能不好，再让他带队肯定不合适。那么还有谁能在明天，全权代表公司去登这个台、亮这个相？凌云青想来想去，最好的人选是邓玉婵。这个逐渐成长起来的管理者，已经能够很好地驾驭员工，但她愿意承担这个任务吗？或者说，她敢于承担可能引发的后果吗？

邓玉婵来到凌云青的办公室，将对接英伟安保公司以及落实安保人员的情况，向他做了详细汇报。他捋了一下，确认没什么遗漏："安排好了就行。"稍作停顿，他又问道，"你觉得派谁带队合适？"

"肯定是我。学校的修建刻不容缓，我们等不起了！"邓玉婵毫不犹豫地回答。

他显得有些犹豫："要不，还是由我带队吧！"

"您不能去，我就是最合适的人。"她一脸认真地说道，"明天您只能坐镇成都，这样到时无论什么情况，您与锦羊市那边的沟通才有回旋余地。"

这个道理，凌云青当然明白。他是最不能在现场露面的人，他在或不在，决定了明天的事是何种性质。

邓玉婵第一天进入餐馆当服务员时，师傅给她的第一句训诫是"做人要厚道，做事要公道"，这句话似乎刻在了她的血液里。后来，经她培训和管理的服务员，私下无不服气地议论："无论啥事，邓姐对我们都是很公正的。"

凌云青看向邓玉婵。他明白，除了她，现在的确没有其他合适的人选了。

"但是……"他并非没有疑虑，十指交叉搁在桌上，脸上流露出了为难之情。

"因为我是女人，您担心我压不住阵？"她的直率性子似乎从未改变。

"不是担心这个,而是你的人身安全,我不能不考虑。"凌云青真诚地说道。

邓玉婵言辞恳切:"如果是别的人带队,或许您更应该担心他们的安全。但在这件事上,正因为我是女人,劣势反而成了优势。"

他明白她的深意。她说得也有道理,就算一场冲突不可避免,但对方见带队的是一位女性,可能多少会给几分宽容忍耐,不会下死手。再说,邓玉婵心思细密、行事沉稳,由她压阵,他才放心。

"那我先找冯师商量一下再说。"邓玉婵能这般为公司解忧,凌云青心中甚是欣慰,想将一切安排妥善。

她却笑了,眉眼间满是幸福:"我们家里头,当家做主的可是我。再说,老冯这几天,正在餐饮协会闭关当评委,何必分他的心呢?"

他知道她说的是实话。二十出头的邓玉婵为了把握自己的人生,可以不顾他人的白眼和嘲讽,三十多岁的邓经理自然没有越活越懦弱的道理。

"那就听你的。但你要记住,让安保人员穿上我们公司的衣服。他们的人也好,我们的员工也好,不要主动和当地百姓发生冲突;实在避免不了冲突,也不要怕,只要不造成伤亡,你放心大胆地去处理。要是出了意外,由我和公司承担责任。我们的目的是为了确保顺利施工,如果有人受伤,不管是哪一方的,人都必须立即送医。"

凌云青又加重语气补充道:"就算发生冲突,我们明天也要成功铲下修建的第一铲土。你向我们的人交代一声,如果这次受伤了,医药费、误工费全由公司负担。"

"明白!"她知道他很少抛出这么决绝的话。以现在的情形,再不放手一搏，只能为人鱼肉，而她所追随的老板并不是一个懦弱怕事之人。今日他与她密谈，已经将话说得格外直白，他们彼此心里都清楚，明天的冲突可能避无可避。只要凌阳轩餐饮服务公司不让步，不放弃锦羊市项目，这个冲突早晚会来。

二

第二天凌晨五点，凌云青来到了办公室。天色尚早，但他没有开灯，而是推开了窗。脚下的这座城市，在他的注视下已经慢慢醒来。天色越来越亮，一轮红日跃出了云层，艳丽的霞光倾泻天际，一群鸽子从楼顶飞起，向着朝阳的方向滑翔。

这个上午特别漫长，凌云青的手机铃声终于在十点钟急促响起。虽然手机就摆在身边的桌上，但他克制住自己，铃响三次之后，才接起了电话。

是施工组打来的电话。"……知道了，我马上过去。"凌云青冷静地回答。

他猛地拉开办公室的门走了出来，外面格子间的员工吓了一跳。他顾不上那些惊异的目光，将车钥匙丢给业务部经理张建生，抛出的车钥匙在空中划过一道抛物线："你跟我去一趟锦羊市。"

张建生第一次与老板坐得这么近，有些兴奋也有些忐忑。凌云青上了车就不断接打电话，快到锦羊市了，手机终于安静下来。他从车门内架抓起一瓶矿泉水，拧开瓶盖一口气喝下半瓶。

他让张建生直接开往锦羊市公安局。负责处理这次"群体冲突事件"的高局长见到他，跨前两步，握住他的手："凌老板，你来得真快！"

凌云青坦然与高局长的目光相接，从容笑道："接到电话，马上从成都赶来了。锦羊市这么支持我们投资企业,我不能拖拖拉拉掉链子啊。"

锦羊市的沱江波浪翻滚,规划部门划定的餐饮学校用地就在紧邻江岸的城郊。邓玉婵带队赶往工地的这天上午,冬日的阳光映照江畔的草叶枝芽,光芒耀眼。餐饮学校的修建范围内,三十多辆工程车轰鸣作业,两百多名膀大腰圆、身着凌阳轩餐饮服务公司制服的壮汉,沿着修建红线组成了人墙,维持施工秩序。

当地拆迁户相互转告,闻风而动,各自扛上锄头扁担、铁棍铁锹,纷纷拥向施工现场。

"我们要求增加的费用还没谈妥,就敢强行修啊?"

"快去叫人,只要能喘气能动弹的,全都喊过来。绝不能让他们的人动我们的地方!"

"把资本家赶出去,保护我们的土地,保护我们的合法权益!"

餐饮公司的"员工"和施工人员保持克制,对群众的谩骂不作任何回应。

情绪激动的群众冲向工地的人墙。"凌阳轩的员工"个个身姿灵巧,躲过砸来的扁担和铁棒,顺势夺下他们手中的棍棒扔进人墙后面的工地。失去了挥舞之物的群众在咒骂声中,对人墙拳打脚踢,"员工"遵循"打不还手,骂不还口"的原则,就是不让他们突破这道人墙防线。

修建范围的围墙有条不紊地延伸。负责协调指挥的邓玉婵眼看越来越多的群众朝他们拥来,一面果断报警,一面督促加快围墙的修建速度。

阻扰施工的群众像一股汇聚的潮水,迅速在人墙中冲破一处口子，拥入了施工场地。纷飞的砖头石块砸向工程车辆，挥舞的棍棒落在了施工人员身上。工程车驾驶员和施工人员彻底愤怒了，双方立即发生抓扯厮打。

混乱之中，邓玉婵头上挨了一砖头，血液汩汩而流，顺着颈部蜿蜒而下，衣服顿时血迹斑斑。一阵天旋地转，昏倒在地，凌阳轩的人紧急将她护送到了医院。

公安民警赶来了，鸣枪示警，现场混乱到几乎听不见枪声。警察手持盾牌和警棍一拥而上，分隔、包围厮打人员，迅速将双方制服，带往当地派出所。

高局长对凌云青说道："你们的项目咋个弄成这个样？"

"我们合法合规开工建设，遭到暴力阻扰，企业员工也被打伤。你们要为我们的投资项目保驾护航啊！"

这话似乎藏着密密麻麻的锋芒，但高局长还是告知凌云青："受伤群众伤势不重，你们公司有位姓邓的女士，被砖头砸伤了头部，正在医院接受治疗。"

凌云青旋即起身："那我现在去医院，晚些时候再来协助处理。"

三

身为省烹饪协会的专家评委，冯金洲正在参与"天府名厨"的评选活动。为了保证比赛公平公正，所有专家评委都在酒店接受封闭式管理，手机上交组委会，不能与外界接触。比赛结束，得知邓玉婵头破血流，他立即驱车赶到了锦羊市中心医院。

从主治医生那里，冯金洲得知妻子没有生命危险，也已经排除脑震荡的可能，但头部伤口缝了七八针，需要留院观察。

冰凉的液体通过输液管进入邓玉婵体内。冯金洲看着妻子苍白的脸颊，莫名的疼痛向他袭来。他轻手轻脚地走出病房，来到外面的走廊上。

凌云青带着张建生买了一些脸盆毛巾之类的物品来到医院，遇见了在走廊尽头抽烟的冯金洲。

"你把东西送到病房，看看还剩多少点滴，要不要请护士过来更换药瓶。"凌云青支走了张建生。

他迎向冯金洲的怒意："对不起，冯师，今天委屈邓玉婵了。"他内心深处有懊悔、内疚，以及对邓玉婵和冯金洲的歉意与感激，此刻全都真诚地表达。

"如果玉婵有什么三长两短，我和我儿子怎么办？"冯金洲的手指有些颤抖，他将半截香烟狠狠地杵在吸烟区的垃圾桶上，捻碎了过滤嘴。

"锦羊市的项目，我和她是心甘情愿支持的，但你不能拿她的性命去赌啊。公司上下那么多人可以安排，实在抽不出人手，让我来这里，我冯金洲绝不会说一个'不'字。她只是一个女人，平时杀鸡都不敢的，你看看她脑袋，血都从纱布里面渗出来了……"

冯金洲一阵哽咽，转过脸，鼻头一酸，泪水冲出了眼眶。凌云青心里沉重，一时找不到安慰他的话语。

餐饮学校的修建遭遇多次非法阻挠，今天强行进场打围施工，其间会发生什么，凌云青和邓玉婵都没法预料。昨天，她明确地表示："我们在锦羊市项目投入的人力和时间已经太多，当地别有用心的人以为无理取闹就能牵着我们鼻子走，我第一个不答应！"

凌云青决定采用如此孤注一掷的方式，邓玉婵没有细问缘由，或许是她能明白他兵行险招的深意。学校修建迟迟无法动工，总要想办法破局。犹如身上的恶疮，最好的办法是拿一把手术刀剜破恶疮，挤出脓液，削去腐肉，才可能让肌体恢复健康。

她愿意当那把锋利的手术刀。走进工地之前，她已经做好应对准备，让英伟安保公司的安保人员负责拉起人墙，协助施工人员打围施工。面对群众的谩骂，她冷静应对，不作任何回应。

安保人员的人墙被冲破，场面失去控制。混乱之中，邓玉婵头上挨了一砖头，霎时天旋地转。昏倒前，她喊道："我们不能打人！"

经过锦羊市公安局调查取证，参与冲突的群众不得不承认，这次领头的那个女的，没有发出任何要动手打人的指令。那么，这场冲突就很好定性了。

调查组呈报给市委市政府的报告，如实反映了凌阳轩餐饮服务公司修建餐饮学校遭遇暴力阻扰的经过。市委领导做出批示："维护投资者的合法权益，坚决打击暴力阻扰施工的行为。"

第二十九章

一

在这次冲突之后,餐饮学校的修建工程得以顺利推进。引发冲突的肇事者被依法惩处。锦羊市巡警和当地派出所组织警力,在施工场地周边巡逻,防止阻扰施工的现象再次发生。

这次冲突中,四五个六十多岁的老人住进了医院。医生全面检查后确认伤势都不重,有的踝关节扭伤,有的臀部软组织挫伤。

前期与宋桥来锦羊考察时,凌云青敲开过这些郊区农户的门,有些老人递来几张小凳,端来凉白开水。他们欢迎投资者来建设家园,那种淳朴的笑容感染了他。当时,他比宋桥更快做出决定,就在锦羊修建餐饮学校,这和他看重这里的淳厚民风不无关系。这才过了多久,他初心未改,但在老百姓眼里,自己怎么就成了坏人呢?

他惦记着那几个受伤的老人,决定去医院探望他们。张建生欲言又止,被这些闹事者打伤的邓经理还躺在病床上呢,老板竟然要去慰问那些肇事者?他看了一眼凌云青冷峻的面孔,压住了心里想说的话。

准备好了慰问品,凌云青带上张建生和另外两名员工来到医院。他去了一趟医生办公室,了解伤者的治疗情况,医生告知:"伤者伤势不重,他们今天就可以出院的。"

根据受伤人员的名单,凌云青来到刘大爷的病房。靠在床头闲聊的刘大爷见有人来,迅速滑进了被窝。凌云青将慰问品放在床头柜上，自报身份和名字，请刘大爷安心静养。在床前看护点滴的是刘大爷的老伴。她突然起身抓住了凌云青的衣领："你就是那个黑心老板啊！你跑来拆我们的房子，占了我们的土地，用这么低的赔偿费就想把我们赶走？……就给了住房和赔偿款，解决了社保医保，就能保障我们以后的吃喝吗？……你们这些老板为了自己的利益，对我们的要求不管不顾，还要打我们，你们黑了心啊！"

病房里的四张床位都有病人和家属。刘大爷受伤的经过，被他老伴黑白颠倒地讲述，让其他病人和家属气愤填膺，认定这凌云青就是搞强拆的不法分子，刘大爷操起农具只为保护自己的一间屋一个家，却惨遭毒打，导致踝关节受伤。此刻，他们都站在刘大爷一边，纷纷帮腔。

见舆论风向不对，张建生急得立即辩驳："不是这么一回事！"他劝刘大爷的老伴："你放开凌总，有话好好说。市里都有批复文件，我们也按照协议给够了补偿，完全是合法征地，哪里是强行赶走你们呢？"

"那些当官的就知道巴结有钱人，他们说话都不算数，我可不认。你凌老板摸摸自己的良心，看你的那些黑心员工，把我老头子打成半死不活的，你晚上还睡得着瞌睡？"

刘大爷老伴的唾沫星子喷射到凌云青的脸上。凌云青没有躲避，被抓住的衣领紧紧勒住了他的颈部，让他脸部红涨，呼吸不畅。

这位大妈的年龄似乎比自己母亲还要大。凌云青自我告诫，一定要忍让再忍让。儿时家境贫寒，父亲早逝，他体会过遭受欺凌的痛苦，那时他就暗暗发誓，长大成人后绝不仗势欺人。拆迁户接受了政府与他们商定的赔偿方案，现在却闹腾起来，声称是强买强占。这些无理取闹的不实之言，怎么都不像一个乡下大妈能独自想到的。

  着急的张建生和其他员工准备强行掰开这位大妈的手,凌云青伸手示意,不要他们过来。他一边平息她的激动情绪,一边小心地移开了她的手。他手撑墙壁咳了两声:"请大家不要激动,听我讲几句,就几句话,不会打扰你们的。"

  他的话音刚落,这位大妈又吵闹起来:"哪个想听你在这里放屁?"

  "等他讲嘛,看他能讲出啥话?"病房中的其他人随即起哄叫嚷。

  凌云青理了理衣领,平稳了语调:"我们过来修建学校,和大家产生了一点误会,连累老人家受伤,我向大家赔不是了!"

  躺在床上的刘大爷没有吭声。他的老伴又对凌云青指指点点:"打了人又说对不起,也就是你们这种人才干得出来!"

  "哦哟——"病房里外挤满了看热闹的人,犹如古代官府衙门的小吏,随时应和县太老爷,手握"杀威棒"在地上"咚咚"敲击,嘴里悠悠长长地直呼"威——武——"

  "哦哟——"的声浪过去,凌云青面对刘大爷继续说道:"我是真心诚意向您和您家人道歉的,不管怎么说,让您受伤吃苦,我实在过意不去。我向医院预存了治疗费用,如果不够支付,到时您带上住院的相关凭证,我们一定实报实销。我知道,钱弥补不了身体受到的伤害,但这是我目前仅有的能表达歉意的方式,还请您安心休养。关于其中的误会,等大家伤好之后,一定给您和大家一个交代。"

  凌云青告别刘大爷,来到桂大妈的病房。桂大妈的腰部肌肉拉伤,照看她的是她的儿媳妇。凌云青刚一放下营养品,桂大妈的儿媳提起这些东西就向他扔了过去,他闪躲不及,被砸中胸口。张建生赶紧扶住踉跄的老板,随行的两名员工捡起地上的营养品，搁放在窗户下面的椅子上。

桂大妈的儿媳没有好气地说:"拿着你的破玩意儿滚蛋！黄鼠狼给鸡拜年，到这儿来演啥子戏？"

凌云青原想解释，对方作势又要扔东西。他来的目的是看望伤者，不是激化矛盾，只好带着随行人员退出了这间病房。

走出医院大厅，张建生忍不住问自己的老板:"凌总，我实在想不通，明明是他们挑事打人，这些人受伤都是活该，为啥您还要去慰问去道歉，甚至承受这种委屈？"

凌云青思绪翻飞，他已经不是血气方刚的少年，也不再是为了揭露事实真相、彰显人间正义而不顾生命危险的年轻记者。现在经营企业，该忍的就得忍，该妥协的就要妥协。他认为，暂时的妥协不是软弱，而是在退让中更好地达到目的。

他转过身来，似乎是对张建生也是对自己说:"不管谁对谁错，老百姓受了伤，这是事实。餐饮学校修建好了，我们今后和这些动迁居民就是邻居，若一开始不建立起和谐的邻里关系，日后怎么友好相处？一个企业的发展，需要安定和谐的周边环境，能得到他们人心的，不是强悍，而是我们的善意和真诚。"

二

住院的伤者终于出院了。凌云青特意安排了一次恳谈会。他包下江畔茶楼的大厅，把伤者及其家属，以及闹腾最欢的几个刺儿头都请了来，恭敬地给大家斟上清香的绿茶。

"你少来这套猫哭耗子假惺惺的把戏，你想赶走我们，占了我们的老宅地修你的学校。你修一尺,老子就会拆一尺;你修一丈，老子就有本事拆一丈。你信不信？"

之前围堵工程车辆的，是一些当地的大爷大妈。丁原愁苦地告知凌云青:"锦羊的坏人都是上了岁数的。"凌云青不同意他的观点:"说不定背后有人指使,冲在前面的不过是容易受到蛊惑的人。这儿过去是城郊,人们普遍靠种地谋生,信息来源较少,更容易受到他人煽动。"

一场施工冲突,让幕后指使者浮出了水面。刚才发声的男子三十多岁,两侧头发剃得溜光,中间留有一撮浓密的毛发。他为了一壮声势,将凌云青给他斟满茶水的茶杯"砰"地摔在地上,留下一团黑湿水渍。这名男子身边的矮个壮汉从椅子上站立起来,两手叉腰,露出凸突的肚皮,摆出随时接受单挑的架势。

一脸惊惶的茶楼服务员冲了进来,凌云青摆手示意让她出去。他看向那位口气蛮横的男子,平静而又坚定地说道:"我们今天是来交流,不是来争吵的,更不是来较劲和咒骂的。你说的话,我还真就不信,因为征地是按照合法拆迁、依规赔偿、妥善安置的原则进行的。现在施工修建,也是依照审批程序进行的。你难道没有看见巡逻的警察吗?如果有谁胆敢拆除建筑,那就是非法阻扰施工、破坏他人财产的行为,一定会受到严厉打击和惩处。"

原本议论纷纷的大厅,顿时安静下来。

邀请闹事的人来开这个恳谈会,公司所有高层管理人员都持反对意见。他们认为,既然政府和警方已经介入,学校的修建也在正常推进,即使有些人心里有什么小九九,也不敢再次搞出一桩恶性流血事件,哪里需要畏惧这些恶势力呢?

凌云青认为,冤家宜解不宜结,说一千道一万,当地居民在这次冲突中确有受伤的,心头愤懑怨恨也是人之常情。倘若不化开他们的心结,说不定以后还有矛盾和麻烦。公司规规矩矩求发展,的确不用害怕谁,但左邻右舍横眉冷对的,大家抬头不见低头见，这个事业做得能有意思吗？

他力排众议，不但邀请了受伤群众和家属，还请上鼓动群众闹事的那些人共同参加，自己则单刀赴会，一个人直面一群人。

"说句实在话，站在你们的角度，我理解大家对我们修建学校产生的误解。也许你们认为我们是外来者，跑到你们的家乡，拆掉你们的房子，毁掉你们的菜地，将你们熟悉的生活方式打乱；逼得你们，不管是老人还是婴儿，都要离开熟悉的家园。可能在你们眼里，我们这个企业是无情的，碾压了你们的过去，也不管你们以后的生活。"凌云青说出了这次恳谈会的开场白。

住过院的几个受伤群众依旧紧皱眉头，但他们和茶楼大厅所有人的脸上一样，都有了继续倾听的表情。于是凌云青接着讲述自己的想法："我今天想告诉大家的是，我们绝不是无情的公司，而是与大家一起追求共同发展的投资者。我们到这里修建餐饮学校的目的，是为了让更多人通过专业培训，找到适合自己的工作，找到新的生活方式。乡亲们，故土难离，我深切理解你们的心情，也明白你们为了配合政府、配合企业做出的努力。如果我们一味抱残守缺，土地回馈给我们的只是基本的温饱，我们为什么不能打破固有的生存方式，去谋求新的发展呢？随着餐饮学校的建立，大家会有新的就业机会，学校修好了，人也就多了，大家即使卖点日杂副食，也是一条生计出路。今后，餐饮学校配套的商业门面或出售或出租，都欢迎大家来积极参与。我在此承诺，凡是拆迁居民家里有人需要就业的，我们优先解决；将来要购买或租赁商业门面的，也都享有优先权。如果仅仅是租房，三年之内，房租费用全免！"

茶楼大厅的议论和惊叹之声四起，如同一锅煮沸的开水。

"真的可以解决我们家里人就业？真的可以免三年房租？"

"我们咋个知道承诺会不会兑现？"

"如果说话算话,我义务给你们维持施工秩序!"

凌云青环视众人,目光掠过一张张写满疑虑的脸。他不慌不忙地打开随身携带的挎包,掏出一沓早已打印好的合同,白纸黑字,写着未来商业门面租赁及出售的约定内容。他用指关节叩着合同,大声说道:"如果大家不相信,我可以预签合同,公章我也带来了。合同具有法律效力,如果我凌云青将来食言,你们可以拿着合同去告我,让公司和我承担法律责任!"

茶楼大厅爆发出了热烈的掌声。紧邻凌云青的那位中年妇女,是从城郊嫁到外地的当地人,这次特意回来看望父亲。她原本是带着情绪陪着受伤的父亲一同来参会的,也做好了随时摔杯掀桌的准备。凌云青的一席话,她竟听得耳红心热,忍不住带头鼓起掌来。

老父亲看了女儿一眼,没有制止她鼓掌的意思。他与周围的邻居凑在一块,嘀咕盘算凌云青许下的承诺。邻居们认为,这个凌老板的话还是有道理的,自己像祖辈那样守着那些田土,种点瓜果蔬菜,又能有多少发展呢?如今人家承诺帮助解决就业,合同已经准备好了。只要签下名字,自己以后也有机会当老板,做些生意,生活就有了依靠。

摔砸茶杯的男子不是拆迁户,而是街上一个游手好闲的混混。他鼓动拆迁户要求增加补偿款,原本是想借机给自己搞一些烟酒钱。他见自己的威胁没有震住这个企业的老板,反倒是人家的一番言辞让他心生顾忌,就趁着大伙围住凌云青要签署合同之际,赶紧带着两个随从离开茶楼,溜之大吉。

应邀参加恳谈会的群众和家属走出茶楼时,三三两两地交谈着,无不喜形于色。

凌云青叫来张建生:"收好合同,登记备案。我想出去走一走,你就在茶楼等我。"

顺着沱江的河堤漫步，冷冽微腥的江风吹打凌云青的衣襟。江水浩荡奔腾，煎盐叠雪，浪花席卷，向前翻滚。彻底消除了施工障碍，他多日来的压抑情绪，随之成为东去的流水。

第三十章

一

围墙码建结束，学校的修建正式提上日程。张建生作为公司派驻锦羊市项目的负责人，镇守工地现场。

在锦羊市，占地五百亩的餐饮学校和一百六十亩的商业地块，工程说大不大，说小也不小。嗅到商机的各路老板都来了。建筑公司的老板、挖掘机承租商、水泥沙石供应商、装修建材供应商、电器经销商、教育设施设备商、家具厂商……凌云青每天都要接待一拨又一拨毛遂自荐的商家，这成了他的日常工作。

这天中午，资质比对环节就来过的那个老总王新，又大咧咧地过来了。他腋下夹个黑色皮包，熟门熟路地来到工地搭建的板房办公室。

凌云青在脑海里快速回忆，这个王总是一家建筑公司的负责人。凌云青曾经明确表达了对这家公司资质的不认可，难道业务经理张建生还没有回拒这个王总？

王新满脸堆笑地对他说道："我们公司的资质是弱了那么一点儿，和大企业不能比。所以上次来，您好像看不上我们这样的企业，不过今天请您先看看这个再说。"

不明就里的凌云青从王新手上接过了一张纸。纸上寥寥数语，大致意思是锦羊市通达建筑公司愿和凌阳轩餐饮服务公司合作，共同打造锦羊市职业教育工程。这份请示报告，批复人是市里一位领导。按老百姓朴实的排名法，除了方书记和罗市长，这位领导可称为市里的"三号人物"。

凌云青看向王新，对方还是一脸灿烂的微笑。头一次上门遭到拒绝，王新心中虽然有些硌硬，倒还愿意大度对待，心想凌云青这个外来和尚，还没摸清锦羊这座庙里供着几尊菩萨，菩萨座下都有哪些护法金刚。他长期在本地做工程，只要搬出靠山的名字，十有八九都能如愿以偿。偶有一两次不行，那就是碰上了凌云青这种还不懂得个中关节的外来老板。

合作是双方你情我愿的事，没有任何人与凌云青沟通协调过，一份报告就这样给他做了主？他心里很不舒服，但修建工程交给谁做不是做呢？找上门的公司都想挣钱，他也有企业，知道公司不是慈善机构，要让企业活下来，就要糊得住一群人吃饭的嘴巴，自然就要生存、赚钱、发展。

王新从腋下皮包掏出一份皱巴巴的合同递过来，凌云青发现，合同上各项原材料的价格，都超出了预期造价至少百分之三十。按照这个价格去合作，恐怕自己的公司承担不起。

民营企业的资金，一分钱当作两分钱来花，格外注重成本控制。这个王新提供的材料价格，让凌云青皱起了眉头。

王新似乎看出了他的心思，表达了让步的意愿："价格好说，一回生二回熟，咱们就当交个朋友，来日方长。"王新虽有来头，却没有嚣张蛮横的做派，给凌云青吃了一颗定心丸。

凌云青也清楚，自己在锦羊市的根基，还不如原来的搭档宋桥。人家至少是土生土长的锦羊人，七大姑八大姨的亲戚关系，随意一拉扯都能扯出一点依靠来。而他凌云青到了这儿，就是"白手起家，四顾茫茫"，一举一动都要倍加注意，以免一不小心得罪了哪路神仙。

王新搬出了靠山，是真是假，凌云青也无从考证。斟酌再三，他不敢等闲视之，和王新一番讨价还价，让工程造价回到预期的区间之内，不过是"顶格计算"，通达建筑公司以最高额度获得施工权。工程进度环环相扣，时间浪费不起。凌云青与王新签下施工合同，请他尽快安排工人进场施工。

"这个你放心，我在锦羊做了这么多工程，从来没有发生拖工怠工的情况，你可以出去打听打听！"王新拍着胸脯打了包票，凌云青没有再提要求。就算对方有这样那样的关系，工程却要实打实地修建，要不了虚的花招，到时还得看质量。

二

沱江岸边的菜市是锦羊最大的一处菜市场，从蔬菜到肉类生鲜应有尽有。王新驾车行至菜市附近的街口，发现一个熟悉的身影。他摇下车窗，向一位提着几包蔬菜的女性招呼："表姐，你咋个买了这么多东西，快上来，我送你！"

这位表姐四十出头，头发在脑后绾了个圆髻，穿一件灰色外套，却有干净清爽的气质。她将几包蔬菜放进后备厢，坐上王新的副驾，喘了几口粗气："幸好遇到你，不然走回去至少要半个小时。"他看了看她手指上的勒痕："你拎着这么多东西，为啥不打车呢？"

表姐无奈回答："别人不明白我的苦处，未必你还不明白？那个新上任的市长，别看他在家待的时间不多，立的规矩倒不少。我就是个保姆，负重走路就当卖力气。你是不知道，他还要求自己的老婆儿子，能不打车尽量不打车，不能娇惯了自己。还说老百姓都瞅着领导干部的家属，所以行为做事不能让老百姓指指点点。"

罗平还在常务副市长的位置时，时常关注官场变化的王新就大胆预测，罗平的升迁机会最大。那时罗平的小儿子打球摔断了腿骨，需要照顾，王新经过朋友引荐，让这位嫡亲表姐到罗平家里照顾几天。表姐曾是一家公司的文艺骨干，公司倒闭关门后，一直赋闲在家。她弹得一手好古筝，拥有一副好嗓子，做事又麻利爽快，赢得了罗副市长一家人的好感。一来二去，表姐成了罗副市长家里固定的保姆。外人只道王新和市里"三号"的关系非同寻常，却不知他是凭着表姐这层关系，才有了到罗市长家里行走的机会。

王新一边握着方向盘，一边暗自思量。自古以来，当官的就不容易。过去，当领导干部的如果穿的衣服不缀个补丁，背后密密麻麻都是群众的凝视。现在的领导也好不到哪里去，戴块名表穿双好鞋，都怕识货的人发现，哪里比得上生意人自在？他在生意场上见过显摆的，从头到脚，将意大利、法国、英国、美国等地的名牌都整合到身上，就像一身"八国联军"似的。有些人的一双袜子甚至抵得上平常家庭一个月的生活费。但生意人身穿绫罗绸缎、吃山珍海味，又怎样呢？在当官的面前，还不是像那些下级官员一样，气焰收低，尾巴夹紧，露出一副谄媚样。

这些年来，像他王新这样吃建筑饭的，少不了和领导打交道。通过表姐，他有了与罗市长建立联系的机会，自然百般看重这尊大佛。罗市长在锦羊市一路升迁，王新对他的家庭过往也逐渐知道得一清二楚。

罗市长前妻性格倔强，两人的日常生活充满了争吵。离婚后，前妻带上孩子离开时，他只是一名普通科员，后来却时来运转，连连晋升。他离婚十年后再婚，现任妻子性格温顺，凡事以他为尊。没有再婚的前妻艰难供养儿子到大学毕业，但儿子的工作、娶媳妇的房子都没有着落。

人到哪里都难以斩断血缘亲情。王新带着几分得意地想，自己为什么比锦羊其他建筑老板更成功，就是因为自己善于抓住细节和机会，由不得别人不服气。

他帮着表姐提上蔬菜到了罗市长家里，在玄关处搁下袋子。这一天是周日，罗市长正坐在沙发上看报。王新立即热切招呼："罗市长好！"

罗平抬了抬视线。此前经过保姆的介绍，他知道这人是她的亲戚，名下有一家规模不小的建筑公司。不过，就算对方日进斗金、富得流油，又怎么样呢？毕竟官是官、商是商，大家是不同道上奔跑的人。他只是冷淡地点了点头。

王新不奢望罗市长对他青眼有加、热情相待，但相信市长已经对他留有几分印象。过一段时间，会有人帮市长加深印象。

十天后的一个晚上，罗市长的大儿子主动打电话给父亲，汇报自己有了工作，已顺利入职通达建筑公司。因为工作中的一个小发明应用在施工过程中，每年能帮公司节省几十万元的支出，公司老总王新不胜欣喜，大手笔地予以奖励，奖品是一套一百五十平方米的商品房。

儿子在电话里声音微颤，还没从兴奋中走出来。这孩子不在自己眼皮底下长大，罗平对他有些愧疚。如今听说儿子受奖的事，他思绪翻滚，明白通达建筑公司的王新是个精明角色，手段虽算不上高明，也算用尽心思了。王新的做法，可谓"醉翁之意不在酒"啊。罗平握着手机，几次想打断儿子，泼泼冷水，但他终究没有把告诫的话说出来。自己已经对不起儿子，身为父亲缺席了他的成长，还让孩子二十多岁了才住上自己的房子。现在他该为孩子感到高兴才是。

罗市长努力说服自己，也尽量语气平静地说道："你们通达的老总我认识，你要跟着他好好干，学点真本事。"

他心里明白，儿子会将这些话传给王新，而王新也会明白他的深意。

三

工程进展到了第七天，业务经理张建生直接将御状告到凌云青那里："我这个施工负责人，怕是没法干了！"

"怎么回事？"凌云青急切地问道。

"您过来看看吧，通达建筑公司如果这样修建，以后的学校根本不能投入使用！"

凌云青正在杭州预订餐饮学校未来厨房的设施设备，张建生在电话里的语气让他感觉到事态颇为严重。他和厂商约定，等他回去处理了工地土建的事，马上飞过来做参数比对，再正式签约。他这个"空中飞人"，随即匆匆回川。

张建生捏着图纸对照查看施工现场，确认钢材型号不符合设计要求，水泥标号不符，桩柱深度不够……如果按照这样的标准施工，肯定达不到质量要求。好在现在修建的仅仅是外围基础工程，如果拆掉，返工重建，赶一赶时间也不会耽误多少进度。

王新夹着他的黑色皮包，阴着一张脸来到了施工现场。张建生和安全监理公司的人指出了施工存在的质量问题，以及众多不按设计要求操作的地方。事实摆在面前，王新没有抵赖，但他不承认这些问题的根源在自己公司："如果不是你们赶时间，工程款又掐算得那么紧巴，我们工人能忙天慌地地出现这些纰漏吗？"

火冒三丈的张建生准备开口回怼，凌云青拉了一下他的衣袖，转身对王新心平气和地说道："工程才开始，大家磨合协作可能不到位，出现问题还能补救，我们就不要计较谁是谁非了。

今天请你来，就是看如何妥善解决。我先申明，严格按照设计施工，遵照施工图纸作业，这是原则问题，否则就会通不过工程质量验收。趁着还有时间，应该抓紧拆除重建。"

"那材料费、人工费，以及赶时间的加班费，是你出还是我出？"

"是你们通达建筑公司修的，当然是你们出。这么不专业，就不要出来承揽工程。"张建生义正词严，表明了作为甲方的严正态度。

张建生说这番话，凌云青没有阻止，这也是他想表达的观点和态度。总不能让凌阳轩公司为前期不合格的工程"背锅"吧？

王新不高兴了："事情没有做漂亮，这个我认，但要拆掉返工需要额外增加费用，我的兄弟伙不能只是出工出力而没有收益，那还做个啥工程？"

张建生觉得这个王新是在偷换概念，无理取闹。按照施工约定，如果是施工方造成的问题，返工产生的费用都应由施工方承担，甲方保留追索赔偿的权利。他这样一搞，不是变相让餐饮公司承担责任吗？他王新的意思是，拆也好建也好，反正做一天工就要让甲方付一天的钱。世上还有这么泼皮无赖的乙方吗？

张建生准备反击的话还未出口，凌云青已伸手与王新相握："那今天先谈到这里，我还有些事急着处理，明早我再约你商量工程的具体整改措施。"

凌云青目送王新上了他的宝马轿车，转身告诉张建生："你尽快核实相关情况，收集相关证据，如果我们中止施工合同，是否要承担赔付责任。"

张建生有些吃惊，即使他再怎么讨厌这家建筑公司的做事方式，但由凌阳轩餐饮服务公司率先提出中止施工合同的话，倒让自己一方处于被动，自己不是罪人也成罪人了。他不知如何表达自己的焦虑情绪。

"你联系公司法务部的人，按照合同约定的条款，晚饭前给我整理一份'解除施工合同'的法律文书。"凌云青并不理会忧心忡忡的张建生，简明扼要地做了交代，然后立即驱车前往旧城改造工程的场地。他想马上见到赵元庆。

四

王新在赵元庆那里，同样谈下了旧城改造工程的施工合同。

从决定自创皮鞋品牌那天起，赵元庆爱惜羽毛，建立了一套"赵氏内控制度"，严把质量关。通达建筑公司施工了三个月，工程的质量问题层出不穷，让他担忧不已。他和安监人员指出存在的安全隐患，要求王新立即堵住这些质量漏洞，否则难以继续合作。

赵元庆还没来得及将甲方的架子端出来，整个旧城改造工程突然莫名其妙地被停工了。他着急忙慌地多方打听，有人含含糊糊告知：有关领导指示，旧城改造工程涉及民生福祉，绝不能这么随意上马，必须停工认真反省。什么时候反省得明白透彻了，什么时候复工。但究竟要反思什么，赵元庆摸不着头脑。

没过几天，环保执法人员拿着罚款单子来了，称施工那么多天，经过他们检测，发现工地粉尘超标，需要补缴一笔罚款。赵元庆又急又气，与执法人员争吵起来："我在大拆大改时你们不来，现在停了工，你们倒来罚款，这是哪家的道理？"公事公办的执法人员严肃说道："哪家？国家！法律条款明明白白规定的。你现在停工反思，更有机会自省自查环保方面欠下的债。这次算是对你这家外来企业轻拿轻放，提点为主、罚款为辅。

如果你们对这种污染行为不予整改,下次我们会严格按照环保条款执行,不会像现在这么和风细雨了。"

执法人员说得绵里藏针,赵元庆听得冷汗涔涔。

"王新敢于这么做的原因和底气,你知道吗?"凌云青与赵元庆之间早已推心置腹,说话无须藏着掖着。赵元庆一脸苦笑:"我知道他有靠山,现在和这一位走得更近。"他伸出食指与中指,比画了一个"2"的手势。凌云青一惊,那个姓氏差点脱口而出。

工程突然停摆前,建设部门一个朋友就告诫赵元庆:"有人在向领导汇报,你那里可能有麻烦。"他明白,有人搞出了幺蛾子。如果他不服,旧城改造的几十个点位可能都会受到牵连,工程完结将会遥遥无期。赵元庆想想后果,有些坐不住了。

赵元庆懂得"请神容易送神难"的道理。无奈之下,他忍气吞声地请来王新,让他继续"协调"开工事宜。王新不负他的期望,几天后就得到了市里有关领导"允许复工"的批示。

凌云青理解赵元庆的苦处,他的遭遇既意外又不意外。王新背后的靠山,在锦羊官场炙手可热,谁不忌惮三分。餐饮学校土建施工启动之前,有人借市长的名义来找凌云青,话里话外让他"懂事"。他明白这些人的意思,既然是在锦羊做事,该"纳贡"就要"纳贡"。但凌云青从走上社会那天起,行事向来光明磊落,不愿走这些污浊小道。他明白这样做的风险,那是给自己戴上枷锁的做法,是他无法承受的"法律之重"。

王新对赵元庆使的那些手段,难保不会"复制粘贴"到餐饮学校项目上。可继续与王新合作,那就是在拿工程质量当儿戏。凌云青对餐饮学校倾注了如此多的心血,绝对不会眼睁睁地看着对方胡搞乱建。长痛不如短痛,他决定坚守底线,中止并解除与通达建筑公司的施工合同,同时做好了和对方"硬刚"的准备。

五

王新在锦羊地界行走多年，鲜少遇到凌云青这样的犟骨头。中止合同，撤场走人？他觉得这是不可思议的，也是不可能接受的事。凌阳轩餐饮服务公司送给王新的律师函明确告知，通达建筑公司未按设计施工，造成重大安全隐患，严重违反合同规定，甲方保留起诉通达建筑公司和要求赔偿的权利。王新把律师函扔进了垃圾桶："唬谁哦？老子是'吓大'毕业的？在锦羊市的地盘，我还怕打官司？"

凌云青询问公司法律顾问："我们走法律程序，将会是什么结果？"律师推了推眼镜："按照合同约定，这场官司打到哪里都是赢，但可能要耗费很多时间和精力。"这正是凌云青不可承受的痛处，餐饮学校的修建已经耽搁了太多时间。

他不知道王新身后还有多少盘根错节的关系。就算凌阳轩递上诉状，人家也可能在法院动脑筋，何时了结官司就是一个未知数。他相信法律是公正的，但就算打赢了这场官司，输掉的可能是自己的一生，迟到的公理也会大打折扣。浪费这么多的时间，来争这口正义的气，是他凌云青的选择吗？

他想起了赵元庆那张无奈的脸，也想起了他的感慨："我们在人家的地盘做事，该低头时还是要低头啊。"

王新召集手下的工头，来到一家茶楼的包间："你们都给老子稳起，没有我的命令，一个都不准撤场！"

有个工头忐忑不安地问道："我手下的工人都快吵翻天了，他们是做一天才有一天的收入，现在停下来，工钱咋个给他们算？"

"我不是跟你说了吗？不管他们是打麻将还是斗地主，都要坚守工地，不准撤场，其他的不用多考虑。"

这个包工头却有自己的心思：民工就是干活挣钱。停工这种大事是老板们神仙打架，自己和工人只要不遭殃就好。

王新瞬间转过一些念头，忽然改变了自己的主意："你们的人守在施工现场，不晓得强烈要求开工吗？"

第二天上午，通达建筑公司的工人聚集成群，挥舞各自使用的修建工具，或是敲打钢筋水泥，或是一浪高过一浪地呼喊："我们要复工，我们要吃饭！"现场大有不让工人复工就要大乱特乱的态势。

张建生在工地按下葫芦起来了瓢，无奈地拨通了凌云青的电话，汇报了工地的情况。他说话的声音，瞬间被山呼海啸的吼声淹没。

匆忙赶到工地的凌云青，却没有看见王新的身影。他心急火燎地拨通了这个幕后指挥长的电话。

一脸笑容的王新赶了过来："实在不好意思，跟着我吃饭的兄弟伙这么多，好好的项目一下子就要黄了，他们心里过不去这个坎。不愿意被人家抛弃，不甘心撤场的心情，都是能理解的。"

凌云青心生厌恶。行业规则和契约精神，在王新这里就是一句空谈。甲乙双方是公平合作关系，王新却用了"抛弃"这种怨妇味儿十足的说法，想在言语上占尽道德优势。但凌云青明白，王新不将自己的队伍和设备撤出，其他施工方就不能进场。如果强行进场，两支施工队伍就会产生冲突，烂摊子还得他自己来收拾。

甲乙双方再一次坐在了谈判桌上。凌云青解除施工合同的意愿坚决，王新提出了撤场的条件，除了支付前期正常的材料费用，还要支付两千万元的赔偿，弥补中止合同给通达建筑公司造成的损失。凌云青认为，中止合同是因为通达建筑公司违约在先，凌阳轩餐饮服务公司要求解除施工合同符合协议约定，无须赔偿；而通达建筑公司没有履行合约义务，应该赔偿餐饮公司的损失。但生意不成仁义在，出于人道和情义，凌阳轩可以支付通达公司两百万元的撤场费用。如果王新仍不同意这一方案，他就报请市委市政府，让公安机关出面进行强制驱离。

虽然自己没有过错，但凌云青决意解除施工合同，相当于白送一笔钱给对方。但这个肉，他愿意割；这个血，他愿意流。餐饮学校是公司，也是他心中最珍视的一张蓝图，他不能容忍施工方毁掉倾注了凌阳轩全体员工心血的这张蓝图。王新对付赵元庆的手段他不惧怕，他怕的是自己没有这个时间和精力去应对。现在彼此没有撕破脸面，他宁可选择这样的方式，彻底消除人为造成的安全隐患。

面对狐假虎威的王新，凌云青的处理方式与赵元庆的哑忍截然不同。赵元庆佩服凌云青"唯质量优先"的态度，但他明白，自己是"船大难掉头"，凌阳轩餐饮学校的规模与他手中整个旧城改造的项目相比，显得量轻而单一。他要对那些温州股东负责，对跟随自己南征北战的旧部负责，只能硬着头皮，睁一只眼闭一只眼地瞎话三千，与王新继续勾肩搭背称兄道弟。

凌云青解除合同的态度，以及提出的解决方案，让王新有所触动，他没有同意也没有拒绝。他不相信，自己能将体量庞大的赵元庆拿捏住，却摆不平一个小小的凌云青。他将凌阳轩餐饮服务公司"仗方书记的势"，准备与他"无故解除"施工合同的事，汇报给了罗市长。

六

餐饮学校的修建再次处于停滞状态，凌云青不再与王新商谈，解除施工合同一事陷入了僵局。锦羊市建筑行业人士议论纷纷：居然有人敢终止与通达建筑公司的合同，王新会接受撤场的条件吗？

一天傍晚时分，钢材供应商耿亮来到了餐饮学校修建工地。他找到张建生，左顾右盼之后说道："我有一样东西，想当面交给你们老板凌总，麻烦您联系一下。"

张建生这段时间见过太多的供货商，原本不想搭理，但这个自称耿亮的人一脸真诚，似乎没有恶意，于是同意转告他的请求。

有些供应商就喜欢套近乎或是故弄玄虚。凌云青思忖，自己并不认识这个人，他带来礼物的目的还不是为了做成买卖？张建生看了看老板的脸色，小心翼翼地汇报："他说唯一目的是见到您，若见不到您，他就不参与这次钢材供应的比选！"

这倒有意思了。买卖是你情我愿的事，一个钢材供应商来这里的目的不是为了做生意，却仅仅是为了见自己？凌云青的好奇心被调动起来了，他让张建生安排地方，看对方葫芦里到底卖的什么药。

当天晚上，在一个茶楼的包间，耿亮如约见到了凌云青。双方握手寒暄后，耿亮叮嘱服务员不要打扰他们。他关上了门窗，从手提包里拿出一个仿皮封面的笔记本。

笔记本放在茶桌上。凌云青抽出一支烟在桌上磕了磕，打火点燃，慢吞吞地吐出一口烟雾："你这是什么意思？有事就直说！"

"您打开看看，看了就知道了。"他将笔记本往凌云青面前推了推，脸上闪过一丝微笑，"这就是我带来的礼物，或许对您学校的修建有些帮助。"

凌云青在烟缸上弹了弹烟灰，视线穿过飘散的烟雾，对方上下蠕动的喉结，让他感到了一种幽深而不可预测的神秘。他的心里滚过一阵风鸣，曾经做新闻记者的敏感以及商海浮沉多年的经验都被调动起来。直觉告诉他，眼前这个初次见面的商人，不卑不亢，送来的这份所谓的礼物，绝不是一个单纯的笔记本那么简单。他端起茶杯，吹了吹欲沉未沉的茶叶，轻啜一口，缓缓放下茶杯，拿起了笔记本。

笔记本上记录的，是锦羊市部分官员接收钱物的情况。准确地说，这是一个详尽的支出明细账本。深感震撼的凌云青明白，如果其中记录的是事实，一旦被曝光，将会引发锦羊官场的强烈地震。

凌云青漫不经心地合上笔记本，平静地说道："你这个东西是从哪里来的？这与你我有什么关系？"

耿亮环视了一下房间，告诉凌云青，他曾经是通达建筑公司的一名重要业务负责人，为公司的发展立下过汗马功劳。但王新对他的业务提成不仅肆意克扣，还搞不少小动作，让人寒心。他气愤之下就离开了通达建筑公司，自己开了一家小公司。没想到王新因为他竟敢辞职，就私底下经常给他的小公司使绊子，给他公司的业务设置障碍。即使是他艰难承接下来的业务，王新也要设法让其他人插一杠子，使他得不到多少利益。

以前，在王新公司的时候，耿亮就知道王新与其他个别喜欢歪门邪道的私营企业老板一样，有一个秘密账本藏在办公室的保险柜里。他就设法搞到了这个秘密账本，至于是怎么搞到的，他讳莫如深，一点也没有对别人讲，包括凌云青。他只是告诉凌云青，他搞到账本的目的，本来是想以后在迫不得已的时候，有一个可以反击王新、与王新谈判的筹码。但账本涉及政府部门的很多负责人，有的还身居高位，他们在锦羊官场经营多年，关系盘根错节。如果知道账本在他耿亮手上，不但王新不会放过他，就是那些牵连其中的人，也会想方设法灭掉他。对他来说，这个账本成了搞在手里的一颗随时可能引爆的炸弹，让他长期处在高度紧张之中。

"那你将账本拿给我干什么,你这不是给我挖坑吗?"凌云青当然知道账本可能引发的后果,面不改色地看向耿亮。

耿亮没有慌乱:"平心而论,我并不了解您。我明白,自己把这些秘密和盘托出,如果你转头和王新联手,我不死也得脱层皮。但我知道您是凌阳轩餐饮服务公司的掌舵人,也知道王新参与修建餐饮学校造成的问题,他现在还咬着您的工程不放手。而您,凌总,是迄今没有向王新妥协退让的一位老板,这一点,我十分钦佩。"

在耿亮的认知里,敌人的敌人就是朋友。他敢于与凌云青见面,就是将其视为潜在的朋友,不管后果如何,先推心置腹地道明来由。

明人不说暗话,耿亮调节了一下呼吸,彻底放开顾虑:"不瞒您说,从王新那儿离开后,我的小公司做得格外艰难。我做的是钢材供应。可通达建筑公司财雄势大,到处压着我们这些小的供应商。好几个月了,我一笔钢材单子都没有在锦羊做过……今天冒昧见您,主要是想将账本送您,说不定能让您找到对付王新的办法。另外,如果您看得起我这样的钢材供应商,就让我来供应您工地的钢材。我愿意与您签订协议,如果钢材出现质量问题,或是价格高过市场价一分,我就不要钱。如果您觉得这次不能合作,我也理解,账本还是给您,以后再请您给我合作的机会。"

耿亮把话说完,如同吐出了一个哽在喉头的硬物,轻松地喝下一口茶水。他能如此坦诚地讲出自己的来意,感慨万千的凌云青有了自己的盘算,也许这个人送来的这份礼物,就是解决他与王新有关解除施工合同纠纷的关键。他起身主动伸出了手,与耿亮的手握在了一起:"那你先把账本留在我这里,给我们供应钢材的事,你与张建生具体对接。希望我们合作愉快!"

第三十一章

一

接到凌云青喝茶的邀请，王新暗自得意。他凌老板还是明白强龙压不过地头蛇的道理，再这么耗下去，耽误了工程进度，吃亏的还是他。自己开价两千万的补偿，也不算狮子大开口。他要么继续让我施工，要么支付补偿款。罗市长已经知道了这件事，以后凌云青能不能顺利修建他的学校，还得两说呢。

他到了茶楼一楼，没坐电梯，拾阶而上。以前赔笑脸，那是自己做成业务之前的策略，现在自己不能在对手面前太过殷勤。凌云青这么早就到了包间，说明他为工地的事着急。他急，我王新不急啊！

王新进入茶室，凌云青已经泡上了热茶。

"凌总，不好意思，让你久等了。"王新打过招呼，倨傲地坐到凌云青对面。

"我也刚到，你想喝什么茶？"

王新要了一杯毛峰，他见凌云青泡着红茶，故作关切道："凌总胃不好吗，喝红茶养胃？"

凌云青端杯喝了一口："王总说得好啊，红茶是养胃。中国人讲究一个茶文化，其实这茶不但养胃，还养心。茶中自有真禅味！"

王新心里一阵嘀咕。凌云青这家伙好生奇怪，餐饮学校已经停止施工，这么拖下去，根本不能按照预期时间完工，更说不上赶到明年九月招收学员。他今天约自己来，不谈正经事，扯这些茶啊禅啊的屁话干啥？难道是显摆他有文化？再有文化，还不是被老子狙击得喘不过气来？

他咕噜有声，喝尽茶水，将杯子推向一边，叼起一支烟，先入为主奔向正题："那两千万赔偿的事，考虑得怎么样了？"

凌云青不急不躁："王总说笑了，我曾经说过，你我之间的施工合同必须解除，你方人员须尽快离场。我愿意给予两百万的友情补偿，其他的费用，一分钱都不考虑。"

这不是拿人当猴耍吗？王新本以为凌云青耐不住他的拖延，这次是来求他继续施工，或是商谈支付赔偿的。他气得一拍茶桌："那你喊我来谈个球啊？"

不气不恼的凌云青软中带硬地说道："我敢到锦羊来投资，就做好了最坏的打算。我这个人有个特性，别人对我一尺，我就敬别人一丈；别人伤害我，我会加倍还给他。如果你想在我身上要手段，甚至想敲诈勒索，你可以去访一下，那是打错了算盘。红道白道，要讲公道。我请你见好就收，否则，你和你身后的人，以后都不好交代。"

凌云青放在桌上的手机响了，来电显示是"牟教授"打来的。他做了个抱歉的手势，坐到茶室旁边的沙发上接听电话，似乎回避王新，却开启了手机的免提模式。"牟教授"声音洪亮，通话内容清晰入耳。

"那幅《竹石图》，我鉴定了不算，我师兄这几天来川旅行，他是中央美院的教授，鉴别字画的专家。我带他去马博主任家里走了一趟，他出来就和我说，那幅画是赝品，百分百是赝品！"

"牟教授，您上次不是说纸张、墨质都没问题吗？"

"纸张墨质都过关，说明是同时代的高仿画。我上次看过，心里存疑，总觉得画上的竹少了一味真意。今天师兄说了，这是木匠谭云龙的高仿画作。当年他身为匠人，去郑板桥家里制作器物,郑板桥作画,他在一旁观看。这郑板桥有教无类,悉心指导。天长日久,谭云龙的画作与郑板桥的倒有些神似了。不过赝品就是赝品,再怎么以假乱真,终究不是真的。马博主任还将这画当作宝贝,我师兄一鉴别,他的脸都绿了。"

"谢谢牟教授,我这几天也抽时间去看望他老人家,总不能让他为了一张假画气出好歹来。"

王新脸色越来越不对劲了。马博?《竹石图》?这不是自己丢失的账本里记录的人名和东西吗?难不成,马博那老头儿嘴巴没个把门的,向凌云青说了些啥?不对啊,这老头儿再怎么痴迷字画,在官场上浸淫那么多年,这点秘密都守不住?难道不怕惹一身骚?

二

《竹石图》是王新送给马博主任的。马博当年是年富力强的锦羊市建委主任,王新想拿下锦羊高速路的标段,怎么也绕不过马博这尊大佛。既然马博有意无意地在王新面前谈论字画,他就到画廊转悠。他当然知道那幅《竹石图》是赝品,但赝品也不便宜啊!买下那轴画的钱,令他心痛了好几天。但他对马博说,他祖上是开当铺的,那幅画是家传之宝,可自己是大老粗,不懂那些竹子叶子的,放在手里浪费了,还不如替画找个"明主"。马博心生欢喜,笑纳名画,王新也顺利拿下了锦羊高速路项目。时过境迁,一晃多年,马博已从市人大主任的位置退下来,他怎么突发奇想,邀人鉴宝了呢?

从牟教授和凌云青通话的语气看,大概是一群雅人谈诗说画,马博高兴之余拿出藏品显摆,不料鉴出个赝品来。他会不会愤怒之下,骂出了他王新的名字?按说,自己这样的生意人和官场人士走得近些，送些小礼也无可厚非。但这幅画，关联当年一桩标的两个亿的工程，如今凌云青与自己关系紧张，倘若顺藤摸瓜，知道其中的瓜葛，弄不好会给自己带来致命一击。

乘兴而来的王新坐不住了。难道凌云青除了有方书记撑腰，还知道他的其他秘密？

王新借口有事，要先走一步。凌云青点头应允："好，今天我也要赶回成都，去趟公安局。"

王新脸上的肌肉抽搐，条件反射般地问道："你去公安局干啥？"

"岳母住的小区进了盗贼，连偷十几家，岳父从国外买回来的相机也被人偷了。老婆让我今天去一趟公安局，见见警察朋友，问问案情。"

王新心里"咯噔"一下。他的办公室也遭遇过盗贼，丢失的东西是他一直隐藏的心病。

牟姓是较为小众的姓氏，王新请人调查，锦羊市大学城的美术学院里，真有一位牟姓教授，专门研究中国画与书法艺术。王新请朋友牵线，声称有事请教牟教授，安排了一场饭局。

文人多天真，王新开了一瓶好酒，牟教授没一会儿就喝得眼含春水、面若桃花，将王新当作知己，拍肩搭背，畅所欲言。王新不经意地问起马博主任的藏品，牟教授在桌上一蹾酒杯，脸上露出义愤神情："你我不是外人，告诉你无妨。马博主任这两天气病了，躺在家里吃降压药呢！"

王新吃惊道："咋啦？谁惹老爷子生气了？"

牟教授醉眼惺忪："就因为一幅画，不晓得是哪个缺德的给他送的赝品。不过，马博主任这么生气，还不仅仅是因为这幅画！"

"还有别的原因？"王新有些惊讶。

当年既然敢用一张假画换来项目中标，王新就没想过这事能永远瞒住马博。可时移世易，马博发现也罢，继续蒙在鼓里也罢，工程早已完结，难不成他还能扑过来咬他王新两口？

牟教授接下来说的话，让王新如坐针毡："我师兄，中央美院的教授，鉴别字画的大行家，他来锦羊一趟，大小领导都想约见。那天师兄去一个领导家做客，领导知道马博主任生病的事，他语带讥讽，说马博一辈子附庸风雅，却被当猴耍，以为别人送的字画是个宝，不料别人左手送给他假画，右手一五一十地记了下来。"

宴请牟教授吃饭，王新原本是为了探探虚实，不料一根藤牵出的瓜后连着瓜。自从办公室遭窃丢了那个秘密账本，他一直提心吊胆到今天，等来的竟是马博卧床不起的真相。

他真是有苦说不出。他在笔记本上记录了他向相关领导送的钱物。随着他的生意越做越大，有的领导提醒他要懂得感恩，也会经常安排他做一些花钱的事。他担心忘记领导交办的任务，便记在账本上，一翻就能看见，以免一不小心得罪了这些人。

马博收到假画的事都能传出风声，岂不是说明账本已经流失出去了？这老头儿生气，不必太在意，可账本上记的哪里只有一个马博呢？凌云青忽然这么硬气，是他知道了什么吗？

王新再也坐不住了，声称还有重要的事要办。牟教授让他先走，自己醒一会儿酒就回家。醉酒伏桌的牟教授抬起头来，确认王新已经走远，扶了扶鼻梁上的金边眼镜，给好友凌云青发了条微信："顺利完成任务。"

三

罗平市长不愿接见凌云青，并不是对凌云青有什么成见，对一个没有打过照面的人，他也犯不着讨厌。可餐饮学校的项目是前任市长拍板确定的，罗平便有了一层不可名状的抵触情绪。

凌云青不厌其烦地到市府来访，罗平示意自己的秘书冷处理。心领神会的孙秘书对待凌云青，眉梢眼角就像结了冰霜，一次比一次冷淡。换了别人早就知难而退，凌云青却越等越执着，这就让人讨厌了。罗市长心想，你有本事去找前任市长，既然是他曾经关心的项目，那是他的事，与我有什么关系？

罗平在锦羊市长期任职。此前，在几个副市长中，他的能力最为出众。四年前，他有机会调到相邻的城市任市长，但当时的锦羊市长动了私心，不愿将这么能干的部下放到别的地方，在干部考核的最后环节，罗平的升迁梦落空。一个男人在官场能有几个四年？他想起这事便像吃了一只苍蝇般难受。当初将他从一众局长之中提拔起来的是这位前市长；死抓着他，不让他去别处大展拳脚，也是这位前市长。这人对他有恩，却又给他设限。他想起这些往事来，心里就会失衡。

如果四年前，罗平接下了相邻城市市长的担子，现在会怎么样？说不定早就是那里或其他地方的一把手了，哪里需要在锦羊苦等前面的人挪了位置，自己才有机会占住现在这个"萝卜坑"呢。能从副市长升为市长，罗平是高兴的，但高兴并未持续太久。这是他四年前就该拥有的职位，拖了这么久才轮到他，愉悦被时光打了折扣。

罗平觉得，既然前任市长耽误他几年光阴，他对凌云青闭门不见也就算不得过分。没想到的是，凌云青竟然会越过他，与书记方新卓有了联系。那次方书记在会上字字句句护着外来民营企业，不惜对自己人开炮，这不是在打班子成员的脸吗？方新卓组织召开扩大会议，是他在锦羊官场上的首次亮相，效果如同包拯出场，来一段二黄："扶大宋锦华夷赤心肝胆，为黎民无一日心不愁烦。"其他人倒是觉得新鲜，巴掌拍得啪啪响。他方新卓铁面无私了，可我堂堂一市之长的颜面，又往哪里放呢？

方书记在会上没有点名批评谁，但不点名不等于大家不知道。罗平心里的疙瘩越结越大。他没有搞明白，凌云青是走了哪条路子，让方新卓这么偏心于他，初来乍到就雷厉风行地搞了这一出戏，将民营企业抬举到一个高高的位置。

谈起"士农工商"，罗平固执地认为，"商"排在末位，有中华五千年文化因袭的道理。可方书记发了话，让市委市政府全力支持外来民营企业在锦羊市落地生根。他罗平只能将不满咽进肚里，变成一根刺。他在附议方书记指令时有些皮里阳秋，听话听音的下属就会明白他的意思。

拆迁户阻碍施工，罗平以为修建工程会拖上一年半载，再有实力的企业也招架不住。不料凌云青破釜沉舟，几百人压住场子修了起来，还平顺地安抚了拆迁户。餐饮学校的修建已推行至此，拦不住也挡不住，那就让他修吧。

保姆的亲戚、通达建筑公司的老板王新，做事不显山不露水，解决了罗平大儿子的住房问题和工作，了却了他的心头之忧。有人曾经向他报告，王新在外面打着他罗市长的旗号承揽工程，却又经常因为质量问题发生纠纷，他也没有理会，觉得不干涉就是最好的态度。王新在凌云青那儿签到了施工合同，倒正中他的下怀，不用他出面，也算还了王新一个人情。

但凌云青却送给他一份"惊诧"，执意中止与通达建筑公司的施工合同。这是不将王新放在眼里，也就是不把他这个市长放在眼里。

罗平让孙秘书通知质量技术监督局、劳动安全监察局、建设委员会、城市管理局、餐饮学校工地所属街道办的负责人开会。

他在会上慷慨陈词:"凌阳轩餐饮学校是方书记亲自抓的项目,所有人都打起精神来,要认真督查。发现问题坚决查处,必须保证工地安全施工,争取将这个项目打造成我们锦羊市的样板工程。你们千万不能有丝毫松懈,一旦以后有什么问题,我拿你们是问。"

会后,相关负责人犯了难,聚在一起揣摩:"这到底是让我们给大棒,还是给胡萝卜呢?"

四

锦羊市建委主任邓猛知道,他的朋友王新和凌云青最近因为施工问题水火不容。他开完罗市长的会,立即给王新来了电话:"领导让大家高度重视餐饮学校的修建工程,意思是要拿着显微镜查找问题,发现问题严肃处理!"

王新这几天吃不香睡不好,心里总有一面小鼓咚咚乱敲。邓猛传来信息,他不但没有幸灾乐祸,反而焦虑不安。凌云青执意解除施工合同,工地已经停工,罗市长会上的严词厉语,就是一个空炮。自己拖着不解约,像赵元庆那样的人都没躲过这招,凌云青却是例外。凌云青先是心急火燎地让法务与他谈判,大有速战速决的架势,这两天却又风平浪静,仿佛啥事都没发生似的。他凌云青又不是傻子,难道不明白工期多拖一天就会多烧他一天的钱?但他为啥这么沉得住气?莫不是他真的知道账本的下落?

王新想起上次在茶楼与凌云青见面的情景。凌云青那些软中带硬的话,以及他岳父丢失相机的事,难道是在暗示自己。既然小偷能偷相机,就不能偷账本吗?但凌云青岳父丢失的是财,而他王新丢掉的,可能就是命啊!

他决定主动邀请凌云青喝茶叙旧，但凌云青婉拒了两次，第三次才应承下来。按理说，他王新死不撤场，学校就不能施工，凌云青应该求着他早点达成和解才是。他越想越不安，凌云青如此泰然自若，手里定有拿捏他的东西。如果自己再这么耗在工地，让凌云青退无可退，可能造成两败俱伤的结果。

凌云青来到茶楼，等候多时的王新赶紧给他泡上了一杯红茶。他持起杯盖，轻轻刮擦杯沿，对王新说道："你找我是好事呢，还是坏事？"

王新一时不知如何回答，但他依然满脸堆笑："凌总，我今天来，是很有诚意的，想和你谈谈解除合约的事。"

"我的态度非常明确，再给你两天的时间，如果你们所有的设备设施以及人员还不撤出工地，我们将会采取一切手段强制清场。"凌云青一脸严肃，略为停顿，又补充道，"我已经做好了充分的准备，也做好了应对措施。"

王新给凌云青续上了茶水："这段时间我思考了很多，我们公司在施工期间确实存在质量问题，这是我们自己的原因，通达公司愿意承担解除施工合同的责任。您说的那两百万补偿，我就不要了，我今晚就让通达公司的人撤离工地。我还是想和您交个朋友，朋友嘛，来日方长，今后还得请您多关照呢！"

凌云青神情放松了下来，主动与王新握手："朋友就是要互相照应。请你务必放心，我绝对不会去做伤害朋友的事！和气生财吗！"

五

通达建筑公司在一天之内，彻底撤出了餐饮学校的工地。锦羊市燃气公司董事长黄德生请来了凌云青，热情地把他迎进办公室。

  一阵客套寒暄后，黄德生向凌云青郑重推荐宏升建筑公司。这家公司是锦羊市的十佳企业，希望能与凌阳轩餐饮服务公司合作。凌云青原本就要选择新的施工单位，餐饮学校与其他学校的不同之处，就是日后需要使用大量燃气。根据设计要求，学校必须铺设两根气管，少不了燃气公司的支持。他就做了个顺水人情，与宏升建筑公司总经理邓桐达成了施工协议。

  时间一晃就到了八月份，太阳明晃晃地照射大地。餐饮学校主楼的施工现场，戴着安全帽的工人紧张作业，黄色帽顶反射的光亮，如同跃动的火焰。一张张褐色的脸上汗水滚流，前胸后背的衣服，在汗水的浸润下布满了一圈圈灰白的汗渍。凌云青买来几车矿泉水，带上张建生和其他员工，发给工人消暑解渴。

  两名工人的对话引起了凌云青的注意："你这样砌砖怎么踏实牢固？砖刀是拿来干吗的？手腕用力，压实后用砖刀拍一拍，砂浆里就不会留有气泡。万丈高楼平地起的道理懂不懂？根基若不打牢，主体建筑的稳定和安全咋能保证呢？"

  另一名工人回戗："你邵五福是捆钢筋的，跑来砖工组指手画脚，关你啥事，你以为自己还是包工头啊？"邵五福不再争辩，捡起地上闲置的砖刀，在砖墙上做一些补救措施。

  凌云青来到邵五福身边："你的名字比较特别，是哪几个字啊？"邵五福逆着阳光仰起头："你是哪个？"张建生抢先回答："这是我们凌总。你是钢筋工，怎么跑来砖工组管闲事呢？"

  "工程建设的环节，没有任何一件是闲事。再说我的活儿已经做完了，不信你可以去那边检查。"邵五福不再说话，回到了钢筋组。

  "这个邵五福还挺有意思的，你知道他的具体情况吗？"凌云青回到板房办公室，端起茶杯吹了吹，并不急着喝水，对这位"越界"的钢筋工产生了兴趣。张建生立即说道:"我马上去打听!"

邵五福是退伍军人,在部队里当的是工程兵。他的父亲是泥水匠,舅舅是木匠。善于琢磨的他,将家学和部队师傅传授的知识融会贯通,很快成为修房筑屋的能手。

退伍之后,邵五福先是在一支建筑队打工。等摸清了拓展客源开发市场的门道,他告别老东家,拿出全部家底,又找亲戚朋友借了些钱,拉起一支自己的队伍来。他对工地上的活,即使不全精,至少也说得上全懂。有他这样一双火眼金睛盯着,手下人干活的效率和质量都很高。几年下来,他有了不少闲钱。

邵五福的一个朋友盛情邀请,让他接下福州市郊一个别墅修建项目,条件是他提前垫支两千万元。他按照约定,东拼西凑支付了这笔垫支款,签订施工协议进场施工。不料房开商老板携款逃往海外,他的朋友也不知所踪。

一夜之间,邵五福欠了一屁股的债。回到老家的他"咕噜噜"地灌下两碗井水,含着热泪对跟着他搞土建的兄弟们发誓:"我邵五福只要有一口气在,就一定记得欠了大家的工钱。我还有一双手,不信这辈子还不清你们!"

张建生总结道:"他现在虽然是一个钢筋工,但此前当老板的脾气还在,看到工地上谁不认真干活,谁做事有问题,都忍不住去挑刺儿。"

凌云青立即纠正:"这哪是挑刺儿?人家是无形之中帮你们分担了一些监督职责!"他重新戴上安全帽,走出了板房办公室。

六

夕阳西下,一群飞鸟穿过云层,一双双翅膀仿佛拖曳了晚霞的火焰。餐饮学校的施工人员已经在落日余晖中陆续收工。

凌云青在空阔的工地上找到了一边走走停停、一边规整修建工具的邵五福："可以出去聊两句吗？"邵五福看了凌云青一眼，感觉这张脸上充满真诚，回答道："要得嘛！"

邵五福跟随凌云青到了工地附近的一家餐馆。凌云青提起桌上茶壶，绕到他旁边，给他斟满一杯茶水。他这几年来起起伏伏，饱尝了世间冷暖，凌云青的这个动作让他顿感温煦，心生好感。

两人一边吃饭，一边聊上了如何加快施工进度的话题。邵五福直言不讳："事在人为，说到底还是人的因素在起作用。"

通达建筑公司虽已退场，但现在工地上的小工、散工多是当地人，与之前通达建筑公司雇用的人员都有千丝万缕的联系。那名回戗邵五福的砖工，其堂哥就在通达公司。凌云青换掉通达建筑公司，这些散工和小工心里疙疙瘩瘩，觉得这个老板太不给当地人面子，说赶人就赶人了。倒不是他们认同通达建筑公司的做法，只是情理上想得通，心理上却过不去。凌阳轩餐饮服务公司毕竟是外来户，强龙不压地头蛇嘛。

凌云青是有感觉的，这段时间走进工地，总有一种驱之不去的沉郁气氛。工人倒是一副勤恳干活的样子，但邵五福的话让他明白，干事也分积极和消极，如果一个人心里冰冷，还能全情投入做事吗？

他以茶代酒，郑重地举杯相敬："谢谢你的提醒，我会想办法化解这些人的心结。"

第二天一早，凌云青赶到工地办公室，与宏升建筑公司的总经理邓桐商量，让各个项目小组的组长通知所有作业面的工人，利用午休的时间参加施工动员大会。

凌云青站在一辆工程车上，工地已经密密麻麻站了七八圈工人,脸上带着尘灰和沧桑,表情木然地盯着他。

"各位师傅们,这段时间辛苦了!建筑的活儿比较累,你们每天一身灰土,出大力流大汗。那为什么大家还要干这个工作呢?我想,都是为了养家糊口,照顾好家人。大家依靠劳动多赚一点钱,这是对自己劳力的尊重,也是对自己努力的肯定。今天我召集大家开会,是想告诉你们,除了你们应该获得的报酬外,我决定以凌阳轩餐饮服务公司的名义,设一笔额外的施工奖励金。以后不分工种,不管你是哪个项目组的,只要能超质超量超期完成任务,就有机会拿到月度奖励金、季度奖励金、年度奖励金。每一种奖金的评定,都由项目小组成员提交评选名单,再由安全监理和我们的人综合打分确定获奖者。"工人们神情喜悦,大声说"好",爆发出了经久不息的掌声。

凌云青今日有所动作,邵五福并不意外,但凌老板要额外拿出一笔钱来奖励施工人员,这就让他意外了。他忽然明白,凌老板这一招,不只是聚敛人心的手段,更是为了激发人性更大的善意、更多的动力、更深的潜能。对这样的群体施行"以奖代惩",更能提高工程质量,加快施工进度。

工地的每个工区墙上,从此多了一张施工进度表和一幅项目组的业绩图。施工质量优异、表现突出的名字后面,贴上了或多或少的红旗。重型装载车、高空吊车来来往往,施工场地朝气蓬勃,热火朝天。

七

锦羊市质量技术监督局的杨局长严格遵照罗市长"起好监督作用"的口谕,亲自带队来到了餐饮学校的工地。

检查来得突然,工地措手不及。杨局长和检查人员发现:

一名工人未戴安全帽；电箱未上锁；现场建筑材料堆放散乱；脚手架部分纵向水平杆及连墙杆件的端头，伸出扣件盖板边缘长度不够。杨局长拿出测量工具测量，他当即发飙："杆件端头伸出扣件盖板边缘的长度，不应小于一百毫米，你们连这个都不懂，修的什么房子？必须停工整改，什么时候整改好了才能开工！"

张建生被杨局长批得唯唯诺诺，不敢辩解，担心自己的解释顶撞了领导。他小心地送走安全检查组，赶紧汇报给了凌云青。

凌云青一肚子的狐疑，有关部门对工地进行安全检查合情合理，工地也应在领导的监督和爱护下有序进行。可之前不管怎么说都会提前通知工地，让大家做好迎检准备，像今天这样悄无声息的突袭检查，绝无仅有。更让他不解的是，工地的安全检查应该是劳动安全监察局牵头，其他部门配合。这次的检查，怎么成了质量技术监督局的事？

来到工地的凌云青提出了要求："大家必须转变思想，以前是没有突击检查，但不能将这种情况视为常态。我们既然要做好这个项目，就要抱有随时迎检的准备。即使没有这样的检查，我们也要把每一天的每一个工程细节做到无可挑剔，才能打造出真正的精品工程。"

工地接到停工整改的处罚，虽然是施工单位造成的，但业主方是凌阳轩餐饮服务公司，对他们来说，工期拖不得。凌云青明白，这次的安全检查有违常规，但他没有向宏升建筑公司的邓桐明说，只是再次强调施工过程的质量和安全要求，要求他们加强自我整改的意识和力度。如果再因施工质量和安全问题导致停工，责任和损失将由施工单位承担。

自从遭遇王新之事，张建生感到一种无形的压力越来越重。这里毕竟是锦羊市，不是成都。他的熟人朋友大多在省城，自己代表公司在锦羊负责监督施工,原本就是孤身迎战,但身边似乎有一张无形的网束缚了他的手脚,使他不能顺畅地开展工作。他来到锦羊市的这段时间,面临的各种烦心事像是一根根细长的针,刺破皮肤,疼痛长驱直入,传遍了全身。深感苦涩的张建生委婉地向凌云青开了口:"您看我们要不要主动拜访相关部门,该打点的也打点一下?"

凌云青严肃地看了张建生一眼:"我希望你收回这些话,不要让我听到第二次。"自己的老板很少用这么冷冽的语气和下属讲话,张建生瞬间明白了他的苦心:如果真的花钱打点,相当于将自己违法乱纪的证据递到人家手上,随时都有被捏死的可能。要想今后不被捏死,现在就得遵纪守法,老实做事。

"现在停工整改,将工地上所有问题都捋一遍也不是坏事。职能部门向施工单位指出问题,比我们指出来更容易被工人接受。现在花费时间整改,是为了保障今后更加安全地施工。"凌云青恢复了平和语调,张建生点头认同。

凌云青回想张建生所说的"打点",想起还有一种说法叫"上贡"。赵元庆曾经告诉他,自己也是方方面面"打点"过,旧城改造项目才得以顺利推动。毕竟大神小鬼这么多,稍不注意得罪了哪一个,麻烦就会随之而来。他理解赵元庆的做法,但他不能这样做。他人制造的困难他能想办法克服,可一旦自己的行为越出了法律允许的范围,那将是无解的障碍。别人有做事的方式,自己也有做事的原则,他很感激职能部门帮他提早发现了这些问题。有错就改,防患于未然,这是好事。

一周的整改期结束,修建工程再次启动。接连四个月,安监局、城管、建委、消防等相关部门纷纷开展检查行动,像是盯住了餐饮学校的建筑工地。可不管是例行检查还是突击抽检,再也没有发现施工过程中有不合规的问题。

第三十二章

一

张建生原来担任的业务经理一职已由他人接替,他与邓玉婵同时晋升为凌阳轩餐饮服务集团公司的副总经理。邓玉婵分管各个餐饮门店的经营,张建生继续分管餐饮学校的建筑施工。

餐饮学校的各种管网铺设,随着建筑的主体工程推进,同步展开预埋。

燃气管网是餐饮学校不可或缺的重要设施,两条管线的预埋工程是张建生督查的重点。这天,燃气公司的技术人员正在铺设管线,施工人员使用混凝土填充沟槽。张建生左看右看,燃气管线倒是有两条,但沟槽却与电线混杂在一起。他心里一阵紧张,立即叫停施工:"施工图纸明确标注,燃气管线和电缆线路保持相应的间隔,分属独立的沟槽预先埋设。这是咋个施工的?你们的负责人在哪里?"

燃气公司的技术人员站起身来:"我们只负责技术,其他的我们管不了。"

"你们是专业出身,难道不明白燃气管线与电缆并沟预埋,会造成极大的安全隐患吗?"张建生觉得不可思议,急得冲着他们大声说道。

宏升建筑公司管线项目组的负责人跑来了。他告诉张建生,这个施工队是燃气公司领导介绍的,属于临时组织民工进场作业,他们也不好拒绝。张建生有些生气:"不管哪个介绍的,严格按照设计规范施工,这是基本的施工原则,谁也不能破坏。"

张建生要求拆除沟槽所有管线，重新挖沟，规范预埋。这个临时组建的管线施工队负责人不愿意了："说得轻巧，又要多挖几条沟，这部分成本从哪里出？如果你愿意增加施工费用，我当然没有说头。不然，咱们只能用经济实惠的法子施工！"

"你们这不是经济实惠，是埋下了安全隐患，是在拿生命当儿戏。不按协议规范施工，我们可以告你们的。"张建生的胸膛中犹如火苗燃烧，炙烫他的五脏六腑。

这名工头不但没有生气，脸上还显出玩世不恭的神情："世上哪有那么多意外，那么多安全事故？你们这项工程的预算做得实在太紧了，倘若不松一松，我们就只能帮你们想一些节约的办法。你要告我？那去告嘛，看看到底是你们拖得起，还是我们拖得起？"

这个燃气管网施工组归属宏升建筑公司管理，与甲方没有直接关系。面色铁青的张建生找来宏升建筑公司总经理邓桐，邓桐支支吾吾，面露难色。事态严重，张建生把电话再次打给了自己的老板。

之前，阻碍餐饮学校修建的难题被扫除，凌云青原本以为可以过上几天安宁日子，但工地上的烦心事却一桩接一桩地出现。他感到从来没有过的疲累，曾经以为自己还年轻，但他发现年轻的自己，已经离他远去。

燃气管线和电缆分开铺设，这是基本常识，如果并沟预埋，相当于将学校修到一座火山口上。一旦电缆破损，就会危及燃气管线，极有可能引发连环爆炸，后果不堪设想。

凌云青越想越担心，张建生作为公司副总，代表公司一方全面负责督查施工质量，一般不会随意打扰他，更不可能对他谎报造成重大安全隐患的施工行为。他原本要直接去施工场地，转念一想，去了燃气公司。

燃气管线和电缆线并沟预埋，燃气公司董事长黄德生得知此事，额头冒出了细密的汗珠。国家有关部门出台过相关规定，无视施工安全规范进行施工作业，如果出现重大安全事故，有关部门将会倒查施工责任，到时相关责任人都脱不了干系。当初宏升建筑公司的邓桐找到他，说自己和罗市长是初中同学，两家一直有些往来，请他将自己引荐给凌阳轩餐饮服务公司。黄德生自然不敢怠慢。这年头，手里捏着领导的条子，或者带着领导的"旨意"找过来的不少，他黄德生既然能在这个位子上坐得稳稳当当，自然也有自己的一番处世之道。只要能将事做好，活儿交给谁做不是做呢？可如今他们胆敢并沟埋线，这简直是视施工安全如儿戏，别说是罗市长昔日同窗，就算是市长本人，若施工中出现这等荒唐事，同样要勒令整改。

黄德生抓起桌上的电话，通知燃气管网负责人和宏升建筑公司邓桐，立即赶到他的办公室。

邓桐告知黄德生，这是燃气公司分管铺设管道的副总安排的施工队。黄德生气得一拳砸在了桌子上："安全施工责任重于泰山，你作为一家建筑公司老总，这个意识都没有？忽视施工原则，如果造成安全事故，这个责任还不是你我来承担？你是我推荐的建筑公司，是让你们给别人干好事情，不是让你来给我挖坑的。不严格遵从安全施工的要求，不按照与甲方的合同约定施工，擅自更改施工设计，随意提出无理要求，不管是哪个安排的人，这样的行为都不能允许。你们如果不能在今天之内整改好，我宁愿不要自己的帽子，也要与甲方一起把你们赶出工地。"

二

成都平原自古以来水旱从人，粮丰果香。但一年四季太阳很少露面，要么细雨连绵，要么天空阴沉。凌云青在工地的板房办公室望向阴沉欲雨的天空，期盼晴天早日到来。餐饮学校的主体工程已经结束，天气晴好就不会影响装修进度。

听到叩门的声音，凌云青拉开办公室房门，发现是市政府孙秘书请他约见的老总陈文。陈文是家具供应商，自称代理销售的是品牌家具，经过了严格的欧盟认证，出口欧美发达国家，品质上请他放心。

凌云青翻看家具宣传册，这个品牌的价格让他心里吃紧。一张课桌1280元，一张木椅250元。且不说质量如何，若这样置办下来，家具费用远远超过了餐饮公司的承受能力。

陈文似乎看出了凌云青的心思：" 一分价钱一分货，凌阳轩既然要创办一流的餐饮学校，总不能配备些次等课桌。倘若硬件设施都不好，哪个还敢来学习呢？你们公司的金字招牌，不能毁在那些不好的课桌和办公用具上啊！"

陈文的傲慢轻浮让凌云青心生反感。学校好与不好，不是体现在课桌上，还要看更多其他的因素。但他平和地说道："你的话没错，只是我们资金预算有限，自然要选择价格合适的家具供应商。我们到时会挂网竞标，如果你的公司有意，也可以参与投标。"

陈文觉得凌云青在敷衍搪塞："你们私营企业也要模仿国企，搞什么投标竞标？"

"市场有了竞争才有活力，多几家公司来竞标，从我们学校的角度来说，能优中选优，挑出符合我们要求的供应商；从竞标公司的角度来说，也能让他们一展所长，通过竞标确定自己的行业地位。"

凌云青说得入情入理。陈文想了想，倒没想出更好的方式回应他的说法。人家公司虽然是民企，要让供应商投标也是正常的事，国家并没有哪条法律规定民企就不能走招标程序。只是这样一来，他的品牌家具将失去"竞争优势"。

从凌云青办公室出来，陈文迫不及待地拨通了孙秘书的电话："这个餐饮公司的老板，好像不大买账！"

孙秘书是陈文的堂妹夫，作为罗市长的第一秘书，只要他介绍堂姐夫在锦羊讨要业务，一般不会空手而归。

陈文没有签下家具供应合同，陈秘书有意无意地透露给了罗市长。罗市长端起茶杯，吹凉茶水，视线却不在孙秘书身上停留，像是自言自语，又像是在吩咐孙秘书："这个餐饮公司的人，有点意思。餐饮学校竣工后，一定要对消防安全进行严格检查。这个学校既然与餐饮有关，以后少不了烈火烹油，消防安全尤为重要！"

送走了陈文，未知的麻烦什么时候来临，凌云青不能未卜先知。回想学校修建过程遇到的"各路神仙"，万千感慨纷至沓来。窗外的天色更加黯淡，像是一块不透光的幕布隔阻了外界的阳光。他的太阳穴处像是有一只小锤，无休无止地敲打。他点燃一支烟，忽然想起，余会长的连襟就是家具生产商，他家人的餐馆装修时，就是这个连襟供应的餐桌。自己在锦羊市办学，求的是安心发展，不愿与人叫板斗气，多出烦心事来。余会长和方书记交好，在锦羊市官员的圈子里不算秘密，采购余会长连襟的家具，就是变相地和方书记扯上了几分关系。难不成孙秘书乃至罗市长，连方书记也不放在眼里？无奈之下，只能这样"一物降一物"了。

他把电话打给了余会长，没说陈文"拿鸡毛当令箭"的前因后果，只说想见余会长连襟，请他牵个线搭个桥，商谈餐饮学校大宗采购事宜。有生意上门是好事，余会长连襟也是个爽快人，跟凌云青二人见面相谈甚欢，很快敲定了竞标采购的相关细节。

凌云青在家具采购上没有再当冤大头，想起其中的关系往来，不由得苦笑。自己老老实实创业，有时也被迫"搬出佛祖当靠山"。他联想到《西游记》，凡是有背景的妖怪都是好命，即便孙悟空将其打回原形，各路神仙都会踩上祥云而来，向齐天大圣讨个面子。因为这些妖怪的真身，要么是他们的坐骑，要么是身边的人。他们带着曾经兴风作浪的妖魔鬼怪驾云离去，留下的却是人间的悲凉。他凌云青到锦羊市买地办学，没有孙悟空降服各路妖魔鬼怪的本领，唯一能做的就是尽力保护好凌阳轩这块"唐僧肉"，宁肯自己吃苦受罪，腾挪躲藏，也不能让人慢慢吃掉它。

三

凌阳轩锦江店迎来一批从事餐饮教育的客人。凌云青接待完这些专家，已经是晚上八点半。成都迎来了秋季的夜雨，雨水以落叶为背景，以枯枝为基调，声音略显粗莽哀婉，似有生命深处的战栗和疼痛，又有一番倔强意气，让雨雾飘飘荡荡，无休无止。

餐饮公司与一家装修公司达成协议，这个周末全面进驻餐饮学校。凌云青担心浇注封顶的楼面受到雨水浸润，影响装修。他不顾天色已晚，驾车来到学校工地，叫来副总张建生，戴好安全帽，爬上已见雏形的餐饮学校楼顶，确认施工人员铺垫的牛毛毡挡住了雨水。

夜色中，尚未全面竣工的餐饮学校沐浴在灯光照亮的雨雾中，显得恢宏壮阔。凌云青深深懂得，她是即将新生的婴孩，最多还有几个月就会呱呱坠地，发出第一声嘹亮的叫喊，昭示她在这块土地上的诞生和存在。

为了修建餐饮学校，凌云青记不清自己背负了多少压力和责难。他想把自己的时间和精力全用在事业的发展上，但错综复杂的人际关系让他应接不暇。在质量和人情之间、坚持和妥协之间，他几乎每一天都在走钢丝。他不能容忍自己的疏忽大意导致企业受到伤害。能承受的代价他都可以承受，只要能换来整体项目的高质量推进。但他所承担的重负，只能埋藏在心里。

自从餐饮学校强行挖下第一铲土，凌云青克制隐忍的外表之下，埋藏的是内心不屈的尖刺。作为企业掌舵人，就算被命运的大手暴击，他也要为公司几百人撑起一片天空。施工冲突事件发生后，锦羊市委方书记曾经给他打过电话，对他做出了一些批评，也给了他安慰和鼓励。他没有辩解，也不敢辩解，但他清晰地记住了方书记最后一句话："好好干嘛，你的学校正式落成时，我过来剪彩祝贺！"

方书记挂断电话，凌云青心中暖流奔涌。他知道领导干部一般不会参加民营企业的开业典礼。方书记身为市里的一把手，却主动提出参加，这是他从来没有过的奢望。

凌云青浮想联翩，创业以来，他就像一叶扁舟在大海颠簸漂摇，战战兢兢前行了十余年。往事如烟，如今的他已是两鬓斑白，唯有尽自己的力，继续掌好这艘小舟的舵。

餐饮学校竣工后，消防部门经过六次检查，没有发现安全隐患，终于出具了验收合格报告。罗市长听取了消防部门的汇报，终究没有下达什么指示。凌云青似乎是深入他内心的一个人，他当然不喜欢这个人，这个人不从众，不谄媚迎奉，始终不卑不亢。这是他从政以来，第一次在锦羊遇见这样的企业老板，他不得不修正自己对凌云青的看法。

凌阳轩餐饮服务公司修建学校，资金一度紧张。公司召开全体股东大会，一致同意引入实力雄厚的房开商，让利合作。由房开商垫资修建商业配套设施，进行住房开发，缓解了资金压力。受锦羊市旧城改造与餐饮学校项目双重利好刺激，持钱观望者纷纷来到这里购房置业。除去应承给拆迁户保留的铺面，餐饮学校配套的其余商业门面也被迅速抢购一空。社会资本看好锦羊市的未来发展，提振了外来投资者的信心。一批批新的项目落地，锦羊市成了一片投资的热土。

　　锦羊市政府围绕餐饮学校逐渐规划了一个餐饮商业圈，配套打造的幻彩灯光休闲广场周边，商铺林立，人流涌动。一年后，学生陆续毕业，其中不乏具有创业欲望的新秀，他们租下广场附近的铺面，将课堂技能运用到商业实践中。中餐馆、西餐厅、火锅店、奶茶店、烤肉店、炒冰屋、咖啡馆、烘焙店相继冒出，各种特色餐饮蓬勃兴起。金融、医疗、电信、酒店、百货等行业的商家也迅速入驻商圈。

　　锦羊市北邻北河，西靠毗河，南连中河，三水相接，汇入沱江，滚滚向东奔流。凌云青走进学校旁边的水街商业区，面对熙熙攘攘的人群，心潮起伏。川菜研发中心和预制菜工坊，餐饮学校最初设想中的这两翼的缺失，成为他心底无法抹去的遗憾。

四

　　四季轮回，天道立秋。

　　餐饮学校即将迎来新的学期，教职员工提前返校，做好开学准备。

　　成都突降连绵暴雨，锦羊河流水位猛涨，洪水泛滥，城内城外一片汪洋。

餐饮学校排水管网畅通，成为锦羊市区唯一一处没有积水成灾的地方。

学校的校区和商业区，成了受灾群众的安置点。晚上十一时，凌云青打上雨伞，来到学校顶楼的平台，观察校区和商业区的险情。他的电话铃声突然响起，是吕冬冬打来了电话。宋桥当年离开凌阳轩餐饮服务公司，她对凌云青没有过半句客套问候。这个深夜来电，让他有些诧异。

吕冬冬在电话那头停顿了片刻，说道："云青，对不起！"

他感到奇怪，这声道歉实在没头没脑。她到底怎么了？他正准备问她，但她有了自己的解释："宋桥与你拆伙分家，让你的公司陷入了困难，这些我都知道。"

他不愿旧事重提："都过去了。时间会把不开心的东西都带走的，你也不要多想。"

"我们错了就是错了，心里的内疚是过不去的。"吕冬冬沉默了一会儿，好像下了很大的决心，终于说道，"如果宋桥找你借钱，不要回绝他，但请你马上联系我，好吗？"

"宋桥会找我借钱？"凌云青有些意外，不知道他出了什么状况。

吕冬冬语带苦涩："宋园公司的摊子铺得太大，管理也混乱。现在资金链断了，投资者和银行起诉到法院，已经冻结了账户，查封了公司。他的助理和我都联系不上他。别看他身边原来热热闹闹的，其实真正的朋友只有你凌云青；也只有你，才会给他泼冷水、踩刹车。如果他走投无路要联系你……"她努力压下哭腔："到时，请你一定要告诉他，让他回家。再大的事我都不怕，我会和他一起扛。"凌云青还想多问几句，她已经挂断了电话。

风声呼啸，伴随电流的滋滋声响，源源不绝地灌进凌云青的耳朵。他在手机通讯簿找到宋桥的电话,期望他的号码没有改变。

宋桥没有换号,但他也没有接电话。沉默是一堵墙,隔开了宋桥与凌云青,也隔开了昨天和今天。

凌云青早就不怪他了。即便他当年抽资离开,凌云青也未将他视为仇敌。年少时因为骨膜病险些离开人世,让凌云青深切懂得,人这一生,不管活成什么样子,都不要把责任推给别人;一切喜怒哀乐,说到底都是自己选择的结果。生活就是一种回声,把更好的给予别人,就会从别人那里获得更好的。帮助的人越多,得到的也越多;越是吝啬,也就越会一无所有。

凌云青立即打电话托人,打听宋桥的下落。知情者告诉凌云青,宋桥可能躲在哪个角落,比回到熟悉的地方更为安全,还说宋桥选择离开成都,是因为他身上的麻烦比吕冬冬所说的还要严重。

宋桥疯狂开店,负债愈来愈多。与他相熟的银行行长闵捷劝他慎重,如果继续没有节制地开店,不会再批他的贷款。宋桥在宋园旗舰店的贵客包间安装针孔摄像头,拍下了闵捷与申贷企业之间的灰色交易。他拿上视频要挟闵捷,闵捷表面屈服,内心震怒,回头就去找了"道上的朋友"。

闵捷最终落马,引发当地银行系统内部震动。宋桥申请贷款更加艰难,他在成都其他金融机构贷下的款项,也收到了法院强制催收的文书。

宋园餐饮公司资金链断裂的危机还没度过,宋桥的生命安全又遭受了严重威胁。这时的他才知道,有些红线是踩不得的,有些人也是惹不起的。一旦开启了危险的第一步,后面如何发展,可能会完全超出他的控制范围。宋园公司如同一辆刹车失灵的豪车,看似外表光鲜,一路疾行,却是向着死亡之谷坠落。几个月来,宋桥就像一滴水,融进了偌大人海,再也找不到他活动的痕迹。

　　凌云青再次拨打宋桥的电话，对方依然没有接听。雨夜的楼顶空旷悠远，绵绵雨丝依循了自然规律，该飘时飘，该落时落。楼顶的灯光穿过雨雾，折射在湿润的墙体，映照出餐饮学校灵秀出尘的轮廓。世界如此静谧，只有凌云青拨打的电话铃声，寂寞而固执地一遍遍震响。

时代洪流冲刷人性的底色
（代后记）

时间犹如光影一闪而过，我从激情满怀的青年，走入平静闲适的中年，总有残缺的旧梦缠绕，总有难忘的旧事感叹。两年前，我的长篇小说《惊蛰》正式出版发行，一些热心读者不断询问：主人公凌云青历经艰辛，寻求生活奋进的力量，实现生命的绽放走向重生，他进入城市后怎么样了？

我曾在媒体工作了十几年，接触过许多离开乡村进城打工的人，他们缺乏专业知识和技能，无法融入城市生活，强烈的漂泊感和撕裂感，长期缠绕着他们。我也见证过不少白手起家的创业者，他们义无反顾地投入时代大潮，演绎了激荡人心的时代故事。

来自读者的询问与我内心的冲动，不断翻滚碰撞。前年春季，当我坐在书房电脑前，就明白应该借助书写，将隐藏于岁月缝隙的故事梳理出来。因为那是无数人的梦想与追求，也是一代人的无奈与疼痛。原来，这份冲动早已在我心里悄然落下一颗种子，动笔写作《立秋》，只是给了它萌芽生长的机会，直到时序入秋，果实摇曳枝头。

当年伴随计划经济转向市场经济，中国迎来了新一轮的下海潮。尽管有人成功有人失败，但那段起落奔涌的岁月，依然令人心潮澎湃。

我所经历和我所了解的，是不少乡村青年搏击高考，成功一跃，告别乡土生活来到城市谋生。在家乡人的眼里，这些年轻人成了城里人，不管大事小事，乡亲们都要求助于他们。故乡于他们，不仅是一个地理符号，还是一个深刻的精神印迹。乡亲们来城市的目的，是换一种活法，想从"面朝黄土背朝天"的农民，变成现代城市的打工者。乡亲们五花八门的诉求，有时超出了这些年轻人的能力范围，但他们最终还是选择"能帮则帮"。他们心中留有太多乡土情结，对时代转型的理解和认同、对乡亲的襄助，让他们背负了沉重的经济负担和心理负担。

这些来自乡村、生活在城市的年轻人受过高等教育，切身感受到了伟大时代的蓬勃脉动。曾经蛰伏于乡间的人们都能纷纷觉醒，前往更为广阔的天地寻找自己的出路，让这样的城市年轻人对未来更加充满了向往与憧憬。时代塑造个体，毕竟那是一个充满了机会的时代、一个有着无限可能的时代。他们积极改变自己的人生，是内外因的共同驱动，顺应了时代对怀有梦想之人的热切呼唤。

身份的变化，并未改变这个群体的初心。随着视野的延展，他们开始以市场思维方式，主动接纳并拥抱改革，有了自己的责任担当和使命担当，试图消解城市规则与乡村习俗碰撞后产生的疏离和尴尬。

我所熟悉或不熟悉的这一代年轻人，在改革的潮头编织梦想，燃烧激情的岁月，面对浪奔浪涌的市场，遭遇了太多的困顿挫折。他们悲喜欢忧的故事俯仰皆是，多少年来一直在我脑海盘旋回荡，从未消退。但我想创作的，不是时代奔流中的创业史，而是一代人的心灵史。我希望自己的文字，化为一柄手术刀，剖开往事的肌理，呈现推动情节向前发展的内在脉搏。我更想让自己的思考融入宏阔的时代，让个人的感触连接芸芸众生，故事才有纵深的走向，作品才能塑造一个观照人类发展本性的世界。

我期待我故事里的每一个人物，都能在艰难逼仄的境遇里，演奏生存的旋律，释放仁者的光芒。我也愿意以自身的生活体验与心路历程为参照，在追踪他们命运起伏的创作中，不断丰富对时代变迁与个人命运的探索和思考。

这份创作的认知，是指引我去完成《立秋》的火炬，也是让我醉心文学书写的坚实理由。在庞杂繁复的现实面前，有些人只关注地位的提升、钱财的聚集，用一把名为"成功论"的量尺，硬性划下了事关人生价值的"楚河汉界"：往往以物质财富衡量一个人生活的富足与美满。我不是说追求物质、看重物质有什么不好，但人生在世，是否只有财富才能衡量生存的价值和意义呢？至少，这是不够全面的。

一直以来，我接触过的创业者们也在接受这样的拷问。他们以平凡人的努力，成就更多人的时代梦想。正是千千万万这样的个体，推动了我们社会的进步，让市场充满勃勃生机。他们做出怎样的选择、担起怎样的责任，看上去只在一念之间，其实内心已历经千山万水、涉过河谷险滩。艰难的行进之路，经过资本搏杀的展示场，也成为他们命运的分水岭。

但我希望，自己不仅能够书写生存者的斑驳血泪，更能叠加现实生活于文学书写之中，呈现多元的人性。人性具有五彩斑斓的色彩，不同的底色构成令人眼花缭乱的调色板，善良或邪恶、宽宏或自私、热情或麻木，每个人都会直面自己的难题。那些哭笑当歌的过往，已为心灵作注，使我感怀万千，总是禁不住诱惑，不断地去回望叩问，终究让我沉潜于文字的国度，借助波澜壮阔的时代，探索生活与时代的内在逻辑。

时代洪流冲刷人性的底色。每一个竭尽全力生活的人，为了自己的梦想，都是攥着痛苦做出选择，即便抗争得内敛克制，甚至窝囊卑微，不得不承受委屈、不得不坚守退让，遭受各种压力与伤害。每一代人都会在时代浪潮中不断坚守与妥协，支持他们守住初心的，是西绪福斯那种"明知不可为而为之"的勇毅。对这位著名的"悲剧英雄"，加缪却说，"人一定要想象西绪福斯的快乐"，因为"向着高处挣扎本身足以填满一个人的心灵"。这句话同样适用于现在的我们：任何成功的背后，无不积蓄着汗水和泪水。人生给予我们恩赐，同时也给予我们惩罚，人生为我们加冕，同时也剥夺我们。

各行各业的人都有自己的抱负和梦想，都有人性温暖的那束光；这束光照耀他人前行的路，从而让挣扎拼搏中的人们，有了新的希望。我力求通过对人生经历与心灵感悟的描绘，刻画中国大地上发生的种种变革，以及这些变革对人的生活状态与精神面貌产生的不同影响。

时光循回，天道立秋。秋风起而叶落纷飞，枝桠明净清冷地面对世界，反而获得更加坚毅的力道。同时，我慢慢懂得，生生不息的美，有时不是繁花似锦，而是瘦枝寒鹊。于是，我在创作《立秋》期间，让自己的体悟协调时代变迁与个体命运叙事，尽可能让每一个人物都能逻辑自洽，尽可能让情节的流动富有内在的节奏感，尽可能让细腻的坚韧和柔软的温暖灌注心灵深处，让我走进小说人物的精神世界。

感谢这次的写作，能让我顺着文字一直走到岁月深处，沉浸于火热的往昔，追寻那个时代特有的激情和真挚。然后，回味自己的现实生活，与《立秋》的人物彼此相望，猛然发现，我们所穿梭的、所经历的，也许不是最好的相遇，却是最好的重逢。

从这个角度来说，我书写的这部小说，藏着永不完结的追问。那么，《立秋》引发的思索，就永远不会停歇。

杜阳林
2023 年 11 月

一本书打开一个世界

欢迎订购、合作
订购电话：0571-85153371
服务热线：0571-85152727

| KEY-可以文化 | 浙江文艺出版社 | 京东自营店 |

关注 KEY-可以文化、浙江文艺出版社公众号，及浙江文艺出版社京东自营店，随时获取最新图书资讯，享受最优购书福利以及意想不到的作家惊喜